LO QUE LE CONTÓ EL JAGUAR

Para mis padres,
Hugo Méndez Ramírez y Vialla Hartfield-Méndez,
quienes me enseñaron las maravillas de los libros
y me brindaron una infancia hermosa.

Este es un libro de Ediciones LQ
Publicado por Levine Querido

www.levinequerido.com • info@levinequerido.com
Levine Querido es distribuido por Chronicle Books,
Copyright © 2022 de Alexandra V. Méndez
Copyright de la traducción © Ariadna Molinari
Todos los derechos reservados
ISBN: 978-1-64614-246-0
LCCN: 2022945163
Impreso y encuadernado en China

Publicado en octubre de 2023
Primera impresión

LO QUE LE CONTÓ EL JAGUAR

Traducido por Ariadna Molinari

Alexandra V. Méndez

Montclair | Amsterdam | Hoboken

1

Jade no lograba acostumbrarse a los sonidos de la noche. Eran grillos escandalosos, muy escandalosos, que se chirriaban entre sí, *cri-cri-cri-cri*, y uno que otro graznido de un ser alado que Jade no sabía si trataba de ser aterrador o estaba aterrado. De vez en cuando, a través de la ventana de su nueva habitación, por ahí de las dos de la mañana, mientras Katerina y sus padres estaban bien dormidos, escuchaba el silbido de un tren, parecido al llamado de otro animal nocturno.

Jade se quedó acostada, despierta, esperando la llegada del sueño mientras pensaba en aquella extraña ciudad nueva y las cosas que emitían esos sonidos. Su gato negro, Mortimer, se subió a la cama, y ella estiró la mano, exhausta, para acariciarle el lomo.

Finalmente, de algún modo, se quedó dormida.

En la mañana, parpadeó hasta despertar y recordó dónde estaba. La nueva casa. Atlanta. La luz brillante del verano que se filtraba por entre las persianas era lo que la había despertado, no la estruendosa alarma del reloj despertador que la sacaba como un resorte de la cama durante el año escolar. Así se despertaría: ¡el día de mañana! Pero por ahora seguía siendo domingo y seguía siendo verano.

Por un instante no hizo más que observar las partículas de polvo que bailaban en cámara lenta bajo un haz de luz, y luego se obligó a salir de la cama para ir a desayunar. El olor familiar a tortillas calientitas le recordaba la casa de abuela. Supuso que mamá las estaba haciendo a mano.

Mortimer ya había empezado a rasguñar la puerta del cuarto. Al ver que Jade se ponía de pie, maulló. Sus colmillos eran inusualmente grandes para un gato doméstico, pero Jade sabía que podía meterle un dedo a la boca y él solo le daría mordisquitos juguetones en la piel. Tan pronto le abrió la puerta, Mortimer salió corriendo hacia la cocina.

Hacía tres semanas que se habían mudado, pero el trayecto hacia la cocina, en el extremo opuesto de la casa, seguía recordándole a Jade que aquella casa era mucho más grande que la anterior. En su antiguo hogar, en Chicago, todas las habitaciones estaban una junto a la otra; aquí, en cambio, para llegar a la cocina tenía que pasar junto al cuarto adicional —la habitación de huéspedes— y atravesar la sala.

Mamá estaba frente a la estufa, moviéndose con seguridad y firmeza, vestida con su ropa de casa y el delantal que le había bordado abuela con brillantes colores bailarines. Se manejaba con la confianza y la elegancia que siempre la habían caracterizado. Aunque trajera camiseta y shorts para correr, marcaba su incuestionable autoridad en la nueva cocina. Sus fuertes brazos no dejaban de moverse para preparar el desayuno; metió la espátula con seguridad bajo el huevo y lo volteó de un solo movimiento para revelar el rostro ligeramente dorado que crujía alegremente en la sartén. Su piel era mucho más morena que la de Jade, y sus profundos ojos cafés estaban tan alertas como de costumbre cuando levantó la mirada para verla.

—Buenos días —le dijo mamá con voz bastante alegre, pero quizá también un poco cansada—. ¿Dormiste bien?

—Sí, supongo —contestó Jade y agarró la bosa de croquetas de gato de un rincón. En realidad todavía no había terminado de despertar. Mortimer se escurrió entre sus piernas y fue a sentarse junto al tazón de aluminio mientras meneaba la cola con ansias.

—Siempre es difícil acostumbrarse a un nuevo lugar —contestó mamá mientras ponía cuatro platos sobre el mostrador de granito, pero Jade no sabía si le estaba hablando a ella o si lo había dicho para sus adentros. Luego, con gesto distraído, se acomodó un mechón rebelde en la coleta. Solo se peinaba así cuando estaba en la casa. En días laborales, lo llevaba suelto y ligeramente rizado, peinado a la perfección para las cámaras de televisión. Aunque estuviera en una esquina airosa, reportando las últimas noticias ante el camarógrafo y el público que la veía desde casa, siempre tenía el cabello acomodado en su lugar. A Jade le gustaba ver a mamá en televisión cuando podía, porque siempre le asombraba el porte con el que se conducía. Sin importar cómo llevara el cabello, Jade consideraba que mamá se veía hermosa.

Mortimer maulló y husmeó en la bolsa de comida para gato que Jade acababa de empezar a abrir.

—Ay, sí, perdón, Morty —dijo y sacó una porción generosa que luego vertió en el tazón metálico. El gato se abalanzó sobre la comida de inmediato y mascó delicadamente las croquetas con sus dientes a la vez feroces y refinados. Y entonces Jade se dio cuenta de que ella también tenía hambre.

Mamá atavió cada plato sobre el mostrador con un desayuno perfecto: una rebanada de jamón y un huevo estrellado sobre una tortilla de maíz recién hecha. Las yemas de los huevos rancheros parecían estar a punto de reventar. Mamá transfirió los platos a la barra que daba al espacioso comedor, donde papá y Katerina, la hermanita de Jade, esperaban sentados a la mesa. Jade agarró un plato y los alcanzó, ansiosa por saborear su exquisito desayuno.

Katerina empezó a mecer las piernas mientras papá iba por un plato para ella y, tras sentarse a su lado, cortó en trocitos el desayuno de la hija menor. Los vellos rubios del brazo pecoso de papá resplandecían bajo el sol que se asomaba por el ventanal que daba al patio delantero y a la casa de enfrente. Jade había heredado las pecas y el cabello rubio de ese lado de su familia.

—Buenos días, Jade —le dijo papá con voz alegre y alzó la mirada para darle la bienvenida. Papá era una alondra muy mañanera, cosa que Jade no lograba entender. Solía decir que le gustaba despertar junto con sus plantas. A veces a ella le irritaba lo animoso que se veía en las mañanas, pero esta vez su voz parecía coincidir con la luz clara y atractiva que se metía por la ventana, así que no le molestó.

—Buenos días, papá —contestó. La luz del sol inundaba la estancia y rebotaba en todas las superficies resplandecientes: los huevos, los cubiertos, el tazón de cerámica azul y blanco que contenía la salsa roja recién hecha. El reflejo de un gorrión brincando entre las azaleas en el jardín delantero fulguraba en las puertas de cristal del antiguo trinchador de madera donde guardaban la vajilla y que papá mantenía rechinando de limpio. Había sido heredado de generación en generación por su familia de Nebraska, y ahora albergaba los platos de cerámica pintada que alguna vez decoraron con orgullo la Casa Azul, el restaurante que los abuelos de Jade tenían en Chicago.

—Hola, manis —le dijo Katerina y volteó a ver a Jade mientras se sentaba—. Me cuesta trabajo dormir sin ti.

De forma instintiva, Jade le tendió una mano y le acarició el cabello negro despeinado. Miró a su hermanita de seis años directo a los ojos oscuros. En la otra casa, la casa antigua, solían compartir cuarto.

—Lo sé —contestó Jade—. A mí también me cuesta trabajo dormir. —Pensaba que era cosa de la casa nueva, pero no había considerado que también estaba teniendo que acostumbrarse a no dormir en el mismo cuarto que Katerina, quien siempre se quedaba dormida antes que ella. Su apacible respiración onírica era una especie de canción de cuna para Jade.

En ese momento, mamá llegó, tomó su lugar en la cabecera y le vertió salsa a su desayuno. El cuerpo se le tensó justo antes de que se abalanzara sobre la comida. Con el tenedor y el cuchillo cerniéndose sobre el plato, anunció:

—Solo unas cuantas cajas más. Y entonces ya estaremos bien mudados. O bueno, casi.

—Tranquila, Sol —le dijo papá, sentado a su lado, mientras le estrujaba el hombro.

Mamá volteó a verlo y pareció relajarse tantito. Luego pinchó el huevo con el tenedor y cortó el primer bocado.

—Es que siento que no termina nunca —dijo mamá—. ¿Ya escogimos las persianas?

—Primero disfrutemos el desayuno —anunció papá con voz dulce, pero firme, mientras con una cucharita de madera vertía unas gotitas diminutas de salsa en el plato de Katerina.

A Jade le pareció un buen plan. Era la primera vez que mamá había preparado salsa y tortillas desde su llegada a la nueva casa. No entendía por qué Mamá estaba tan estresada en ese instante. Con la cucharita de madera dibujó una espiral de salsa roja sobre la clara y con el cuchillo reventó su yema con cuidado para que el cálido líquido amarillo como el sol se mezclara con la salsa y cada bocado tuviera el sabor adecuado. De ese modo, el plato se pintó de amarillo revuelto con rojo.

—Te falta desempacar una caja, Jade —le dijo mamá.

—¿En serio? Pensé que ya había terminado —contestó Jade, sin alzar la mirada. En la punta del tenedor tenía preparado un exquisito primer bocado.

—Ahí están tus pijamas para el invierno —le explicó mamá.

—OK —contestó Jade y se llevó el tenedor a la boca—. ¡Hmmm! —exclamó, deleitándose con la exactitud con la que el sabor coincidía con sus expectativas—. Esto está exquisito. —Papá y Katerina se unieron al coro de elogios. Mamá asintió y sonrió, satisfecha. Tal vez su sazón no estaba al nivel del de abuela, pero cocinaba delicioso. Y esos huevos rancheros tenían el toque ahumado que a Jade le fascinaba.

Tras disfrutar ese ratito de silencio satisfecho, papá alzó la voz:

—¿Quién quiere ayudarme hoy con el jardín?

—¡Yo! —exclamó Katerina, escupiendo algo de salsa y alzando la mano por los aires.

—¡Oye! ¿Qué dijimos sobre hablar con la boca llena? —intervino mamá, aunque no se veía genuinamente molesta.

Papá sonrió.

—¿Y tú, Jade? —preguntó.

—Hace demasiado calor —contestó ella—. Tal vez otro día. —A Jade no le molestaba hacer la jardinería, pero no le agradaba el calor de Atlanta.

—Bueno, bichita —le dijo papá a Katerina—, vamos a ver qué hierbas se pueden plantar allá atrás. —Le acarició un brazo a mamá—. Para que nos sigas deleitando con esta exquisita comida —le susurró.

Mamá sonrió y, por primera vez desde que llegó a la mesa, se relajó por completo.

Jade abrió la última caja en medio de su cuarto. Sacó un montón de ropa que guardó en un cajón de su cómoda, incluyendo varios calzones blancos con moñitos rosas que mamá siempre compraba en paquetes de diez y la pijama verde y morada de rayitas que mamá mencionó en el desayuno y que, pensándolo bien, Jade deseaba no tener que usar jamás en una pijamada. También había unos corpiños rosa claro que Jade ya había cambiado por sujetadores de verdad, pero que por alguna razón no había desechado aún.

Al meter la mano al fondo de la caja, sus dedos chocaron con algo duro. Entre las pijamas y la ropa interior doblada, encontró un disco de piedra negro, como del tamaño de la palma de su mano. Sentada en cuclillas, acarició la orilla filosa con el dedo índice. La piedra se acomodaba bien en su mano, como si estuviera hecha a la medida, y sus superficies negras resplandecientes se abultaban de forma simétrica a ambos lados.

Al verla más de cerca, Jade se dio cuenta de que parecía tener una red de líneas ahumadas. Pasó el pulgar pálido por encima de la superficie pulida para asegurarse de que no fueran grietas. Su negrura tenía el lustre de una lupa, y a Jade le dio la impresión de que los reflejos de aquella piedra podían contener mundos enteros.

—¿Qué es esto, mamá? —preguntó Jade, sin quitarle la mirada de encima al disco. Lo volteó una y otra vez, como si alguno de esos giros fuera a revelarle sus secretos. Jade escuchó el rechinido de la navaja retráctil que mamá estaba usando para abrir una caja en el pasillo y luego el clic que emitió al retraerla antes de asomarse por el umbral de la puerta. Cuando Jade alzó la mirada, vio a mamá observar el espejo de forma curiosa, como si le recordara algo. Su expresión era dulce.

—¿Mamá?

—Es un espejo —contestó y alzó la mirada para ver a Jade a los ojos.

Jade volvió a observar el espejo y se preguntó si su madre veía algo en él que Jade no lograba identificar.

Inspeccionó su reflejo en la superficie ahumada. En vez de ver la cara alargada y esbelta y el cabello rubio tostado que solía ver en los espejos, vio dos caras, la suya y la de su mamá, en tres partes distintas del disco. Al moverlo, la luz de las ventanas se reflejaba, y en algunos ángulos sus rostros se distorsionaban y ensanchaban y veían chistosos, mientras que en otros se veían diminutos y alargados. Las venitas de la piedra ondulaban como hilos traslúcidos de humo que opacaban el reflejo y lo volvían incierto.

Sí era un espejo, pero un espejo muy extraño.

—No sé muy bien qué es lo que estoy viendo —dijo Jade, con la esperanza de que mamá agregara algo que la ayudara a descifrar lo que se suponía que debía ver.

—Quédatelo —contestó mamá con voz clara y firme, sin darle más explicaciones, y se fue.

Jade lo interpretó como una orden. Como pasaba con muchas de las cosas relacionadas con mamá, aquel espejo era algo misterioso, pero importante. Buscó en la caja algo con lo cual envolverlo para proteger las orillas filosas y la superficie pulida. Encontró entonces una camisetita blanca con encaje que serviría bien y envolvió la piedra con reverencia. Se sintió un poco ridícula porque la camisola no era tan elegante como el espejo, pero era lo mejor que tenía al alcance. Luego metió el espejo envuelto al fondo del cajón. Puso encima el resto de la ropa de la caja y, al cerrar el cajón, la manija colgante de latón chocó un par de veces contra la madera.

Jade se quedó mirando la manija. Sin hacer un solo ruido, la alzó y la jaló para abrir el cajón de nuevo. Metió la mano hasta lo más profundo, hasta encontrar el espejo envuelto en la camisola. ¿Lo hacía para asegurarse de que siguiera ahí? En realidad no estaba segura.

Volvió a cerrar el cajón y desvió la mirada.

Por fin había terminado de instalarse. Quizá esa noche lograría dormirse temprano.

Tres semanas antes, cuando llegaron a Atlanta manejando, de pronto apareció frente a ellos la silueta de aquella ciudad plateada y cristalina que se dibujaba sobre el cielo muy, muy azul, al fondo de una autopista de seis carriles. Al verla, lo único que Jade pensó fue que no era como la silueta de Chicago. Siempre había disfrutado observar el brillante y familiar paisaje que se dibujaba en el cielo nocturno, el patrón escalonado de la Torre Sears con su corona de espigas coloridas que se asomaban por el parabrisas luego del largo trayecto de regreso, cuando volvían de visitar a grandma, su abuela paterna, en Nebraska. Los picos y las orillas afiladas de los edificios que conformaban el paisaje urbano de Atlanta, en cambio, eran completos desconocidos.

Cuando salieron de la autopista y el auto se adentró en la nueva ciudad, los tonos verdes de los árboles y los parques y los jardines de las casas empezaron a mezclarse con los grises y azules y negros del metal y el concreto. Katerina no había dejado de hablar desde que vislumbraron la ciudad y casi se cae del asiento para niños mientras dejaba marcas en la ventana del Honda cada que señalaba algo nuevo con el dedito.

—¡Mira! —decía una y otra vez mientras meneaba las trencitas negras cuando pasaban por puestos de maní hervido, elegantes concesionarias de autos e interminables arboledas—. ¡Mira, mami! ¡Mira, papi! ¡Mira, manis! —Jade se asomaba, sin decir nada, y no hacía más que darle palmaditas a la transportadora de Mortimer que llevaba en el regazo. Seguía sin saber qué pensar de todas esas cosas nuevas; solo sabía que se sentía más tranquila cuando se enfocaba en los árboles.

La nueva casa de ladrillos, de dos pisos, los esperaba al fondo de una calle cerrada en un barrio tranquilo y frondoso. Al fondo de la amplia y recién pavimentada calle, dos casas se erguían ligeramente mirándose una a otra: la de ellos y una azul de madera que era igual de grande. A medida que se acercaron, los jardines delanteros de ambas casas asemejaron alfombras verdes recién desenrolladas para recibirlos. Papá frenó, metió el auto a la calzada y se estacionó junto a los escalones de adoquín que llevaban al pórtico de entrada, con su barandal de hierro forjado.

—¡Caramba! —exclamó Katerina.

La casa y el jardín delantero eran muy impresionantes. Pero a Jade le llamó la atención otra cosa: un sendero de tierra bien cuidado que estaba junto a la calzada, entre los jardines de ambas casas, el cual llevaba de la calle a la arboleda trasera. Se asomó para ver hasta dónde llegaba, pero el caminito daba vuelta y desaparecía detrás de una fila de pinos.

Ahí, todas las casas tenían jardines traseros grandes y sombreados, y atrás de ellos crecían arboledas frondosas. El barrio había sido construido en medio de un bosque. Jade caminó varias veces hasta la orilla del caminito de tierra para alejarse del caos y la confusión del proceso de mudanza y la distribución de los muebles. En la entrada, un letrero de madera anunciaba que era el WILDCAT TRAIL, un sendero de felinos salvajes. Jade solo llegaba hasta la orilla de la arboleda, donde el camino viraba hacia el bosque, y se preguntaba adónde llevaría. Al voltear a ver la casa, le parecía que los dos gruesos robles del jardín trasero, cuya sombra cubría la mitad del jardín, se veían como si el bosque los hubiera dejado atrás.

La gente de ese barrio era distinta a sus antiguos vecinos de Chicago. Para empezar, aquí casi todos eran blancos, aunque al parecer no era así en el resto de la ciudad. La gente siempre parecía ir de camino a la piscina o de regreso de la piscina que posiblemente estaba en aquel lugar llamado Athenian Pools que Jade vio al llegar. Con frecuencia veía a los dos niñitos que vivían en la casa azul caminando hacia la camioneta plateada de la familia, con toallas bajo el brazo que eran más grandes que ellos; o los veía bajándose de la camioneta, envueltos en esas mismas toallas, con la cabecita mojada. Por las noches, si la familia dejaba abiertas las persianas de la sala, Jade alcanzaba a distinguir lo que veían en su enorme televisor. Por lo regular era béisbol, aunque a veces era un noticiero.

La primera noche que pasó en la cama desconocida, rodeada de ruidos desconocidos, Jade pensó que quizá todo estaría bien en esa nueva casota. Se habían mudado porque su mamá había conseguido un trabajo nuevo y muy importante en CNN, y eso hacía felices a sus papás. Tal vez Jade también sería feliz en ese rinconcito del barrio protegido por árboles. Pero entonces los ojos se le llenaron de lágrimas que luego se desbordaron silenciosamente y le recorrieron las mejillas como un lento arroyo. La casa era demasiado grande, la cama era demasiado suave, y lo único que Jade quería era ir una vez más al lago Michigan en bicicleta, con papá y Katerina, y caminar en la arena y sentir el lengüeteo del agua fría en los dedos de los pies.

Una vez que la almohada se humedeció tanto que se volvió incómoda, escuchó a Mortimer rascar la puerta de su cuarto. Aunque estaba adormilada, se levantó para dejarlo entrar y luego se hundió de nuevo en su cama. Mortimer se subió de un brinco, se acurrucó a sus pies y, en medio de la oscuridad, la miró con sus ojos amarillos verduzcos. Jade le sostuvo la mirada, y eso la tranquilizó. Ya no tenía ganas de llorar. Pensó en el caminito de tierra y se preguntó adónde llevaría. Y, mientras esa pregunta flotaba en su mente y el cuerpecito cálido y apacible de Mortimer le calentaba los dedos de los pies, por fin logró conciliar el sueño.

Jade sabía qué podía hacer para que el tumulto en su interior se calmara, aunque fuera un poquito. Por las tardes, cuando sus papás se cansaban de desempacar y papá salía a caminar por el jardín silvestre y empinado para poner piedras por aquí y macetas por allá mientras visualizaba cómo domesticar el terreno, Jade se quedaba adentro y se sentaba en su cama, con el aire acondicionado encendido, y dibujaba en su cuaderno favorito, un cuaderno verde con lomo de espiral. Por la ventana entraba el ruido de los crujidos y desgarres provocados por la lucha de papá contra las largas enredaderas de hiedra que colgaban de los viejos robles, así como el sutil golpeteo de la palita de Katerina. Sin pensarlo demasiado, Jade dibujó remolinos y flores de muchos pétalos en toda la hoja rayada, y repasó una y otra vez los trazos plateados del lápiz, haciendo surcos que provocaban que el papel se curveara hacia ella, como si estuviera vivo.

Jade guardaba sus mejores lápices y papeles en montoncitos bien acomodados en el cajón del escritorio, junto con los otros materiales de arte que grandma le había regalado durante años en su cumpleaños y Navidad. Esos rara vez los usaba. Eran tan bellos y prístinos que no quería arruinarlos desgastando la punta de los lápices ni dibujando líneas chuecas en las hojas de papel granulado blanco que al tacto casi parecían de tela. Prefería las familiares rayas azul claro del papel del cuaderno y la lapicera mecánica con minas de carboncillo que no importaba si se rompían. Si se equivocaba, no pasaba nada. Además, así tenía más libertad.

El domingo, después de la cena, Jade entró a su nuevo baño, el cual era solo para ella, y se miró al espejo mientras sostenía frente a sí el uniforme nuevo que mamá había dejado encima del vestidor. Era lo que usaría mañana para el primer día de clases de octavo grado en una escuela católica, Nuestra Señora de la Esperanza. Nunca había usado uniforme, salvo por el chaleco de las exploradoras cuando estaba en primaria. Junto con mamá, Jade eligió esa ropa del catálogo escolar: una camisa blanca, una falda tartán azul con shorts integrados, calcetas azul marino y zapatos cafés de cuero. Aquella falda era una cosa extraña, pero al menos era lo suficientemente larga como para que la gente no se diera cuenta de inmediato de que tenía shorts integrados. Además, le gustaba más que la falda plisada normal. Al sostenerla frente a lo que mamá decía que era su «cintura natural» (muy por encima de donde cualquiera de su edad usaba los jeans), vio que era lo suficientemente larga como para llegarle apenas por encima de las rodillas.

Si aún hubieran estado en Chicago, faltarían tres semanas para el regreso a clases. Sentía como si le hubieran robado parte del verano. Volvió a poner la ropa sobre el vestidor y medio se sentó y medio se tumbó en la cama. Si fuera a empezar el octavo grado en su antigua escuela, les llamaría a Madison y a Verónica para ayudarse mutuamente a decidir qué usarían el primer día de clases para celebrar que habían llegado a la cima de la cadena alimenticia de la educación secundaria. Madison siempre elegía algo estridente y atrevido para recordarle al mundo quién era. En cambio, lo más arriesgado que hacían Jade y Verónica era usar las camisetas ceñidas y los jeans acampanados que habían usado todo el verano. A Jade le gustaba llegar a la escuela el primer día de clases sabiendo que sus amigas aprobaban con entusiasmo su atuendo, pero este año no sería así. Sin embargo, con algo de suerte no importaría, porque de cualquier modo todos tenían que usar el mismo uniforme.

Todavía no anochecía por completo, así que al verano le quedaban aún unas cuantas horas. Jade agarró su cuaderno verde, se acurrucó en la cama y empezó a dibujar, mientras el gris de la tarde se apoderaba del mundo exterior y mamá tecleaba algo en su nueva oficina, en el piso de arriba.

Jade le dio rienda suelta a su mente para que divagara por los senderos trazados por su lápiz. En Chicago había dado cosas por sentadas o no se las había cuestionado siquiera. Sabía que la casa de abuela no estaba lejos y que el calor del verano terminaría y las brisas otoñales refrescarían las calles. Sin embargo, ahí en Atlanta, tan lejos de todas las cosas y las personas que conocía, en esa casa en la que hasta las cosas viejas parecían nuevas de repente porque se sentían fuera de lugar, las dudas empezaron a burbujear en su interior. Mamá había insistido mucho en que Jade se quedara con el extraño espejo venoso. ¿Qué lo hacía tan especial? ¿Por qué mamá quería que Jade lo guardara?

Pasó la punta del lápiz una y otra vez por los surcos que había hecho, mientras escuchaba a mamá teclear. No era tan inusual que mamá no le hubiera dado una explicación. Era una mujer muy hermética que solo de vez en cuando revelaba cosas sobre sí misma de forma explícita. En casa siempre hablaba en inglés, no en la lengua de sus propios padres, aunque Jade hubiera deseado que lo hiciera. Quizá así habría podido entender los cuentos que abuelo le contaba antes de que muriera, esas historias sobre aves multicolores que adivinaban el futuro y sobre tersos campos de agave azul que se extendían a lo largo de la carretera y se perdían en el horizonte. Abuelo había muerto hacía varios años, pero Jade seguía recordando con lujo de detalle la sensación de vacío que le quedó, la sensación de que no había puesto suficiente atención a sus historias. Tenía la impresión de que, aquellas noches en las que los abuelos la cuidaban para que sus papás pudieran salir en pareja, en las que el abuelo la entretenía contándole cuentos en español sobre su vida en San Juan de las Jacarandas, el pueblo donde nació, en realidad le compartía cosas muy importantes.

El jardín trasero ya estaba completamente a oscuras. Mortimer se subió al marco de la ventana de un brinco y se sentó ahí, como si fuera parte de la noche.

Jade recordó el perfil anguloso del abuelo frente al cielo nocturno que se asomaba por la ventana de la casa de

Chicago, con los ojos juguetones iluminados por la luna y los faroles de la calle. En instantes como ese, sus ojos parecían reflejar un mundo distinto que estaba más allá de las fachadas de ladrillo y el cableado eléctrico.

Al ponerse el uniforme en la mañana, descubrió que era tan incómodo y rígido como esperaba. Eran prendas acartonadas que no se ajustaban a la forma de su cuerpo, además de que la cintura de la falda con short le llegaba demasiado arriba.

En el comedor, Katerina estaba sacándoles punta a unos lápices amarillos con el sacapuntas mecánico de pared que aún no había sido atornillado, y giraba la perilla una y otra vez de forma obsesiva para luego soplar con fuerza y hacer a un lado las virutas. Los lápices a los que ya les había sacado punta habían quedado de la mitad de su tamaño original, y junto a ellos había montecitos de virutas. Jade le dio de desayunar a Mortimer y comió los huevos revueltos que mamá le preparó mientras observaba a su hermanita acomodar los lápices recién afilados junto al cuaderno de Hello Kitty dentro de su nueva mochilita con forma de catarina. Luego, su hermanita se puso la mochila, corrió a la puerta y empezó a dar brincos.

—¡Apúrate! ¡Apúrate! —gimoteó Katerina.

Mamá también la estaba esperando en la puerta. Jade se llevó los últimos bocados a la boca y las alcanzó.

En el umbral de la puerta, Katerina parecía una versión miniatura de mamá. Tenían la misma piel tersa, del color de los paneles de madera, y cabello negro y grueso que era difícil de domar. Su hermanita llevaba el cabello atado en una larga trenza diseñada para contener los rizos que inevitablemente escaparían hacia el final del día. El cabello de mamá, en cambio, estaba listo para las cámaras.

Papá entró por la puerta trasera y se acuclilló para abrazar a Katerina.

—Te portas bien, ¿eh? —dijo mientras le sonreía, y Katerina esbozó también una sonrisa resplandeciente mientras se retorcía un poquito entre los brazos de papá y su mochila de catarina se mecía de lado a lado sobre su espalda. Papá se puso de pie y volteó a ver a Jade—. Te irá muy bien hoy —dijo y le dio una palmada en la espalda.

—Gracias, papá —contestó, encaminándose hacia la puerta. No quería reconocerlo, pero por alguna razón eso era justo lo que necesitaba escuchar para sentir que podía enfrentar el día. De inicio, Jade creyó que subirían al auto que estaba estacionado en la calzada, pero en vez de eso mamá las llevó por el Wildcat Trail, con Katerina tomada de la mano—. ¿Por aquí se llega a la escuela? —preguntó Jade. No había esperado descubrir tan pronto adónde llevaba el caminito.

—Así es —contestó mamá y aceleró el paso.

Al adentrarse en el sendero, Jade sintió que los zapatos nuevos de cuero le raspaban los tobillos. Los tacones negros recién lustrados de mamá, por su parte, resplandecían en contraste con la tierra del camino, y Jade se preguntó si tendría que limpiarlos después. Al llegar a la fila de pinos a la orilla del jardín, Jade sintió una punzada de emoción. Los árboles eran cada vez más gruesos y frondosos, y los tonos verdes del bosque sombreado las envolvían por ambos lados del estrecho sendero sinuoso.

Entre más se adentraban, más le costaba a Jade creer que seguían estando en la ciudad. Los árboles eran altos, con troncos gruesos e imponentes, y de algunos de ellos colgaban enredaderas de hiedra, como las de los robles del nuevo jardín trasero. A lo largo del camino había racimos de florecitas rosas abriéndose en la cima de largos tallos con hojas anchas que crecían en pares y que miraban hacia arriba, como manos presentando una ofrenda. A sus pies, el suelo estaba espolvoreado de capullitos caídos, pero de él también salían repentinos arbustos que le llegaban a Katerina a la rodilla, con enormes hojas oscuras y moras aún verdes que apenas empezaban a madurar. Ardillas nerviosas y bulliciosas se escabullían entre las hojas, y en las alturas algo emitió un ruido que parecía entre un graznido y un chirrido.

A Jade la reconfortaba el bosque. Esos árboles y esas flores y esos animales eran nuevos para ella, pero no le resultaban tan ajenos como la casa de dos pisos. Ese sendero se parecía un poco a los caminitos que papá se encargaba de cuidar en el jardín botánico de Chicago, aunque era más silvestre.

Un chico como de la edad de Jade las alcanzó en su bicicleta y apenas si logró esquivarlas. Jade alcanzó a distinguir la camisa blanca, los shorts de vestir azul marino y la mochila roja, y se preguntó si iría en el mismo año que ella. Luego de que lo vio desaparecer en la siguiente curva, escuchó un cuchicheo a sus espaldas. Al voltear, vio a lo lejos a otra mamá con una larga trenza rubia que llevaba de la mano a un niñito como de la edad de Katerina. Al parecer, mucha gente acostumbraba tomar ese camino para ir a la escuela. Mamá sonrió y agitó la mano para saludar a la otra señora. Los gorjeos matutinos de los animales y las personas llenaban el bosque de vida.

Por fin salieron al sol que se reflejaba en el lustroso metal de los autos que estaban en el estacionamiento de la escuela. De sedanes, minivanes y camionetas resplandecientes se bajaban niños y niñas de todas las edades y todos los tamaños. Los más pequeños eran de la edad de Katerina; los más grandes, de la de Jade. Jade identificó cuando mamá cambió el chip y se convirtió en la sonriente señora O'Callaghan, lista para hablar de trivialidades con cualquier otra madre que se le acercara. Era una versión de su personaje televisivo. Katerina atrajo miradas, como siempre lo hacía, pero esta vez fue más notorio que nunca. Jade debía reconocer que se veía muy tierna con su vestidito overol de tartán y mochila de catarina moteada, pero no le agradaba que otras mamás le sonrieran a su hermanita y a ella prácticamente la ignoraran.

Al acercarse a la escuela, Jade vio que ninguna de las chicas de su edad traía calcetas azules ni zapatos cafés ni falda con shorts integrados. Todas traían calcetas blancas, falda plisada color azul marino y brillantes zapatos Oxford en dos tonos: blanco y negro. Jade había metido la pata. ¿Quién habría imaginado que las de octavo tenían su propio uniforme dentro de las opciones de uniforme?

Jade siguió a mamá y a Katerina hasta la dirección de la escuela, donde una rubia de cabello corto y rizado se presentó como miss Higgins, les dio la bienvenida y le entregó a mamá documentos que debía llenar. Luego esbozó una enorme sonrisa y les habló a Jade y a Katerina como si ambas fueran de la misma edad.

—¿Están emocionadas por su primer día de clases? ¡Seguro que sí! ¿Verdad? —Hablaba inglés con un cantarín acento sureño que Jade solo había oído en películas, aunque el suyo era más dulce y menos gangoso. Apuntó con las uñas rojas en direcciones opuestas para indicarles a Jade y a Katerina adónde tenían que ir para llegar a sus salones: una debía ir hacia el ala de secundaria; la otra, hacia el ala de primaria.

—Miss Jackson, tutora de octavo grado, salón 107, por el pasillo y luego a la izquierda —escuchó Jade. Después de eso, le dio un veloz beso a mamá en la mejilla y salió disparada hacia su salón.

Mientras cruzaba el pasillo, una chica que iba en la misma dirección que ella le preguntó:

—¿Eres la chica nueva?

—Sí... —empezó a decir Jade. No esperaba que nadie se le acercara de esa forma ni tan pronto. Con algo de suerte, aquella chica sería amistosa.

La chica llevaba los enormes ojos cafés maquillados con rímel y delineador, como una adulta, aunque para Jade era obvio que era una chica de su edad. Tenía la piel aceitunada y el cabello lacio, negro y largo, pero no parecía de origen hispano. Jade se sintió acomplejada por no haberse maquillado. Pero entonces la chica volteó a ver a Katerina, quien estaba haciendo un berrinche y estaba a punto de llorar.

—¿En serio es tu hermana?

—Sí, ¿por...?

—Es muy morena y tú eres muy pálida.

—Lo sé. —Jade había oído esa frase incontables veces. Aunque no quisiera, le molestó, pero de cualquier modo agradecía que esa chica le estuviera hablando.

—Ah, bueno —dijo la chica sin cuestionarlo más. Caminaron en silencio hasta el salón 107. Jade intentó idear una forma de romper el silencio, pero por fortuna no tuvo que hacer nada—. Me llamo Chloe, por cierto —añadió la chica.

—Yo soy Jade.

De la nada, la chica se inclinó hacia ella y le susurró:

—Nuestra tutora es increíble. La conozco de los entrenamientos de atletismo.

Jade arqueó la ceja y siguió a Chloe al salón. Tal vez podrían ser amigas.

Pero entonces el mar de rostros desconocidos le resultó abrumador, aunque nadie le prestó atención. Algunas chicas chirriaban de emoción y se abrazaban entre sí, mientras que los chicos corrían en todas direcciones. «Tenían que ser niños», pensó Jade. Entonces vio al de la mochila roja que había pasado a su lado en bicicleta. Era evidente que ahí todos estaban muy *acoplados* los unos a los otros, pues seguramente la mayoría se conocían desde que tenían la edad de Katerina.

Unas chicas saludaron a Chloe y la abrazaron, sin chirridos de por medio. Jade vio a Chloe ubicarse al costado de un grupo de chicas y decidió seguirla. Pero, al verla, las otras chicas guardaron silencio un instante.

—Hola —dijo una de ellas al fin. Era una chica pelirroja de cabello lacio y expresión gentil—. Me llamo Caitlyn.

—Les presento a Jade —intervino Chloe, y Jade agradeció que alguien más la presentara como si ya la conociera para no tener que hacerlo por sí misma.

—Hola, Jade —dijeron las demás al unísono.

—Yo soy Emily —dijo una chica morena con pecas y cabello rizado que con el pulgar detenía la página de una gruesa novela. La forma en que miró a Jade sin perder la página del libro que estaba leyendo le recordó a su amiga Verónica, porque siempre tenía algo en las manos, ya fuera alguna manualidad o un libro por el que pasaba los dedos como si absorbiera la historia no solo con los ojos, sino también con el tacto.

—Hola —contestó Jade y agitó tantito la mano a la altura de la cintura. De pronto se preguntó qué pensarían esas chicas de su cabello, pues nada más lo había cepillado y lo llevaba suelto. Pero con la humedad ya se le había crispado.

—Bueno, y, ¿de dónde eres? —preguntó Emily con una sonrisa que dejó entrever sus brackets morados.

—De Chicago —contestó Jade.

—¿Hace mucho frío ahí? —intervino Caitlyn.

—Aquí hace mucho calor —contestó Jade.

—Ah, tú debes ser Jade —dijo alguien a sus espaldas, y Jade se sobresaltó al oír su nombre. Al voltear, vio a la tutora: una mujer alta y atlética, de cabello rubio teñido que le llegaba al hombro—. Yo soy miss Jackson —agregó y le tendió la mano con una sonrisota que revelaba sus dientes—. Bienvenida a Nuestra Señora de la Esperanza. Nos hace muy felices tenerte aquí. —A Jade no le quedaba muy claro por qué hablaba en plural—. En cualquier momento sonará la campana, y cuando empiece la clase te presentaré frente al grupo, ¿de acuerdo? —Jade asintió, pero sentía que las orejas se le ponían rojas y calientes. Cuando sonó la campana, miss Jackson fue al frente del salón y aplaudió para llamar la atención de sus estudiantes—. ¡Bienvenidos y bienvenidas! —exclamó con su gran sonrisa—. Me da gusto que volvamos a vernos. A la mayoría los conocí el año pasado en clase de ciencias sociales, y a algunas de ustedes las conozco de atletismo, así que procederé a presentarles a alguien a quien acabo de conocer. Jade, ¿vienes un momento? —Jade obedeció y caminó al frente del salón, donde se quedó mirando a la maestra para no voltear a ver a quienes la estaban observando del otro lado—. Les presento a Jade. Es de... Chicago, ¿verdad? —Jade asintió—. Jade se unirá al grupo este año, así que espero que le den una cálida bienvenida. Bien, ahora es momento de asignar pupitres. —Miss Jackson sacó una hoja de papel del bolsillo de sus pantalones y empezó a asignar lugares y a pasear por el salón mientras decía nombres y daba palmadas en los respectivos escritorios. Jade hizo un gran esfuerzo por aprenderse los nombres, pero eran demasiados, así que se distrajo y empezó a juguetear con la pulsera verde y morada que Verónica le hizo antes de que se fuera. Extrañaba mucho a su amiga.

Cuando miss Jackson mencionó su nombre, Jade tomó asiento, y fue una grata sorpresa descubrir que se sentaría junto a Chloe.

Mientras miss Jackson seguía asignando asientos, Chloe se inclinó y le susurró:

—Qué suertuda. ¡Te toca junto a *Peter*!

Chloe tenía razón. A Peter le asignaron el escritorio al otro lado de Jade. Era un tipo rubio y carilindo, como un joven Leonardo DiCaprio. Jade intentó mirarlo sin que se notara que lo estaba haciendo. No estaba segura de si de verdad era lindo, pero últimamente casi cualquier chico la hacía sentir acomplejada y con ansias de mirar en cualquier otra dirección que no fuera la suya. Y Peter no era la excepción.

—Atención, todas y todos —anunció miss Jackson desde el frente del salón una vez que terminó de asignar escritorios—. Empecemos con el padrenuestro.

Jade instintivamente volteó a ver a Chloe en busca de ayuda. Chloe se persignó, y Jade la copió de forma apresurada. Seguía sintiendo que había metido la pata, ¿o era acaso que Chloe había hecho la señal de la cruz en dirección contraria al resto de la clase?

Luego, los demás empezaron a rezar al unísono.

—*Our Father, who art in heaven, hallowed be thy name...*
—Jade solo movió los labios y masculló algo sin sentido. Había ido a algunas misas católicas con abuela, pero eran en español. Sin embargo, a la mitad se dio cuenta de que había escuchado a abuela decir esa plegaria en español, entonándola de forma rítmica con el resto de la congregación.

Esa primera hora estuvo bien, pero el resto del día fue un tanto más complicado. No pudo abrir su casillero sino hasta después de cinco intentos y con ayuda de Chloe. Cuando llegó la hora de cambiar de salón, decidió seguir a Chloe. Por fortuna, el grupo de miss Jackson iba junto a todas partes. Por la mañana tuvieron clases de Matemáticas, Lengua y Literatura, y Ciencias Sociales. Las profesoras se veían agradables, aunque es difícil llegar a una conclusión definitiva el primer día de clases.

Tan pronto sonó la campana del almuerzo, todo el mundo salió corriendo. Cuando llegaron a la cafetería, las chicas ya se habían recortado la falda. Al parecer, tenían una técnica especial para hacerlo: la enrollaban a la altura de la cintura y se desfajaban un poco la camisa para que pareciera una blusa holgada, sin dejar de estar técnicamente fajada. Jade trató discretamente de subirse la falda también, pero el short integrado hacía que fuera muy incómodo y no permitía que le quedara más de dos o tres centímetros por encima de la rodilla.

Quiso sentarse junto a Chloe, pero se le estrujó el pecho al descubrir que no había lugar en su mesa. Intentó fingir que no pasaba nada y se encaminó hacia otra mesa, pero entonces Chloe acercó una silla y la invitó.

—Aquí hay espacio —le dijo.

—Gracias —contestó Jade, intentando disimular su alivio.

Mientras abría la lonchera, escuchó a Caitlyn, la pelirroja, alzar la voz:

—¿Vieron *Legalmente rubia* en el verano? Yo fui a verla con mi hermana el fin de semana pasado y está *divertidísima*.

—¡Ay, yo quiero verla! —exclamó Emily.

Jade había visto el cartel de aquella película y se le hacía demasiado *rosa*.

—Pero ¿no es sobre una chica boba de sororidad? —preguntó Chloe con el ceño fruncido.

—Sí, pero en realidad es muy lista —contestó Caitlyn.

—A ver... ¿vieron *Corazón de caballero*? —intervino Emily.

—¡Sí! —exclamaron todas al unísono, Jade incluida. La había ido a ver con Madison y Verónica, y Madison pasó todo el verano hablando de Heath Ledger.

—Pero la mejor película del verano fue *Moulin Rouge*, sin duda —dijo Chloe y empezó a cantar «Diamonds Are a Girl's Best Friend». A Jade le sorprendió lo lindo que cantaba. Madison tenía ganas de ver esa película, pero ninguna de las tres se animó a pedirle a su mamá que las llevara porque se veía un poco candente.

Al igual que Jade, Chloe también traía almuerzo hecho en casa y se veía delicioso. Era algo con corteza crujiente y relleno de queso y otras cosas que Chloe devoró en diez minutos. La mamá de Jade le había puesto sobras de la noche anterior y una notita que decía «¡Te irá genial! Con amor, mamá». Jade la volteó de inmediato para que nadie la viera. El almuerzo de las demás era el que proporcionaba la escuela.

—¿Qué es eso? —Caitlyn le preguntó a Jade, señalando su comida.

Era mera curiosidad, o quizá hasta un poco de envidia, pero Jade no pudo evitar suspirar para sus adentros. ¿Cómo explicarlo? Era chile relleno con arroz, elote y calabacín. Pero Jade sabía que el concepto de «chile relleno» podía resultarle ajeno a alguien que no fuera de origen mexicano.

—Es una especie de pimiento relleno.

Caitlyn asintió y siguió comiendo barritas de pescado que, por alguna extrañísima razón, aderezaba con compota de manzana.

Después del almuerzo vino la clase de «Católicos en el mundo», con la dulce voz de miss Berenson; luego, ciencia, la cual le gustó a Jade porque el salón estaba tapizado de carteles de plantas y animales y diagramas. La última clase fue de educación física, con coach Porter, un tipo bajo y robusto que usaba una gorra que decía «US MARINES». Jade por fin se sintió libre corriendo de base en base en el campo durante el partido de kickball; ahí no tenía que fingir, ya que el kickball se jugaba igual en todas partes y Jade era particularmente talentosa.

Al final del día escolar, Jade salió al corredor soleado que estaba junto al estacionamiento, con la pesada mochila colgando de los hombros, y, al mirar a su alrededor, notó que los demás se veían distintos. De golpe, como los rectángulos que de pronto muestran las letras faltantes en *La rueda de la fortuna*, todo el mundo traía la camisa desfajada, así que Jade se apresuró a desfajarse la suya de la forma más agraciada posible.

Mamá las estaba esperando a Katerina y a ella un poco más adelante, mientras conversaba con otra mamá. Jade envidiaba la facilidad con la que mamá charlaba de cosas triviales con perfectos desconocidos. Volteó a ver a Chloe y se despidió con un gesto tímido, pero Chloe no la vio porque estaba hablando con Emily y Caitlyn sobre algo relacionado con el entrenamiento de atletismo. Las tres traían maletas deportivas colgando del hombro. Por primera vez en todo el día, Jade se sintió completamente fuera de lugar, así que dejó de intentar llamar la atención de Chloe y se acercó a mamá.

—¿Cómo te fue? —le preguntó mamá y volteó a verla, dejando de lado a la señora con la que acababa de hacer amistad.

Jade se dio cuenta de que genuinamente quería saber la respuesta para cerciorarse de que Jade estuviera bien. Lo pensó unos instantes, pero no sabía bien qué decir.

—No estuvo mal —contestó en voz baja y se encogió tantito de hombros. Mamá le puso una mano en el hombro, pero la quitó casi de inmediato. Quizá se dio cuenta de que Jade no quería o no necesitaba ser el centro de atención frente a tanta gente nueva.

Jade miró por encima del hombro de mamá, por encima de los resplandecientes autos enfilados para recoger chicos, y se enfocó en la entrada al sombreado Wildcat Trail, el caminito de tierra que llevaba del estacionamiento al bosque. Sintió que la envolvía la calma al observarlo, una calma que aquietaba los sonidos estridentes de los otros chicos. Se adentró en el estacionamiento, con cuidado de no meterse en el camino de un auto, y se dirigió al sendero. Tan pronto puso un pie en la tierra suave, escuchó la voz de mamá a sus espaldas.

—¡Jade! ¡Hay que esperar a tu hermana!

Jade se detuvo.

—Está bien —contestó.

Se asomó al caminito y observó los tonos verdes y cafés que se mecían y resplandecían con la brisa vespertina. De pronto le pareció escuchar un arroyo no muy lejos de ahí, pero no podía estar segura.

Dio unos cuantos pasos hacia adelante. Sabía que debía esperar a mamá y a Katerina, pero a nadie le haría daño que se adelantara un poquito.

A sus pies, el suelo era suave y acogedor. Los botones de oro y las violetas le daban besitos como aleteos de mariposas en los tobillos cuando pasaba lentamente a su lado y pisaba las manchitas de sol que se colaban entre las copas de los árboles. Una ardilla se quedó quieta y dejó que Jade se acercara a menos de un metro, pero luego saltó al árbol más cercano, agitando la cola, y trepó hasta desaparecer en medio del follaje.

—¡Manis! —escuchó Jade a sus espaldas y volteó—. ¡Espérame, manis! —exclamó Katerina mientras corría hacia ella y agitaba una hoja de papel rojo en la mano. Mamá venía detrás—. ¡Mira lo que hice! —le dijo cuando la alcanzó y sostuvo la hoja de papel tan alto como pudo. Era un dibujo de una niña con cabello negro y vestido triangular. Abajo había escrito su propio nombre con letras grandes y disparejas, pero inconfundibles.

—Qué bonito dibujo —dijo Jade. No estaba segura de cómo debían ser los dibujos de los niños de seis años, pero no quedaba duda de *a quién* había dibujado, así que supuso que eso era algo bueno.

—No es un *dibujo* —contestó Katerina—. ¡Es un autorretrato!

—Perdón, me equivoqué —dijo Jade, sin poder disimular su sonrisita.

Mamá las alcanzó y les hizo una seña para que siguieran avanzando.

—¡Qué bonito autorretrato! —exclamó mientras caminaba junto a Katerina.

Jade, sin embargo, se quedó un poco atrás. Le pareció escuchar algo, como el ronroneo de un gato, pero más profundo. Se quedó quieta y trató de escucharlo con atención. Era casi como un susurro del bosque, pero con una cualidad distintiva. Quería saber de dónde venía y qué lo producía. Era como aquellas veces en las que ya sabía que Mortimer estaba afuera de su puerta sin que la hubiera empezado a arañar aún.

—¡Apúrate, Jade! —le gritó mamá.

—¡Apúrate, manis!

Jade siguió caminando, despacio, pero no volvió a percibir el sonido. Sin embargo, sí le pareció sentir una presencia cálida entre los árboles, no muy lejos del sendero. Era una presencia tan atrayente como el bosque mismo. No sabía cómo explicarlo, pero era como si entre los árboles estuviera alguien o algo que conocía desde hacía mucho y que la estaba acompañando en el trayecto.

El umbral iluminado por el sol indicaba el final del sendero, pero Jade no quería abandonar el bosque. Al poner un pie en el pasto de su jardín trasero, junto a la calzada de la nueva casa, el calor de la tarde la envolvió de nuevo sin que pudiera averiguar qué fue aquello que percibió.

Tal vez solo fue su imaginación.

2

A mamá por lo regular no le gustaba que la familia viera sus reportajes en televisión, pero esa noche, después del primer día de clases, no objetó cuando papá puso CNN en la tele. Los cuatro estaban sentados a la mesa, abalanzados sobre jugosas rebanadas de pollo que mamá había horneado con ramas de romero que acababan de echar raíces en el nuevo herbario de papá.

La presentadora del noticiario de la noche, una mujer de cabello rubio y lacio, anunció:

—El apoyo del presidente Bush a las investigaciones con células madre ha resultado bastante controversial. Sol O'Callaghan tiene los detalles.

La familia guardó silencio y prestó atención. En ese momento apareció mamá en pantalla, con su libreta en mano, entrevistando a alguien que llevaba una bata blanca de los CDC. Jade estaba acostumbrada a ver a mamá en la tele, pues había sido la presentadora del noticiario local desde que Jade tenía uso de razón, pero esto era otra cosa. La calidad de la cámara era mejor, y Jade sabía que la estaba viendo gente de todo Estados Unidos, tal vez hasta sus vecinos de al lado.

Era un gran avance para mamá. Acababa de producir un especial sobre alcoholismo y drogadicción en Chicago cuando recibió la oferta de CNN. En ese momento, saltó a los brazos de papá, y él le dio vueltas por los aires en la cocinita de la casa antigua. Nadie lo cuestionó: Mamá tendría su trabajo de ensueño y la familia entera se mudaría a Atlanta. Y Jade y Katerina estudiarían en una escuela católica, como sus papás habían querido desde siempre.

En televisión, mamá traía puestos pantalones de vestir negros y ceñidos. Por su parte, la mujer con la bata enumeraba enfermedades:

—Alzheimer, Parkinson...

A un lado de Jade, en la mesa del comedor, mamá se veía a sí misma en televisión. Tenía las manos entrelazadas bajo la barbilla, los codos recargados sobre la mesa y los labios relajados, esbozando una sutil sonrisa satisfecha.

Tras el cambio de escena, mamá caminó hacia la cámara frente a un enorme edificio de cristal verduzco curveado.

—El financiamiento para realizar estas investigaciones ha sido muy controvertido —dijo mamá con la habitual actitud confiada de quien sabe de lo que habla—, pero los científicos esperan que estos nuevos experimentos traigan consigo hallazgos que permitan curar algunas de las enfermedades más funestas de nuestros tiempos. Sol O'Callaghan, CNN, Atlanta.

—¡Genial! —exclamó papá y empezó a aplaudir. Katerina se le unió con una gran sonrisa, igual que Jade. Era la primera historia de mamá en CNN, y Jade no podía negar que era genial verla en televisión nacional. Papá abrazó a mamá con uno de sus musculosos brazos—. Miren nada más a esa dama tan hermosa —dijo—. Eres increíble, Sol.

—Le dio un beso tronado en la mejilla. Mamá sonrió con

más fuerza y lo miró a los ojos, permitiendo que la jalara hacia él.

—¡Papi! ¡Dibujé un autorretrato en la escuela! —intervino Katerina, como si a mamá se le hubiera acabado el tiempo de ser el centro de atención y ahora le tocara a la más pequeña de la familia.

—¿Ah, sí? —dijo papá y alzó la mirada sin dejar de acariciarle el brazo a mamá.

—Sí, déjame que te lo enseñe. —No fue sino hasta que se bajó de la silla que recordó sus buenos modales—. Eh, ¿puedo...? —empezó a decir.

—Sí, puedes levantarte —dijeron papá y mamá al unísono.

—¿Qué tal estuvo tu primer día de clases, Jade? —preguntó papá cuando Katerina salió corriendo para ir por su dibujo.

Mamá agarró el control remoto para bajarle el volumen a la tele. Jade volvió a pensar en qué contestar. Pudo haber sido mucho peor de lo que fue, pero de cualquier modo pasó la mayor parte del tiempo sintiéndose fuera de lugar.

—No estuvo mal —contestó.

—¿Hiciste nuevos amigos? —preguntó mamá.

Jade asintió.

—Eso creo. O sea, hay una chica que se llama Chloe que me pareció muy simpática. —Pensándolo bien, si no hubiera sido por Chloe, su día habría sido un desastre.

—¡Qué bueno, Jade! —dijo mamá con una sonrisa—. Chloe. —Jade percibió el instante mismo en el que mamá registró el nombre de Chloe en su archivo mental. Mamá tenía una mano ligeramente apoyada sobre la de papá.

*

Esa noche, Mortimer entró a hurtadillas al baño de Jade mientras ella se lavaba la cara. Aunque fuera el gato de la familia, en realidad era de Jade. No dejaba que nadie más lo acariciara, y rasguñaba a cualquiera que se acercara demasiado. Físicamente era más fuerte y robusto que un gato normal. Además, tenía las orejas redondas y los ojos entre verduzcos y amarillentos que lo hacían ver muy feroz. Los demás miembros de la familia decían que era salvaje e impredecible, pero Jade nunca le había tenido miedo. Lo encontró cuando tenía más o menos la edad de Katerina. Era apenas un minino que estaba solo en el parque cercano a la antigua casa, una bolita de pelos que corría frenéticamente de un lado a otro de la sección bardeada que daba a la calle y maullaba con el hociquito rosa bien abierto hasta dejar entrever sus filosos caninos. Jane lo llamó por debajo de la alambrada, y el gatito corrió directo a las palmas de sus manos y se acurrucó ahí, todo tembloroso. Papá y mamá no querían quedárselo, pero después del monumental berrinche que hizo Jade —el cual casi ahuyenta al pobre Mortimer— accedieron. Papá le hizo prometer que lo alimentaría a diario y que a diario limpiaría también su arenero. Jade aceptó de inmediato sin tener la menor idea de lo que estaba aceptando hacer, pero ahora ya era parte de su rutina diaria, como si las necesidades de Mortimer fueran una extensión de las suyas.

El gato le dio coletazos en las pantorrillas mientras ella se cubría la cara con espuma. Después, Mortimer se trepó con elegancia en la orilla del lavabo y se estiró cuan largo era.

La gente solía decir que Jade tenía buena mano para los gatos, pero ella lo concebía de otra forma. Sentía que los entendía, y claro que cualquier gato que la viera en la calle corría a sus brazos en busca de mimos. Si bien había momentos peculiares en los que un sexto sentido le decía que había un gato a la vuelta de la esquina o detrás de un arbusto, a Jade no le parecía nada fuera de lo común, pues siempre había sido así. Además, conocía a mucha gente que tenía otras habilidades inusuales y hasta extraordinarias. Papá, por ejemplo, podía hacer que cualquier semilla germinara en cualquier parte, sin importar si era una planta adecuada para el clima local. Mamá, por su parte, lograba que la gente le contara cosas que nunca le había contado a nadie más. Verónica veía una garza o un lirio de origami e identificaba perfectamente cómo se debía doblar el papel y hasta era capaz de reproducirlo. Jade tenía la impresión de que toda la gente tenía una habilidad especial, algo que cada quien consideraba natural, aunque a otros les resultara intrigante o descabellado.

Jade se enjuagó la cara y se la secó delicadamente con la toalla. Mortimer bostezó y se bajó de un brinco para volver a caminar de forma discreta entre las piernas de su dueña. En medio del silencio, mientras Jade se ponía peróxido de benzoílo en los granitos que amenazaban con convertirse en espinillas, se dio cuenta de que alcanzaba a escuchar lo que decían sus papás en la habitación contigua. Imaginó entonces que su baño y el cuarto de sus papás compartían pared, porque la verdad era que aún no terminaba de acostumbrarse a la distribución de la casa.

—Es increíble, mi amor —dijo papá—. Me da mucho gusto que por fin estés recibiendo lo que mereces. Ahora

Estados Unidos se enterará de las noticias de salud pública gracias a esta hermosa mujer, Sol O'Callaghan. —Mamá soltó una risita tímida—. Hablo en serio —continuó papá—. Eres la joven latina que este país necesita.

Hubo una pausa.

—Chris, no me contrataron por ser latina.

—Ay, mi amor, no me refería a *eso*...

—Me contrataron por mi experiencia, por mi conocimiento, por mi templanza y personalidad frente a la pantalla..., no por mi raza. —Mamá sonaba molesta.

Ambos guardaron silencio un momento, y luego papá contestó:

—Perdón, Sol. No debí usar esas palabras. No era eso lo que quería decir. Es solo que... me preocupa lo del empleo.

—Te lo darán, ya verás —contestó mamá con voz dulce y conciliatoria.

—Eso espero.

Jade no sabía a qué empleo se referían, pues sabía que papá había enviado varias solicitudes. Su trabajo en los jardines botánicos de Chicago le encantaba, así que Jade no sabía si encontraría algo en Atlanta que lo hiciera igual de feliz.

Mortimer se escabulló entre sus piernas y se fue al cuarto. Era hora de dormir.

Una vez que se sentaron en sus pupitres para la primera hora de clase, Chloe le preguntó a Jade:

—¿Por qué te fuiste tan rápido ayer? Te busqué por todas partes, pero ya no te encontré. Ni siquiera te despediste.

Jade percibió que Chloe estaba genuinamente sentida, a pesar del audaz maquillaje gótico.

—Intenté despedirme, pero estabas hablando con otras personas —contestó Jade. El día anterior había creído que a Chloe le interesaba más hablar con Caitlyn y Emily que con ella, pero quizá se había equivocado, así que ahora esperaba que Chloe no estuviera enojada con ella.

—Ah —dijo Chloe—. Bueno, es que te iba a preguntar si querías ir por helado. Mi papá quiso llevarnos a mi hermano y a mí y a cualquier persona que quisiéramos invitar.

—¡Ay! —¿Chloe quería pasar más tiempo con ella? ¿Fuera de la escuela?—. Qué... qué linda eres. Gracias. ¿Estaban celebrando algo?

—Bueno, es que vino a visitarnos. Vive en Charlotte y a veces viene acá por trabajo. Y a vernos, claro.

—Oh. —De pronto, Jade se sintió avergonzada, como si hubiera acompañado a Chloe a una especie de excursión, pero sin el equipo adecuado. Conocía hijos de padres divorciados, pero por lo regular asumía que los papás de otras personas seguían casados, como los suyos.

Entonces Chloe se le acercó discretamente.

—Sí sabes que no tienes que llevar abotonado ese botón, ¿verdad? —le preguntó en voz baja.

—¿Qué? —A Jade le desconcertó el cambio de tema.

—El botón de hasta arriba.

Jade se llevó una mano al primer botón de la camisa, el cual casi la ahorcaba.

—Pero el uniforme... —empezó a decir, recordando lo que decía el manual. *Cuatro centímetros por encima de la rodilla, camisa abotonada hasta arriba...*

—Las maestras no nos dicen nada por los botones —dijo Chloe con una sonrisita conspiradora.

Jade se sintió capaz de sonreír de nuevo. Le daba gusto que Chloe volviera a hablarle de esa forma y le compartiera el manual implícito para triunfar en Nuestra Señora de la Esperanza, o NUSE, como le decían los estudiantes. Jade bajó la mirada hacia la camisa, hacia la mano puesta en el botón superior, y de pronto sintió que estaba demasiado cubierta, sobre todo en comparación con el resto de las chicas. Quería ser divertida, *integrarse*, evitar que la gente pensara que venía del siglo XIX, o algo así. Se abrió el primer botón de la camisa y dejó expuesto un triángulo pálido de piel del pecho. Por un instante se sintió vulnerable, pero la sensación fue disminuyendo. Cuando menos así era igual que las demás, aunque fuera en un solo sentido. ¡Qué alivio!

En la tarde, Chloe se despidió de lejos, con la maleta deportiva al hombro, y se subió al Jeep rojo de miss Jackson con Caitlyn y Emily. Jade le devolvió el saludo, suponiendo que irían a entrenar atletismo.

Mamá no había llegado aún, pero de cualquier modo Jade cruzó el estacionamiento y se detuvo en la orilla del bosque. Se asomó al sendero, ansiando entrar. El bosque la atraía, como siempre, con sus aromas húmedos y la promesa de la sombra fresca y el alivio del calor de Georgia.

Un grupo de chicas que venían riendo se acercó también a la entrada del sendero. Jade reconoció a Tanya, quien era de su grupo. Llevaba el cabello rubio y lacio atado en una coleta alta con una ancha banda rosa. Tanya la saludó de forma discreta, sin dejar de sonreír por algo que acababa de decir su amiga, y pasó junto a Jade de camino al sendero. Jade se quedó mirando sus mochilas de marca y faldas azul marino mientras se adentraban en el bosque.

¿Sería que a ninguna de las chicas de secundaria las iban a recoger sus padres a la escuela? ¿Solo a ella la recogía su mamá? Se puso a pensar que quizá también debía cambiar eso para estar en onda, como las demás. No le molestaba volver a casa andando con mamá y Katerina, pero las demás chicas se veían muy libres.

Mamá apareció de pronto, tras dar vuelta a una esquina en el sendero. Traía puesto uno de sus elegantes atuendos de trabajo, pero esta vez lo había combinado con zapatos cómodos, y venía conversando con la mamá a la que habían visto el día anterior, cuya hija también iba en kínder. Cuando alcanzaron a Jade, mamá se despidió de la otra señora y le dio a su hija un apretoncito en el hombro.

—Hola —dijo en voz baja—. Déjame ir por tu hermana. —Jade asintió y ambas miraron hacia el otro lado del estacionamiento, donde vieron a Katerina parada en el corredor, rodeada de un montón de amiguitos nuevos—. ¡Qué sociable es tu hermana! ¿Verdad? —Jade se rio y volteó a ver a mamá a los ojos—. Lo hace parecer muy sencillo —agregó mamá y meneó la cabeza antes de voltear a ver a Jade—. Pero no lo es.

Mientras mamá cruzaba el estacionamiento para recoger a Katerina y charlar con las otras mamás, Jade la observó y se preguntó por primera vez cuánto se esforzaba mamá para ser así de encantadora. Y agradeció que, al menos en ese instante, le hubiera hecho sentir que no tenía nada de malo no estar sumergida en un mar de amigos.

Al llegar a casa, mamá llevó a Katerina a la puerta principal, pero le hizo una seña a Jade para que se quedara un momento en el pórtico.

—Te voy a enseñar algo —le dijo y metió la mano en las profundidades de la maceta del agave que papá había acomodado en el pórtico, con cuidado de no pincharse con las espinas laterales de las hojas—. Esta llave es de la puerta trasera —dijo.

—OK —contestó Jade.

—Y ya sabes cómo ir a la escuela y regresar —añadió mamá—. Ya no necesitas que las acompañe. Te tocará ir y regresar con tu hermanita, ¿de acuerdo?

Jade sintió que la inundaba una sensación cálida. Mamá le estaba confiando una responsabilidad muy adulta, y gracias a eso sería como los otros chicos de secundaria que no tenían que esperar a que sus padres fueran a recogerlos.

—Suena bien —contestó.

—Ahora bien, tienes que estar vigilando a Katerina en todo momento —le advirtió mamá, mirándola directo a los ojos—. ¿Puedes hacerlo?

—Sí —contestó Jade.

Mamá asintió, satisfecha.

—Yo iré a recoger a Katerina los jueves. O más bien irá papá. Ese día le toca ir a las Daisies. Pero no tienes que quedarte a esperarla.

—De acuerdo, entendido —contestó Jade. Las Daisies eran la versión preescolar de las niñas exploradoras. Jade había pasado por las Daisies, las Brownies y las Juniors junto con Madison y Verónica, pero luego renunció porque se hartó de vender galletas y porque Madison decidió que quería aprender a montar a caballo. En ese momento, Jade deseó tener una actividad propia, como Katerina, que le sirviera para hacer amistades y hacer cosas divertidas fuera de la escuela.

Mamá le entregó la llave, que sobre su mano parecía pequeña y fácil de perder.

—Ahora ponla en su lugar —dijo mamá y entró a la casa.

Sosteniéndola con firmeza entre los dedos, Jade metió la mano a la maceta de barro, igual que como lo había hecho su madre, y la enterró en la tierra hasta que solo la cabeza asomara, pero oculta bajo las hojas gruesas y espinosas.

Más tarde, mientras anochecía y Mortimer dormía en el marco de la ventana, Jade se sentó a su lado en la cama y le acarició el cuello y el lomo. El gato bostezó y meneó la cola, y Jade sintió la vibración de sus ronroneos. Se asomó por la ventana para ver los pinos que separaban el jardín trasero del bosque. A Jade le encantaba caminar por el sendero que atravesaba el bosque, aunque no lograba entender del todo bien por qué. Sin dejar de acariciar a Mortimer, observó el suave resplandor anaranjado del atardecer que teñía el verdor oscilante de las copas de los pinos con los últimos tonos rubicundos del día.

Al día siguiente, después de salir al corredor soleado y despedirse de Chloe, tomó a Katerina de la mano y atravesó confiadamente el estacionamiento, de camino al Wildcat Trail. En la entrada encontró a Tanya conversando con Peter, el chico rubio que se sentaba a su lado en la primera clase. Tanya no paraba de reír y dejaba que la coleta le cayera por encima del hombro, la partía en dos y la jalaba para apretar el nudo.

Jade jamás podría hacer eso con su cabello porque era demasiado grueso y encrespado, ni tampoco se imaginaba teniendo las agallas para coquetear de esa forma. Desvió entonces la mirada y se adentró en el bosque con Katerina.

—Adivina qué me dio hoy miss McDade, manis —dijo Katerina.

—¿Qué te dio? —respondió Jade, siguiéndole la corriente, y le estrujó la mano.

—¡Me dio una *green card*! ¿Sabes qué significa tener una *green card*?

—No, no sé qué significa tener una *green card* —contestó Jade entre risas, convencida de que no podía tratarse de una tarjeta de residencia permanente. Frente a ellas, un cenzontle atravesó el sendero volando, y las plumas de su cola blancas resplandecieron al abanicarse. Se posó luego en una rama y dejó que su plumaje grisáceo se reacomodara.

—Tener una *green card* significa que te portaste muy bien —contestó Katerina—. Que te den una *red card* significa que te portaste mal. Mira, te voy a mostrar la mía —dijo y trató de zafar la mano que Jade le tenía tomada.

—Eh, no, no te preocupes, me la enseñas llegando a casa —empezó a decir Jade, pero su hermanita ya se había quitado la mochila y estaba buscando en su interior. Jade temía que las carpetas de colores y los papeles que contenían cayeran al suelo y se ensuciaran, y entonces tendría que lidiar con el llanto de Katerina, lo cual nunca era deseable.

—¡Aquí está! ¡Ya la encontré! —dijo Katerina y sacó una tarjeta verde que le mostró a su hermana. *Aleluya*, pensó

Jade. *Ya pasó lo peor*—. ¡Mírala! ¡Mírala! —insistió Katerina—. Dice «*good...*». A ver, déjame ver. Dice: «*good job*».

Jade sonrió, sobre todo porque era un alivio que no se hubieran desperdigado los contenidos de la mochila de Katerina.

—¡Qué bien! —contestó—. Ahora dame la mano, que ya casi llegamos a casa, ¿de acuerdo?

Inesperadamente, disfrutaba estar a cargo de su hermana menor. Aunque Katerina pudiera ser irritante, a Jade le gustaba ser la responsable, la persona a la que su hermanita debía hacerle caso. Y ahí, en el sendero en medio del bosque, no sentía que estaba sola ni a cargo de toda la responsabilidad, pues había otros chicos caminando delante de ellas y el bosque mismo emanaba una sensación familiar que Jade percibió desde el primer momento en el que puso pie en él.

Los padres de Jade no estaban en casa cuando llegaron, así que usó la llave de la maceta para entrar y luego, con mucho cuidado, la puso de nuevo en su lugar. Una vez adentro, sacó unas barritas con chispas de chocolate de la alacena y dejó a Katerina sentada en el sofá, viendo el Discovery Channel, antes de subir a su cuarto.

En momentos como ese, cuando la casa estaba en silencio y afuera seguía habiendo suficiente luz, a Jade le gustaba sentarse a dibujar, pero ese día en particular sintió que no la ayudaría a apaciguar aquello que la inquietaba. Entonces se sentó en la cama y se puso a pensar en la coleta alta y perfecta de Tanya, y en la banda rosa estridente con la que se la ataba. Recordó lo cerca que estaba Peter de Tanya mientras conversaban en una orilla del estacionamiento. Recordó el maquillaje oscuro que llevaba Chloe en los ojos y eso que le dijo de que nadie se abotonaba el primer botón de la camisa. Se llevó una mano al pecho, justo encima del segundo botón, y, con la punta del dedo, recorrió la solapa de la camisa hasta el botón superior.

Ansiaba sentir que era una de las chicas NUSE. ¿Para eso había que usar maquillaje, como Chloe? ¿Había que maquillarse para estar en onda y ser bonita? ¿Había que alaciarse el cabello y hacerse una coleta alta, como Tanya? ¿Había que soltarse el cabello y agitarlo por encima de los hombros, como Caitlyn?

Jade quería sentirse bonita y, aunque pensar en ello fuera un poco aterrador, también quería que los chicos la miraran y les pareciera bonita.

Fue al baño de sus padres, donde mamá guardaba su maquillaje. Estaba al fondo de su enorme habitación, después de las bolsas y las mascadas que colgaban de los percheros en la pared y del búho de papel maché azul platinado que mamá llamaba «su tecolote» y que miraba al horizonte con sus ojos de pintura brillante, encaramado encima del ropero de mamá.

El baño era casi del mismo tamaño que el cuarto, el más grande que Jade había visto jamás en una casa. Y todo lo que contenía —como la ancha barra de mármol con dos lavamanos, la secadora de cabello desconectada junto a uno de los lavamanos, la regadera con puerta transparente— hacía que pareciera muy de adulto.

Y entonces lo vio: el resplandeciente tubo de rímel negro de mamá, pegado a su cepillo de cabello, dentro de un cajón que dejó entreabierto. Estaba ahí, tendido, como si esperara que una mano experta lo tomara, lo usara y lo guardara de nuevo en el cajón con un giro de la muñeca bien practicado. Jade lo miró fijamente, pero no se atrevió a agarrarlo.

Tratando de no hacer ruido, cerró con llave la puerta del baño. Aún no llegaban papá y mamá, pero era mejor ser precavida. Se miró en el ancho espejo enmarcado que colgaba sobre los lavamanos y examinó su rostro. En la nariz tenía unas cuantas pequitas, y sus ojos color turquesa reflejaban los azulejos a sus espaldas. Todavía tenía la piel rojiza donde le habían salido las espinillas, y su cabello ondulado y rubio cenizo estaba tan encrespado que parecía formar un halo a su alrededor.

¿Cómo se veía ella junto a las otras chicas? Frente al espejo, empujó sus pequeños senos hacia arriba y hacia en medio para que se le asomara ligeramente el escote por encima del segundo botón de la camisa. Mantuvo esa pose e intentó clasificarse y determinar si era bonita y si algún chico se fijaría en ella.

El tubo de rímel volvió a llamar su atención. Tal vez podía ponerse un poquitito y devolverlo sin que mamá se diera cuenta.

Soltó la pose y tomó el tubito negro, con cuidado de no mover nada más dentro del cajón. Era un tubo que se estrechaba por ambos lados y cuya etiqueta tenía letras plateadas brillantes. Antes de abrirlo, lo sostuvo un momento sobre la palma de la mano.

El peinecito salió lleno de tinta negra resplandeciente. Se lo llevó entonces a las pestañas y empezó a pintarlas.

Pero no era tan sencillo como parecía. Era difícil no dejar de parpadear, y, tan pronto logró pintarse un poco las pestañas, hizo un movimiento que le dejó manchitas negras alrededor de los ojos. Al tratar de quitarlas con un dedo, el maquillaje se le quedó embarrado en la piel. Rebuscó en el cajón hasta encontrar el desmaquillante de mamá y las almohadillas de algodón para quitarse las manchas, con la esperanza de que mamá no se diera cuenta de que había movido algunas cosas más.

Cuando terminó, retrocedió un paso y examinó su trabajo. Dejaba mucho que desear. Los grumos de pasta hacían que sus pestañas parecieran alas de murciélago sobre su cara pálida. No se parecía en nada al maquillaje de Chloe que había sido hecho con una mano firme y segura de sí misma. A pesar de la decepción, Jade supuso que la próxima vez lo haría mejor. Lo haría con más delicadeza y mantendría los ojos abiertos, aunque le lloraran. O quizá el rímel no estaba hecho para ella.

Intentó de nuevo arremangarse la falda con short integrado para hacerla más corta, como hacían las otras chicas, pero se le volvió a enterrar entre las piernas. ¡Maldito short! ¿Sería posible arrancárselo a la falda?

Tenía que hacer algo al respecto. En otro cajón, encontró las tijeras para vello facial de papá. Decidió entonces que lo resolvería por su cuenta. Se quitó la falda con el short integrado, se sentó sobre la tapa del inodoro y empezó a cortar una por una las puntadas, con cuidado de no rasgar la tela. De pronto, se fijó en las difusas briznas rubias que le crecían en las piernas y decidió que esa misma noche empezaría a rasurarse. Luego siguió descosiendo los shorts de forma metódica, sin prestar atención a nada más.

Estaba a punto de terminar cuando escuchó que alguien tocaba a la puerta.

—¿Estás ahí adentro, Jade? —preguntó papá.

Jade se paralizó. Ni siquiera lo escuchó llegar.

—¡Sí! ¡Un segundo! —contestó. De inmediato se volvió a poner la falda y guardó el rímel y las tijeras.

—Es que ya llevas un buen rato ahí y me urge un poco pasar al baño. ¡Por eso te asignamos tu propio baño!

Jade jaló la cadena del inodoro y abrió la llave del lavamanos para lavarse la cara y secársela tan rápido como pudo. Al guardar las almohadillas de algodón, percibió con los dedos el arsenal de rastrillos morados desechables de mamá. Sin darse siquiera la oportunidad de pensarlo dos veces, agarró uno y se lo escondió en el cinto de la falda, bajo la camisa.

Finalmente le quitó el seguro a la puerta y la abrió. Papá entró deprisa y exclamó:

—¡Al menos podrías haberte apurado un poquito!

—Perdón... era del dos —contestó mientras papá cerraba la puerta. Puso una mano sobre el rastrillo que llevaba escondido y volvió a su cuarto, con la esperanza de que rasurarse fuera más sencillo que ponerse rímel.

A la mañana siguiente, Jade agarró su almuerzo del mostrador de la cocina y se encaminó hacia la puerta, pero mamá la detuvo.

—Empezaste a rasurarte —dijo.

Jade se paró de golpe en el umbral de la puerta y se dio media vuelta. Katerina ya estaba en el pórtico, esperándola para ir a la escuela.

—Sí... —dijo, un poco asustada. Le sorprendió que mamá se diera cuenta. ¿Se había molestado por el rastrillo robado? Jade se miró las rodillas y la franja de pantorrilla pálida que se asomaba por encima de las calcetas. La noche anterior había tenido mucho cuidado de hacerlo con delicadeza y solo se había cortado un poquito a la altura de los tobillos.

—Sabes que puedes pedirme los rastrillos —dijo mamá con voz dulce y gentil, no acusadora. Aun así, Jade se sonrojó y se preguntó si mamá se habría dado cuentas de otras cosas. ¿Había notado acaso que su maquillaje estaba fuera de lugar?

—Sí —contestó Jade y miró por un breve instante a su mamá a los ojos antes de volver a bajar la cara. Pero luego decidió sincerarse con ella—. No te lo pedí porque creí que dirías que sigo siendo una niña.

Mamá se acercó y le acomodó un rizo atrás de la oreja. Jade volvió a mirarla a los ojos.

—Bueno, pero tú ya decidiste que es momento de empezar —dijo mamá—. No quería que te sintieras presionada a hacerlo o a no hacerlo. —A Jade no se le había ocurrido que mamá pudiera pensar eso, pero le daba gusto que nunca le hubiera hecho sentir que *debía* rasurarse las piernas—. Nos vemos en la tarde —agregó mamá y le dio una palmadita en el hombro.

—Nos vemos —contestó Jade y cruzó la puerta para alcanzar a Katerina, quien estaba brincoteando impacientemente.

De camino al Wildcat Trail, Jade se preguntó si alguien en la escuela notaría que se había rasurado las piernas, pero para eso tendrían que mirarle las rodillas. Solo mostraba las pantorrillas en clase de educación física, cuando cambiaba los zapatos de cuero y las calcetas altas por calcetines deportivos y tenis. Tal vez nadie se daría cuenta, y quizá eso sería lo mejor... solo pensarían que se veía muy bien corriendo de base en base durante el partido de kickball.

Puesto que los jueves Katerina se quedaba con las Daisies, después de clases Jade se adentró en el bosque sola. Era agradable estar sola. Ansiaba disfrutar los sutiles sonidos de la naturaleza, el canto de las aves y el susurro de las hojas que tanto la tranquilizaban y que no tenían nada que ver con los motores encendidos y las risas estridentes del estacionamiento.

Al poner un pie en el suave camino de tierra, tan pronto la suela de hule de su zapato dejó marcado su patrón en la tierra, volvió a inundarla *esa sensación* de que había alguien ahí, una presencia familiar, pero invisible, que se movía detrás de la hojarasca de los árboles que flanqueaban el camino. Era como si alguien conocido la estuviera llamando, pero sin mostrar la cara, sin importar cuánto se asomara entre las hojas. O tal vez lo que percibía era el bosque mismo.

Siguió avanzando y, mientras pasaba entre los árboles, se dejó mecer por esa sensación reconfortante y permitió que su mente divagara con cada paso que daba. Recordó su reflejo en el gigantesco espejo del baño de sus papás, el espejo que no le reveló lo que ella quería saber. No sabía si era bonita ni qué pensaban otras personas de ella. No sabía si algún día sería una verdadera chica NUSE que usaba el uniforme correcto y se sabía de memoria el avemaría en inglés.

Pero también estaba el otro espejo, el espejito negro que mamá le dijo que guardara. En él, su reflejo no era claro. No lo podías usar para cepillarte el cabello ni para revisar si tenías comida entre los dientes. Pero ¿y si el espejo mostraba otra cosa? No un reflejo plano de la luz rebotando sobre tu cara, sino algo distinto, algo trascendental. ¿Sería posible que el brillante espejo negro que permanecía guardado en su cajón le mostrara algo que un espejo ordinario no podía reflejar?

Definitivamente había alguien en el bosque, no muy lejos del sendero. A Jade ya no le quedaba la menor duda. Pero no fue un sonido lo que le hizo saberlo, sino una sensación, una certeza. Se asomó de nuevo entre las ramas, en el lugar donde percibió la presencia, y detrás de la hojarasca que resplandecía con el sol de finales de agosto que se filtraba entre los árboles, vio un lomo dorado y moteado.

Jade se paralizó y contuvo el aire.

La piel de un animal grande se movía subrepticiamente en medio de la maleza. Justo enfrente de Jade, una garra poderosa se asomó al sendero, seguida del resto de la bestia: un felino salvaje que le llegaba a la cintura, un animal fornido y cálido y lleno de una energía palpable y aterradora. La piel que recubría los músculos bien definidos tenía los inconfundibles rosetones negros de los jaguares.

El felino la miró fijamente con sus solemnes ojos verduzcos y ambarinos. Jade estaba tan asustada que no se atrevía a gritar. Ni siquiera podía pensar; solo podía mirar fijamente la fuerte quijada y los ojos penetrantes del jaguar.

Pero entonces se dio cuenta de que no era un jaguar. Quien estaba frente a ella no era un jaguar, sino un hombre muy, muy viejo.

3

El hombre estaba prácticamente hecho de arrugas, desde las hendiduras profundas en la frente hasta sus manos pequeñas y rugosas. Era quizá el hombre más pequeño que Jade hubiera visto jamás. Era por lo menos treinta centímetros más pequeño que ella y estaba un poco encorvado. Tenía puesta una sencilla túnica blanca, anudada sobre el hombro y que le holgaba sobre la esbelta figura. El blanco resaltaba sobre su oscura piel morena. Tenía las manos dobladas en una postura solemne sobre un báculo serpentino y miraba a Jade con sus ojos color ámbar y una sonrisa amigable.

Jade se quedó estupefacta. Estaba *segura* de que unos momentos antes —en vez de ese diminuto anciano recargado en su báculo— había un aterrador y poderoso jaguar. Había visto al jaguar en toda su temible y dorada gloria. Pero al mirar a los ojos reconfortantes del hombre, el corazón, que había estado palpitándole a toda velocidad por el miedo, comenzó a asentársele. Reconoció en aquel hombre la presencia familiar que había sentido en sus caminatas por el sendero. Él la miró con gentileza, y Jade supo que no le haría daño.

—¡Llegaste! —dijo el hombre, con una voz mucho más fuerte de lo que Jade habría esperado de una persona tan pequeña y anciana. Soltó una risita y golpeteó la punta de su báculo con la palma de la mano. Tenía un acento de una tierra lejana que Jade no logró identificar. Era a la vez familiar y nuevo.

—¿Qué... qué quieres decir? —preguntó Jade. ¿Había estado esperándola? Las hojas sobre su cabeza susurraron con una ligera brisa y una resplandeciente libélula azul pasó zumbando frente a ellos por el sendero.

El pequeño hombre volvió a reírse con suavidad para sus adentros.

—Empezaba a creer que nunca sucedería. —Dio unos cuantos pasos diminutos hacia la orilla del sendero, colocando el báculo sobre la tierra con delicadeza para utilizarlo como bastón. Jade temía que se tropezara con una raíz y se cayera. Estuvo a punto de acercarse para ayudarlo, pero recordó cómo abuela apretaba los dientes y manoteaba siempre que Jade intentaba ayudarla a levantarse de una silla o bajar del auto—. Ha llegado el momento —continuó el hombre, sin dejar de caminar, lento, pero con decisión, hacia los matorrales bajos que crecían a un costado del sendero. ¿El momento de *qué*? Jade notó sus intricadas sandalias, parchadas cuidadosamente en cientos de lugares. Eran de todos los tonos de café imaginables, cosidos para acunarle los pies—. Uno no deja un lugar salvo que tenga que hacerlo —siguió el anciano. Estaba dándole la espalda ya, y sus pequeños pasos lo alejaban más y más del sendero. ¿Quería irse? ¿Después de *esa* entrada? Pero no dejó de hablar:

»Uno deja un lugar cuando tiene que hacerlo, cuando alguien te necesita, cuando hay una injusticia por corregir, una misión que no puede cumplirse a menos de que salgas del lugar que conoces y emprendas un viaje hacia un lugar en el que todo es distinto: las palabras, las flores, la forma en que la gente saluda... —Se detuvo, giró la cabeza y le habló con suavidad—. ¿Vas a venir?

La brillante luz del sol le iluminaba la silueta de perfil. Con un sobresalto, Jade se dio cuenta de que se parecía mucho a su abuelo de perfil, sin el bigote.

Miró por el sendero en dirección de la escuela y hacia donde estaba su casa. Miró de nuevo al anciano. Una sombra de decepción se había posado sobre su rostro al verla vacilar. Era la misma cara que hacía abuelo cuando ella le decía que no quería escuchar un cuento antes de dormir. Esa mirada de decepción siempre la hacía cambiar de opinión y decir: «Sí, abuelo, quiero oír un cuento». Era lo mismo que quería decirle al pequeño hombre.

—Ya voy —dijo, y dio un paso hacia los helechos y la yedra.

Mientras él le sonreía e inclinaba la cabeza hacia el frente, Jade vio un chispazo de felicidad en sus ojos, el mismo destello juguetón que solía iluminarle los ojos a abuelo cuando hacía algún truco de magia, como cuando le pedía que escogiera una carta de lotería y se la pusiera detrás de la espalda para que él adivinara cuál era.

El hombre no se alejó demasiado; sus pasos cortos e intencionados los llevaron solo unos metros más allá del sendero. ¿Por qué caminar así, con tantos trabajos, si podía saltar y brincar por el bosque como un jaguar? Jade estaba segura de lo que había visto, pero no de lo que significaba.

Sintió cómo la envolvía el verde bosque, con el aire fresco y húmedo debajo de la espesa sombra de los árboles. Miraba por encima de su hombro cada tantos pasos para asegurarse de que aún podía ver el sendero mientras avanzaba entre los árboles y apartaba de su camino las vides que colgaban de las ramas.

Llegaron a un arroyo estrecho y poco profundo, de no más de un metro de ancho, que serpenteaba casi paralelo al sendero, burbujeando de forma suave y alegre sobre las piedras redondas. *Sabía* que lo había oído. Ahí, los delicados helechos verde claro crecían más densos y se curveaban hacia el frente, unos hacia otros, por encima del agua. La ribera del arroyo estaba sostenida por raíces de árboles que se estiraban y se hundían en la tierra como dedos.

El anciano se quitó las sandalias con mucha delicadeza y arrastró los pies hasta la orilla del arroyo. Puso el báculo en el agua poco profunda; Jade observaba y contenía la respiración mientras el hombre pisaba, cauteloso, pero seguro, sobre las piedras y cruzaba al otro lado, con movimientos que le dejaban saber a Jade que esos pies conocían las piedras y habían hecho el mismo recorrido varias veces ya. ¿Como hombre o como jaguar?

Cuando estuvo del otro lado, volteó a verla y se rio con suavidad una vez más, el destello juguetón aún en sus ojos. Meneó la cabeza.

—No puedo creerlo —dijo—. ¡Al fin estás aquí! —Parecía tan complacido, y Jade se preguntó una vez más a qué se refería. Lo miró desde la orilla del arroyo—. ¿De dónde provienes? —dijo, recargándose de nuevo sobre el báculo.

El anciano tenía una forma muy peculiar de hablar. La

pregunta descolocó a Jade. ¿Cómo podía haber estado esperándola si no sabía quién era ni de dónde venía?

—Soy de Chi... —comenzó a decir, pero se detuvo. ¿No era *él* el que tenía que explicar unas cuantas cosas? Decidió, en cambio, preguntarle—: ¿De dónde pro... eh... provienes *tú*?

No podía imaginar que un diminuto hombre con una túnica de algodón y sandalias desgastadas hubiera pasado toda su vida en ese bosque.

—¡Ah! —exclamó el hombre—. Sí, por supuesto. ¿De dónde vengo? ¿De dónde vengo *yo*? —Dirigió la pregunta hacia arriba, como si se la dijera al cielo—. Pues, esa es la pregunta, sí. De hecho, por eso es por lo que *tú* estás aquí. Para que yo responda a esa pregunta. Para que te lo cuente.

—Jade guardó silencio. ¿Por eso estaba esperándola? ¿Para poder contarle su historia? El hombre apoyó con cuidado su báculo sobre el tronco de un árbol y tomó algo del suelo. En un principio, Jade creyó que era solo una varita, pero cuando vio al hombre sostenerla con delicadeza y decisión, como si fuera una pluma, notó que estaba alisada por todas partes y afilada en la punta. Con ella, comenzó a trazar algo en la tierra. Jade contuvo la respiración, fascinada, y esperó a ver qué figura crearía. Estaba dibujando en una franja de tierra sin helechos ni pasto. Estaba un poco inclinada, de forma que Jade podía ver lo que dibujaba desde su lado del arroyo. Grabó lo que parecía ser un enorme semicírculo en la tierra, o quizá era un costal al revés o un cerro, con cerros más pequeños alrededor del borde, siete de ellos. Solo estaba abierto en el fondo—. Chicomoztoc —dijo el hombre, antes de que Jade pudiera preguntar—. Lugar de Siete

Cuevas, el Vientre del Mundo. De ahí es de donde vengo. Y existe una historia que me fue contada, de cómo nuestra gente dejó el Lugar de Siete Cuevas, hace mucho, mucho tiempo, antes de que yo fuera.

Miró a Jade, expectante. Un pequeño gorrión se posó en la ribera del arroyo y comenzó a picotear la tierra muy cerca del zapato de Jade. Era como si la pequeña ave se hubiera detenido a escuchar la historia.

Jade sintió que la mochila le pesaba sobre los hombros. Se la quitó de encima y la puso en el suelo, y luego ahuyentó al ave. El anciano *iba* a contarle una historia, y ella quería escucharla.

Miró a los ojos ilusionados del anciano.

—Por favor, cuéntame la historia. Estoy lista.

El hombre asintió, satisfecho, y volvió su atención a su obra de arte.

—Quien guiaba a mi pueblo era una mujer —dijo—, una diosa. Se llamaba Itzpapalotl, Mariposa de Obsidiana. —Con trazos veloces y preciosos, dibujó una mariposa de alas afiladas en la entrada del cerro. Al hacerlo, levantó pequeños rastros de tierra húmeda con la punta de su pluma de madera, como si fuera tinta. La tierra que quedó descubierta fulguraba en un color rojo intenso. *Papalote.* Como los que abuelo y ella hacían con brochetas y periódico viejo. Los volaban junto al lago en las vacaciones de verano—. Itzpapalotl era tan bella como una mariposa, veloz como el viento antes de un huracán y feroz como un hacha —continuó—. Blandía un arma temible: una pierna humana con cuchillas de obsidiana, delgadas como hojas y tan filosas que podían cortar a cualquier enemigo.

Jade se imaginó a la mujer que era una Mariposa de Obsidiana también. Había escuchado la palabra *obsidiana* antes, pero no estaba muy segura de qué era. Creía que era algo vistoso y oscuro a la vez. Parecido al espejo negro que encontró en el tocador, pensó. Observó la mariposa que el hombre había dibujado en la tierra y se imaginó a la diosa Itzpapalotl volando con sus afiladas alas negras que resplandecían con el sol y refulgían con la luz de la luna como un vestido de terciopelo, girando su arma hecha con una pierna frente a sí como si fuera una lanza mortal. ¿Qué pensaban los hombres de ella cuando la veían así?

—La gente de Itzpapalotl vivía en el Lugar de Siete Cuevas junto con otros pueblos. El lugar estaba protegido del resto del mundo, como dentro de un vientre. —Pasó la vara de madera por el contorno de las siete cuevas, haciendo más profunda la línea, como para separar el lugar aun más de lo que estaba más allá de sus confines—. Nuestra gente dejó el Lugar de las Siete Cuevas solo porque nuestros amigos necesitaban ayuda —continuó—. Estaban en riesgo de perder la tierra en la que vivían, un lugar llamado Cholula. Itzpapalotl consideró que su causa era justa, por lo que accedió. —Jade había oído historias como esa, de tierras robadas y tierras disputadas. No siempre era fácil decidir quién tenía la razón—. La diosa Itzpapalotl guio a nuestra gente desde Chicomoztoc, flanqueada por nuestros mejores guerreros, y emprendieron la travesía para recapturar Cholula. —Qué imagen debió de haber sido aquella. Todos esos guerreros marchando hacia la batalla con una mujer mariposa voladora vestida de negro a la cabeza—. Nuestra gente aprendió muchas cosas en el camino —siguió el hombre con su relato—. Conocieron a muchos otros pueblos, cada uno con su propio altépetl, su propio cerro de agua. Aprendieron de cada parte de su viaje, de cada cerro de agua que encontraron.

—¿Cerros de agua? —preguntó Jade, intentando imaginarse cómo se vería algo así. ¿Estaría lleno de agua? ¿El agua correría por el cerro de alguna forma?

—Cerros de agua, sí —respondió el anciano—. O montañas de agua, tal vez, si es muy grande. Quizá podrías llamarle ciudad, o pueblo. Es el lugar de donde viene la gente, el lugar en el que la gente se asienta. Un lugar con tierra en la que se puede vivir y agua de la que se puede beber. Una montaña o un cerro rodeado de agua, ese es el cerro de agua ideal. A veces no tienen esa forma precisa, pero no dejan de ser cerros de agua.

Jade asintió. Sonaba como que un cerro de agua era un lugar que daba vida, donde la gente se unía y se reunía. Mientras intentaba encontrar el sentido de lo que escuchaba, vio que el anciano había comenzado a dibujar más cerros en la tierra, y que debían ser los demás cerros de agua. Se preguntó cuánta gente de su pueblo murió antes de llegar a Cholula. El hombre dibujó remolinos de agua al pie de algunos de los cerros. Parecían cerros de verdad, pero también parecían ser símbolos. A veces tenían encima animales o plantas, dibujados en un estilo que Jade nunca había visto. Estaba segura de que significaban más que las criaturas y la flora que representaban. Le sorprendía el nivel de detalle que el hombre lograba, la velocidad y firmeza de sus trazos. Esgrimía la pluma de madera con la misma delicadeza como si se tratara de un pincel de madera, a veces asiéndose del tronco de un árbol delgado para mantener el equilibrio. Un movimiento en falso, al parecer, y resbalaría y caería al agua; pero era demasiado cuidadoso como para permitir que sucediera.

El anciano dejó su dibujo por un momento, y Jade lo vio caminar por el pedazo de tierra en el que estaba trabajando, hundiendo los pies en la tierra mojada para dejar huellas que se alejaban de Itzpapalotl y el Lugar de Siete Cuevas, Jade notó. Eran las pisadas de su gente en su travesía.

—Nuestra gente llegó al fin a Cholula —dijo el anciano. Se inclinó y en el centro trazó lo que no podía ser más que una ciudad, aunque los edificios eran distintos a cualquiera que Jade conociera. Estaba casi segura de que había oído hablar de ese lugar, y en su cabeza era solo un lugar abstracto en un mapa, como Chicago o Atlanta. El hombre coronó la ciudad con lo que parecía ser una pirámide escalonada, como aquellas de las que Jade había oído, pero que nunca había visitado, a las afueras de la Ciudad de México. La ciudad no se parecía a los demás cerros de agua trazados en la tierra, pero un riachuelo corría a su lado. Con el agua y el templo, tenía que ser otro cerro de agua, pero uno muy especial. Quizá era una montaña de agua—. Nuestra gente llegó, preparada para la batalla, con Itzpapalotl a la cabeza, con sus feroces cuchillas de obsidiana. Fue una batalla cruenta, y lograron derrotar al enemigo que quería adueñarse de la tierra. Cholula volvió a manos de nuestros amigos. —La forma en que lo dijo hizo que sonara como si ese hubiera sido el resultado justo. Se agachó y trazó un arco y flecha en la tierra junto a la ciudad, como para marcar el lugar de la batalla—. Después de eso, nuestro pueblo había cambiado —continuó el anciano—. Ganaron la batalla, pero habían dejado el Vientre del Mundo y vieron con sus propios ojos lo severo que es este mundo.

Jade se dio cuenta de que estaba asintiendo. Por más extrañas que fueran la imagen que creó el anciano y la historia que le contaba, sentía que al menos entendía un poco de lo difícil que debió de haber sido dejar su tierra cálida y enfrentarse a un mundo en el que tenían que estar siempre alertas, con el arco y la flecha siempre preparados. Chicago era tan acogedor y familiar... y fue tan difícil irse.

—Entonces... ¿se quedaron ahí, en Cholula? —se atrevió a preguntar, tentativa—. ¿O siguieron con su travesía?

Si aquella era la historia de quién era el hombre y de dónde venía su gente, ¿le diría a dónde habían llegado?

—Ah, siguieron con su camino —respondió él. Pasó una mano por los cerros de agua que estaban más allá de Cholula y a los que llevaban sus huellas—. En gratitud por la ayuda que les dimos para recuperar Cholula, nuestros amigos dejaron a nuestro pueblo volver a emprender su viaje y asentarse en las tierras que eligieran.

—¿Y a dónde llegaron? —dijo Jade.

Mientras hablaban, el hombre continuó dibujando cerros de agua.

—Aquí —dijo, agazapándose para dibujar más detalles en uno de los cerros. Lo hizo asemejarse a una de las cavernas en el Lugar de Siete Cuevas. Adentro, dibujó un ave con enormes alas dobladas sobre sus costados, como un rey ajuareado sentado en su majestuoso trono. El hombre le dibujó unas afiladas garras y un pico curvo. Era un águila.

El águila estaba frente a algo más. Jade se agachó para mirarla más de cerca, mientras el anciano hacía que la figura saliera a la luz de entre la tierra. ¿Era... un gato? El hombre añadió pequeñas manchas con el mantillo de la tierra, de modo que quedaron rojas, como arcilla. ¿Era un jaguar? El águila dominaba la escena, pero la criatura robusta y moteada estaba ahí sentada, mirando al ave de vuelta, ambas criaturas asentadas de forma majestuosa dentro de la cueva. Aquel no era un cerro de agua ordinario—. La Cueva del Águila —dijo el anciano—. Por eso es que a mi gente, a la gente de mi padre, le llamaban el Pueblo de la Cueva del Águila.

Si Jade hubiera estado encargada de ponerle nombre, no habría dejado afuera al jaguar; la habría llamado la Cueva del Jaguar.

——Aquí fue a donde llegaron —dijo Jade—. Estas eran sus tierras. ¿Se quedaron ahí?

Los ojos del anciano se tornaron tristes.

—Se quedaron —dijo—. Pero no pudieron conservar sus tierras. Los mexicas aparecieron y se las arrebataron.

Me-shi-cas.

—¿Los mexicas? —dijo Jade, probando la forma de la palabra en su boca.

—O los aztecas, si prefieres —dijo el hombre, con un gesto desdeñoso de la mano—. También provenían del Lugar de Siete Cuevas. Su gran dios guerrero Huitzilopochtli, el Colibrí del Sur, les ordenó que construyeran una ciudad sobre un lago en el que encontraran una señal.

Jade conocía esa historia; era una de las favoritas de abuelo.

—Un águila parada sobre un nopal, devorando una serpiente —dijo—. Esa era la señal. —Recordó la bandera de México que colgaba de una de las paredes del restaurante de sus abuelos, La Casa Azul, el águila furiosa ganando la batalla contra la serpiente.

El hombre asintió, al parecer complacido de que Jade conociera la leyenda.

Siguió con su relato.

—Pero después de que los mexicas se asentaran en su propia ciudad, Tenochtitlan, quisieron todo. Enviaron a sus guerreros águila por toda la tierra. Querían que todos les dijeran que sí, «sí, ustedes son nuestros señores», y que les dieran oro y personas y piedras de jade y pieles. Querían gobernarlo todo. —Eso no sonaba nada bien. Jade sabía que los aztecas (o los mexicas, como acababa de aprender que debía de llamarles) eran un pueblo poderoso, pero nunca los consideró un grupo que quería quitarle cosas a la gente para hacerlas suyas—. Cuando los mexicas llegaron al Lugar de la Cueva del Águila, donde nuestra gente se había asentado, se convirtió en otro de los pueblos que se retorcían, atrapados en el despiadado pico del águila mexica.

El hombre trazó líneas serpentinas que conectaban los cerros de agua para formar una serpiente segmentada. Dibujó un pico que se cerraba sobre el cuerpo de la serpiente.

Jade estaba en silencio, sin saber qué pensar de lo que oía. La bandera de México en La Casa Azul era motivo de orgullo, un símbolo de aquello que ni los españoles ni los gringos podían quitarle al pueblo mexicano. Pero ahora escuchaba, de boca de ese diminuto anciano, que los mexicas tenían también un apetito insaciable, que devoraban tierras y atormentaban pueblos enteros. Para Jade, los aztecas... los mexicas... eran la gente que estaba en México cuando llegaron los españoles. Los consideraba, de cierto modo, sus ancestros, sin importar qué tan alejados estuvieran. Pero era evidente que había *muchos* pueblos diferentes ahí cuando los españoles llegaron, y antes también.

—¿Y qué pasó con tu gente cuando los mexicas se apoderaron de su tierra? —dijo Jade—. ¿Cómo era vivir ahí? ¿Hubo quien se fuera en nuevas travesías? ¿Encontraron a más gente de otros... cerros de agua?

Jade quería saberlo todo sobre esa gente que había encontrado su hogar en el cerro de agua de la caverna con el águila y el jaguar, que claramente no eran solo un águila y un jaguar. Quería saber si lograron sobrevivir, y —si así fue— cómo lo hicieron.

El anciano sonrió.

—Esa es una historia para otra ocasión.

¿Otra ocasión? ¿Quería el hombre contarle más historias, trazar más dibujos y mapas?

—Pero... —comenzó a decir Jade. Tenía demasiada curiosidad, quería saberlo todo en ese instante. Pero el hombre ya le había dado la espalda y comenzaba a alejarse, dirigiéndose hacia la espesura del bosque del otro lado del arroyo con su andar lento y cuidadoso, sosteniéndose en su báculo a cada paso—. ¡Al menos dime cómo te llamas! —gritó Jade.

El hombre volteó a verla. Tenía ojos amables y cálidos.

—Itztli —dijo él—. Puedes llamarme Itztli.

—Itz-tli —repitió Jade, despacio, ensayando su pronunciación de la palabra. No era fácil.

—¿Y tú eres...?

—Jade —respondió, tras decidir confiar en él por completo, pues lo que sentía cuando estaba a su alrededor era igual a lo que sentía durante las Navidades en casa de sus abuelos, donde las veladoras con la Virgen de Guadalupe montaban guardia por todas partes, y los tamales frescos, calientes y de masa densa salían de sus hojas de maíz y el nacimiento de cerámica pintada sobre la chimenea y debajo del papel picado... Era una sensación de calma, de saberse protegida.

—Chalchihuite —dijo el hombre, asintiendo. ¡Claro! Claro que el anciano conocía su apodo especial, ese que solo abuela y abuelo usaban. Volvió a sentir que, de alguna forma, lo conocía desde hacía mucho, mucho tiempo. El anciano comenzó a darse vuelta otra vez—. Ah, una cosa más —dijo el anciano, casi dándole la espalda a Jade—. Esa es solo una de las formas en las que se puede contar la historia. Otros la recordarán de manera distinta. Quizá yo mismo podría contarla de otro modo.

Y con eso, saltó por los aires.

Jade apenas si tuvo tiempo para ahogar un grito, temerosa de que el diminuto anciano fuera a hacerse daño, antes de darse cuenta de que ya no era un hombre... era el jaguar.

El animal resplandeció en un intenso dorado al volar por los aires y desapareció entre el verde y ocre del bosque. Jade se quedó mirando hacia el punto en el que el jaguar desapareció, hasta que la luz cambió y no pudo distinguirlo más.

Lo único que quedaba del hombre jaguar era el mapa que había dibujado, trazado en la ribera del arroyo.

La luz comenzaba a colarse en diagonal entre los árboles. Jade miraba en el agua el reflejo undulante del mapa que el anciano había dibujado. Su mamá y Katerina llegarían a casa en cualquier momento. Se echó la mochila al hombro y, con una última mirada, regresó al sendero. Volvió sobre sus pasos, apartando vides del camino y pisando espinas, hasta que llegó al sendero y corrió de vuelta a casa.

4

La tierra húmeda del sendero se sentía suave bajo los pies veloces de Jade. El sendero se enroscaba y daba las vueltas que ella había comenzado a aprender y anticipar. Se lo imaginó siguiendo el contorno del arroyo que, ahora sabía, estaba justo a un costado, detrás de las hileras de árboles.

Se preguntó si el mapa del anciano seguiría ahí al día siguiente, o al siguiente, si el arroyo y las aves y las ardillas irían a borrarlo. Se preguntó si sería capaz de encontrar el lugar otra vez, si tendría que hacerlo, o si el hombre jaguar —Itztli— la encontraría a ella, como hizo ese día. La había dejado en ascuas, con la historia incompleta.

El sendero se abrió y el patio y la calzada de su casa aparecieron a la vista. Los pequeños puntos de arena comprimida que formaban el asfalto negro y recién colocado de la calzada brillaban como afiladas joyas bajo el sol de la tarde junto al delicado césped y el musgo de su patio inclinado.

La nitidez del reflejo de la luz en el pavimento oscuro a un lado de la amable pendiente de las colinas la hizo volver a pensar en el anguloso espejo de piedra negra pulida, en cómo reflejaba la luz de maneras impredecibles. ¿Estaba hecho de obsidiana, como las alas y las cuchillas de la Mariposa de Obsidiana?

Salió de entre los árboles y hacia la luz oblicua. Bajó la velocidad al caminar sobre el pasto por la orilla de la calzada, hacia la casa. Parecía casi imposible que el asfalto caliente a un lado suyo y las casas del pequeño callejón pudieran compartir el espacio con el bosque y el arroyo donde acababa de estar. Pensó en el mapa de Itztli, en cómo había dibujado pisadas y ríos y ciudades que eran cerros. Los seres humanos tenían una eternidad de construir cosas, de moldear los contornos de la tierra para satisfacer sus necesidades. Tal vez el verdadero reto era encontrar la manera de construir una casa, una ciudad que trabajara *con* la tierra y lo que esta podía ofrecer. Quizá eso era en lo que estaban pensando sus padres cuando escogieron esa casa tan cerca de los árboles. Uno de los robles del jardín trasero estaba tan cerca de la casa que sus raíces alcanzaban a tocar la orilla de los escalones del pórtico, y sus ramas más bajas alcanzaban a rascar el techo. En la parte más soleada del jardín pequeños brotes asomaban la cabeza de entre el barro y la tierra que su papá había arado y masajeado. Le había dicho que esos brotes se convertirían en coles, cilantro y perejil para que comieran, y a Jade le agradaba que pudieran comer en la casa lo que les había dado la tierra en la que esta había sido construida.

Una pequeña ave voló desde la copa de uno de los pinos a la orilla del sendero para apertrecharse en una orilla de la casa y trinar. Era del mismo color gris azulado que las tejas y parecía deleitarse modelando sobre el techo, mezclándose con él. Jade admiró el desenfado con el que el pajarito viajó del dosel del bosque a las bruscas esquinas cuadradas que los humanos habían tallado. Había hecho de la casa su percha, así como su familia había hecho su hogar en ese pedazo de tierra.

Mortimer apareció por detrás de uno de los picos del techo y el ave, aterrada, levantó el vuelo y huyó. El gato saltó con elegancia sobre el barandal de hierro forjado que llevaba al patio y luego al suelo. Miró fijamente a Jade con sus ojos verde amarillento mientras ella se le acercaba. Cuando se acuclilló para rascarle el cuello y acariciarlo, el gato se alejó, como si hubiera percibido un aroma en ella.

—Anda, Morty —susurró y le tendió el dorso de la mano. El gato la olió y aceptó; empujó la nariz entre los nudillos de Jade, quien le rascó detrás de las orejas y le acarició el lomo.

—¡Ahí estás! —Jade alzó la mirada y vio a su papá salir por el frente de la casa y rodearla hacia el jardín, con la manguera a cuestas—. ¿En dónde estabas? —dijo—. Pensé que ya habrías llegado. —Su tono no era acusatorio; era solo una pregunta.

—Hola, papá —dijo Jade—. Sí, eh... me... —Una parte de ella quería contarle a su papá lo que había ocurrido. Pero no sabía qué decir. ¿Cómo podía explicarle lo que acababa de vivir?—. Tenía... eh... cosas que hacer —dijo y se apresuró hacia la puerta para no tener que responder más preguntas. Necesitaba encontrarles el sentido a las cosas primero, empezando por el espejo. La historia que Itztli le contó y el mapa que trazó en la tierra y en su mente hicieron que no dejara de pensar en él. Y a pesar de que lo único que había visto en el espejo fueron reflejos extraños, quizá ahora le mostraría algo más.

Cuando llegó a su habitación, el traqueteo de las llaves y el cuchicheo alegre Katerina anunciaron la llegada de su mamá y hermana a la puerta trasera.

Tras abrir el cajón en el que había guardado el espejo, metió la mano entre las prendas suaves y buscó la piedra dura. Se sintió aliviada una vez más al descubrir que seguía ahí, envuelto en la delgada camisola blanca, tal como lo había dejado. No siempre sabía muy bien en dónde dejaba las cosas, y en ese momento más que nunca sentía que era importante mantener el espejo a salvo. Lo sacó del cajón y lo desenvolvió como si fuera un ser vivo, quizá una tortuga con la cabeza escondida en el caparazón. Ahuecó la palma de la mano y lo colocó ahí; luego le pasó el dedo índice por el borde afilado. El lustre negro atrapó la luz que se filtraba de forma perezosa entre las persianas. Sin importar cómo lo sostuviera, los reflejos bailaban por la superficie, apareciendo y desapareciendo entre las venas ahumadas, como si no quisieran ser atrapados.

Quería descubrir el significado del espejo. Pero este se negaba a revelar sus secretos.

—¡Jade! —le gritó su mamá desde la cocina—. ¿Quieres una botana? Tu hermana está comiendo queso.

Jade miró a la puerta de su recámara, que había dejado entreabierta. Mortimer se apretujó para pasar por la pequeña rendija. El queso sonaba inexplicablemente delicioso, pero Jade no creía poder enfrentarse a algo tan ordinario en ese momento.

—¡No, gracias! —gritó de vuelta.

Podría tan solo preguntarle a su mamá sobre el espejo, el jaguar, todo. Pero no... Era imposible. ¿Cómo ocurriría esa conversación? Su mamá era la persona más sensata que conocía. Con ella, todo era hechos y datos, nada más. Rigor periodístico, llegar al fondo de las cosas. El fondo de *esa* cosa quizá sería mucho más complicado.

Envolvió el espejo con mucho cuidado y lo puso de vuelta en el lugar exacto donde lo había dejado. Al cerrar el cajón, se sintió casi molesta con él por no mostrarle su verdad o explicarle algo sobre lo que acababa de ver en el bosque, dos cosas que le parecía que estaban conectadas. Tal vez en otro momento.

Tomó su cuaderno verde de espiral y lapicera mecánica, y se acomodó, bocabajo, en la cama. No se tomó la molestia de encender la luz; se acostó de tal forma que los rayos de luz que entraban por la ventana alcanzaban a bañar las hojas de papel. Mortimer saltó a la cama y se acurrucó en el cálido charquito de luz.

Al principio, Jade intentó recrear el mapa que el anciano, Itztli, había dibujado. Repitió el sonido de su nombre: *Itztli*. Era una extraña palabra nueva, y no quería olvidarla.

Quería una copia del mapa para poder volver a él y recordarlo, así como la historia que había escuchado. Intentó sostener la lapicera como Itztli sostuvo la vara de madera y hacer los mismos trazos seguros que lo vio hacer. Dibujó tantos de los detalles de los cerros de agua como logró recordar, con los animales y plantas que salían de la superficie, y el majestuoso jaguar frente al águila dentro de la cueva donde la gente de Itztli vivió.

Pero su versión la dejó decepcionada. No podía replicar el efecto de los rastros de tinta que Itztli había creado, ni las sutiles pero firmes marcas de sus pisadas. El mapa de

Itztli era muy distinto a cualquier otro que hubiera visto. Decía muy poco sobre dónde estaban las cosas. En cambio, hablaba sobre los lugares y las travesías entre ellos. Itztli dijo que su gente dejó la calidez del vientre materno al que estaban acostumbrados y salieron a enfrentarse con la dureza del mundo. Quizá era así siempre, pensó, mientras trazaba un camino sinuoso que daba giros como el sendero del bosque entre los cerros de agua. Tal vez salir de tu lugar de origen era algo que siempre te arrancaba de la firmeza de lo que creías conocer, algo que traía consigo un dolor que iba más allá del cuerpo, algo que te cambiaba.

Mortimer se hundió más en su costado. Jade le puso la nariz en el pelo por un instante, agradecida por su compañía. Por más que intentara ocultar el sentimiento, le dolía no poder ir al lago con Madison y Verónica y correr descalza con ellas por la arena y hacia el agua. Al menos tenía a Mortimer y podía hundirle la cara en el lomo ronroneante.

Se sentó y le dio la vuelta a la página, decidiendo comenzar de nuevo. Pero esta vez, dibujaría su propio mapa.

En la esquina superior izquierda, dibujó un cerro de agua lleno de interminables campos de agave, como aquellos de los que abuelo solía contarle. Más adelante, dibujó otro cerro con un delicado papel picado que colgaba de la entrada, como La Casa Azul en Navidad. Puso una columna de humo que salía de la punta del cerro. Y en la otra orilla del mapa de dos páginas, dibujó un cerro que contenía una casa de ladrillo con un gato negro que protegía la entrada. México, Chicago, Atlanta.

Mortimer puso las patas delanteras sobre las páginas con delicadeza, arrugándolas un poco, y examinó la obra de Jade.

Había demasiadas piezas faltantes. Los cerros tenían espacios en blanco adentro que Jade no sabía cómo llenar. No había caminos entre ellos, solo el blanco agobiante y las rayas azul pálido del papel. Y un hueco en el centro, donde el espiral y las perforaciones a cada lado formaban una brecha casi insuperable y amenazaban con partir la imagen entera en dos.

—¿Qué dibujas, manis?

Jade cerró el cuaderno de golpe y Mortimer se sacudió para lograr sacar las patas a tiempo. Katerina estaba asomada desde el umbral, empujando la puerta con el hombro y comiendo el queso directo de la envoltura de plástico. Aún tenía puesto el chaleco azul cielo con las coloridas insignias de las Daisies.

—Un dibujo —dijo Jade.

—¿Puedo verlo? —Katerina entró a la habitación.

Jade deslizó el cuaderno hacia su lugar en el librero.

—Tal vez después —respondió. Se dio vuelta y vio la expresión de berrinche en la cara de Katerina. Odiaba cuando su hermana estaba de mal humor; nadie la pasaba bien—. A lo mejor me puedes ayudar a colorearlo después —le ofreció, buscando las palabras que fueran a tranquilizarla.

—¡Quiero verlo! ¡Déjame verlo! —insistió su hermana. Intentó tomar el cuaderno del librero con las manos llenas de queso, pero le faltaba bastante estatura todavía.

—¡No está terminado! —dijo Jade, más brusca de lo que había querido sonar.

Katerina se quedó en silencio un instante.

—¿Me lo vas a enseñar cuando termines? —dijo al fin.

—Ajá —contestó Jade—. Sí, te lo enseño cuando termine. —Katerina asintió y chupó el queso como si fuera una paleta—. Te lo prometo.

Cuando Jade salió a la cocina para tomar un bocadillo, su mamá tenía al oído el teléfono fijo que colgaba de uno de los gabinetes y tomaba notas en uno de sus cuadernillos de reportera. Tenía puesta la misma blusa planchada y falda recta que llevó al trabajo. Le asintió a Jade, distraída, mientras seguía tomando notas y repitiendo «Ajá» al teléfono.

Jade abrió el refrigerador e intentó descifrar con quién hablaba su mamá. No estaba usando su voz de reportera.

—Pero... ¿es la primera vez que mamá tiene uno de esos episodios? —dijo mamá. Tenía que ser el tío Carmelo, que seguía en Chicago. Durante mucho tiempo, abuela pareció no tener ningún problema al vivir sola en la casa que solía compartir con abuelo, pero hacía un tiempo que mamá y el tío Carmelo tenían que estar mucho más al pendiente de ella—. Ajá, sí, pero... ¿cómo se veía?... Mmmm... Ajá. Bueno.

Jade decidió comer rebanadas de manzana y mantequilla de maní, su bocadillo de siempre.

Cuando su mamá colgó el teléfono, papá entró a la cocina y arqueó las cejas, su manera de preguntar qué pasaba. Jade los escuchó por encima del murete bajo mientras devoraba su bocadillo en la mesa del comedor. Katerina estaba sentada frente a ella y coloreaba con mucho cuidado en su libro favorito, uno de Audubon, con aves y hojas y flores. Para tener seis años, Katerina era bastante buena para colorear dentro de las líneas. A veces escogía colores sorprendentes, de pronto una hoja morada y una flor verde limón, pero los escogía a consciencia, con cuidado y convicción. Al final, hacía parecer que insistir en que las hojas tenían que ser verdes era algo que solo una mente cerrada podía proponer.

—Mamá tuvo un episodio —le dijo su mamá a su papá en voz baja.

—¿Un episodio de qué?

—No lo sé... No está muy claro. Carmelo la llevó al doctor y están intentando descifrar lo que pasó. Tal vez se deshidrató. Parece ser que ya está bien. —Mamá sonaba como si intentara convencerse a sí misma. No era doctora, pero sabía una cantidad impresionante de términos médicos gracias a todos los reportajes de temas de salud que había hecho, ya que había sido su especialidad durante años. No podía ser fácil para ella tener tan poca información sobre el estado de abuela.

Papá le frotó la espalda.

—Espero que esté bien —dijo.

Katerina siguió coloreando y Jade comiendo; no dijeron nada. Esas eran cosas de adultos. Katerina y ella no eran excluidas de las conversaciones, pero tampoco eran invitadas a participar.

Jade deseó que abuela estuviera bien. Pero intentó no preocuparse y confiar en sus papás, en que ellos se preocuparían y que harían todo lo que fuera necesario. Jade había hecho eso mismo durante mucho tiempo: confiar en que los adultos se encargarían de las partes más espinosas de la vida, las partes en las que ella sabía que no podía hacer nada, de las que los adultos susurraban y le contaban solo pedazos cuando *tenían* que hacerlo. Nunca le había molestado, y era agradable, de cierto modo, dejarse caer en la comodidad de ser una niña y tener un buen pretexto para no tener que lidiar con las cosas más pesadas de la vida.

Pero una parte de ella quería que la dejaran entrar un poco más. Ya *no* era una niña, por lo menos no como Katerina. Podía con más. Ya estaba llevando a Katerina a la escuela, a final de cuentas. ¿Quién sabe? Si sabía qué era lo que ocurría, tal vez podría ayudar.

Pero en ese momento, lo más fácil era seguir siendo una niña y no pedir saber más. Lo más sencillo era no cargar con esa preocupación y dejar que sus papás se encargaran.

Mamá estuvo estresada y distraída toda la cena. Al arroz le faltaba sal y la carne molida con elote y calabacín estaba seca y gomosa. Papá, muy discreto, apagó la hornilla que mamá había dejado encendida en la estufa. Sus papás apenas si cruzaron palabra mientras papá llenaba el lavavajillas y mamá tomaba una carpeta de la barra de la cocina y se dirigía a su oficina en el piso de arriba. Su mamá solo trabajaba en las noches si tenía un proyecto grande entre manos. Cuando vivían en Chicago, trabajaba en la mesa de la cocina, rodeada de montañas de notas y papeles, y hacía que todo el mundo se fuera. «Estoy trabajando en un reportaje», les decía.

Jade llevó su libro de Ciencias Sociales a la mesa del comedor. En la portada tenía un águila calva con las alas extendidas y una bandera de los Estados Unidos en el fondo. Se suponía que tenía que leer sobre los Padres peregrinos.

Algunas cosas sí eran idénticas en Illinois y en Georgia. ¿Por qué tenían que aprender todos los años sobre la persecución religiosa, los puritanos, el *Mayflower* y Plymouth Rock? ¿Por qué veían una y otra vez las mismas imágenes de cofias blancas y sombreros de castor? Era una historia de un viaje de allá hasta acá que había escuchado tantas veces que le era demasiado difícil concentrarse lo suficiente como para leer las palabras en la página. Ya sabía con lo que se iba a encontrar.

Itztli le había contado una historia de un viaje de allá hasta acá que nunca había oído. ¿Cuántas más historias como esa existían?

—Ey, ey, no vayas a subir, bichita —le dijo papá a Katerina—. Mami está trabajando.

—¡Pero quiero que me lea un cuento! —dijo Katerina desde el pie de la escalera.

—Yo te lo leo, bichita —respondió él.

Jade pasó las páginas del capítulo, sin leerlo. Se preguntaba en qué trabajaba su mamá. Su último gran proyecto fue la serie sobre las adicciones en Chicago, y el proceso duró varios meses. Esa serie fue la razón por la que CNN le ofreció un trabajo. Jade vio una parte de la serie, aunque sus papás no querían que lo hiciera. A Katerina le prohibieron hacerlo. Mamá entrevistó a todo tipo de personas, entre ellas personas que aparecían con la cara tapada con un cuadro negro y la voz distorsionada. Adolescentes que parecían haber quedado atrapados en algo mucho más grande que ellos, padres y hermanos que intentaban encontrarle el sentido al enorme agujero que se había abierto en sus familias al perder a alguien. Pero, sobre todo, entrevistó al personal médico y de enfermería, y enfatizó una y otra vez que las adicciones eran un problema de salud pública. Los productores escogieron un *banner* cuadrado y en blanco y negro y música con aires de suspenso y de documental de crimen para los interludios, cosa que mamá detestaba. «¡Es una serie de *salud*!», decía, meneando la cabeza frente a la televisión.

Mamá había estado interesada en los temas de salud desde que Jade tenía memoria. El tío Carmelo le dijo una vez que su interés comenzó cuando él y su mamá eran adolescentes y el tío Efraín, su hermano menor, murió en un accidente de auto. Jade no sabía muchos de los detalles de la historia, pero sí que el tío Efraín pasó varios días en el hospital, inconsciente, mientras la familia rezaba por él desde su casa. Al final, los doctores no lograron despertarlo. A veces, Jade pensaba que la obsesión de mamá con la terminología médicos, con llegar al fondo de lo que ocurría con un paciente o un ensayo clínico, era su forma de poner los brazos alrededor del problema y poder entenderlo a fondo, como si, al apretarlo con la fuerza suficiente, pudiera evitar que los hechos —y las personas— se le escaparan. Hacía unos años, cuando Jade se cayó de la bicicleta y se abrió la rodilla en el asfalto y tuvieron que suturarla, Jade vio a mamá interrogar a doctoras y enfermeros por igual, hablándoles en su idioma para asegurarse de que recibiera el mejor cuidado posible. En el auto, de camino a casa, Jade le preguntó por qué no se había convertido en doctora, si ya sabía tanto sobre medicina, hospitales y la lucha contra las enfermedades y la muerte que los doctores libraban todos los días. «Porque si fuera doctora, no tendría tiempo para escuchar las historias de la gente», le explicó. «Y tampoco podría contarlas».

Esa era la forma de su mamá de blandir sus cuchillas de obsidiana. Luchaba por escuchar, por hacerse oír, por contar una historia que tenía que contarse.

Jade nunca logró que alguien de la familia le contara la historia completa de cómo terminó en el hospital su tío Efraín décadas atrás. Sabía que era muy joven cuando murió, unos quince o dieciséis años. Abuela tenía una frase que usaba para referirse a su muerte, «Cuando Dios se lo llevó». Tío Carmelo solía decir «Cuando Efraín nos dejó», como si su hermano hubiera decidido un día salir de la casa y no volver. Y su mamá casi no hablaba al respecto y solo decía cosas como «Después de que Efraín se fue» o «Cuando Efraín estaba aquí». Hablaba del antes y del después, pero nunca del evento mismo, como si fuera demasiado grande como para mencionar. Aun así, Jade había logrado unir unas cuantas piezas: el accidente tuvo algo que ver con un amigo de su tío y un conductor ebrio. Fue un accidente en una noche fría en noviembre, cuando la lluvia comenzaba a convertirse en nieve. Eso era todo lo que sabía.

Después de que mamá recibiera y aceptara la oferta de CNN, cuando la emoción inicial se apagó un poco, le dijo a papá, en la cocina y con las hojas del contrato engrapadas en la mano: «Tengo años reportando sobre la salud en esta comunidad. No es sino hasta que hablo de las adicciones y los mexicanos —las drogas y los mexicanos— que ponen atención».

Aceptó el trabajo de todos modos, claro está, y así llegaron a donde estaban.

Sonó el teléfono. Mamá estaba arriba, trabajando, y papá le leía un cuento a Katerina en su recámara.

—¿Puedes contestar, Jade? —gritó mamá desde las escaleras. Jade miró el teléfono. Volvió a timbrar. En verdad no quería contestar. Detestaba hablar por teléfono—. ¡Jade!

Jade corrió al teléfono y tomó la bocina. Lo que fuera que le esperara del otro lado de la línea no podía ser peor que la exasperación de su mamá.

—¿Bueno? —dijo.

—¿Jade? ¿Eres tú?

Era la voz de Chloe.

—¡Chloe! —exclamó, alegre y aliviada—. Sí, soy yo.

—¿Quién es? —gritó a su mamá desde arriba.

Jade tapó la bocina y gritó de vuelta.

—¡Chloe!

—¿Quién?

—¡Chloe! —Mamá había comenzado a bajar las escaleras—. Perdón por eso —dijo Jade al teléfono—. Eh... ¿qué onda?

—Ah... te hablaba porque quería ver si... —Jade detectó algo de timidez en la voz de Chloe por primera vez— si quieres venir mañana —concluyó Chloe en una sola exhalación—. No tenemos entrenamiento de atletismo, así que pensé...

—¡Sí, sí quiero ir!

Mamá ya estaba en la entrada de la cocina.

—Quiero hablar con su mamá —le dijo a Jade.

—Oye... eh... ¿Chloe? —dijo Jade—. ¿Puede hablar mi mamá con la tuya?

—¡Sí, claro! —respondió Chloe. Sonaba aliviada. Jade la oyó gritarle a su mamá. Luego, volvió al teléfono—. Bueno, te veo mañana. Mañana es viernes y mi mamá siempre hace arroz con leche los viernes, así que vas a poder probarlo. ¡Bueno, adiós!

—¿Bueno? —dijo una voz de mujer del otro lado de la línea.

—Hola, señora... —Jade se dio cuenta en ese instante de que no sabía cuál era el apellido de Chloe. Sintió cómo se le calentaban las puntas de las orejas.

La mujer se rio con dulzura.

—Puedes decirme Eleni —dijo.

—OK... eh... ¡aquí está mi mamá! —dijo Jade y le tendió la bocina a mamá, no queriendo saber más del tema. Mientras mamá tomaba el aparato, exhaló con alivio.

Observó y esperó mientras su mamá aclaraba todos los detalles: la mamá de Chloe las recogería de la escuela.

—Vas a hacer algo de tarea allá, ¿verdad? —le dijo a Jade cuando terminó la conversación.

—Es viernes, mamá —respondió.

—Ah, cierto —dijo mamá, sonriente—. Claro. ¡Me da mucho gusto por ti!

Jade asintió y volvió al comedor. Su mamá se portaba como si el que Jade hubiera hecho una amiga fuera un logro digno de celebración. ¿Creía que Jade era incapaz de hacer amigas?

Pero la realidad era que hacer amigas en Nuestra Señora de la Esperanza, donde todo el mundo se conocía de toda la vida, *sí* era superdifícil. A Jade la descolocó darse cuenta de lo mucho que le emocionaba pasar tiempo con Chloe. Solía emocionarse así por ver a Madison y Verónica, pero ahora estaba emocionada por estar con su nueva amiga de Atlanta. Quería ver la casa de Chloe, ver quién era afuera de la escuela. Y quería mostrarle quién era *ella* afuera de la escuela también. Quería que Chloe supiera que era genial.

5

La madre de Chloe llegó a la escuela después de clases en una minivan un tanto destartalada que, entre el mar de camionetas relucientes en el estacionamiento, parecía una ballena gorda. Jade quitó unas cuantas migajas de las costuras de la tapicería mientras subía al asiento de atrás con su amiga. La mamá de Chloe se quitó los enormes lentes oscuros con relucientes patas doradas y se dio vuelta en su asiento para saludar a Jade. Era esbelta y hermosa. El cabello negro le caía sobre el hombro en una larga trenza. Tenía puesto un elegante delineador para hacer que sus enormes ojos negros se vieran aún más grandes, y Jade notó que Chloe intentaba que sus ojos se vieran así también.

—Mucho gusto en conocerte, Jade —dijo, tendiéndole la mano—. Chloe dice que eres la chica más linda que ha conocido en NUSE.

Jade le estrechó la mano y miró sorprendida a Chloe, quien estaba asomada por la ventana y fingía no escuchar la conversación.

—Gusto en conocerla, señora... eh... Eleni —dijo Jade—. Gracias por recogernos.

—¡Ay, no es molestia! —la mamá de Chloe volvió a darse vuelta y maniobró para salir del estacionamiento—. ¿Eres de Chicago? —preguntó.

—Sí —respondió Jade, pero no le pareció suficiente, así que añadió—: Pero mi familia es de México y de Irlanda también, si nos remontamos lo suficiente.

—O'Callaghan suena irlandés, sin duda —dijo la mamá de Chloe—. Pero México... nunca se me habría ocurrido.

—Yo sé. —A nadie se le ocurría. Decidió no dejar que le molestara.

—Nosotras somos de Grecia, ¿sabías?

—¿En serio?

—Sí. —La mamá de Chloe miró a Jade por el retrovisor—. Nos mudamos a Charlotte en el 94. Y yo llegué a Atlanta con los niños hace dos años.

—No tenía idea —comentó a Jade. Miró a Chloe, quien seguía asomada por la ventana.

Eso quería decir que Chloe tampoco conocía a todo el mundo en la escuela desde que era pequeña. Jade comenzaba a entender lo poco que sabía sobre Chloe. Pero ella tampoco le había dicho mucho a Chloe sobre sí misma. Tenía la esperanza de que todo eso cambiara esa tarde.

El auto avanzaba por una parte de Atlanta que Jade no había visto aún. Del lado de Chloe, había vagones detenidos sobre vías del tren. La hierba crecía a ambos lados de la vía; detrás se erguía el bosque, la maraña de árboles que parecía estar en todos los rincones de la ciudad. El bosque parecía envolverlo todo, como si ese fuera el estado natural de la ciudad, a pesar de los cuadrados edificios y el concreto caliente que se curveaba con los contornos de la tierra. Una valla alambrada separaba las vías del tren de la calle. Del lado de Jade había un autolavado, un lugar para escalar muros y un taller mecánico con un póster amarillo y rojo de

Rosie la Remachadora, con la camisa arremangada y el bíceps flexionado, retando con la mirada a los autos que pasaban. «MI MECÁNICA FAVORITA ES MUJER», se leía debajo de la imagen.

Más adelante, una montaña de tierra rojiza estaba junto a un tractor amarillo en lo que parecía ser la construcción de algo muy grande. Ya habían levantado andamios de madera en un extremo del terreno. Los hombres latinos que trabajaban sobre los andamios le recordaron a los hombres del barrio de sus abuelos. ¿Qué construían? ¿Y para quién? ¿Quién viviría ahí, si es que era una casa? ¿Se parecerían los habitantes a quienes la estaban construyendo? Las trompetas lastimeras y los ritmos animados de la música de banda pulsaban en el estéreo mientras los hombres trabajaban.

Se acercaron a una hilera de estrechas casas de ladrillo, y la mamá de Chloe metió el auto al estacionamiento.

En cuanto Eleni abrió la puerta de su casa, un cálido y familiar aroma a canela y vainilla golpeó a Jade. Era un olor íntimo que le recordaba al arroz con leche que su familia comía en Pascua y Navidad. Se sobresaltó al encontrar ese aroma ahí, pero también se sintió atraída por él. La jaló hacia el interior del acogedor apartamento de dos pisos. El lugar se parecía un poco a su antigua casa en Chicago, y le sorprendió darse cuenta de la velocidad con la que se había acostumbrado al espacio más grande en su nueva casa. Chloe y ella pusieron sus mochilas junto al sofá en la sala mientras la mamá de Chloe servía arroz con leche en dos tazones de una olla grande en la estufa. Le espolvoreó un poco de canela a cada montoncito resplandeciente.

—¡Gracias a Dios que es viernes! —canturreó Chloe y fue a la cocina dando saltitos para tomar un tazón. Ya se había quitado los zapatos—. Rizogalo —le dijo a Jade—. Te va a encantar.

A Jade le agradaba esa Chloe, la que comenzaba a ver. Ahí, en la cocina, llenándose la cara de arroz con leche, debajo del maquillaje, era más como una niña.

Se quitó los zapatos también y dejó que el aroma la llevara hasta el segundo tazón. Le dio las gracias de forma apresurada a la mamá de Chloe y se abalanzó sobre el postre. El primer bocado fue tan dulce y suave como había imaginado. Pero tenía también algo distinto, algo que no lograba identificar. No era el mismo arroz con leche al que estaba acostumbrada. Pero mientras más comía y más lo saboreaba en su lengua y paladar, más le gustaba esa nueva versión.

—Bueno, ¿verdad? —dijo la mamá de Chloe. Jade asintió vigorosamente, con la boca llena—. Bien. A ustedes les tocan los primeros bocados de la tanda. —Comenzó a transferir el arroz con leche a un contenedor—. Lo demás se va al restaurante. Es el especial para el postre de los viernes.

Jade se pasó el bocado.

—¿El restaurante? —repitió.

—Ay, ¿Chloe no te contó? Nuestro restaurante está en la carretera Lawrenceville. Se llama Casa Áyax. De seguro has pasado por enfrente.

Jade no tenía idea de dónde estaba la carretera Lawrenceville y ni siquiera sabía que existía, pero era probable que fuera una de esas avenidas anchas y llenas de tráfico que cruzaban la ciudad.

—¡No puede ser! —exclamó—. Mis abuelos también tenían un restaurante.

—¿En serio? ¿Cómo era? —dijo Chloe, con la boca llena.

Su mamá le disparó una mirada, la misma que la mamá de Jade le dirigía cuando hablaba con la boca llena.

—Era... era un lugar chiquitito —dijo Jade—. Todo era azul y blanco, por dentro y por fuera, hasta las tazas y los platos. —Le dio un golpecito con el dedo al tazón que tenía entre las manos—. Todos hablaban español, todo el tiempo. —Pasó el dedo por el borde del plato y recordó la sensación de entender y, al mismo tiempo, no entender lo que la gente a su alrededor decía—. Era mi lugar favorito cuando era pequeña. —Comenzó a emocionarse de solo recordarlo—. Tenían unas pequeñas mesas como diamantes, con manteles que mi abuela bordaba. También preparaba algo muy parecido a esto... —Señaló los restos del arroz con leche en el fondo de su tazón—, pero solo en ocasiones especiales. —Se comió el último bocado del plato y se aseguró de habérselo pasado antes de continuar—. Cerró hace un par de años, cuando mi abuela ya no podía seguir con el ritmo de trabajo. —Y cuando su mamá y el tío Carmelo insistieron en que era por su salud... pero eso no lo mencionó.

—Qué mal —dijo Chloe—. Suena como un lugar increíble. El nuestro me gusta también —dijo, mirando a su madre de reojo—. Odio la plaza comercial en la que está y el estacionamiento de afuera. Pero cuando entras, es acogedor.

Jade se imaginó que se sentiría parecido a la casa, cálido y cordial, con sus platos peculiares y distintivos y un ambiente casero. Un refugio del estacionamiento de concreto y el ruido de los autos y las construcciones de afuera.

—Tengo que alistarme —dijo la mamá de Chloe después de ver su reloj—. ¡La locura de viernes en la noche! —Subió las escaleras.

Los dos tazones estaban vacíos ya. De forma muy discreta, Chloe tomó una cucharada más para cada una del contenedor y se llevó un dedo a los labios con una sonrisa traviesa. Jade le devolvió la sonrisa y las dos chicas se llevaron los tazones al sofá, donde comieron deprisa y en silencio.

Las paredes de la sala estaban decoradas con fotografías familiares y recortes de periódico enmarcados. Jade los examinó. Había una serie de fotos instantáneas tomadas en una playa. En una de ellas, una niña pequeña —que debía de ser Chloe de tres o cuatro años— tenía los ojos entrecerrados y le sonreía a la cámara con hoyuelos en las mejillas. Parecía estar sobre los hombros de alguien, pero la cara de la persona no estaba a cuadro. En otra, un niño, como de la edad de Katerina, con enormes ojos oscuros y pestañas largas, sonreía con orgullo; tenía un montón de conchas de mar que estaban a punto de caérsele de las manos, pequeñas y llenas de arena.

—¿Quién es él? —preguntó.

—Ah, es Nikos, mi hermano —respondió Chloe—. ¿Quieres ver algo?

Jade despegó los ojos de las fotografías y vio una pequeña televisión dentro de un gabinete antiguo en una esquina. Chloe la encendió y comenzó a pasar los canales. Se detuvo un momento en una telenovela mexicana. Un hombre sin afeitar le tomaba las manos a una mujer y mascullaba algo que Jade no logró entender del todo; solo distinguió la palabra *amor*. La mujer tenía los ojos llenos de lágrimas al mirarlo. Al final, ella dijo algo también, entre jadeos, y se besaron.

Jade miraba, pero se sintió incómoda. El beso duró demasiado y la música no dejaba de hacerse más y más fuerte. Las dos chicas se quedaron en silencio.

Al fin, los créditos comenzaron a correr.

—No entiendo —dijo Chloe en voz baja.

—¿Qué no entiendes? —preguntó Jade, mirándola.

—O sea... ¿cómo pasa eso? —susurró Chloe—. ¿Cómo pasan de no besarse a besarse?

Jade exhaló y dejó de sentirse incómoda.

—¡Eso mismo estaba pensando! —susurró de vuelta—. Hay como un *momento*, entre que no se besan y cuando empiezan a besarse y como que... —Juntó las manos y entrelazó los dedos—... el momento desaparece.

—Sí, es como si existiera un código mágico o algo así —dijo Chloe—. Es como si los dos *supieran*.

—¡Sí! —dijo Jade—. Es como... es como un programa que vi en *Nova*, —Recordaba haberlo visto con papá y Katerina en el sofá de su vieja casa, las pulsantes luces neón sobre un fondo negro—. Trataba de saltos cuánticos —le contó a Chloe—. Cuando una partícula pasa de un estado de la materia a otro, pero no hay nada en medio. Una locura. ¡Los besos se parecen a eso!

—¡Exacto! —dijo Chloe.

Jade le sonrió a su tazón vacío. Al parecer, Chloe tampoco tenía las respuestas a todo.

Escucharon pasos, y la mamá de Chloe apareció al pie de la escalera, esta vez con un vestido negro ceñido y aretes largos de oro. Le puso la tapa gigante al contenedor de arroz con leche y les dijo:

—Tengo que volver al restaurante. ¡Pórtense bien!

—¡Adiós, ma! —dijo Chloe.

Su mamá salió por la puerta, balanceando el contenedor entre su torso y un brazo. Jade la observó, maravillada, hacer todo eso *en tacones* y abrir la puerta con la mano que tenía libre. Antes de cerrar, le gritó a Chloe en griego.

—¡Está bien, mamá! —dijo Chloe.

—Tu mamá es admirable —comentó Jade después de que la puerta se cerrara.

Chloe se rio un poco.

—¿Quieres ver mi cuarto? —preguntó. Ya había apagado la televisión y se dirigía a las escaleras.

—¡Claro! —dijo Jade. Tenía curiosidad. Tal vez podría encontrar ideas de diseño, pues no se había tomado la molestia de decorar su propia recámara desde la mudanza.

La habitación de Chloe tenía espacio suficiente solo para su cama y un pequeño escritorio apretujado en una esquina junto a la ventana que daba hacia el estacionamiento. Encima del escritorio había un par de cuadernos de espiral que se parecían bastante a los de Jade, un espejo de mano y un rímel. Un osito de peluche raído estaba acomodado con mucha delicadeza sobre la almohada encima del edredón morado. Jade se preguntó cuántas veces lo había acomodado Chloe ahí, de forma amorosa, mecánica, adormilada, en las primeras horas de la mañana. Había una grabadora plateada junto a la cama con un micrófono de karaoke conectado y, junto, una impresionante colección de CD apilados en prolijas columnas. El primer día de clases, Chloe comenzó a cantar en el almuerzo, pero Jade no se había dado cuenta de lo mucho que le gustaba la música en verdad.

Posters y recortes de revistas de cantantes estaban pegadas a las paredes. Jade reconoció a algunas, como Shakira, con su delineador negro y pantalones acampanados, y a las Spice Girls, con su ropa de cuero brillante y lentejuelas, asomándose del póster con los labios abiertos. Pero había otras a quienes Jade nunca había visto. Algunos de los posters tenían palabras escritas en griego. Todos eran de mujeres de apariencia intensa y espectaculares siluetas curvilíneas. Debía ser toda una experiencia despertar todas las mañanas con todas esas mujeres que parecían tan seguras de sí mismas.

—Quiero enseñarte algo —dijo Chloe.

Abrió la puerta de su clóset. Uniformes de NUSE compartían espacio con ropa normal y mucho más colorida: blusas, camisetas y jeans acampanados. En el fondo, la maleta deportiva azul de Chloe estaba estrujada junto a un par de tenis cubiertos de lodo rojizo y briznas frescas de pasto. Si los senderos por los que el equipo de atletismo corría eran parecidos al Wildcat Trail, pensó Jade, las corredoras levantarían la tierra húmeda de la capa de arriba para revelar la misma capa roja que Itztli descubrió cuando dibujó su mapa. Quizá toda Atlanta, esa ciudad-bosque, era así, cubierta con una suave y seductora cobija encima de su centro rojo y vivo.

Chloe hizo los zapatos a un lado, tirando tierra sobre el piso, y sacó su maleta para tomar algo más. Se hincó y sacó una caja negra que puso sobre la ama.

—¿Qué es eso? —preguntó Jade.

—Un tocadiscos.

—Guau. Eso sí es fanatismo.

Jade nunca había visto un tocadiscos que no estuviera en las películas. Chloe abrió la caja para mostrarle el tornamesa. No había ni un dejo de polvo en la superficie. Chloe levantó el delgado brazo de metal con dos dedos y dejó que la aguja flotara por encima de la orilla de la plataforma sobre la que iría el vinilo, como si se preparara para reproducir una canción invisible.

—Mis papás pelearon a muerte por esto cuando se divorciaron —dijo Chloe, aún con la aguja sostenida con delicadeza, como si estuviera esperando algo—. Todo lo demás, lograron decidir cómo dividirlo, incluyéndonos a nosotros. Pero esta fue la última cosa que quedó sin decidir. Recuerdo que estaban en la cocina de nuestra casa en Charlotte. —Chloe bajó el brazo y lo puso con cuidado en su posición de reposo—. Estaban gritando, y yo tenía miedo de que fueran a romperlo en toda esa conmoción. Ponían música todo el tiempo en él, sobre todo después de cenar. Música griega vieja, ya sabes. Canciones románticas. A veces incluso bailaban. Tenía mucho miedo de que fueran a romperlo. Sentía que, si lo rompían, entonces... —Chloe miraba hacia el tocadiscos, pero parecía no estarlo viendo—, entonces *todo* estaría roto —dijo en voz baja. Miró a Jade y continuó—: Me asustaba mucho la idea. Le tenía más miedo a eso que a interrumpir la pelea de mis papás. Así que entré a la cocina y les grité «¡Yo *me lo quedo*!».

Se rio un poco y Jade se rio también al imaginarse la escena.

—¿Y te dejaron quedártelo?

—Sí, me vieron como «¡Ah! Existen más personas en el mundo». Y se calmaron un poco y me dijeron que, sí, podía quedármelo. —Chloe cerró el tocadiscos y pasó la mano por encima de la tapa—. Creo que les resolví el problema —dijo—. Pero lo tengo guardado en mi clóset, ¿sabes? Antes lo tenía afuera, pero cada vez que mi mamá lo veía tenía una expresión triste en la cara, y me cansé de eso.

—Sí, me imagino —respondió Jade—. Yo también me habría cansado.

Chloe deslizó el tocadiscos de vuelta al clóset con suavidad y cerró la puerta, pateando su equipo de atletismo al hacerlo. De pronto, saltó a la cama. Esta chirrió un poco y el osito de peluche saltó y cayó de costado. Chloe dejó las piernas colgadas del borde de la cama. Parecía como si tuviera algo que decir.

—¿Sabes? No conocía a nadie en NUSE cuando empecé el sexto grado —comenzó a decir—. Mis amigos eran mi mamá y Nikos, y mamá estaba estresada todo el tiempo por intentar echar a andar el restaurante. El divorcio de mis papás acababa de terminar, ya sabes... —Jade escuchó, pero no estaba segura de qué decir, así que se quedó en silencio. Casi no quería imaginarse cómo sería eso, que tus padres se distancien así el uno del otro. Debe de ser muy difícil ver cómo todos los hilos que creías estaban muy bien entretejidos comienzan a romperse y luego intentar encontrar un lugar entre los pedazos deshilachados y nuevos pliegues. Y que todo eso suceda y, además tengas que mudarte a un lugar nuevo, todo al mismo tiempo... Sonaba difícil. Para Chloe fue muy, muy duro y, sin embargo, no parecía estar rota por ello. A final de cuentas, tomó en sus manos la responsabilidad de rescatar el tocadiscos y mantenerlo como nuevo. Ante el silencio de Jade, Chloe le dio unas palmaditas al espacio que había junto a ella en la cama. Jade se sentó a su lado y la miró mientras se hundía un poco entre las sábanas. Chloe tenía mucho más por decir, y Jade quería escucharlo—. Todos los demás... se conocen desde el kínder, ¿sabes? —continuó. Jade asintió. Sí que lo sabía. Todos los chicos de la escuela parecían conocerse muy bien. Hasta esa tarde, había asumido que Chloe los conocía también. Pero al pensarlo bien, no era demasiado sorprendente que no fuera el caso. Durante las tutorías, las demás chicas hablaban entre ellas y no siempre incluían a Chloe; Jade ahora entendía mejor por qué: no había estado ahí toda la vida como los demás—. Gracias a Dios por el atletismo —dijo Chloe. Jade miró hacia el clóset, donde estaban todas las cosas para correr de Chloe. Le gustaría tener algo parecido al atletismo para sí misma—. Emily, Caitlyn y yo corremos para el equipo de secundaria de la preparatoria, San Esteban Mártir —continuó Chloe—. Corremos con algunas chicas de otras secundarias de la arquidiócesis. Con quienes soy más cercana es con Emily y Caitlyn, de todos modos. Y son geniales. Pero no son... no sé. Siento que no puedo *hablar* con ellas.

    Jade asintió y sintió cómo la gratitud con Chloe por sentir que sí podía hablar con *ella* se esparcía por su cuerpo como una agradable calidez. La hizo querer abrirse con Chloe también.

    No estaba muy segura de tener con quien hablar en esos días. ¿A quién podía compartirle la historia que Itztli le había contado y el mapa que había dibujado, por ejemplo?

¿O sobre el espejo en un cajón de su cómoda, con sus venas ahumadas y tantos secretos? Chloe la había invitado a su habitación, le había compartido sus sentimientos. Jade no sabía cómo hablar de todo lo que tenía en la cabeza, pero decidió abrirle la puerta a Chloe tanto como le fuera posible.

—Todo es distinto aquí en Atlanta —dijo—. No me he acostumbrado a nada. Hasta la tierra es diferente.

Chloe asintió y se abrazó las rodillas al pecho.

—Sé a qué te refieres —dijo.

Dejaron que los sonidos del tráfico y la construcción llenaran la habitación por un momento.

—A veces siento que... que hay cosas que los adultos de mi familia no me dicen —continuó Jade—. Cosas importantes, como nuestros orígenes y cómo llegamos *aquí*. —Gesticuló hacia nada en particular, como intentando decir Atlanta, NUSE y todos los edificios y el asfalto que salían de entre el bosque y que los hombres a los que vio antes, los que oían música de banda en la radio, construían—. Y ahora... algo está pasando con mi abuela. No sé qué, pero algo no está bien. Sé que mi mamá está preocupada. —Se dio cuenta, al decir esas cosas, de cuánto le molestaban—. ¿Alguna vez te sientes así? —le preguntó a Chloe—. ¿Como que hay cosas que no nos dicen?

Chloe asintió muy despacio.

—Todo el tiempo —respondió—. Como por qué mis papás se fueron de Grecia. Siempre me dicen algo diferente. Pero, sobre todo, me pregunto por qué se divorciaron. Digo, vi las peleas... bueno, las oí... pero sigo sin entender. ¿Por qué? —Meneó la cabeza y se tapó los oídos, como si quisiera acallar un ruido molesto—. Y no me lo dicen —continuó después de bajar las manos—. Y siento que tal vez Nikos sabe algo, pero él tampoco quiere decírmelo. —Tomó una pelusa del edredón y la tiró al piso.

De pronto, comenzó a escucharse un alboroto afuera: el inconfundible sonido de las ruedas de una patineta sobre el pavimento.

—Hablando del rey de Roma —dijo Chloe. Fue hacia la ventana y miró al estacionamiento—. Ay... *Justin* está aquí —dijo, casi sin aliento.

—Eh... ¿quién es Justin? —preguntó Jade.

Chloe volteó de golpe.

—Nada más el más sexy de los amigos de mi hermano.

—¿Cuántos años tiene? —dijo Jade. Se sentó muy erguida a la vez que entendía que los chicos que estaban afuera debían estar en la *preparatoria*. No tenía idea de cómo comportarse con chicos mayores. Siempre intentaba hacerse parecer genial, pero nunca parecía funcionarle muy bien.

—No estoy segura —dijo Chloe mientras tomaba el espejo que estaba en su escritorio—. Está en el mismo grado que mi hermano, y Nikos está en el segundo año de preparatoria. —Miró a Jade—. No puedes decirle a Emily que me gusta.

—¿Por qué se lo diría a Emily? —Apenas si conocía a Emily, la chica de cabello rizado, piel morena clara, pecas y sonrisa amable que corría en el equipo de atletismo.

—Porque es su hermano —explicó Chloe.

—Ah... entendido —dijo Jade. Hizo como que se cerraba la boca con un gesto.

—Es que no puedo evitarlo —dijo Chloe—. Lo vi por primera vez en uno de los partidos de fútbol de Nikos... —Se abanicó la cara con la mano de forma exagerada—. Juega en la defensa porque es muy alto. Ay, Dios mío, no puedo ponerme esto —dijo de repente, mirándose el uniforme. Fue a su clóset y sacó uno de sus jeans acampanados y una camiseta negra sin mangas. Alzó la ropa para que Jade la viera—. ¿Qué te parece? —dijo.

—¡Uf! ¡Sí! —dijo Jade. Chloe se vería increíble con esa ropa; tenía las curvas para un atuendo así. No como ella.

Ambas miraron la falda con short almidonada de Jade. ¿Estaban pensando lo mismo? Por más que Jade quisiera que Chloe deslumbrara a todos con su lindo atuendo, sabía que, si se cambiaba, ella se vería muy poco agraciada.

—Espera... puedo sacar algo para que te pongas —dijo Chloe. Jade la miró, agradecida, aunque sabía que eso no funcionaría. Chloe y ella eran más o menos de la misma talla, salvo porque Chloe tenía bubis y caderas; no había forma de que su ropa le quedara a Jade. Y no sabía cómo decírselo—. Olvídalo —dijo Chloe, como si le hubiera leído la mente—. No necesito cambiarme.

—¡No, sí deberías! —replicó Jade.

Pero Chloe ya había comenzado a guardar la ropa linda de vuelta en su clóset. De vuelta frente al espejo, se arremangó con mucho cuidado de tal forma que un poco de su hombro se asomara por debajo de la blusa.

—¡Anda! —le dijo a Jade—. Vamos. Quiero saber tu opinión. —Le mostró una sonrisa cómplice.

Abajo, la puerta principal se abrió con un chirrido hermético y la casa se llenó de voces de hombres adolescentes. Habían llegado.

Jade siguió a Chloe por las escaleras mientras intentaba arremangarse la blusa también y observó cómo su amiga se transformaba. Chloe estaba muy erguida, meneaba las caderas y sacaba el pecho. Se quitó la dona morada para el cabello mientras bajaba los escalones y dejó que el cabello oscuro le cayera alrededor de los hombros y movió la cabeza para que la melena diera un latigazo. Pero la chica que tenía un osito de peluche y que había devorado dos tazones de arroz con leche no había desaparecido. Jade aún podía verla debajo de todo. Eso no significaba que no estuviera maravillada con Chloe y deseando poder ser la mitad de genial que ella.

El aroma a canela no había dejado de flotar hacia la escalera desde la cocina. Las chicas llegaron al pie de la escalera justo en el momento que los chicos salieron de la cocina en dirección a la sala: tres chicos de preparatoria con papas, Gatorade y cualquier otra botana que les cupiera entre los brazos. El espacio, que hasta hacía un momento se sentía acogedor, ahora se sentía apretado, sobrepoblado de chicos altos, movimiento y el crujir y tronar de los bocadillos. Estaban sudorosos y sin aliento por patinar en el calor de agosto. Tenían la expresión en el rostro de alivio exhausto que la gente tiene al sentir el primer golpe del muy necesario aire acondicionado. Todos llevaban puesto el uniforme de la Preparatoria San Esteban Mártir: camisas Oxford desfajadas de pantalones caqui que se abrían un poco en los tobillos, donde la tierra y el polvo del día se acumulaban.

Dejaban tierra por todas partes. Solo uno de ellos se había quitado los zapatos y andaba por la casa en calcetines. La forma de su cuerpo y su manera de moverlo —sencilla, con pasos seguros— atrajo la mirada de Jade.

Era alto, fuerte y delgado, de unos quince o dieciséis años. Caminaba por la sala como si la conociera bien, quitándose el cabello un poco largo de los ojos cada ciertos pasos. Su piel aceitunada era del mismo tono que la de Chloe y su mamá; tenía que ser su hermano. Llevaba un Gatorade y una bolsa de papas al sofá.

Alguien había encendido la televisión. Una mujer en la pantalla azotó una puerta y salió a la calle, al parecer, muy orgullosa de sí misma y muy *fastidiada*.

—¿En serio, Chlo? —dijo el chico—. ¿Estás viendo *esto*?

—¿Es la última bolsa de papas? —reviró Chloe.

—Hay un partido de la Champions League en este mismo instante —dijo él mientras tomaba el control remoto.

Jade lo observó, cada vez más curiosa e intrigada, mientras pasaba los canales. Era delgado, como los chicos de su clase, pero su torso parecía más sólido debajo de la camisa blanca. Tenía la mandíbula cuadrada y un poco de barba comenzaba a asomarse ahí. Jade apenas si había interactuado con chicos que tuvieran vello facial.

Encontró el canal en el que estaba el partido de fútbol. Un equipo rojo jugaba contra un equipo blanco. En circunstancias normales, Jade habría querido saber de inmediato quién jugaba y a quién debía apoyar. Pero lo que estaba ocurriendo en esa habitación era una distracción demasiado grande como para ponerle atención al partido.

De pronto, el hermano de Chloe alzó la mirada y vio a Jade; sus ojos oscuros se posaron sobre los de ella.

El corazón le dio un vuelco y se dio cuenta de que no había dejado de mirarlo ni un segundo. No se había movido desde que lo vio entrar.

—Ella es mi amiga Jade —dijo Chloe—. Él es mi hermano, Nikos. Por favor, disculparás su obsesión con el Real Madrid.

—¡Y disculparás también la obsesión de mi hermana con David Beckham! —contestó Nikos, sin quitarle los ojos de encima a Jade.

—¡No es cierto! —gritó Chloe, quien ya estaba de camino hacia uno de los amigos de Nikos en la cocina.

Jade y Nikos no dijeron nada. Jade no podía moverse. Estaba descolocada por lo que sentía, un cierto temblor en el pecho que no lograba identificar y que esperaba no fuera notoria. Y, no, no le había quitado los ojos de encima. Pero él a ella tampoco.

Esos ojos. Tan oscuros, con pestañas tan largas. El alboroto no paraba a su alrededor, pero ambos se mantuvieron justo donde estaban, sin mover la mirada siquiera. Jade se preguntó cuánto tiempo podrían quedarse así. No quería que terminara. Un chico la estaba mirando. Un *chico*. Un chico la estaba mirando a *ella*. Un *chico de preparatoria*.

Al fin miró a otro lado. Tuvo que hacerlo. Temía que si seguía viéndolo perdería el control por completo y quedaría como una idiota, eructando o algo así. Se enrolló el dedo con el borde desfajado de la blusa y buscó a Chloe.

Chloe jugueteaba con su dona morada para el pelo mientras hablaba con el amigo de Nikos. Ese debía ser Justin.

Tenía la piel morena clara con pecas, como Emily, y —en efecto— era muy alto. Tenía la camisa del uniforme desabotonada y la camiseta blanca se le pegaba al torso sudado. Con razón a Chloe le gustaba tanto. Parecía disfrutar de mirar a Chloe mientras se recargaba en la barra de la cocina y sorbía su Gatorade. Si fuera unos centímetros más alta, Chloe podría pasar por alguien que estaba en preparatoria. Los ojos de Justin no dejaban de encontrar la sombra donde el último botón mantenía la blusa de Chloe unida.

—¡Vamos, Raúl! —exclamó Nikos, aupando al jugador de blanco que corría hacia la portería, sus piernas como motores con el balón.

Su momento —hubiera sido lo que hubiera sido— sin duda se había terminado.

Chloe se acercó a Jade con una sonrisita en el rostro. *Él es Justin*, dijo sin hacer ruido, dándoles la espalda a los chicos. Jade asintió y le sonrió de vuelta.

—¡¡¡NOOOO!!! —Los chicos bloqueaban la pantalla, por lo que Jade no pudo ver qué fue lo que hizo que se exaltaran.

—¡Eso tiene que ser penal! —dijo el tercer chico, un tipo rubio con una melena rizada. Se veía un poco más chico que los otros dos y hasta parecía pequeño en comparación con sus dos amigos altos y musculosos.

—¡Roja! —gritó Justin.

Por un momento, Jade y Chloe vieron a los chicos ver el partido. La facilidad con la que podían distraerse era asombrosa.

Chloe le daba vueltas y vueltas alrededor de su muñeca a la dona morada. Luego, de forma enérgica y decidida, fue a la alacena de la cocina y sacó una lata de puritos de chocolate. Mordió solo la punta de uno, y se tomó su tiempo para hacerlo, intentando llamar la atención de Justin.

No tardó mucho en lograrlo. Con una mirada a Nikos, quien parecía absorto en el partido, Justin fue hasta donde estaba Chloe y le dio una mordida a la misma galleta tubular de chocolate, que Chloe le ofrecía.

—¿Quieres una? —Jade dio un brinco. Era Nikos. Lo miró como si acabara de hablarle en francés—. ¿Quieres una? —repitió, con la bolsa de papas en la mano.

Jade miró a Chloe. Estaba intentando quitarle el purito de chocolate a Justin entre risitas.

Miró de vuelta a Nikos. ¿Eso quería decir que le gustaba? ¿O solo estaba siendo amable?

Alcanzó a mover la cabeza con pequeños tirones robóticos. Nikos metió el antebrazo con las venas saltadas a la bolsa y se comió una papa, sin dejar de mirar a Jade. Se lamió las puntas de los dedos y ella observó su lengua. En teoría, la gente se besaba con la lengua, pero en las películas no podías verlo porque siempre estaban adentro de la boca de la otra persona.

—Jade, ¿verdad? —dijo Nikos.

—Sí —respondió Jade. Ni por obra del cielo se le ocurría qué más decir—. Nikos, ¿verdad? —fue lo mejor que pudo hacer.

—Sip —dijo él. Se limpió la grasa de las papas en los pantalones e hizo un movimiento curioso con la mano, como si fuera a ofrecérsela, pero se la metió al bolsillo.

—Y... eh... ¿tú juegas? —dijo Jade, apuntando hacia la televisión. Su voz sonaba mucho más firme de lo que ella se sentía por dentro.

—Sí, delantero —respondió Nikos, echándose el cabello hacia atrás—. Soy titular del equipo de la escuela.

—Genial —dijo Jade. Sería divertido verlo correr, anotar goles. Se imaginó su cabello revuelto por el viento en el campo.

—¿Tú corres con Chloe?

Jade negó con la cabeza.

—Ojalá —dijo—. Supongo que lo que hago es dibujar.

—Genial —dijo Nikos, pero Jade no logró descifrar si en realidad le parecía genial o no.

Se miró los pies y esperó que a él se le ocurriera algo más que decir. Esperó que hubiera algo más que *quisiera* decir, quizá preguntarle. Pero Nikos se quedó ahí parado, y ella ya no se atrevió a mirarlo a los ojos de nuevo.

Volteó hacia donde estaba Chloe, quien miraba a Nikos con algo de molestia en los ojos. Jade esperó que no estuviera molesta con ella también. Ya eran dos, se dio cuenta: tanto a ella como Chloe les gustaban los hermanos mayores de sus amigas.

—¡Medio tiempo! —anunció a todo volumen el chico rubio, echando los brazos al aire y mirando a su alrededor, como para asegurarse de que nadie se hubiera perdido del aviso—. Listo para patinar de nuevo —añadió.

Por un momento, Jade sintió pena por el chico, cuyos amigos lo habían dejado solo frente a la televisión.

Justin y Nikos reaccionaron al instante y les quitaron su atención a Chloe y Jade. Todos los chicos salieron por la puerta para otra sesión de patinaje. A su paso, dejaron pedazos de papas y un silencio repentino, sazonado con la energía frenética de un comercial de Axe en la televisión.

Jade y Chloe se miraron desde extremos opuestos del espacio que, con la ausencia de los chicos, se sentía gigantesco ya.

Jade no estaba muy segura de qué decir. No tenía duda de que Chloe los había visto a Nilkos y ella. Miró su reloj.

—Ya son casi las seis —dijo en voz baja—. Mi mamá no debe de tardar. Siempre es muy puntual.

Chloe meneó la cabeza como para desechar las tonterías que Jade acababa de decir. Caminó a toda prisa hacia el sofá e hizo un gesto para que Jade se sentara con ella antes de silenciar la televisión.

—¿Verdad que es *lindo*? —dijo Chloe, casi en un susurro, en caso de que los chicos pudieran escucharlas.

Jade asintió.

—Ajá —dijo. ¿Iba Chloe a ignorar lo que acababa de pasar o en verdad estaba demasiado absorta en lo suyo con Justin?

—Estoy *tan* feliz de que sea amigo de Nikos —continuó Chloe.

—¿Quieres, como, salir con él? —preguntó Jade. Ni siquiera sabía qué significaba eso. Madison salió con Luke Thompson durante tres semanas y media el año anterior, y lo único que hicieron fue tomarse de la mano en los pasillos.

Chloe volvió a jalar la dona que tenía en la muñeca.

—O sea, sí, supongo —dijo—. Pero... ¿cómo se hace eso? Digo, ¿cómo hago que me invite al cine? ¿Debería... no sé... debería intentar que me invite al baile en su escuela?

Jade se sintió aliviada de que no le estuviera preguntando por Nikos. No habría sabido cómo responder, de todos modos. Se reclinó en el cómodo sofá.

—No tengo idea, Chloe —dijo—. Pero no creo que nada así vaya a pasar con tu hermano cerca. —Y nada iba a pasar entre Nikos y ella si Chloe estaba cerca. Ni siquiera sabía qué era lo que querría que pasara con Nikos.

—Ay, tienes razón —refunfuñó Chloe—. Es una causa perdida.

—No lo sé —respondió Jade—. Digo, creo que le gustas.

—¿En serio?

—O sea, la forma en que te mira... —Así era como una podía saber, ¿no?

—Eso espero —dijo Chloe. Movió la cabeza—. Es que es *tan lindo*.

Jade asintió. Sin duda, Justin tenía muchos puntos a su favor. Pero Nikos... él *sí* que era lindo.

El timbre sonó y ese fue el final. Jade estaba reacia a levantarse del cómodo y hogareño sofá. Verónica y Madison la conocían de toda la vida, así que era natural que pudieran contarse todo tipo de cosas. Pero Chloe recién la había conocido y ya le había abierto las puertas de su hogar y compartido algunos de sus secretos más íntimos y complicados.

—*Mucho* gusto en conocerte —le dijo mamá a Chloe cuando abrió la puerta. Tenía puesto su traje con falda y estaba metida en su papel de «señora O'Callaghan». A Jade le habría gustado que le bajara un poco. No había necesidad de hacer todo eso frente a Chloe—. Gracias por recibir a Jade —dijo—. Perdón por robártela, pero ya es hora de la cena.

—No hay problema. Deberíamos hacerlo otra vez.

—¡Sí! ¡En mi casa! —dijo Jade.

Abrazó a su amiga con fuerza; Chloe la abrazó con fuerza de vuelta. En ese abrazo, uniforme almidonado contra uniforme almidonado, Jade sintió que podía confiar en ella.

Esa noche, recostada en su cama, Jade miró hacia la oscuridad informe de su habitación. Mortimer, acurrucado en la cobija que estaba a sus pies, la acariciaba con la cola. El ritmo la arrulló hasta aletargarla.

Pensó en los ojos de Nikos. Se pasó la mano por debajo de la camiseta y se la puso sobre el corazón para sentir su calidez, piel contra piel.

Repasó la escena en su cabeza una y otra vez: cómo le ofreció papas, cómo se veían su espalda y trasero cuando salió por la puerta para ir a patinar, cómo la miró.

Quería sentirlo de nuevo. Quería que la mirara de nuevo.

Había algo dentro de ella que luchaba por salir. Presionó con más fuerza la mano sobre su esternón, los dedos estirados sobre las curvas que comenzaban a asomarse a cada lado, como para contener lo que fuera que estuviera debajo... pero también para sentirlo, conocerlo. Era como si tuviera un animal tibio y suave adentro que había estado atado y comenzaba a despertar y luchar contra sus amarras. Si se liberaba, pensaba Jade, no podría contenerlo.

6

Jade se sintió más cohibida que nunca al entrar al vestidor de chicas antes de la clase de Educación Física. Fingió no ver a nadie más mientras se cambiaba el uniforme, que no se preguntaba cómo se veían las bubis de nadie más. Por primera vez, deseó tener un sujetador deportivo. No porque lo necesitara en realidad —su sostén normal con el pequeño moño al frente era suficiente— sino porque así parecería que sabía qué estaba haciendo. Hizo una nota mental de pedirle uno a mamá. Le había dicho que pudo haberle pedido un rastrillo, así que podría pedirle eso también.

En el campo, el sol de la mañana ya quemaba. Jade añoraba la sombra fresca debajo de las hojas que se mecían en el bosque que estaba justo detrás de las rejas de la escuela. El campo era un rectángulo de pasto y tréboles del otro lado del estacionamiento del Wildcat Trail. No había una barrera hacia el estacionamiento, que estaba en silencio durante las horas de clase, brillante y caliente debajo del penetrante azul del cielo. Los balones solían botar hasta el pavimento y rodar por las líneas pintadas, con alguien siempre detrás de ellos. Pero la reja separaba el campo del bosque del lado que estaba perpendicular al pavimento, y de una calle sombreada que pasaba del otro lado del estacionamiento. La pared de ladrillo del gimnasio cerraba el cuarto lado del campo.

El coach Porter estaba esperando a que se reunieran en el centro del campo, con su gorra de los Marines, como siempre, y un silbato que le colgaba del cuello. Era corpulento y fuerte y tenía, cuando menos, cincuenta años, con el cabello cano en un casquete corto. Tenía los brazos y el pecho de alguien que levantaba pesas. Los guio en unos cuantos estiramientos; Jade ya estaba sudando para cuando comenzaron a hacer desplantes.

El entrenador los dividió en equipos para una carrera de relevos e hizo que se pusieran camisetas de malla, rojas o azules, por encima de la camiseta gris del uniforme. Jade estaba en el equipo rojo; Chloe en el azul. Las camisetas apestaban un poco y, al ponerse la suya, Jade intentó no pensar en todos los chicos que la habían usado desde la última vez que la lavaron.

Tomó su posición en una esquina del campo, de cara a los árboles. Se concentró, con los músculos preparados, pulsantes, mientras veía a sus compañeros correr. Los autos pasaban a toda velocidad. Observó, en particular, a las chicas del equipo de atletismo —Chloe, Emily y Caitlyn— e intentó evaluar lo rápidas que eran en realidad. ¿Qué tan buena había que ser para entrar al equipo?

Chloe estaba corriendo. Le entregó la estafeta a Emily sin complicaciones, como si fuera un solo cuerpo en movimiento. A Chloe apenas si le faltaba el aliento mientras bajaba la velocidad hasta detenerse.

Un chico en el equipo de Jade corría hacia ella con la estafeta. Era Benjamin, un chico con cabello castaño ondulado.

Jade era la siguiente. Benjamin era bastante rápido con sus piernas largas, pero se estaba quedando sin aliento.

Tenía los ojos azules fijos sobre ella. Jade lo veía de vuelta; le clavó la mirada. Apenas si parpadeaba. Casi llegaba...

Tomó la estafeta y arrancó. Peter, del equipo azul, iba por delante, y el trote de sus piernas parecía crear un torbellino por debajo de sus shorts de basquetbol en el que refulgían sus vellitos rubios. Jade aceleró y lo rebasó.

Le encantó.

Le encantaba ser más rápida que Peter. Siguió corriendo tan rápido como podía para mantener la velocidad y la delantera. Le encantaba el suave y veloz rebote de sus pies sobre la tierra y el césped. Le encantaba cómo el viento le acariciaba las orejas y la coleta. Le encantaba lo libre que se sentía, libre de soltarse y moverse como quería, libre de cualquier lugar.

Caitlyn estaba en la esquina, con las rodillas flexionadas y el brazo pecoso extendido, esperando la estafeta. Jade estuvo casi junto a ella en un santiamén. Logró pasar la estafeta sin bajar la velocidad, azotándola en la mano de Caitlyn, quien se echó a correr con un destello de su cola de caballo anaranjada y rojiza. La reja estaba más adelante. Jade estiró las manos para detenerse, pero no pudo evitar chocar con ella, estrellándose la mejilla en los rombos de alambre que la separaban de los árboles. Al mirar atrás, vio que Peter recién llegaba al punto del relevo. Tanya tomó la estafeta y corrió, pero era evidente que Caitlyn llegaría primero a la meta. El equipo rojo —el equipo de Jade— iba a ganar.

Caitlyn cruzó la meta y lanzó la estafeta al aire para celebrar, y esta giró y destelló bajo el sol. Todos en el equipo rojo vitorearon. Jade se sumó, alzando la voz tanto como pudo entre jadeos. Tanya llegó a la meta y tiró la estafeta al suelo, frustrada.

Jade estaba exaltada y, aunque le faltaba el aire, no quería parar. Caminó hasta el centro del campo para escuchar lo que el coach Porter quería que hicieran después.

—Los mismos equipos, vallas —dijo el entrenador. Pidió voluntarios y, cuando Chloe alzó la mano para ayudar a colocar las vallas, Jade levantó la suya también.

Chloe tenía los ojos bien abiertos y entusiastas al acercarse a Jade, y Jade pudo reconocer la misma emoción burbujeante que había visto en su habitación unos días antes.

—Eres muy rápida —dijo Chloe cuando al fin estuvo frente a ella. Comenzaron a caminar juntas por el campo, colocando las vallas en dos hileras.

—Eh... gracias —dijo Jade. Chloe debió haberla visto, así como Jade había visto a Chloe—. Pero tú eres *superrápida* —añadió.

Chloe movió la cabeza de lado a lado. De tan cerca, la capa de base líquida en sus mejillas brillaba con las gotas de sudor, pero su delineador estaba admirablemente fijo.

—Ese fue un *sprint* de locura —dijo Chloe—. No sabía que podías correr así.

—La verdad, yo tampoco —respondió Jade. Aún le costaba trabajo respirar—. Digo, siempre me ha gustado correr, pero nunca había corrido *así*.

Hubo algo distinto en esa carrera. Recordaba tener la edad de Katerina y correr con papá alrededor del lago. Siempre la dejaba ganar. Pero para cuando cumplió diez años, se volvió evidente que papá había tenido que comenzar a esforzarse. Y cuando la competencia comenzó a hacerse pareja de verdad, comenzó a desaparecer. Dejaron de correr. Siempre le habían gustado esas carreras, la brisa fresca del lago. Pero nunca había sentido algo *así*, como si hubiera algo dentro de ella que la impulsaba, algo que quizá siempre estuvo ahí, pero recién comenzaba a despertar y a empujarla.

—¿Sabes qué...? —comenzó a decir Chloe.

—¿Qué? —dijo Jade, pero Chloe ya había comenzado a caminar hacia el coach Porter, dejando un par de vallas en el suelo, su tarea incompleta.

Jade colocó el resto de las vallas de su hilera y observó a Chloe hablar con el coach Porter. No alcanzaba a escuchar lo que decían, pero no dejaban de voltearla a ver. No le encantaba que hablaran de ella, pero también confiaba en Chloe. El entrenador tenía el ceño fruncido; Jade no sabía si era por lo que Chloe le decía o por el sol. Cada vez que Chloe la miraba, ella volteaba a otro lado. Para mantenerse ocupada, terminó de poner las vallas en la hilera de Chloe.

Después de un tiempo, el coach Porter asintió, y Chloe comenzó a correr de regreso. Pero no se detuvo. Solo le dio las gracias a Jade y siguió corriendo hacia el estacionamiento.

El entrenador aplaudió un par de veces y les ordenó colocarse en sus posiciones para la carrera con vallas. Jade se formó, distraída, mientras observaba a Chloe entrar al edificio de la escuela.

Pero no tuvo tiempo para preguntarse qué hacía. Pronto llegó su momento de correr y saltar para librar las vallas.

Se concentró y flotó sobre ellas, revolviéndose después de cada una para correr hacia la siguiente. Alcanzó a rozar una, la más alta, con el dedo del pie, y perdió un poco del ritmo. Peter, que iba a su lado, la libró sin problemas. Sus piernas eran mucho más largas... qué injusto, pensó Jade.

Cuando Jade fue a tomar su lugar en la fila de nuevo, Chloe estaba de vuelta en el campo. Jade alcanzó a llamar su atención y alzó las cejas. Chloe apuntó con la barbilla hacia el estacionamiento. Miss Jackson, su tutora, estaba parada en la orilla del campo con sus zapatos de tacón y pantalones acampanados, cruzada de brazos, observándola.

Jade miró a Chloe otra vez. Chloe sonrió solo un poco.

Jade comprendió. Era su oportunidad.

Tres de las vallas ya estaban en el suelo; eso haría que fuera más fácil tomar velocidad. Flexionó las rodillas, con la pierna izquierda por delante, y se balanceó sobre los talones. Cuando llegó su turno, se lanzó hacia adelante y comenzó a recorrer el césped con pasos veloces y ligeros que la impulsaban cada vez más rápido. Saltó tanto como pudo y libró la valla más alta que quedaba; aterrizó y siguió adelante hacia la última valla. En un solo movimiento, derribó la valla con las rodillas al embestirla. No le importó.

Se dobló y se tomó las rodillas para recobrar el aliento; tenía el cabello sobre los ojos. Miró a miss Jackson, quien tenía una mano sobre la cintura y la veía con la cabeza ladeada.

—Ganamos, aunque tiraste la última valla de forma épica.

Jade se levantó. Era Caitlyn.

—¿Perdón...? —dijo.

Caitlyn movió la cabeza.

—Habríamos perdido sin tu carrera alocada —le dijo, sonriente.

No muy lejos de ella, Emily y Chloe chocaban las manos y se decían «bien hecho, bien hecho».

Jade se moría por ser una de ellas.

El coach Porter sopló su silbato y todos fueron a los vestidores, sacándose las camisetas por encima de la cabeza en el camino.

Miss Jackson detuvo a Jade cuando se acercaba al gimnasio.

—Quiero hablar un minuto contigo —dijo, como si no fuera nada. Caminó hacia el campo con pasos firmes, a pesar de los tacones.

Jade asintió y la siguió. Cuando pasaron junto a Chloe y Emily, Emily le sonrió y Chloe le dijo «buena suerte» solo con la boca, sin hacer sonidos.

Cuando todos hubieron desaparecido dentro del gimnasio, miss Jackson volvió a dirigirse a Jade.

—Hazme un favor: corre una vuelta alrededor del campo.

—Pero... —empezó a decir Jade. No sabía si le quedaban energías. Acababa de dar todo lo que tenía en la carrera con vallas y no había recobrado el aliento por completo.

Pero, entonces, vio la mirada que le dirigía miss Jackson. Sus ojos azules estaban fríos, su lápiz labial rosado firme.

—¿Pero qué? —dijo.

—Nada —contestó Jade.

Miss Jackson asintió.

—Bien. —Tenía un cronómetro en la mano—. Anda, pues. Empieza desde aquí. —Apuntó; Jade se colocó en su posición—. A la cuenta de tres: tres, dos, uno, ¡fuera!

Jade arrancó. Las piernas le ardían; sentía que apenas si podía respirar con la fuerza necesaria. Pero aquella cosa que llevaba dentro cobró vida de nuevo con un rugido y Jade rompió la barrera del dolor; comenzó solo a correr. Corría como si fuera a llegar a algún lugar, como si no hubiera reja, como si pudiera saltarla y entrar al bosque, a los árboles, por encima del arroyo... Pasó zumbando junto a los árboles, al gimnasio, a los autos que también pasaban zumbando.

Se acercaba a donde estaba parada miss Jackson, con cronómetro en mano.

—¡No te detengas! —le gritó a Jade—. ¡Una más! —Jade aceleró. Estaba fascinada y no se sentía cansada. Lo único que quería era seguir corriendo. Volvió al punto de partida una vez más casi de inmediato, y al acercarse a miss Jackson por segunda vez, pasó a toda velocidad frente a ella y solo se detuvo al darse cuenta de que iba a estrellarse en el muro de ladrillo del gimnasio. Extendió las manos y suavizó el impacto, aunque terminó con las manos raspadas—. Treinta y un segundos —dijo miss Jackson. Se acercó a Jade—. Tenemos que aprender a frenar, ¿no?

—No... —Jade resopló e intentó recobrar el aliento. El corazón le martillaba el pecho y las piernas comenzaron a dolerle otra vez—. No quiero parar —alcanzó a decir, alzando la mirada hacia su tutora.

Miss Jackson asintió. Su cabello lacio y rubio y sus aretes de perlas eran casi cegadores.

—¿Corrías en Chicago? —preguntó. Jade negó con la cabeza—. Eres rápida, pero tienes que aprender a controlar tu cuerpo —continuó miss Jackson—. Y sobre resistencia. —Jade asintió—. Ven, camina conmigo —dijo—. Si no, te vas a acalambrar. —Jade la siguió por la orilla del estacionamiento. ¿Iba a decirle algo más? Jade no se atrevió a tener esperanzas—. Las pruebas para el equipo se hicieron en verano —siguió miss Jackson mientras caminaban. —Caminaba con un equilibrio asombroso, con los tacones sobre el pasto que le rozaba el dobladillo de los pantalones al avanzar—. Por lo general, no aceptamos gente tan tarde —dijo, sin mirar a Jade—. Pero tenemos la oportunidad de ganar el campeonato estatal este año, y tenemos que usar todas nuestras armas—. De repente, volteó a ver a Jade y la miró justo a los ojos—. ¿Quieres ser parte del equipo de atletismo de la preparatoria San Esteban Mártir? —Jade la miró. Una vez que se hizo realidad, no estaba segura de qué decir—. ¿Quieres estar en el equipo? —repitió miss Jackson.

—Sí —respondió Jade, con una exhalación que se sintió como una liberación de presión acumulada.

Miss Jackson asintió y le mostró solo un esbozo de una sonrisa.

—Bien. Esto es lo que necesitaba escuchar. —Se puso el cronómetro en el bolsillo y sacó una hoja de papel y un lápiz—. Habla con tus papás, a ver qué te dicen —continuó—. Diles que pueden hablar conmigo si tienen alguna pregunta. Y diles también que, si necesitas que alguien te lleve, yo llevo a Cailtyn, Emily y Chloe a la preparatoria donde entrenamos de lunes a jueves. Hay espacio para ti también.

Jade asintió. No podía creerlo. La escuela le había parecido tan cerrada en un principio, con sus uniformes extraños y reglas secretas. Pero toda esa gente había comenzado a darle la bienvenida, a hacerle invitaciones que se sentían como salvavidas lanzados desde tierra firme hacia el mar, donde ella se tambaleaba sobre una balsa. Quizá, quizá sí podría encontrar algo de paz ahí.

—Gracias —dijo, después de batallar por encontrar las palabras—. Momento... ¿en la preparatoria?

Miss Jackson asintió.

—Ajá —dijo. Estaba escribiendo sobre la hoja de papel.

Si los entrenamientos eran en la preparatoria, ¿vería a los chicos de preparatoria casi todos los días? ¿Vería a Nikos más seguido? Eran demasiados pensamientos al mismo tiempo. Sacudió la cabeza para quitárselos de encima.

Miss Jackson le dio el papel. Era un permiso, con su número de teléfono en una esquina.

—Tienes que empezar de inmediato —le dijo—. Esta semana, de ser posible. Ahora, ve a cambiarte.

La maestra se dio vuelta y caminó de regreso hacia el estacionamiento; sus tacones de aguja dejaban pequeños agujeros en el suelo.

Jade se llevó la hoja de papel al pecho. Miró hacia los árboles que se erguían por encima de la reja y se imaginó los senderos por los que podría correr. Aquella pequeña hoja de papel podía liberarla de la reja. Con él, podía acelerar entre las hojas caídas y la yedra, por encima de las raíces retorcidas y a un lado de los arroyos. Se moría por correr entre los parches de luz y oscuridad en el bosque, veloz y ligera, tal vez trepar unos cuantos árboles...

—¡Jade!

Se dio vuelta. Era el coach Porter, pidiéndole que entrara al gimnasio.

Se apresuró. La campana sonaría en cualquier momento y tenía que quitarse la ropa pegajosa y apestosa.

Al entrar, casi todos habían salido de vuelta al pasillo con su uniforme del diario y la mochila al hombro y esperaban la campana. Pero, dentro del vestidor, se encontró con Chloe, Emily y Caitlyn, quienes estaban esperándola.

—¿Qué te dijo? —preguntó Chloe.

—¡Quiere que sea parte del equipo! —dijo Jade, con la hoja de papel en la mano.

Chloe chirrió y zapateó; Caitlyn y Emily soltaron un «¡uujuuu!» al unísono e hicieron una extraña coreografía llena de saltos.

Chloe envolvió a Jade en un sudoroso abrazo. Jade se lo devolvió con todas sus fuerzas.

—¡Vivan los Linces! —oyó decir a Caitlyn. Al parecer, eran Linces.

—Gracias —le susurró a Chloe al oído sin dejar de abrazarla, y sintió que su amiga asentía sobre su hombro.

7

El sol seguía rostizando el estacionamiento cuando terminaron las clases, y Jade salió hacia el corredor junto con Chloe y Emily. Esquirlas cegadoras de luz explotaban sobre los cofres de los autos, y los niños que se sentaban a jugar en la acera quitaban las manos del suelo cuando el concreto les quemaba.

—¡Manis! —Katerina corrió hacia Jade, abriéndose paso a empujones entre el mar de niños, con la mochila de catarina meciéndose de lado a lado—. ¡Mira! —dijo. Extendió el puño y lo abrió para que Jade viera. Un frijol brillante y curvo estaba en el centro de la palma de su mano—. ¡Los plantamos hoy, y miss McDade me dejó quedarme con uno!

—¡Muy bien! —dijo Jade. Emily y Chloe miraban a Katerina, entretenidas. En cuanto ella se dio cuenta, se tornó callada y seria—. Katerina, ellas son mis amigas Chloe y Emily —dijo Jade—. ¿Las quieres saludar? —En el fondo, estaba orgullosa de mostrarle a su hermana que ella también tenía amigas.

Katerina no dijo nada; solo las miró con sus enormes ojos antes de voltear hacia el estacionamiento.

—¡Papi! —gritó. Se olvidó por completo de la timidez y agitó la mano que tenía libre tan alto como pudo mientras saltaba.

El papá de Jade salió del Wildcat Trail del otro lado del estacionamiento, con anteojos polarizados y una enorme sonrisa. Jade no lo había visto tan seguro de sí mismo en mucho tiempo —no desde que se mudaron a Atlanta— y no estaba segura de por qué las estaba recogiendo de la escuela.

—Allá está la coach Jackson —anunció Chloe—. Tengo que irme. —Le dio un rápido abrazo—. ¡Y tú vas a venir con nosotras en cuanto tus papás firmen el permiso! —dijo con una sonrisa.

Jade le sonrió de vuelta y se despidió con la mano mientras Chloe se alejaba. El permiso estaba muy bien doblado en su mochila, e iba a contárselo todo a sus padres en cuanto tuviera la oportunidad.

—¿Cómo está mi bichita? —dijo papá al acercarse. Katerina saltó a sus brazos, y él la alzó por los aires.

Jade recordó que soliá hacer lo mismo con ella, hacía poco tiempo. Pero esos días se habían ido; ya no era una niña pequeña. Era mucho más fácil ser afectuoso con alguien tan pequeña y adorable como Katerina.

—¡Papi, hoy plantamos frijoles! —dijo Katerina.

—¡No me digas! —dijo él. Jade lo siguió por el corredor y hacia la entrada del sendero. Papá miró a Jade—. ¿Y tú? —dijo—. ¿Cómo estuvo la escuela hoy?

Jade estaba a punto de contarle lo ocurrido, que corrió tan rápido que le valió una invitación al equipo de atletismo. Quería que su papá estuviera orgulloso de ella, que le prestara atención también, no solo a Katerina. Pero, primero, quería saber por qué había ido a la escuela.

—La verdad, estuvo genial —dijo—. Pero, papá... ¿por qué viniste por nosotras?

—Porque... —comenzó a decir, sonriente—... ¡les tengo noticias!

—¿Qué? ¡Cuéntame! —exclamó Katerina, retorciéndose entre sus brazos.

—OK, Katerina Bailarina, voy a tener que bajarte —dijo antes de ponerla en la acera para atravesar el estacionamiento.

—¿Cuál es la noticia? ¡Dime, papi! —dijo Katerina en cuanto sus zapatos Mary Jane tocaron el pavimento.

—¡Papá consiguió trabajo! —dijo. Miró a Jade en busca de aprobación.

Por eso parecía como si hubiera ganado la lotería.

—¡Felicidades, pa! —dijo Jade.

—¡Yei! ¡Papi! —Katerina gritaba y aplaudía.

Conseguir trabajo no sonaba como algo muy emocionante para Jade —era trabajo— pero sabía que era algo muy importante para papá. Caminaba con soltura, asintiendo y sonriéndoles a los maestros con un orgullo discreto, y Jade sentía como si acabara de recuperar una parte de su papá que ni siquiera sabía que estaba perdida.

Cuando llegaron a la entrada del Wildcat Trail, el áspero concreto se convirtió en la suavidad de la tierra húmeda, y las ramas de los árboles se estiraban para cobijarlos e invitarlos a pasar. Jade puso un pie en el sendero, con papá y Katerina a su lado. Exhaló aliviada, feliz de al fin cambiar el violento sol y el olor a gasolina por el dosel verde de los árboles, los aromas terrosos de la corteza de los árboles y el musgo bañado por el arroyo. No podía ver el musgo, pero podía olerlo y sabía que estaba ahí, detrás de los árboles, coronando pequeñas rocas lisas junto al arroyo donde

Itztli le contó su historia. ¿Siempre había podido oler el musgo? ¿Podía ahora detectar su aroma porque lo había visto, porque se había sentado en la ribera e inhalado su perfume térreo mientras veía a Itztli dibujar su mapa?

El sendero salía de la vista tras una ligera curva un poco más adelante, pero Jade sabía hacia dónde iba, cuál era el rumbo que trazaba entre los árboles. Qué maravilloso sería poder dejar su mochila en el pavimento abrasador y correr por el sendero, sin cargas, con el viento refrescando los charcos de sudor que comenzaban a formarse debajo de las correas de la mochila. Cuando comenzara con el equipo de atletismo, sabría qué se sentía correr por senderos así.

Papá llevaba a Katerina de la mano unos pasos por delante de ella. Al ver cómo caminaba con la frente en alto, la sencillez y firmeza con la que le tomaba la mano a su hermana, Jade volvió al tema de las buenas noticias.

—¿Y cuál es el trabajo? —preguntó después de alcanzarlos. A pesar de que no podía esperar para contarle sobre el equipo de atletismo, no quería opacar a papá; se veía demasiado feliz.

—Jefe de horticultura en el Museo de Arte e Historia —le respondió. El título le fluyó de la lengua, como si lo hubiera ensayado—. Está cerca, junto a la universidad.

Jade asintió. Aún no podía identificar dónde estaban las cosas en Atlanta, pero sí recordaba la entrada de piedras rosas y blancas de la universidad en la cima de una colina, a un lado de una intersección de varias calles, no muy lejos de su casa.

—¿Vas a cuidar plantas como antes? —dijo Katerina.

Así era como papá siempre describía su trabajo en los jardines botánicos en Chicago: cuidar plantas. Su trabajo no era solo sembrarlas o hacerlas crecer; era convencerlas de erguirse bellas y orgullosas, de hacerlas dar fragantes flores y jugosos frutos.

—Por supuesto —respondió—. Voy a volver a cuidar plantas. Aunque son plantas diferentes esta vez. Muchas de ellas tienen siglos creciendo en esta área.

Jade miraba a los arbustos y la tierra mientras caminaban. Una espesa yedra se arrastraba alrededor de pequeños parches de pasto oscuro y subía por los troncos de árboles gruesos, asiéndose de la corteza al trepar. Los arbustos con hojas espinosas y brillantes y pequeñas bayas verdes se posaban en intervalos regulares a lo largo del sendero, y los tallos espinosos estiraban sus cúmulos de tres hojas hacia la pasarela. Cada tanto, una flor morada, resplandeciente y delicada, con un aterciopelado corazón rojo, saltaba a la vista y exigía ser admirada. Cada destello de color, cada hoja que se mecía, le añadía su propia pincelada de textura al paisaje.

Al doblar la curva, una ardilla asustada los miró desde el centro del camino con sus ojos oscuros y brillantes, sentada sobre sus patas traseras y con la cola en una «S» detrás del lomo. Tenía entre las patas delanteras que parecían manos una bellota a medio masticar. Al ver que no dejaban de acercarse a ella, retorció la cola y desapareció entre los arbustos.

—¿Qué es eso, papi? —dijo Katerina. Estaba señalando una de las flores moradas con corazón rojo. Sus pétalos eran tan delgados y delicados como papel picado.

—Malvarrosa —respondió papá—. Esta es una muy resistente que encontró un poco de sol entre toda esta sombra.

—¿Y esa otra? —dijo Katerina, con el dedo estirado en dirección de una flor más alta, coronada con un brote de florecillas rosadas. Katerina estaba en medio de una de sus tormentas de preguntas.

—Esa es una gigantea —dijo su papá—. Les encantan los arroyos. Un tributario del Grapevine Creek pasa por aquí...

Papá tenía razón, por supuesto. Jade prestó atención para escuchar el suave correr del agua que sabía estaba ahí, detrás de las yedras, arbustos y los gruesos troncos de los árboles.

—Gigantea —dijo Katerina, con un brazo estirado—. Suena muy grande.

Jade tenía que admitir que también lo estaba disfrutando; no era uno de esos casos en los que Katerina solo hacía preguntas molestas. Le agradaba poder ponerles nombre a las plantas, a los distintos tonos de verde espolvoreados con colores por aquí y por allá.

Una espiga larga y oscura le rozó la pantorrilla.

—Liriope —dijo papá antes de que Katerina pudiera preguntar.

Katerina soltó una risita.

—¡Liriope! —dijo.

—Si, suena chistoso —dijo papá, sonriente y haciéndole cosquillas a Katerina, quien chirriaba de alegría.

—¿Qué hay de esos árboles, pa? —dijo Jade, señalando unos particularmente gruesos—. Son casi todos robles, ¿cierto?

—Así es, robles casi todos —respondió él—. Roble blanco, encino. Ese grande de allá es un encino que podría tener casi cien años.

Apuntaba hacia un árbol que era tan grueso como dos o tres robles normales, y que tenía un ejército de raíces que lo anclaban al suelo entre la yedra. Estaba un poco alejado del sendero, y Jade se asomó por detrás de los árboles más delgados que tenía enfrente. Las ramas del gran encino parecían haber estado bailando en el aire durante una eternidad. Su corteza curtida parecía haber sido tallada por un millón de tormentas y sobreviviría a un millón más.

¿Cuánto tiempo había vivido Itztli en ese bosque? ¿Tanto como ese encino? ¿Cuánto tiempo era eso? ¿Era tiempo que podía medirse en años, como los anillos de un tronco? ¿O era tiempo que se medía en unidades más escurridizas, las de la memoria, como los puñados de estaciones que abuelo conjuraba con un gentil arco de la mano en el aire al contarle historias?

Alcanzó a oír el arroyo, susurrando por encima de las piedras lisas. Quizá Itztli estaba cerca, haciéndoles compañía por detrás del refugio de los robles y la gigantea.

—¿Por qué necesita un museo a un horticultor, pa? —preguntó Jade—. ¿Qué clase de museo es?

—Tengo que llevarlas algún día, niñas —dijo él—. Tienen arte antiguo de varias partes del mundo, de aquí de Georgia también. Y tienen un jardín que es como un jardín botánico en miniatura, con especies de todas partes, pero sobre todo especies nativas. Les va a gustar.

Sonaba como que a Jade sí le gustaría. Cuando abuela las llevó a Katerina y ella al museo de arte en Chicago para un festival de Día de Muertos unos años antes, Jade disfrutó los colores y líneas de las pinturas fuera de un ambiente que no fuera el de la escuela. Abuela dejó que las dos fueran a donde su atención las llamara, a un lienzo de una mujer frente al telar o a un vitral azul.

Pero estaba casi más emocionada por el nuevo jardín de papá. A Katerina y a ella les encantaba ir al Jardín Botánico de Chicago cuando trabajaba ahí. La estrella siempre fue el tren a escala, por supuesto, y el pequeño paisaje por el que cruzaba. Las vías y los vagones encogidos hacían que los pequeños arbustos y ramitas parecieran árboles y que el montículo con un túnel en el medio asemejara una montaña.

Se acercaban al final del sendero. La luz entraba en diagonal por los árboles con más fuerza. Jade no tenía mucha prisa por volver a estar debajo del feroz rayo del sol.

Justo antes de que el sendero se abriera hacia el jardín, estuvo segura de que oyó a Itztli, no muy lejos de donde estaban. Sonaba como que estaba ronroneando, pero también como si la llamara. Siguió adelante, pero se asomó entre los árboles para intentar verlo. Justo antes de salir al pasto de la casa, alcanzó a ver un dejo de su pelaje dorado mientras se deslizaba por el follaje y desaparecía.

Se quedó parada un momento a la orilla del jardín, mirando el lugar, con las voces de papá y Katerina suaves en el fondo.

Había aparecido de nuevo, como la refulgente estela de una estrella fugaz que se va en cuanto es vista. Había pasado en un centelleo frente a sus ojos, llamándola una vez más.

*

El aroma agridulce de las cebollas, los chiles serranos y los tomates cocinándose con el cilantro fresco del jardín de su papá se colaba por debajo de la puerta de la recámara de Jade. Se sentó en la cama y miró por la ventana mientras le rascaba la panza a Mortimer, quien se estiraba por encima de las sábanas. El sol se había suavizado y bañaba con el color de la mantequilla quemada las orejas de liebre y las alegres rudbeckias bicolores en el jardín.

Itztli tenía algo más que decirle, y Jade quería saber qué era. Miró hacia el umbral donde comenzaba el bosque, al borde del jardín, pero lo único que pudo ver fueron las hileras de altos pinos, sus agujas como pinceles que trazaban brochazos en el cielo azul y, debajo, los retoños de las semillas que papá había plantado.

Iban a hacer una cena de celebración para su papá, así que por supuesto que tenía que haber salsa fresca. En cuanto Jade entró a la cocina, mamá le pidió que comenzara a hacer las tortillas con las bolas de masa que estaban sobre la barra. Se veía más relajada que de costumbre parada sobre el comal caliente, con su delantal bordado. Tenía la blusa de trabajo desfajada y su rostro parecía suave al darles vuelta a los tomates y chiles con pinzas, asegurándose de que estuvieran bien tatemados de todos los lados. La noticia del trabajo de su esposo parecía haberse posado sobre sus hombros como una gentil calma.

Sin siquiera pensarlo, Jade puso una bola de masa en la tortillera de metal que mamá había preparado con papel plástico para que la masa no se pegara y presionó la masa húmeda con suavidad, para que se partiera solo de las orillas. Jaló la tapa de metal con la bisagra y la llevó hasta la manija para aplanar la tortilla entre dos capas de metal. Cuando abrió la tortillera de nuevo, ahí estaba la tortilla, lista para el comal.

Cuando Jade era pequeña, en la cocina de La Casa Azul, abuela le enseñó a presionar con firmeza, pero no demasiada, para que las tortillas tuvieran el grosor perfecto y se inflaran como gorriones orgullosos mientras se cocían en la estufa, con las dos capas delgadas separándose para crear una bolsa de calor bailarín. Aplanar la masa con la tortillera era el único paso del proceso que Jade hacía. Abuela siempre hacía la masa, mezclando la harina nixtamalizada con suficiente agua tibia como para obtener la consistencia perfecta. La amasaba con sus nudillos firmes y dedos veloces. Cuando cocinaba las tortillas en la estufa, las ponía en una enorme plancha y les daba vueltas con las puntas de los dedos en el momento justo. De alguna manera, lograba nunca quemarse, ni siquiera cuando la vista comenzó a fallarle.

Abuela ya casi nunca hacía tortillas. Ahora mamá hacía todos los pasos que antes hacía abuela, pero nunca fue lo mismo. No había nada como las tortillas de abuela.

Katerina entró a la cocina dando saltitos.

—¡Yo quiero ayudar! —anunció.

Jade no sabía qué podía decirle a una niña de seis años que podía hacer en la cocina. Mantuvo su ritmo: colocar, presionar, bajar, presionar. El metal rechinaba y se aporreaba a la par de sus movimientos.

—Puedes hacer el guacamole —le dijo mamá a Katerina. Con una habilidad pasmosa, partió un aguacate y le sacó el hueso—. Ten —le dio a su hermana un tenedor y un tazón azul con blanco. Luego llevó un banquito hacia la barra para que Katerina se subiera.

—¡Yujú! —exclamó Katerina tras subir al banquito. Tomó de inmediato y comenzó a aplastar el aguacate maduro.

Mamá estaba tirando la casa por la ventana: tortillas, salsa, guacamole y fajitas de pollo que siseaban sobre la parrilla.

Cuando todo estuvo listo, Jade le dio de cenar a Mortimer, y papá y ella se sentaron en la mesa. Papá silbaba para sí mismo, alegre. Mamá sacó dos botellas de cerveza ámbar y las destapó, lo que liberó las plumas ahumadas de aire comprimido que se elevaron por el comedor como un par de espíritus gemelos.

Una vez que toda la familia estuvo sentada, mamá alzó su cerveza para brindar.

—¡Por el hombre que puede hacer crecer cualquier cosa! —dijo. Le sonrió de lado a papá.

Sus papás chocaron las botellas y bebieron, viéndose a los ojos con aquella mirada juguetona y un tanto traviesa que a veces intercambiaban.

—¿Manis? —Katerina estaba alzando su vaso de jugo de manzana. Era una invitación a brindar con ella. Jade chocó su vaso de Sprite con el de Katerina, y el chinchín de los vasos al encontrarse le resultó inesperadamente agradable. Volteó entonces a ver a su hermanita con una sonrisa grata, y Katerina le sonrió en respuesta mientras el eco del brindis se disipaba en el aire.

La comida sabía mejor que de costumbre, o tal vez Jade tenía más hambre de lo habitual. La salsa y las tortillas estaban impregnadas del chamusque del comal. Mamá le había puesto más tomates a la salsa de Katerina para que picara menos, pero Katerina pidió comer «de la que sí pica» y se la pasó, con los ojos llorosos, pero decidida a disfrutarla. Los papás de Jade estaban de tan buen humor que ni siquiera regañaron a Katerina por hablar con la boca llena, ni por encimarse a la mesa y meter las trenzas en la salsa.

—Yo también tengo noticias —dijo Jade, cuando satisfizo su hambre lo suficiente como para tranquilizarse un poco. Supuso que, si les contaba su noticia en ese momento, ya no opacaría a papá.

—¿Ah, sí? ¿Cuáles? —preguntó mamá.

Jade sintió cómo los labios se le torcían en una sonrisa.

—La entrenadora me quiere para el equipo de atletismo —dijo.

Sus padres la miraron. Guardaron silencio un segundo, luego comenzaron a felicitarla al unísono.

—¡Genial!

—¡Qué bien!

—¿Cómo pasó? —dijo mamá.

—¡*Sabía* que eras rápida! —dijo papá.

—¡Bien hecho, manis! —exclamó Katerina, queriéndose sumar al júbilo.

Jade les devolvió las enormes sonrisas a sus papás.

—Le di dos vueltas al campo en treinta segundos después de Educación Física —dijo—. Miss Jackson me tomó el tiempo.

—¿Qué? *Muy* rápida —dijo papá.

—Muy rápida —repitió mamá—. Miss Jackson es tu tutora, ¿verdad?

—Sí. Lleva a las chicas del equipo a entrenar a la preparatoria en las tardes, de lunes a jueves. Chloe está en el equipo...

—¡Oh! —Mamá miró a papá y ambos asintieron, al parecer de acuerdo en su decisión—. Me parece maravilloso —dijo mamá, mirando de vuelta a Jade—. ¿Y *quieres* correr?

—¡Sí!

—Bien —dijo papá, tras un momento—. ¿En dónde firmamos?

—¡Voy por el permiso! —dijo Jade. La felicidad burbujeaba en su interior, dorada y efervescente, como la cerveza de sus papás. Casi no podía creerlo. Iba a correr con Chloe, Emily y Caitlyn. ¡Iba a ser una de ellas! Corrió a su recámara. Detrás de ella, Katerina se quejaba: «¡No pidió permiso!»—. ¡No me tardo! —gritó Jade.

Con la hoja de papel en la mano, corrió de vuelta a la mesa del comedor. Mamá estaba recargada en el brazo de papá, quien le pasaba el pulgar por el hombro mientras saboreaba el último bocado de la cena.

Jade puso la hoja sobre la mesa y vio cómo sus padres se asomaban por encima del hombro del otro para leerla. La mano de mamá flotaba por encima del papel con su pluma de reportera entre los dedos. Toda la emoción que bullía dentro de Jade estalló de golpe.

—¡Gracias! —casi gritó.

Sus padres la miraron y se rieron. Con una floritura, papá tomó la pluma, acariciándole la mano a mamá al hacerlo, y le estampó una firma que atravesaba la página entera.

*

Cuando los platos estuvieron lavados y la barra limpia, los papás de Jade se estacionaron en el sofá y se desparramaron abrazados para ver una comedia. Su mamá se estaba tomando un inusual descanso de su trabajo en la oficina de arriba, que parecía hacer casi todas las noches ya.

Jade estaba demasiado exaltada como para concentrarse en su tarea de matemáticas. No podía esperar a darle a miss Jackson el permiso durante la hora de tutorías al día siguiente y subirse a su Jeep rojo para ir a entrenar con las demás chicas.

Sonó el teléfono. Oyó a papá bajar el volumen de la televisión y los pasos apresurados de mamá para contestar en la cocina.

—¿Bueno? —Silencio—. Oh...

Eso no sonaba bien.

Jade fue a su puerta y la abrió un poco para escuchar mejor. Katerina también había salido al pasillo, seria y callada. Las malas noticias tenían un sonido y una sensación particulares —una fragilidad, algo que no encajaba en su lugar— que hasta una niña de kínder podría notar. Jade no lograba entender qué sucedía, pero sí que tenía que ver con abuela.

—¿Qué pasó, Sol? —Jade oyó que papá preguntó cuando mamá colgó el teléfono.

—Ay, Chris —dijo ella. Hubo un silencio peculiar que hizo que Jade se preguntara si había algo que mamá no estaba diciendo. Miró a Katerina. Su hermana tenía los ojos bien abiertos—. Mamá tuvo un derrame —dijo su madre al fin. Las palabras salieron de golpe, seguidas de un pesado suspiro, como el silbido de las hojas cuando sopla un viento ominoso.

—¿Qué tan grave? —preguntó papá.

—No lo sé. —Las palabras de mamá sonaban ahogadas. Jade imaginó que las decía sobre la camisa de papá—. Pero tengo que ir a verla.

Katerina dio un paso hacia ella. De forma instintiva, Jade la jaló hacia sí. Se abrazaron en silencio un largo rato.

Si su firme y bien plantada madre se había doblado como un retoño bajo una tormenta, al menos ellas se tenían la una a la otra para mecerse con los vientos que las rodeaban.

8

El acogedor aroma del café recibió a Jade en el pasillo de la casa a la mañana siguiente, con Mortimer a sus talones. El cabello se le había esponjado con la humedad de Georgia, pero tenía que irse a la escuela y no había mucho que pudiera hacer al respecto.

Jade nunca tomaba café, pero le encantaba el aroma a tierra, la forma en que el vapor se levantaba en un holgazán baile desde las tazas de sus papás en las mañanas amarillas. Le gustaba cómo la bruma por encima de la superficie convertía el mundo en un borrón suave y pulsante, hasta que las columnas de vapor se estiraban y desaparecían en el aire. Pero esa mañana había algo diferente en el aroma, algo que cortaba los habituales tonos cálidos, algo más agudo, dulce, más fuerte.

En la cocina, su papá estaba a un lado de una sartén con huevos revueltos humeantes, vertiendo azúcar morena en dos tazas gruesas de cerámica. Katerina estaba junto a su pierna como si fuera su sombra y miraba a mamá con sus ojos enormes.

Mamá ocupaba el espacio entero. Sostenía el teléfono entre la oreja y el hombro y caminaba de un lado a otro, jalando el cable consigo al avanzar, con su pequeña libreta de reportera y un lápiz en las manos. Con los zapatos boleados y aretes dorados se veía más arreglada que de costumbre, si es que eso era posible. El cabello no se le movía ni un poco; debió haber usado laca esa mañana. Sus tacones chasqueaban cuando se movía en un torbellino de actividad que Jade apenas si podía procesar a esa hora de la mañana.

—Ajá —decía—. Una escala... ¿de cuánto tiempo? ¿*Toda la noche?* —Le lanzó una mirada de exasperación a papá. —Jade hizo tan poco ruido como pudo mientras le daba de comer a Mortimer; no quería hacer nada por perturbar la tempestad arremolinada y creciente que emanaba su madre—. Pues consígame, entonces, el próximo vuelo directo que tenga para mañana —le dijo mamá al teléfono en un suspiro.

Su tono era cortés, pero firme, y Jade no envidiaba a la persona que estaba del otro lado de la línea. Papá se estiró y le tocó la espalda baja con suavidad. Quería tranquilizarla, pero ella pareció no darse cuenta. Se sentaron a desayunar sin mamá y comieron en silencio. Los únicos sonidos que se escuchaban eran la voz tensa de mamá, su lápiz furioso y el incesante chasqueo de los zapatos sobre la loseta.

Al fin colgó. La tormenta estaba contenida, por el momento. Seguía sin tener un solo cabello fuera de lugar, ni una arruga en la blusa. Azotó el lápiz y fue a sentarse a la mesa.

—Tengo que llamar al doctor. Y al seguro. Y a Carmelo... Tengo que ver si puede pasar la noche allí —afirmó, entre apresurados bocados de huevo.

Hospitales, enfermedades, tratamientos... esos eran los temas de mamá. Pero aquello no era un reportaje; se trataba de abuela.

Jade no sabía muy bien qué era un derrame. El tío de Verónica sufrió uno cuando estaban en cuarto grado, y Verónica lo llamó «un infarto en el cerebro».

Las preguntas se apilaban unas sobre otras dentro de la cabeza de Jade. ¿Abuela podía hablar? ¿Los doctores sabían hablar español? ¿Estaba conectada a una máquina con líneas en la pantalla y que hacía «bip»? ¿Era algo pasajero o el derrame había cambiado a abuela para siempre?

—Carmelo puede ocuparse de esas cosas —le dijo papá—. Toma café.

Jade habría querido que sus papás le dijeran algo a ella también. A su lado, Katerina seguía tan callada como una sombra. Las dos estaban afuera de la conversación de sus padres, como separadas por un muro invisible. Pero esa discusión las afectaba, y también estaban en la mesa.

Mamá se llevó otro bocado a la boca, lo pasó con fuerza y miró a papá.

—Carmelo se puede ocupar de *algunas* cosas —dijo—. Pero mamá me necesita a *mí*. Tú lo sabes.

—Sol. —Papá le tomó la mano y se la puso sobre la servilleta. El búho azul y gris bordado los miraba desde la tela—. Toma un poco de café. —Lo dijo con tal suavidad que casi fue un susurro.

Tras un momento, mamá sacó la mano de debajo de la de papá y tomó la taza con ambas palmas. Delgadas columnas de vapor que se mecían salieron de la taza. Mamá trazó con los dedos el relieve de los diseños brillantes que Jade había visto tantas veces: girasoles, vides, bayas.

—Y tengo el proyecto en Nueva York también —dijo mamá, observando la taza, pero sin beber de ella—. Se supone que tengo que ir la próxima semana.

¿El proyecto en Nueva york? Ese debía ser el reportaje en el que mamá había trabajado todas esas noches.

—Entonces pospón el viaje a Nueva York —replicó papá—. No te preocupes. —Hablaba con la tranquilidad y autoridad que había recuperado desde que recibió la noticia del trabajo.

—No puedo posponerlo, Chris —dijo ella, con los ojos fijos sobre él—. Ya tengo todo resuelto. Vuelo a Chicago mañana temprano y vuelvo en unos días para poder ir a Nueva York a tiempo.

Parecía demasiado. Con razón mamá estaba tan alterada.

—Sol —dijo papá—. Tómate el café.

Katerina movía un pedacito de huevo de un lado del plato al otro.

Mamá levantó la taza y le dio un sorbo; el vapor se arremolinó en su rostro.

—Ahhh —dijo y cerró los ojos mientras ponía la taza de vuelta en la mesa—. Le pusiste canela.

Esa era la diferencia en el aroma del café. Tenía canela, como el café de olla que sus abuelos servían con pan dulce en La Casa Azul.

—Necesitabas algo reconfortante —dijo papá, y le dio unas palmaditas en el hombro a su esposa antes de levantarse para recoger la mesa.

Su mamá se quedó sentada, en silencio al fin, paseando los dedos por la taza y sorbiendo el café con canela. Se quedó atornillada a su asiento mientras su papá las acompañaba a la puerta.

Jade le dio el permiso firmado a miss Jackson en la hora de tutoría, pero aún necesitaba un certificado médico antes de poder entrenar con el equipo. Papá se ocuparía de eso. Cuando terminaron las clases, Caitlyn, Emily y Chloe se reunieron para subir al Jeep de miss Jackson.

—A la próxima voy con ustedes. Te lo prometo —le dijo Jade a Chloe con un abrazo.

No podía esperar. Sobre todo en ese momento —con una casa llena de cosas que no le decían, de silencios que tenía que sortear— ansiaba la libertad de correr, de ir más allá del dolor en las piernas para disfrutar de la caricia del viento, de soltarlo todo.

Antes de que Chloe subiera al Jeep, con un pie en el pavimento y otro sobre la camioneta, volteó a ver a Jade.

—¿Estás bien?

Lo dijo de una forma desenfadada, que Jade le agradeció. Aunque la pregunta la tomó por sorpresa. ¿Se le notaba que algo no estaba bien, que había una pequeña nube negra en casa que amenazaba con abrirse y desatar una tromba en cualquier momento? ¿Lo había visto Chloe en su cara todo el día?

Jade tomó los tirantes de su mochila y los jaló hacia el frente.

—Sí, estoy bien. Es solo que... mi abuela, ya sabes... Al parecer tuvo un derrame. Sea lo que sea eso. Y mi mamá se va a ir unos días, y no sé qué pasa y... —Se detuvo porque pudo oír que hablaba cada vez más alto y con voz cada vez más aguda.

—Entiendo —dijo Chloe, asintiendo muy despacio—. Si lo necesitas, llámame.

Se quedó ahí un momento más, con la cabeza un poco ladeada, antes de subir al Jeep y cerrar la puerta. Se despidió de Jade con la mano mientras salían del estacionamiento, y Jade supo que su oferta había sido sincera.

Jade le tomó la mano pequeña y tibia a Katerina todo el camino a casa por el Wildcat Trail.

—Mami no se va a ir mucho tiempo —dijo Katerina. Pareció al mismo tiempo una afirmación y una pregunta que quería que Jade respondiera.

Delante de ellas, un par de chicos de secundaria un poco más chicos que Jade pateaban un balón de futbol entre ellos, trazando zigzags en la tierra.

Jade quería tranquilizar a Katerina, pero no sabía cómo. Era reconfortante saber que enfrentarían la situación juntas, con algunas de las mismas cosas en la cabeza, aun si Katerina era muy pequeña y no podía entenderlo todo.

—Eso fue lo que mami dijo. —Le apretó la mano a su hermana.

Inhaló el aire del bosque; los fuertes robles la consolaron. Se preguntó si el espejo que estaba en su cómoda podía responder algunas de las preguntas que tenía. ¿Podían sus venas ahumadas revelar algo de lo que los adultos no le decían?

Salieron del sendero hacia la brillante expansión del jardín y la calzada. Su papá abrió la puerta como si hubiera estado esperándolas.

—Les va a encantar el bocadillo que tengo para ustedes —les dijo cuando llegaron al pórtico. Jade y Katerina se apresuraron a entrar. La sorpresa estaba en la barra de la cocina: una montaña de chocolates con forma de catarinas, envueltos en papel aluminio rojo y dorado, y una alta caja hexagonal de chocolate Abuelita. La palidísima viejita dibujada en la caja tenía una taza de porcelana llena de chocolate caliente y sonreía por debajo de sus anteojos. Jade y Katerina se quitaron las mochilas y atacaron los dulces: Katerina las catarinas; Jade el chocolate Abuelita—. Creí que era un buen momento para comer algo reconfortante —dijo papá.

Jade abrió la caja y sacó la tableta que estaba arriba de la pila. La sacó de su envoltorio de papel y sonrió al ver el familiar patrón de triángulos en la barra hexagonal. Era, sin duda, su chocolate favorito. Se suponía que era para preparar chocolate caliente, pero Jade prefería comérselo así.

—¡Creía que estos eran solo para Navidad! —dijo Katerina mientras desenvolvía su primera catarina. Eran idénticas a las que su abuela en Nebraska ponía siempre encima de la chimenea de su casa en diciembre, para que pareciera que los bichitos estaban en un peregrinaje hacia el nacimiento. Grandma decía que le recordaban a los días que pasó en Suiza cuando estudiaba la universidad.

—Los compré en la carretera Buford —le dijo papá a Jade, señalando la barra de chocolate que tenía en la mano—. Tengo que llevarlas pronto. Tienen todo tipo de comida: mexicana, vietnamita, india. Tienen hasta pan dulce.

Jade mordió el duro chocolate con las muelas y comenzó a masticar. Tenía ese sabor perfecto con un toque de canela, y se le empezó a derretir en la boca mientras comía. Sabía como olía el café de la mañana, pero mucho mejor de lo que el café sabía en realidad.

—Esto es genial, pa —dijo.

Katerina le dio una mordida a su chocolate e hizo un pequeño baile.

—¡Gracias, papi! —dijo. Alzó los brazos y su papá la abrazó y la cargó.

Jade llevó su chocolate al porche trasero. Abuelo alguna vez le contó que había una fábrica de chocolate cerca de San Juan de las Jacarandas, el pueblo en el que crecieron abuela y él, y que, si pasabas cerca de ahí en horas de trabajo, aun con las ventanas del auto cerradas, la dulzura entraba e inundaba el auto y hacía que olieras a chocolate durante kilómetros.

Abuelo también le describió los árboles de cacao. Y le contó que el chocolate se inventó en México. Pero usó palabras tan floridas —palabras que Jade no conocía— para describir los árboles y sus vainas llenas de poderes, que no logró formar una imagen en su cabeza. Lo que sí entendió de las historias de abuelo fue que, para cuando un pedazo de chocolate llegaba a las manos ansiosas de alguien, la gente solía olvidarse de los mexicanos, aquellos que habían inventado el chocolate y aún lo fabricaban.

La luz dorada ondulaba debajo de las hileras de pinos. De golpe, Jade se dio cuenta de que no era la luz; era el jaguar, merodeando con elegancia entre los árboles, con el pelaje moteado apareciendo y desapareciendo de la vista entre los troncos.

Jade envolvió la mitad que le quedaba del chocolate en el papel y lo puso a un costado. Miró hacia el interior de la casa a través del mosquitero y vio a papá y Katerina absortos en un rompecabezas. Katerina separaba las piezas por color e intentaba comerse su chocolate al mismo tiempo.

Miró de vuelta a los árboles. Estaba segura de lo que había visto, pero ya no podía ver el lomo dorado del jaguar. Debió haberse adentrado en la espesura del bosque.

Sabía de cierto que, si quería escuchar lo que el jaguar tenía que decir, si quería aprender las cosas que los adultos no le querían decir, tenía que encontrarlo.

Se dirigió a los árboles.

Vio un destello del pelaje dorado de Itztli al llegar a la orilla del bosque y dio un paso sobre la oscura maleza que estaba debajo de los pinos. Apresuró el paso, casi avergonzada por la cantidad de ruido que hacía al caminar. El jaguar siguió su camino en silencio, con pasos seguros, sus manchas camuflándose entre los árboles. Jade intentó imitarlo, pisar con delicadeza entre la yedra y por encima de las raíces torcidas. Hizo a un lado los largos tallos de las giganteas, con sus hojas anchas y sus delicadas raíces rosadas, y sus zapatos rozaron las flores púrpuras y las bayas verdes del liriope. Ahí estaba más fresco —debajo del espeso dosel de los árboles— que en el sendero. Eran principios de septiembre, y el calor de agosto recién comenzaba a menguar.

El arroyo apareció frente a ella de pronto. Era el mismo lugar a donde la había llevado antes. El jaguar apareció a la vista del otro lado y la miró con sus ojos color ámbar. Toda la vida del bosque a su alrededor —el cuchicheo de las ardillas, el trino de los cardenales, el gorjeo de las palomas nerviosas— pareció detenerse por un momento, como en reverencia ante el gran felino, quien se cernía majestuoso y confiado sobre el arroyo.

A pesar de su temible figura, Jade reconoció el fulgor amigable y acogedor de los ojos del anciano, que parecían sonreírle. Comenzó a sonreírle de vuelta, para contestar al saludo, y al hacerlo se dio cuenta de que —*en efecto*— estaba viendo al anciano, con su túnica blanca anudada, recargado con elegancia sobre el serpentino báculo.

—Así que has venido de vuelta —dijo, con una suave sonrisa. Sus manos oscuras y arrugadas reposaban tranquilas encima del báculo, igual que antes—. Tengo mucho que contarte —dijo—. Pero, Chalchihuite... —Jade se quedó sin aliento al oír su nombre, el nombre que sus abuelos usaban. No dejaba de sorprenderle oírlo de boca de Itztli—, algo te agobia. —Frunció el ceño y la estudió con sus ojos negros brillantes, como si intentara descifrar qué era solo con la mirada—. Dime —continuó—. Dime qué es lo que te agobia.

Era la segunda vez en el día que alguien le preguntaba eso: primero Chloe y luego Itztli. Las dos veces la tomaron desprevenida y la sacaron de su hábito de intentar mantener esos pensamientos ocultos. La enfermedad de abuela, lo que tenía que hacerse al respecto, lo que ocurriría después... todas eran preocupaciones para los adultos, ¿cierto? Ella no tenía por qué preocuparse al respecto, ¿verdad?

Incluso mientras lo pensaba, Jade sabía que no era del todo cierto. Cada vez más se veía obligada a admitir que no estaba satisfecha con dejar que sus papás y los demás adultos fueran los únicos que se preocuparan y se ocuparan. No quería seguir al margen de las cosas. Quería ayudar. Pero no sabía cómo.

Itztli bajó con mucho cuidado a la ribera del arroyo y se sentó con las piernas cruzadas. Jade comprendió que ella debía sentarse así también. Así que encontró un espacio entre las raíces y los helechos de su lado del arroyo y bajó a la ribera, dejando que las piernas le colgaran por encima del tranquilo susurro del agua.

Si era tan evidente, bien podría responder a su pregunta de forma honesta. Observó las piedras pardas y lisas en el arroyo mientras el agua saltaba sobre ellas y se arremolinaba a su alrededor. Intentó poner en palabras lo que le preocupaba, «lo que la agobiaba», en palabras de Itztli. Él se sentó, paciente, expectante, frente a ella, con las manos dobladas sobre la túnica blanca. Jade sintió que podía abrirse con él, que podía aceptar su invitación. Tenía la corazonada de que Itztli era un adulto que entendería, que no le pediría explicaciones y que le diría cosas que los demás no harían.

—Supongo que lo que me preocupa es que... tengo miedo —comenzó a decir Jade. Las palabras la sorprendieron incluso mientras las decía. No se lo había dicho a nadie, ni siquiera a sí misma. No estaba muy segura de cómo comenzar. Miró a Itztli. Él la observaba con sus ojos pacientes y concernidos, y con una paciencia que le aseguró a Jade que esperaría tanto tiempo como fuera necesario para que las palabras salieran—. Tengo miedo de lo que puede pasarle a abuela... y a mamá —dijo al fin—. Dejó que las palabras fluyeran por el arroyo, que se asentaran entre las piedras y se perdieran en la corriente—. Nadie me dice cómo está abuela —continuó—. Ni siquiera sé si puede hablar o no. Y cuando abuelo murió, tampoco me dijeron que algo estaba mal, no hasta el día en que murió.

Recordó ir con mamá a casa de sus abuelos en Pilsen, en lo que ahora sabía fue uno de los últimos días de abuelo, y ver solo a abuela en el salón. Su mamá estaba embarazada de Katerina y se sobaba el vientre, sentada en el sofá de flores, como si la protegiera de algo. Era una habitación pequeña con fotografías de la familia, personas a las que Jade conocía y a las que no, que abarrotaban cada centímetro de la pared. Sentada con mamá ahí esa tarde, Jade sintió como si toda esa gente las observara.

Abuelo se quedó en su recámara todo el tiempo que estuvieron ahí. Una tensión tácita permeaba todo el espacio, la forma en que mamá y abuela hablaban entre susurros, las medias sonrisas que abuela le dirigía a Jade cada tanto, con los ojos fijos y sin arrugarse.

—Lo entiendo —le dijo Jade a Itztli—. Entiendo por qué no me dijeron nada entonces. ¿Cómo le dices a una niña de seis años que alguien está por morir? ¿Cómo le explicas qué significa eso? —Itztli asintió, despacio—. Pero me habría gustado despedirme. —Se quitó una ramita de la rodilla, la tiró al arroyo y la vio irse con la corriente. La ramita se atoró un instante entre dos guijarros, pero el implacable arroyo se apresuró a empujarla, y la rama continuó alejándose hasta desaparecer—. Cuando vi el cuerpo de abuelo en su féretro en el funeral, supe que en realidad ya no era él —dijo—. Para entonces, abuelo ya se había ido. —Iba tomada de la mano de mamá cuando fue a ver el féretro abierto, con el enorme vientre de su mamá, con Katerina adentro, por delante. La iglesia estaba repleta; parecía que el vecindario estaba ahí. Jade sentía que esas personas eran como intrusos. ¿Quiénes eran como para ver a abuelo en su descanso final? Pero los desconocidos saludaban a abuela y parecían conocerla bien y Jade se maravilló al ver a cuánta gente había tocado abuelo en su vida, y lo poco que sabía al respecto. Jade no vio a abuela llorar una sola vez ese día, pero sí la vio apretar su rosario y no soltarlo. —Había caléndulas en el féretro —continuó Jade. Se había parado de puntitas para asomarse. Abuelo tenía el cabello y bigote engominados y peinados. El cuerpo estaba amarillo. Jade lo miró con fascinación y le apretó y apretó la mano a su mamá hasta que ella se alejó—. Era imposible que ese fuera él —le dijo a Itztli—. El abuelo al que yo conocí ya no estaba.

    El abuelo al que conoció se jalaba el bigote cuando pensaba, cuando buscaba la palabra correcta, aun cuando sabía que Jade podría no entenderla. El abuelo que ella conoció le enseñó a jugar con el balero, a balancear el cilindro pintado de colores para que cayera dentro del palo al que estaba atado con una larga cuerda. El abuelo al que conoció no era un cuerpo inmóvil, a la espera de que la gente lo mirara boquiabierta y mascullara oraciones. El abuelo al que conoció ya no estaba.

    —Me contaba todas aquellas historias —continuó Jade—, y no sabía... no sabía que algún día se terminarían.

De todas las historias que abuelo le contó, ninguna era sobre la siderúrgica a las afueras de Chicago, donde trabajó casi toda su vida en los Estados Unidos, antes de que abuela y él abrieran el restaurante. Su mamá le explicó después, en términos muy francos y con una taza de café cargado la mañana gris después del funeral, que fue la siderúrgica la que empujó a abuelo hacia su tumba de a poco.

—Y tu abuelo... —dijo Itztli—, ¿en dónde está sepultado?

—San Juan de las Jacarandas —respondió ella—. En México. —Tomó un puñado de tierra del suelo y dejó que se le escurriera entre los dedos mientras recordaba cómo el tío Carmelo y otros cinco hombres fornidos cargaron el féretro de abuelo por el pasillo al final del funeral, con un mariachi sonando en las bocinas. La canción les decía que tenían que enterrar a abuelo en su México lindo y querido, aunque hubiera muerto lejos de él. Afuera de la iglesia, una carroza abierta recibió el cuerpo y lo llevó al aeropuerto—. Mamá me dijo que está enterrado bajo una lápida doble —continuó Jade—. El nombre de abuela está escrito del otro lado.

Ahí estaba, el meollo del asunto, ahí, flotando sobre el arroyo. No lo dijo con todas sus letras, pero estaba claro: tenía miedo de que abuela muriera. Sobre todo, tenía miedo de que muriera como abuelo, de pronto, sin que Jade tuviera la oportunidad de despedirse. Y había otro miedo también, uno que no se atrevía a nombrar. Tenía miedo de que, si abuela moría, las historias desaparecieran para siempre. Las historias que abuelo le contó y no recordaba, porque era demasiado pequeña o porque no entendía el suficiente español o porque no prestó atención, abuela sin duda aún las conocía. Pero si ella se iba también...

Las lágrimas le picaron los ojos y amenazaron con desbordarse, pero las contuvo con unos cuantos parpadeos.

—Chalchihuite —dijo Itztli—. El cuerpo de tu abuelo podrá estar en San Juan de las Jacarandas, pero *de ti depende* mantener vivo su recuerdo. —Jade asintió, pero no estaba muy segura de qué era lo que quería decir. No lo miró a los ojos, temerosa de que las lágrimas pudieran empezar a correrle por las mejillas en cualquier momento. Se concentró en una sosa y pequeña roca café en el arroyo, a un lado de su zapato izquierdo—. Y tu abuela... ¡Ja! —Hizo un ruido que sorprendió a Jade, pues fue casi como una carcajada. Jade alzó la mirada—. ¡Sigue con vida! —dijo Itztli, con los brazos extendidos—. ¡Su último aliento no ha llegado! —Jade se preguntó si el anciano hablaba sobre sí mismo, también. Era más pequeño y estaba más arrugado que cualquier otra persona a la que Jade hubiera visto. Pero ahí estaba: sentado, muy tranquilo, junto al arroyo soleado, con los brazos abiertos como un halcón a punto de levantar el vuelo, escuchándola—. Y tú, Chalchihuite —dijo, tras bajar los brazos y volver a doblar las manos—, tienes muchas cosas por aprender. Hay mucho que quisiera decirte. Pero tienes que escuchar. —Sus ojos eran dulces, pero serios, su voz firme, como cuando mamá le daba una orden.

Jade enderezó la espalda. Estaba lista.

—Quiero aprender, Itztli —dijo—. Por favor, cuéntame una historia. Voy a escuchar. Te lo prometo.

El rostro de Itztli se suavizó, y su sonrisa amigable y familiar comenzó a asomarse en sus labios de nuevo.

Tomó algo de un costado suyo; era un pequeño tazón de cerámica. Parecía estar hecho de la misma arcilla roja que podía encontrarse debajo de la superficie oscura de la tierra. Adentro, un fino polvo azul centelleaba. El tazón se ajustaba a la perfección a la mano ahuecada de Itztli. En el suelo había también más instrumentos para hacer arte: un pincel hecho con una delgada vara de madera dorada y finas cerdas, y un palito lijado con la punta redondeada. Quizá Itztli había tenido más tiempo para prepararse, pues sabía que Jade iría a verlo.

Jade estudió los instrumentos con la misma emoción que sentía cuando miraba por la ventana de la tienda de materiales de arte que estaba de camino al lago en Chicago. Le encantaba el *potencial* de esos instrumentos, las posibilidades infinitas de lo que podía hacerse con ellos. Pero, sobre todo, le encantaba lo hermosos que eran los materiales en sí mismos: los óleos pastel con las puntas aún sin desgastar, los pinceles de madera de todos colores con anillos de metal sin manchas de pintura todavía. A veces se quedaba frente a la ventana de la tienda, mirando los utensilios y los colores mezclándose con su propio reflejo en la vitrina.

Una larga tira de corteza estaba recargada en el tronco de un roble joven. Su envés pálido y curveado era casi tan blanco como una hoja de papel. ¿Sería ese el nuevo lienzo de Itztli? El bosque ya había alisado la tierra y la arcilla donde trazó su mapa el primer día. Jade se inclinó hacia el frente y procuró no parpadear; no quería perderse nada.

Con el tazón acunado en la palma de su mano, Itztli inclinó la orilla hacia el arroyo y dejó que un único bucle de agua entrara en él, como caldo en un cucharón. Con la punta redondeada del palito, mezcló el polvo azul brillante con el agua. El azul bailó en lentos círculos dentro del agua hasta que el líquido se tornó de un azul oscuro y profundo, casi morado. Le recordó a cómo abuela mezclaba la salsa hecha con chiles de árbol después de hervirlos y sacarles la pulpa, que luego molía junto con el agua en el molcajete que alguna vez le contó a Jade estaba hecho de lava petrificada.

El líquido en el tazón parecía una tinta fina. Itztli metió el pincel; en sus manos, era tan delicado como una pluma fuente. Comenzó a pintar en la corteza y, mientras lo hacía, habló:

—Crecí sabiendo un secreto —dijo. Trazó una pincelada larga y segura, un arco invertido. La corteza absorbió la tinta—. Crecí en un pueblo pequeño cerca del lago de Pátzcuaro. Crecí con muchas lenguas a mi alrededor, muchos pueblos, cada uno con una historia distinta de su origen. Crecí sabiendo que los poderosos mexicas, el imperio azteca, eran los enemigos mortales de nuestra gente, la gente de mi madre, los purépechas.

Jade recordó lo que le contó la primera vez que se encontraron: los aztecas —los mexicas— fueron un imperio tan despiadado como cualquier otro.

—¿Era el mismo pueblo del que me hablaste antes? —dijo—. ¿Los que se asentaron en la cueva con el águila y el jaguar?

Itztli negó con la cabeza.

—Ese es mi pueblo también. Pero el pueblo de mi gente, los purépechas, eran un pueblo distinto, con su propia lengua. —Continuó pintando, haciendo la franja azul curveada más y más ancha sobre la corteza—. El secreto era que mi padre, quien murió antes de que yo naciera, era mexica.

—Se detuvo un momento y examinó la corteza. Las líneas más frescas que había pintado eran oscuras y densas; las primeras comenzaban a palidecer al secarse. Jade intentó verle el rostro, pero solo alcanzó a divisar una parte de su perfil mientras observaba su trabajo—. Mi madre me lo contó —continuó—. Y, a causa del lugar en el que vivíamos, tenía que ser un secreto. Pero mi madre me dijo también... —Volteó a ver a Jade, con el pincel de punta azul en alto— que ese secreto *jamás* tendría que avergonzarme. —Jade asintió, pues sintió que le decía a *ella* que nunca debía avergonzarse de algo, aunque no estaba muy segura de qué era eso—. En muchos sentidos, apenas si era un secreto —continuó Itztli, encogido de hombros. Volvió a sumergir el pincel en la tinta y lo revolvió muy despacio—. Mi nombre, Itztli, era náhuatl, no purépecha. Era un nombre extraño, y los demás niños se burlaban de mí por ello. Mi madre me contó que me llamó Itztli, que significa «obsidiana», porque, la noche en que nací, el lago brillaba en la oscuridad y reflejaba las estrellas de forma undulante y cambiante. —Itztli. *Obsidiana*. Como Itzpapalotl, la Mujer Mariposa de Obsidiana. Y como el espejo que tenía en su cómoda, que estaba segura de que era obsidiana también—. Mi madre siempre me dijo: «Tu padre no era solo un mexica, así como tú no eres solo mexica, ni purépecha, como yo, ni nada más. Tu familia viene de muchas partes». —Itztli volvió a mirar a Jade—. Mi padre era mexica, pero su gente también era el Pueblo de la Cueva del Águila.

—¿Cómo? —preguntó Jade.

—¿Recuerdas cómo los mexicas se apoderaron de las tierras del Pueblo de la Cueva del Águila?

—Sí —respondió. Le había sorprendido mucho descubrir que los mexicas también se habían adueñado de tierras de otros.

—Pues mi padre creció ahí, en las tierras de la Cueva del Águila, pero bajo el dominio de los mexicas —dijo Itztli—. Su familia venía de ambos pueblos. Todos hablaban la misma lengua. Cuando la gente vive junta en el mismo lugar, es muy difícil mantener a las personas separadas.

Jade creyó entender. La gente a veces intentaba definir de dónde era, como si hubiera solo una respuesta correcta y nada más. Siempre se sentía así cuando tenía que marcar su etnicidad en algún formulario o en los exámenes estandarizados que hacía una vez al año en la escuela. Ninguna de las respuestas le parecía del todo adecuada. No le gustaba rellenar esos pequeños óvalos, por completo, sin salirse de las líneas, pero lo hacía de todos modos.

—Por las noches, antes de dormir, mi madre me contaba sobre mi padre entre susurros —dijo Itztli—. Era un guerrero jaguar mexica. Era el más valiente de todos, me dijo. Estuvo al lado de Moctezuma, el emperador, cuando apareció el ave extraña con cabeza de espejo, y al asomarse vio que los españoles estaban por llegar. Mi padre estuvo ahí cuando los españoles arribaron a Tenochtitlan, sobre sus caballos por las calzadas hacia la ciudad sobre el lago, con los tlaxcaltecas detrás. Los tlaxcaltecas se habían aliado con los españoles porque querían derrocar a los mexicas, como tantas otras naciones que se retorcían como la serpiente en el pico del imperio.

Jade intentó imaginárselo todo, pero no fue fácil. ¿Una extraña ave con una cabeza de espejo? ¿Era un espejo de obsidiana, como el que ella tenía? Recordó el primer dibujo que Itztli hizo en la tierra, cómo había trazado el pico del águila mexica prensando sin piedad los caminos serpenteantes entre los cerros de agua.

—Mi padre estuvo ahí cuando los españoles atacaron a la gente en el templo mientras danzaban —agregó Itztli—. Lideró a los guerreros que hicieron retroceder a las fuerzas españolas. Y estuvo ahí, en el frente, cuando los españoles volvieron con los tlaxcaltecas y otros aliados de las tierras cercanas y se adueñaron de la ciudad, ensuciando y ensangrentando la hermosa ciudad sobre el lago y sus perfectos jardines en islotes. Fue entonces que murió y su majestuoso penacho de jaguar cayó al suelo con él. —Itztli dejó el pincel en el tazón y dobló las manos—. O al menos... eso fue lo que dijo mi madre.

Los dos se quedaron callados unos momentos, dejando que el paso incesante del agua llenara el silencio. Itztli había dejado de pintar, aunque a Jade le habría gustado que continuara, y así poder ver mejor lo que le contaba. La franja curva azul era lo único que había pintado hasta el momento.

La historia de Itztli hacía parecer que su padre había sido un gran héroe, que estuvo presente en todos los momentos importantes de la conquista española de la capital mexica. ¿En verdad fue eso lo que ocurrió?

—¿Y crees lo que dijo tu madre? —preguntó Jade.

No quería cuestionar lo que Itztli creía saber sobre su padre, a quien nunca conoció. Si las historias eran lo único que tenía de él —ni siquiera recuerdos— entonces debían de ser muy preciadas. Pero también quería saber si lo creía todo.

Itztli no respondió de inmediato.

—Eso es lo que me dijo mi madre —dijo al fin—. Si es cierto o no, o si la historia puede contarse de otro modo, esa es otra pregunta. Mi madre me contaba esas historias por la noche, antes de que fuera a dormir. A veces me dormía y la historia continuaba; y yo no sabía si estaba soñando o si aún escuchaba lo que ella decía. —Miró el tazón, como si viera algo más dentro de él. De pronto se sacudió, y el tazón con él—. Eran nuestras historias secretas, de mi madre y mías —dijo—. Pero el pueblo de mi madre, los purépechas, nunca fue conquistado por los mexicas. Jamás permitimos que el pico del águila se cerrara sobre nosotros. —Alzó el pincel orgulloso. ¿Cómo se sentiría ser parte de un *nosotros* que rechazaba algo que también formaba parte de ti?—. Incluso cuando los españoles llegaron a las tierras del pueblo de mi madre, y ellos se sometieron a su dominio... incluso entonces, no nos perdimos a nosotros mismos, no por completo —continuó Itztli—. Los españoles nos quitaron mucho, pero si visitas las montañas de Michoacán, escucharás nuestra lengua. —Jade se preguntó qué lo había llevado ahí, tan lejos de su tierra natal—. Mi madre se aseguró de contarme la historia de nosotros, los purépechas, de nuestro dios Curicáueri, y de nuestra diosa Xaratanga, de nuestro origen —dijo y volvió a la corteza pálida, con la punta azul de su pincel por encima de la superficie.

Las palabras que había comenzado a usar sonaban diferente a las palabras que usó antes y en la primera historia que le contó a Jade. Eran palabras de una lengua distinta. Había una suavidad y sencillez en su forma de pronunciarlas, como si fueran palabras que conocía de toda la vida.

Jade puso mucha atención para poder captarlas todas. Sabía que no podría, pero quería intentarlo. Le alegró ver que Itztli había comenzado a pintar de nuevo.

A un lado de la franja curva que ya se había secado, pintó una figura espigada. ¿Era un roble?

—Mi madre me contó sobre los robles que nos permitían conectar con los dioses —continuó Itztli—, y cómo debe usarse la madera de un roble para mantener vivas las hogueras de los templos de Curicáueri. —Por arriba y por detrás de él, Itztli estaba rodeado de robles, los mismos de los que Jade y papá habían hablado durante su caminata el día anterior. Quizá Itztli escogió ese lugar por esa razón—. El dios Curicáueri y la diosa Xaratanga se aparecieron frente a nuestros gobernantes en épocas remotas y les dijeron que el lago de Pátzcuaro y las tierras que abrazaban sus orillas serían suyas. Los dioses aparecieron en sus sueños y se los dijeron.

Había dos robles en la pintura ya, uno a cada lado de lo que parecía ser un meandro en el cauce de un arroyo, como en el que estaban sentados en ese momento. Jade estaba maravillada con la velocidad con la que Itztli hacía que las figuras florecieran en la corteza. Había comenzado a pintar personas, reunidas cerca de los robles. Jade vio cómo entintaba las figuras sentadas, el cabello, los rostros, con la punta fina del pincel. Notó la forma en que movía la muñeca, en que tomaba el pincel con firmeza y suavidad por igual con sus dedos desgastados y experimentados.

Algunas de las personas en la pintura tenían los ojos abiertos; otras los tenían cerrados. Había hombres y mujeres, y varios parecían estar descansando. Sus siluetas sobre la corteza pálida le hacían pensar a Jade en los tazones de cerámica azul y blanca que tenían en casa y que venían de La Casa Azul.

Itztli levantó el pincel de la pintura; Jade se inclinó para mirarla más de cerca.

—¿Qué es lo que ves? —preguntó Itztli.

Jade lo miró, sobresaltada. Gesticulaba con la mano abierta hacia la corteza y las figuras azules que recién había pintado con trazos que comenzaban a secarse.

Jade inhaló profundo. Los ojos de Itztli estaban llenos de bondad y sonreía con suavidad. Intentó no pensar en ello como una prueba. Al ver la pintura de nuevo, intentó leerla.

—Dos de las personas dormidas son más grandes que las demás —dijo—. ¿Eso significa que son más importantes? —se aventuró a suponer. Itztli asintió; la sonrisa se le ensanchó un poco y volvió a doblar las manos. Sintiéndose alentada, Jade continuó—. Las únicas personas que están de pie y no recostadas parecen hablarles a las dos personas más grandes, pues las están señalando. Esas personas que están de pie... ¿son los dioses? —Itztli asintió de nuevo. Todo iba bien hasta el momento—. Hay un arroyo... y tierra —dijo—. Y hay un cerro. —Estaba en la parte interior del meandro—. Parece un cerro de agua —concluyó. Miró a las personas y a la tierra juntas. Las personas más grandes que estaban recostadas se sostenían la cabeza con las manos, pero parecía como si las tuvieran alrededor de los oídos para escuchar mejor a los dioses—. Estas personas... —comenzó a decir, sin saber cómo explicar lo que pensaba. Las personas en la pintura, que descansaban y escuchaban, parecían estar en un estado entre el sueño y la vigilia, como si existieran en un plano distinto al del paisaje—. Es como si estuvieran *en* el paisaje... pero también en otro lugar, al mismo tiempo —dijo, y miró a Itztli para saber si había acertado.

La sonrisa de Itztli era una de satisfacción, pero Jade aún no estaba del todo segura de haber acertado. Quizá no había una respuesta correcta. Tal vez era como Itztli le había dicho: una historia podía contarse de varias maneras distintas, incluso la historia de una pintura.

Itztli se reacomodó en el suelo de forma que quedó con la espalda sobre el roble en el que su pintura estaba recargada. Todo su delgado cuerpo parecía haberse relajado.

—Lees muy bien, Chalchihuite —dijo.

Jade sonrió e intentó no parecer demasiado orgullosa de sí misma. La pintura de Itztli no se parecía a ninguna que hubiera visto antes, pero, con su ayuda, pudo leerla. Y ahora no había nada que quisiera más que poder pintar una parecida.

—¿Dónde aprendiste a pintar así, Itztli? —preguntó.

Itztli soltó una risita y volvió a su pintura. Con trazos rápidos, hizo pequeñas pisadas en un costado del lienzo de corteza que llegaban hasta la orilla, como si la historia no terminara ahí, sino que seguía más allá de la página.

—Existe una larga tradición de pintura en México —le contestó a Jade—, a pesar de que los españoles quemaron casi todos nuestros libros. Yo comencé a pintar cuando era muy, muy pequeño. De hecho, era tan bueno que, cuando tuve la edad suficiente, fui a Tzintzuntzan, la capital purépecha en el lago de Pátzcuaro, y me pidieron que pintara una historia de los purépechas.

Miró a Jade por encima del hombro.

—Claro que lo hicieron —dijo ella, sonriendo. ¿Cómo podría alguien verlo pintar y no pedirle que hiciera algo?—. ¿Y les pintaste esa historia? —preguntó.

Tenía tanto que agregar a su cuaderno verde. Quería dibujar una imagen como esa, en la que la gente estuviera atada y no al espacio físico. Así fue como se sintió cuando corrió frente a miss Jackson: como si estuviera conectada al lugar en el que estaba y, al mismo tiempo, como si habitara un espacio distinto, uno que estaba más allá de sus alrededores.

—Por supuesto —dijo Itztli. Trazó una pisada final en la corteza con gran habilidad y se alejó de su obra para examinarla. Se veía orgulloso, pero también pensativo. Los ojos oscuros le refulgían. Colocó el pincel en el pequeño tazón de arcilla—. Pinté la historia que mi madre me contó —dijo.

Se puso una mano en la rodilla y tomó el báculo para levantarse.

Era difícil verlo moverse así. Sin importar la destreza con la que pintara, no dejaba de ser un anciano frágil, y Jade temía que sus huesos fueran a romperse si daba un paso en falso.

Jade entendió la señal y se puso de pie también. Sintió como si Itztli le hubiera abierto las puertas a una lujosa sala iluminada por vitrales color ámbar, y Jade no quería abusar de su hospitalidad.

—Gracias, Itztli —dijo—. Pero, quisiera saber: ¿cómo puedo pintar una historia también?

Itztli se encorvó y tomó su lienzo de corteza. Jade vio lo frágil y quebradizo que era, y el corazón se le aceleró de pronto al pensar que Itztli podría tirarlo y que se destrozaría en la ribera del arroyo, los cientos de piezas desperdigados en el agua y arrastrados por la corriente.

—Primero necesitas oír las historias, Chalchihuite —dijo Itztli—. Solo entonces podrás pintarlas.

Lanzó la pintura por encima del arroyo. Jade no tuvo tiempo para pensar; se estiró y atrapó la corteza en el aire, cuidadosa de tomarla con delicadeza para que no se rompiese.

Cuando miró atrás, apenas si alcanzó a ver un destello de la ola dorada de Itztli mientras desaparecía entre los árboles.

Alzó la pintura, anonadada, y escuchó el alegre borboteo del arroyo mientras la luz oblicua jugaba sobre los remolinos.

9

La pintura en la corteza refractaba la luz color miel que se colaba entre los árboles mientras Jade la sostenía con cautela entre sus dedos. El exterior se sentía áspero en las yemas de sus dedos, en contraste con la tersura como de papel del lado interior con la pintura, que se curveaba un poco con el recuerdo de los contornos del árbol al que alguna vez protegió. Jade había visto unos cuantos árboles con una corteza como aquella cerca del Wildcat Trail, árboles altos y elegantes revestidos de gris y blanco. Estaba casi segura de que se llamaban cipreses; papá sin duda lo sabría. De cerca, podía apreciar mejor los delicados detalles de las pinceladas de Itztli: las undulaciones del arroyo, las expresiones tranquilas, pero alerta, de las caras durmientes.

Sin Itztli presente, los demás animales se apoderaron del bosque otra vez. Una ardilla corrió y desapareció en su agujero dentro de un árbol, y Jade escuchó lo que debió haber sido el ulular de un búho, su gentil llamado grave y resonante. Vio a un pequeño conejo —quizá un bebé— cerca del escondite de la ardilla. Estaba muy quieto, de perfil, con las orejas paradas, mirando a Jade, como si esperaba que quedarse muy quieto fuera a hacerlo invisible.

Jade corrió de vuelta a casa, abriéndose paso por el bosque, con la pintura por delante, asegurándose de no golpearla con nada. Recordaba el camino, a pesar de que la masa de árboles era muy densa y la luz dorada se filtraba entre las hojas a un ángulo aun más inclinado. Sentía que conocía el terreno y que su olfato la llevaba hacia la hilera de pinos casi tanto como la vista. Más adelante, reconoció el mosaico grisáceo y café de la corteza de los pinos antes de dar un paso hacia el pasto de su jardín.

Su chocolate seguía donde lo dejó, a medio masticar y dentro de su envoltorio, junto al pórtico. Lo levantó antes de entrar en silencio a la casa por la puerta trasera. Las voces de papá y Katerina flotaban con suavidad hasta sus oídos desde la sala. Seguían organizando las piezas del rompecabezas por colores y comenzaban a unir unas con otras; no se dieron cuenta de que Jade se había ido.

Jade fue de puntitas hasta su recámara para que no la oyeran. Itztli lo hacía tan bien: moverse en silencio entre los árboles y mostrarse al mundo solo cuando deseaba ser visto. Jade quería poder hacer eso.

Cerró la puerta de su habitación y Mortimer maulló. Saltó de su percha encima del librero y aterrizó con delicadeza sobre sus patas suavecitas antes de caminar hacia Jade. Observó la pintura con detenimiento y maulló de nuevo.

—Yo sé —dijo Jade—. Yo tampoco había visto algo así antes.

Se quitó los zapatos, puso el chocolate en su escritorio para comérselo después y acomodó la pintura en el librero con mucho cuidado, a la altura de su mirada. Quería exhibir el trabajo de Itztli de forma adecuada, a una altura a la que pudiera examinarlo, memorizarlo e incluso hacer el intento de dibujar algo parecido.

Era la primera decoración que colocaba en su nueva habitación. Pensó en el cuarto de Chloe, en cómo brillaban las paredes con los relucientes pósters de cantantes. Jade aún no tenía un tema para su recámara, pero la pintura de Itztli le pareció un buen comienzo.

Mortimer saltó a su escritorio, luego al librero y olisqueó la corteza, rozándola con los bigotes, mientras Jade tomaba su cuaderno y su estuche de lápices de colores y se estiraba en la cama.

Necesitaba dibujar; no se sentía lista para intentar pintar como Itztli. Para eso, necesitaría mejores herramientas. No había forma de que pudiera recrear esos detalles tan precisos o lograr que el agua pareciera ondear sobre la página solo con sus lápices de colores de exterior plástico y puntas que hacían ruido al dibujar.

Pero tampoco estaba lista para dejar atrás sus confiables lápices. Sabía qué líneas podía crear con ellos, qué colores y mezclas podía hacer. Por el momento, usaría lo que conocía.

Abrió el cuaderno en las últimas dos páginas en las que dibujó, con un lápiz brilloso, los tres cerros de agua conectados con un sendero de pisadas: uno para San Juan de las Jacarandas, uno para La Casa Azul en Chicago y uno para su casa en Atlanta. Las líneas exigían estar coloreadas. Lo mejor sería usar tonos del bosque —verde oscuro y claro, café, amarillo solidago— para rellenar el espacio alrededor de la casa en Atlanta. Con las puntas de los lápices, dibujó complejas vides, el contorno de las hojas, troncos y ramas. Hizo su mejor esfuerzo por mover la mano con el mismo suave control que Itztli, y dibujar líneas curvas largas y seguras que alternaban con acentos precisos y agudos. Para acercarse siquiera un poco a lo bueno que era Itztli, tendría que practicar mucho. En cuanto la punta de su lápiz verde oscuro comenzó a achatarse, buscó el pequeño sacapuntas de madera en su escritorio. Papá se lo compró en la tienda de materiales de arte que estaba de camino al lago en Chicago cuando la vio parada frente al colorido aparador. Las puntas de sus lápices necesitaban mantenerse afiladas para que pudiera trazar líneas tan finas como las que Itztli pintó con su pincel. Las virutas rizadas cayeron al piso junto a la cama.

Con azul y toques violetas, dibujó un arroyo serpenteante debajo de la casa que se estiraba hasta las orillas de la página. Con los lápices inclinados, trazó con suavidad sobre la página con la parte aplanada del color para crear franjas que se empalmaban, similares a las que vio hacer a Itztli. El arroyo acunaba al bosque. Espolvoreó también pequeños puntos de verde brillante sobre el arroyo, de forma que pareciera una turquesa que resplandecía bajo el sol.

Luego, el lago en Chicago: una ancha línea azul sobre otra ancha línea azul, de modo que el lago pareciera tener varias capas, apenas visibles sobre la superficie ondulada. No se parecía a la pintura de Itztli, pero quizá sí a un eco de ella. Jade comenzaba a topar con los límites de lo que podía dibujar con sus lápices de colores, y quería sentir ese límite exterior, lo máximo que podía hacer con ello.

Luego vino la gente. Miró la corteza en el librero. Esa sería la parte más difícil.

Las personas más importantes en la pintura de Itztli eran las más grandes. Pero ¿quiénes eran las personas más importantes? Eso era relativo. Itztli hizo a los gobernantes humanos más grandes que a los dioses.

Abuelo y abuela sin duda eran importantes para el mapa de Jade. Deberían ser más grandes en la página.

Puso un lápiz café claro sobre el cerro de agua del restaurante en Chicago por un momento, pero cambió de opinión. Abuelo y abuela tenían que estar en San Juan de las Jacarandas.

Pero... ¿cómo dibujarlos ahí? No sabía cómo fue su vida ahí. Cuando intentó imaginar qué debería de ir en ese espacio sobre la imagen, su mente vio destellos de colores, figuras incompletas. El corazón se le aceleró con el miedo que le había confesado a Itztli: que podría perder para siempre las historias que necesitaba para llenar esa parte del mapa. Su memoria tenía solo fragmentos, como esquirlas de un jarrón de cerámica que nunca había visto completo.

—¡Jade, te dije que no metieras lodo!

Jade saltó y cerró el cuaderno al oír la voz de su mamá. No se había dado cuenta de que estaba en casa.

La puerta se abrió y mamá entró a su recámara.

—Mamá, la puerta estaba cerrada —fue lo primero que le vino a la mente.

—¿No viste tus huellas? —dijo su mamá, señalando el piso. Seguía con su ropa de trabajo puesta, pero tenía la blusa desfajada y el cabello se le había aflojado de la opresión de la laca. A Jade le gustaba más el cabello de mamá así: ondulado y libre.

Miró al piso, a donde su madre señalaba. Ahí estaban: las pisadas rojizas con la forma de las suelas de sus zapatos de la escuela.

—Perdón, ma —dijo—. Lo voy a limpiar.

—Estabas dibujando —dijo su mamá con un tono más suave. Estaba mirando la pequeña pila de virutas de los colores del bosque en el piso, junto a la cama de Jade.

Jade siempre sintió que sus papás no estaban muy seguros de cómo incentivar su arte, pero sí les gustaba que lo hiciera. Grandma fue la única que hacía todo un alboroto del hecho de que le gustaba dibujar.

—Sí —respondió Jade. Como por un reflejo, puso una mano sobre su cuaderno, en caso de que mamá intentara tomarlo y ver qué había dibujado. No estaba segura de si seguía molesta con ella o no.

La mirada de mamá se posó en la pintura de Itztli en el librero. Mortimer estaba sentado a su lado, lamiéndose las patas con mucho cuidado.

Jade la observó estudiar la pintura. No la había puesto ahí con la idea de que cualquier otra persona pudiera examinarla. Pero se dio cuenta de que no le importaba. Casi quería que mamá le preguntara al respecto. A pesar de que sabía que tenía muchas cosas en la cabeza, Jade quería que también le prestara atención a ella. Tal vez podrían hablar de las cosas que ninguna de las dos había podido decir hasta ese momento.

—Corazón, tráeme el espejo —dijo mamá, con voz aún suave y los ojos fijos todavía en la pintura de Itztli.

Mortimer alzó la mirada entre lamidas, su pequeña lengua rosada asomada de su boca todavía. Se veía casi tan atónito como Jade se sentía.

¿En verdad estaba ocurriendo? Jade había casi supuesto que su mamá no iba a volver a mencionar el espejo, que tendría que descubrir sus secretos sin su ayuda. Pero ahí estaba, pidiéndoselo y mirando la pintura de Itztli con la misma atención con que ella lo había hecho. ¿Iba a explicarle más sobre el espejo y cómo podría estar conectado con Itztli, sus historias y sus pinturas?

Sin querer interrumpir el momento, o en caso de que mamá se arrepintiera, Jade fue a su cómoda y sacó el espejo. Mientras lo hacía, su mamá siguió mirando la pintura, y Jade agradeció el pequeño momento de privacidad que le permitió, la privacidad de no saber dónde lo había guardado. Mamá podría entrar a su habitación sin avisar, como si Jade fuera una niña pequeña, pero la dejaba mantener algunas cosas para sí misma. Y el espejo ahora era suyo.

—Ten, ma —dijo, con el espejo en la mano.

Su mamá volteó para verlo; Jade creyó verla reconfortada al mirarlo. Tomó el espejo en sus manos y le pasó el pulgar por encima, como Jade había hecho tantas veces, en una especie de caricia reverente.

Sin quitarle los ojos de encima al espejo, mamá se sentó en la cama de Jade. Se había adueñado del espacio por completo ya, y Jade decidió que no era el momento correcto para decirle que preferiría que tocara la puerta y preguntara si podía sentarse en la cama. Tenía demasiada curiosidad por escuchar lo que podría decirle.

La observó, paciente. Mortimer esperaba también. Desde el otro extremo de la casa, escuchó a Katerina decir: «¿Dónde quedó esta pieza, papi?»

—Abuela me dio esto cuando tenía tu edad —dijo mamá, con la mirada fija sobre el espejo entre sus manos—. Me dijo que está hecho de una espesa lava que corría tan rápido como el agua de una cascada, desde la cima de un volcán cerca de su pueblo, una lava que se secaba tan rápido que se cristalizaba antes de llegar al fondo.

El volcán. Abuelo se lo describió a Jade una vez. Le dijo que aún humeaba a veces; que era tan alto que podía verse a casi cualquier distancia desde los campos de agave; que cuando estaba despierto y gruñía, el humo se estiraba hasta por encima de las nubes.

Jade nunca había oído a su mamá hablar sobre ese volcán, ni de San Juan de las Jacarandas, en todo caso. Pero ahora le contaba a Jade cómo el espejo estaba hecho de un río ardiente que salía de las entrañas de la tierra en el lugar de donde venía su familia, igual que el molcajete con el que abuela trituraba chiles y los mezclaba para hacer salsa y mole.

—Eso fue hace mucho tiempo —continuó su mamá—. Hace cuatrocientos o quinientos años. Así es como se hace la obsidiana. —Entonces *sí* era de obsidiana—. Mi mamá me contó que, cuando era niña, vio a la montaña eructar alguna vez. Me dijo que fue como si la tierra entera liberara la presión y les recordara a todos que no dieran su tierra firme por sentada —dijo mamá. Le dio vuelta al espejo y esta vez lo miró como si hubiera visto algo en el reflejo. Jade estaba muy quieta, temerosa de que, si se movía, interrumpiría el flujo de la llave que se había abierto dentro de su madre para hacerla hablar así. Tenía tantas preguntas que esperaba que mamá respondiera sin que tuviera que preguntarle. ¿Dónde consiguió abuela el espejo? ¿Cómo sabía de qué estaba hecho? ¿Cuánto tiempo lo tuvo abuela? ¿Cuánto tiempo había estado con su familia?—. Poco después de que mamá me lo dio, conocí a los búhos —dijo mamá.

—Eh... ¿qué? —exclamó Jade. Eso era demasiado. ¿Conoció búhos que eran como Itztli? ¿Animales que también eran personas? ¿Eso era lo que pasaba cuando tenías el espejo?

—Conocí a los búhos —repitió su mamá, mirándola—. Bueno, a los tecolotes.

Jade asintió, aunque aún había mucho que no entendía.

Oír la palabra «tecolotes» de la boca de su mamá la sorprendió casi tanto como oír sobre los búhos. Mamá casi nunca le decía nada en español, como si ese fuera el terreno de sus abuelos, como si el idioma no fuera tan suyo como para poder compartirlo. La palabra hizo que Jade pensara en más que los búhos que ululaban suavemente afuera de su ventana en las tardes desde sus perchas invisibles, y que volaban elegantes de árbol a árbol con las alas extendidas. La hizo pensar en el búho de papel maché gris y azul que estaba sobre la cómoda de mamá y que observaba la habitación con sus brillantes ojos pintados como una explosión de estrellas, siempre alerta. Su mamá siempre se refería a él, aunque lo hacía poco, como su tecolote, nunca como su búho.

—Había tres —continuó mamá, con la mirada de vuelta sobre lo que fuera que hubiera visto en el espejo—. Tres búhos grises con manchas, tan grandes como halcones, con caras enormes, redondas y amigables. Estaba en el parque en la esquina de la casa de los abuelos, el que tiene los columpios, ¿te acuerdas? —Jade conocía el parque, el que estaba cerca del mural en el que la gente cuidaba de un jardín, frente a la tienda, en Pilsen—. Llegaron de todas las direcciones, volando bajo y en silencio —dijo mamá—. Se apertrecharon en el árbol más alto y esperaron por mí. Esos búhos... —Hizo una pausa, como si hubiera algo más que no dijo—, me entendían. Y yo los entendía a ellos.

Jade seguía tan callada como el conejo al que había visto en el bosque. Su mamá era una periodista interesada en los hechos y no en tonterías. Ni en un millón de años Jade se habría imaginado a su mamá en una aventura de comunión con un grupo de búhos. Dicho eso, jamás se habría imaginado tampoco que un día conocería a un jaguar que también era un hombre en el bosque detrás de su casa.

—¿Eran... solo búhos? —se aventuró a preguntar, esperando no interrumpir la historia de mamá.

Ella negó con la cabeza.

—No, no eran solo búhos —respondió—. Eran... —Ladeó un poco la cabeza y miró a Jade—. Eran guías. —Jade asintió de nuevo, a pesar de que un millón de preguntas más le inundaban la cabeza. Si los búhos eran guías, ¿a qué o sobre qué la guiaron? ¿Era Itztli su guía?—. Mi mamá se preocupó mucho —continuó mamá, sonriéndole al espejo, como si estuviera adentro del recuerdo—. Me buscó por todo el vecindario. Al final me encontró, por supuesto. Estaba sentada en una de las ramas bajas del roble en la orilla del parque, con los tecolotes.

Jade miró el espejo también. Quería ver lo que su mamá veía. Pero lo único que encontró fueron sus dos caras reflejadas, deslizándose por la superficie ahumada.

Jade había estado segura de que lo que vivió con Itztli fue una experiencia única, solo suya. Y tal vez aún lo era.

Pero estaba convencida de que, si el espejo había provocado el encuentro de su mamá con los tecolotes, tenía que haber provocado también sus encuentros con Itztli. Lo que había visto y oído junto al arroyo en el bosque detrás de su casa era más grande que ella. ¿Cuánto tiempo tenía el espejo de pasar de mano en mano? ¿Cuántos guías más le habían compartido su sabiduría a su familia y en cuántas formas distintas?

—Los búhos son asunto *mío* —dijo de pronto, enderezando la espalda, como si hubiera vuelto a la normalidad—. Y lo que el espejo haga por *ti*, eso será tuyo.

Jade sintió cómo se le ensanchaban los ojos. Una cosa era que mamá hablara de sus propias experiencias, y eso era bastante sorprendente por sí solo, pero otra muy distinta era que mencionara las de Jade.

Su mamá le devolvió el espejo; lo puso con decisión sobre la palma de su mano. Seguía tibio donde ella lo había tomado. Jade cerró las manos a su alrededor y comprendió que había llegado el final de esa parte de la conversación. Eso era todo lo que mamá iba a contarle.

Jade puso las palmas de las manos sobre la superficie lisa del espejo para contener el calor.

—¿Ma? —dijo. Quería preguntarle algo, pero no sobre los búhos.

—¿Sí, corazón?

—Sé que vas a ir a ver a abuela mañana.

—Sí. —Su mamá parpadeó por más tiempo de lo habitual.

—¿Está... puede hablar? —dijo Jade—. ¿Sabes algo?

—Sí. Hablé con tu tío Carmelo hoy, y me dijo que puede hablar. Le cuesta trabajo y se cansa mucho, pero sí puede hablar. Los doctores dicen que le va a tomar mucho tiempo recuperarse, pero sí, Jade, puede hablar.

Jade exhaló, largo y con fuerza.

—Eso es bueno —dijo.

Tenía mucho miedo de no poder volver a hablar con abuela, no volver a escuchar sus historias.

—Gracias —dijo su mamá, quien se había levantado de la cama de repente.

—¿Por qué? —preguntó Jade.

—Necesitaba ver el espejo —respondió mamá—. No lo sabía, pero tu pintura me lo recordó. —Las dos miraron hacia donde estaba la pintura. Parecía que su lugar era ahí, en el librero—. No sé en dónde estuviste, pero tienes que limpiar todo ese lodo.

Estaba apuntando con el calcetín hacia una de las huellas enlodadas de Jade y abotonándose el saco azul al mismo tiempo. Al dirigirse hacia la puerta, su mamá miró el espejo otra vez, solo un momento. Luego salió de la recámara.

Jade la siguió con la mirada. No podía creer lo rápido que mamá volvió a la normalidad.

—Sí, ma —dijo en voz baja, a pesar de que ya no podía escucharla.

Mortimer saltó del librero a la cama y se acurrucó junto a ella, encima del cuaderno cerrado.

Jade se sacudió y se puso de pie. Intentó pensar en cuál sería la mejor manera de limpiar el piso. Algunas de las toallas viejas en el baño servirían.

Aún tenía el espejo en la mano y alcanzó a ver su reflejo distorsionado, el cabello encrespado y los ojos claros. La pintura de Itztli se reflejaba también, y las personas en ella parecían flotar y moverse detrás de las venas ahumadas.

Si se suponía que Itztli debía guiarla, ya estaba haciéndolo. Le estaba enseñando a pintar historias, y le ayudaba a ver que las historias de sus abuelos no tenían por qué perderse.

Itztli le había dicho que abuela seguía con ellos. Y mamá le había dicho que abuela aún podía hablar.

Jade *tenía* que hablar con ella. Tenía que pedirle sus historias. Abuela nunca había sido la más conversadora; abuelo sí. Abuela siempre decía que era un parlanchín. Pero Jade necesitaba saber; tenía que llenar el mapa en su cuaderno, dibujar la historia de abuelo y abuela en San Juan de las Jacarandas, de sus primeros días en Chicago. No podía aceptar que todo se perdió con la muerte de abuelo. Y necesitaba saber más sobre el espejo.

Abuela seguía viva y aún podía contarle esas cosas, incluso si estaba a miles de kilómetros, en Chicago, recuperándose de un derrame cerebral bajo las crueles luces de hospital en un cuarto blanco lleno de batas, bips y cables.

Jade tenía que conocer su historia.

10

Al día siguiente, parada a un lado de papá en el pórtico de atrás en la soporífera mañana antes de ir a la escuela, a Jade le resultó muy difícil alejarse de la casa, sabiendo que mamá no estaría ahí cuando volviera. A través del mosquitero podía ver a Katerina lloriquearle a su mamá, «Por favor, no te vayas, mami», con la manita aferrándose a la tela almidonada de su falda y arrugándola. Jade esperaba su turno para despedirse, pero Katerina se estaba tardando tanto que iban a llegar tarde a la escuela.

Mamá estaba vestida como si fuera a ir a trabajar, pero en realidad era porque iba a subirse a un avión. Se vestía así cada vez que viajaba para hacer un reportaje, y Jade había aprendido a esperar el aroma de su champú fresco y la textura satinada de su saco más elegante sobre su piel cuando se abrazaban para despedirse antes de un viaje. «Es para que me traten bien y no hagan caras», le dijo mamá alguna vez. A Jade le costaba trabajo imaginarse que alguien no tratara a su mamá con seriedad o respeto, pero por la forma en que se lo dijo, sabía que hablaba por experiencia.

—No me voy a tardar mucho —le prometió mamá a Katerina, como arrullándola, mirándola a los ojos oscuros y brillantes y alisándole el cabello—. Son solo unos días. ¡Ni siquiera me vas a extrañar! Ya lo verás. Shhh... shhh... shhh...

Jade volteó a otro lado, hacia la cochera. Katerina podía decir lo que Jade no. Jade tenía trece años; se suponía que no debería tener problemas con que su mamá se fuera unos días. Pero en realidad no quería que la dejara y estaba un poco celosa de que pudiera volver a Chicago. Atlanta, aquella ciudad bosque, comenzaba a sentirse como su hogar, y no quería perderse su primer entrenamiento con el equipo de atletismo. No obstante, la habría reconfortado ver su antiguo vecindario y a abuela, a pesar de que estaba en el hospital. Las cosas que estaban ocurriéndole en Atlanta —las pinturas de Itztli, el espejo de obsidiana con venas como recuerdos espectrales de la lava que lo formaron— no hacían más que echar su mente hacia atrás y atrás y atrás. De vuelta a Pilsen y los brillantes murales a los costados de los edificios y los parques. De vuelta en La Casa Azul y sus aromas, el cálido sonido del cuchicheo de la gente en las pequeñas mesas cuadradas, sorbiendo sus cervezas y café aun después de que les hubieran retirado los platos. De vuelta también a San Juan de las Jacarandas, un lugar que nunca conoció y que solo podía ver en fragmentos al recordar lo que abuelo le había contado.

—¡Katerina Bailarina, vas a llegar tarde a la escuela! —dijo papá—. No quieres llegar tarde a cantar las canciones de la mañana con miss McDade, ¿o sí?

De algún modo, eso fue lo que convenció a Katerina de soltar a su mamá, arrastrar los pies hasta el pórtico y tomarle la mano a su papá.

—Jade —dijo mamá en voz baja, deteniendo el mosquitero. Detrás de ella, la cocina aún conservaba el hogareño olor de su apresurado desayuno. Jade caminó hasta el cálido abrazo de mamá y le puso la cabeza en el hombro, como siempre hacía, inhalando el aroma del champú—. Vas a estar bien —dijo su mamá, tan bajo que solo Jade pudo escucharla.

Jade la apretó de vuelta.

—No puedo ir contigo, ¿verdad? —dijo, antes de soltarla. Sabía cuál sería la respuesta, pero sentía que tenía que preguntar de todos modos.

Mamá se separó de ella con delicadeza y le frotó los hombros, mirándola a los ojos.

—No, corazón —dijo, meneando la cabeza de lado a lado.

—¿Cuándo voy a poder ver a abuela? —dijo Jade—. ¿O al menos hablar con ella?

Su mamá negó con la cabeza otra vez.

—No sé qué decirte, Jade —susurró—. Pero vas a poder hacerlo. Te lo prometo. —Le estrujó los hombros a Jade.

Ella asintió, satisfecha con la respuesta. Entendía que su mamá le estaba diciendo más de lo que le diría a Katerina, que la estaba dejando ser parte de las cosas, aunque fuera solo un poco. No le había dado a Jade las garantías que le habría gustado recibir, y le molestaba un poco que mamá no ocultara su propia incertidumbre. Cuando Jade era pequeña —y ni siquiera hacía tanto— le gustaba creer que sus papás estaban seguros de casi todo. Sabía que no era cierto, claro —ningún adulto puede controlarlo todo— pero una parte de ella quería creerlo todavía.

—Adiós, ma —dijo. Se encogió de hombros para quitarse las manos de su mamá de encima y se dio vuelta antes de que despedirse se hiciera más difícil. Al bajar los escalones hacia el sendero adoquinado en el pasto para alcanzar a

Katerina y papá hacia el Wildcat Trail, decidió confiar en lo que su mamá e Itztli le habían dicho. No sabía *cuándo* podría ver a abuela y escuchar sus historias, pero sabía que lo haría. E iba a hacer todo lo que pudiera para asegurarse de que sucediera.

En la hora de tutorías, Chloe dejó su conversación con Emily en cuanto vio a Jade entrar al salón. Jade tenía la esperanza de que Chloe no estuviera molesta porque no la había llamado, después de que ella se lo hubiera ofrecido. Pero Chloe no parecía ofendida, solo preocupada.

—¿Todo bien con tu abuela? —preguntó.

—Eh... digo, no está *bien* bien, pero sí —respondió Jade—. Perdón por no llamarte. Es solo que... estaban pasando muchas cosas y... —Chloe meneó la cabeza y desechó la disculpa con la mano—. Pero estaba pensando que... —continuó Jade— tal vez podríamos pasar la tarde juntas otra vez. —Una sonrisa comenzó a dibujarse en el rostro de Chloe—. Mi papá podría llevarnos al museo en donde trabaja, suena bastante genial. La alegría desapareció un poco de la cara de Chloe, y Jade recordó que las palabras «museo» y «genial» no solían ir de la mano—. También hay un jardín con muchas plantas nativas de esta área —añadió—. Ahí es donde trabaja mi papá, en realidad.

Era imposible que Chloe lo supiera, pero el amor de papá por los jardines era contagioso. Tenía una forma de guiarte por ellos que te hacía sentir como si te invitaran a un cuarto privado y silencioso.

—Está bien... —dijo Chloe.

—No sé, siento que podría ser divertido —dijo Jade—. Mi abuela nos llevó a mi hermana y a mí a un museo en Chicago hace un par de años y la pasamos muy bien.

—Has estado pensando mucho en tu abuela —dijo Chloe.

—Sí —respondió Jade—. Supongo que sí.

Las dos tomaron sus asientos, una junta a la otra, y Jade puso su mochila en el piso.

El día que abuela las llevó a Katerina y ella al museo por el Día de Muertos, les enseñó jarrones de cerámica de México e intentó contarles sobre ellos. Pero Jade estaba más interesada en otras pinturas y esculturas; Katerina quedó hipnotizada con las coloridas faldas y el movimiento rítmico de los danzantes que pasaban por los corredores.

Chloe no estaba del todo convencida aún, pero Jade estaba decidida a persuadirla. Era algo que podían hacer mientras mamá no estaba. Y Jade sentía que, de alguna manera, la haría sentir más cerca de abuela.

—Cuando mi abuela nos llevó a ese museo en Chicago —le dijo a Chloe—, llegó un punto en el que me quedé parada frente a un vitral que se parecía al cielo, lleno de galaxias, e intenté descifrar cómo había hecho el artista todas esas figuras en el vidrio.

Chloe había comenzado a sonreír.

—Sí, *claro* que algo así te volvería loca —dijo, con un tono juguetón.

—¿Por qué lo dices?

—He visto tus dibujos —respondió Chloe—. Sé que te gustan el arte y esas cosas.

—Espera... ¿me has visto dibujar? —Jade no le había enseñado a nadie el cuaderno verde que tenía en casa.

—¡Claro! —dijo Chloe. Le dio un empujoncito a la mochila de Jade con la punta del pie.

—¡Ah! ¿Te refieres a mis *garabatos*?

Chloe debió de haber visto lo que rayaba con lápiz en sus cuadernos durante las clases. Llenaba los márgenes de las páginas con remolinos y moños, como si estuviera iluminando uno de esos manuscritos medievales.

—Tus *dibujos* —insistió Chloe, sin dejar de sonreír—. ¡Cuenta conmigo! Vamos a ver el museo y las plantas.

Jade se acercó y abrazó a Chloe.

—¡Gracias! —le dijo a su cuello.

Chloe le había abierto la puerta a su mundo de delicioso arroz con leche y un tocadiscos lleno de recuerdos. Jade quería también abrirle la puerta a *su* mundo, un mundo que ella misma estaba descubriendo, pieza por pieza.

El primer entrenamiento de atletismo de Jade sería el martes, el día después del Día del Trabajo, e hizo planes para ir al museo con Chloe el fin de semana siguiente. Llegado el viernes, papá ya había hecho todo lo necesario para que pudiera correr con el equipo, incluyendo planes para después de la escuela para los días en que Katerina no iba con las Daisies. Las recogería a las dos después del entrenamiento ese primer día.

Mamá llamó por teléfono todas las tardes durante varios días. Jade mantenía la puerta de su recámara abierta mientras papá tomaba las llamadas en la cocina. Hacía poco más que escuchar. Katerina solía entrar a la habitación de Jade, y las dos esperaban su turno para hablar por teléfono. Jade se recostaba en la cama a hacer tarea o dibujar diseños florales o silvestres en las páginas en blanco de su cuaderno verde, mientras que Katerina jugaba en el piso de duela con sus muñecos de animales de granja, un regalo de Grandma. El piso se llenó de pequeños y rígidos caballos de plástico, vacas y cerdos con la cola como resorte, igual que el piso de su recámara compartida en Chicago. Jade tenía que tener cuidado con donde pisaba, pero no le molestaba demasiado. Los juguetes se sentían familiares, y le gustaba cómo llevaban a su hermana de vuelta a su habitación.

Cuando papá las llamaba y les daba el teléfono de la cocina, siempre era primero a Katerina y luego a Jade. Jade podía oír que su mamá le hablaba en tono alegre a Katerina; dejaba que su hija cuchicheara sobre cualquier cosa que tuviera en la cabeza. Pero cuando Katerina, inevitablemente, comenzaba a preguntar cuándo volvería, papá intervenía con mucha delicadeza y le daba el teléfono a Jade.

Con ella, mamá no fingía no estar cansada; y sonaba *exhausta*. Cuando Jade le preguntaba cómo estaba abuela, su mamá le decía que había salido del hospital y que estaba mejor, pero que aún necesitaba muchos cuidados, por lo que estaba en un centro de rehabilitación. Ahí, enfermeros vestidos de blanco le ayudaban a hacer ejercicios para que su pierna y brazo izquierdos funcionaran bien otra vez y se levantaran tanto como el cerebro se los ordenaba. Sus labios necesitaban práctica también; cuando sonreía, toda la boca se le torcía.

—¿Puede hablar mucho? —preguntó Jade la primera tarde, apretando el teléfono con fuerza.

—Sí —respondió mamá. Y después de una pausa—: Pero le toma algo de tiempo. Y se cansa. Y a veces arrastra las palabras y unas se mezclan con otras.

Jade asintió, aunque su mamá no podía verlo por el teléfono. Era difícil ser tan paciente; quería que abuela mejorara de inmediato.

Le hizo la misma pregunta a mamá todos los días, justo cuando presentía que estaba a punto de despedirse y pedirle que le devolviera el teléfono a papá.

—Sus palabras empiezan a escucharse más claras. Va a estar bien —le dijo mamá en la tercera noche.

Jade decidió confiar en ella de nuevo. Quizá abuela no estaba bien en ese momento, pero lo estaría.

Casi todos los días en los que su mamá no estuvo, comenzó a llover más o menos a la hora del almuerzo, envolviendo al mundo entero en un suave gris. Para cuando terminaban las clases, la lluvia se había despejado o amainado hasta convertirse en una pequeña llovizna brumosa de entre la cual el sol alcanzaba a brillar. Cuando Jade acompañaba a Katerina de vuelta a casa, con los zapatos chapoteando en el sendero lodoso, el arroyo corría con más fuerza que nunca. El lodo marcaba las suelas de los zapatos de Jade con una capa húmeda y color óxido. Se aseguraba de limpiarse los zapatos en el tapete de la entrada antes de poner un pie dentro de la casa, y se aseguraba de que Katerina lo hiciera también.

El lunes por la tarde Jade encontró a papá recargado sobre la barra de la cocina, con el ceño fruncido, pensativo.

—¿Qué pasa Jade? —le dijo con suavidad, enderezándose al verla entrar.

—Sé que abuela va a estar bien —dijo Jade. Su papá asintió—. Pero... ¿qué significa eso? Después de un derrame... ¿puedes volver a la normalidad?

Papá se cruzó de brazos y volvió a recargarse en la barra.

—La respuesta a eso suele ser «no» —dijo, mirándola a los ojos. A Jade no le gustó la respuesta—. A veces, cuando una persona sufre un derrame, el daño pude perdurar —continuó papá—. A veces nunca desaparece. Puede ser que se le cuelgue la cara, o una pierna que se niega a moverse como la persona se lo ordena. A veces las palabras no vuelven del todo.

Jade inhaló profundo, sobresaltada.

—¿Las palabras? —repitió.

—Sí. Es como si... una serie de huecos aparecen en el vocabulario de las personas; intentan saltarlos o rodearlos de la mejor manera posible. Y la gente que las escucha tiene que intentar adivinar qué es lo que quieren decir, qué es lo que puede haber en esos espacios vacíos, darles las palabras, los nombres de los lugares.

Mientras hablaba, movía las manos como para trazar un sendero serpenteante. ¿Cómo podía hablar de ello con tanto conocimiento?

—¿Eso fue lo que le pasó a Grandpa? —preguntó. Jade no tenía recuerdos de su abuelo paterno, pero había una fotografía de ella en sus brazos, riéndose, con las manos entrelazadas de júbilo y una sonrisa que mostraba los dos dientes que tenía.

—No, Grandpa murió de un infarto —le explicó papá—. Quien tuvo un derrame fue mi tío Charles, hace mucho tiempo. Pero, Jade, no hay forma de saber qué va a pasar con abuela.

Jade asintió. Intentó no imaginar cómo estaría abuela cuando terminara esa parte.

—Gracias por contarme —dijo.

—Claro.

Jade caminó de vuelta a su cuarto e intentó decirse que tenía que esperar, ser paciente y ver qué ocurriría. *Entonces* podría hablar con abuela. Pero esperar y ser paciente era muy difícil de hacer.

Fue a su cómoda para escoger lo que usaría en su entrenamiento de atletismo al día siguiente. Necesitaba distraerse de lo que pensaba, y tenía que ponerse el atuendo perfecto para su primer entrenamiento. Tenía que verse genial, como si supiera lo que hacía, como si en verdad encajara con las demás chicas. Además, el entrenamiento era en la preparatoria, así que era posible que viera a algunos chicos mayores… incluso a Nikos.

Mientras escarbaba entre su ropa, sus dedos encontraron un poco de tela morada.

Ahí estaba. Eso era lo que se pondría.

Era la camiseta que abuela le compró en el festival de Día de Muertos en el museo. Tenía estampado un enorme cráneo hecho de flores moradas. Aquel día, se puso la camiseta por encima de la ropa que llevaba puesta mientras decoraba calaveritas de azúcar y comía pan de muerto en el atrio del museo. Katerina daba vueltas a su lado, imitando a los bailarines que se presentaban cerca de donde estaban: las mujeres con faldas radiantes y redondas que giraban; los hombres con sus trajes charros negros con adornos de plata.

Jade se probó la camiseta frente al espejo del baño; se dio vuelta para verse de perfil, echando el pecho hacia adelante. Le gustaba que las bubis le habían crecido lo suficiente como para que la camiseta se le comenzara a ver ajustada. Se arremangó como había visto a Chloe hacer. La camiseta serviría, pero cuando mamá volviera —y ojalá eso fuera pronto— le iba a pedir que la llevara a comprar ropa para correr de verdad.

Cuando el Jeep rojo de miss Jackson apareció en la entrada de la escuela la tarde siguiente, Jade casi se lanzó al asiento junto a Chloe. Apretujada con Caitlyn, Emily y Chloe, Jade no tenía que decir mucho para sentirse incluida en el flujo de la conversación. Ya reconocía la mayoría de los nombres que mencionaban, y se rio cuando Emily imitó a Benjamin usando uno de los ojos del cerdo disecado en clase de Ciencias como pelota. Fue asqueroso cuando él lo hizo, pero muy gracioso ver a Emily fingir hacerlo.

Miss Jackson era bastante estricta durante las tutorías, pero no parecía importarle que las chicas hablaran tan fuerte, unas por encima de otras, en ese momento. Condujo con las ventanas abajo y dejó que la brisa refrescante las acariciara. Era un día perfecto para correr: pequeñas nubes atravesaban el cielo y el sol de septiembre había perdido el resquemo de agosto.

Una pequeña avispa amarilla con las letras GT estampadas en un costado colgaba del retrovisor. Estaba enroscada y furiosa, como si se preparara para atacar, pero también se veía linda con sus ojos gigantes y antenas peludas. Jada llevaba el tiempo suficiente en Atlanta como para adivinar que GT significaba Georgia Tech. Se preguntó cómo sería miss Jackson en su faceta de «coach Jackson», quien quería que llegaran tan lejos como pudieran en el campeonato estatal y, tal vez, que lo ganaran.

Miss Jackson aceleró al incorporarse a la autopista de seis carriles y maniobrar el Jeep entre los autos para llegar al carril de alta ocupación, que estaba casi vacío. Al pasar los autos que estaban a su lado, subió el estéreo lo suficiente como para que pudieran escucharlo por encima del viento que entraba con furia por las ventanas. Caitlyn, Emily y Chloe alzaron la voz en un «¡Yuju!» colectivo cuando reconocieron la canción y comenzaron a cantar.

Era uno de los *hits* que Jade escuchó todo el verano, en las tiendas y en la radio. No se sabía muy bien las letras, pero las chicas parecían sabérselas de memoria. Era algo que habían hecho antes. Miss Jackson no cantaba, pero sí movía la cabeza y tamborileaba sobre el volante con la mano. La voz de la cantante resonaba, poderosa y estridente, amenazando con su tono a cualquiera que se atreviera a enfrentársele. Las chicas cantaban con ella y, al llegar el coro, Chloe fue quien cantó más fuerte, pidiéndoles a todas las mujeres que no dependían de nadie más que de sí mismas que alzaran las manos. Y las chicas alzaron las manos, Jade incluida, quien se tardó un segundo más en hacerlo. Vio a Chloe imitar a la cantante, y le pareció que su amiga lo hacía muy bien: rebotaba en su asiento y hacía gestos dramáticos como los de los posters que colgaban de su pared. Jade asentía con el ritmo de la canción y, cuando llegó el coro de nuevo, cantó con ellas.

—¿Quién canta? —le preguntó Jade a Chloe cuando la canción cambió a una tonada country y miss Jackson bajó el volumen un poco.

—Destiny's Child —dijo Chloe—. Beyoncé es la cantante principal. *Qué* buena voz. —Meneó la cabeza en un gesto de admiración.

Miss Jackson salió del carril de alta ocupación y atravesó todos los carriles para tomar la salida a la derecha. Deslizó el auto con gran habilidad por la autopista, como si fuera una extensión de su cuerpo.

Cuando dejaron la autopista y bajaron la velocidad, Jade pudo admirar una parte de la ciudad que no había visto aún. Pasaron frente a centros comerciales con estacionamientos amplios y brillantes y letreros en varios idiomas. Un letrero verde en la intersección indicaba «Buford Highway», donde papá había comprado el chocolate Abuelita. Y la gente del vecindario sí se parecía a la que vivía en Pilsen.

Un grupo de chicos enjutos caminaba por delante de ellas. Uno traía puesta una camiseta de fútbol de la selección mexicana. Miraron a las chicas cuando pasaron. El de la camiseta de fútbol no era feo y Jade giró el cuello para verlo, con la esperanza de que él no la viera de vuelta. Doblaron una esquina y los chicos desaparecieron.

La preparatoria apareció a la vista: una serie de edificios planos y bajos, hechos de ladrillo, con un enorme estacionamiento y dos o tres campos. Imponente y nueva, no se parecía nada a las casas y los desarrollos residenciales que la rodeaban. Estaban construyendo algo a un lado del campo de fútbol americano: un enorme montículo de tierra rojiza junto a pilas triangulares de madera troceada. Los trabajadores que operaban maquinaria pesada amarilla y llevaban cascos eran morenos, como la gente del vecindario, como los trabajadores de la construcción que estaba cerca de la casa de Chloe. Jade no lograba imaginarse qué más podrían necesitar construir para la escuela; parecía tenerlo todo ya.

En la entrada del campo de fútbol americano estaba la estatua de un lince de ojos rasgados y orejas puntiagudas, agazapado y con los colmillos pelados, la boca abierta en un rugido silencioso. A Jade le pareció que se veía casi *demasiado* agresivo, como si el escultor se hubiera enfocado demasiado en la fiereza de la bestia y no en su sutil magnificencia.

Miss Jackson entró al estacionamiento a vuelta de rueda, evitando a todos los chicos de preparatoria que pululaban por el estacionamiento o en sus autos dando vueltas como si estuvieran caminando y no conduciendo. Una fila de patinadores pasó zumbando por enfrente y Jade se quedó sin aliento al reconocer a Nikos.

Sabía que podría verlo, pero, de todos modos, no esperaba que fuera en ese preciso momento. El viento le pegaba la polo blanca de su uniforme al torso esbelto y le movía el cabello hacia atrás mientras aceleraba. Jade sintió una sacudida aún más fuerte que la que sintió la primera vez que lo vio. La confianza que se veía estampada en cada movimiento seguro de su cuerpo, la forma en que dejaba que el viento lo acariciara, era todo tan... *terso*. A la distancia a la que estaba apenas si podía distinguir las facciones de Nikos, pero le vinieron a la mente de inmediato, con lujo de detalle, al recordar su encuentro en la casa de Chloe.

Lo perdió de vista detrás de una enorme camioneta plateada que la bloqueó como un muro. Miss Jackson se estacionó en el espacio junto a la camioneta. Jade miró a Chloe, preguntándose si ella también había visto a su hermano, pero Chloe estaba ocupada desabrochándose el cinturón y tomando su mochila y maleta para bajar. Miró a Jade, quien se dio cuenta de que se había paralizado por unos momentos. Se sacudió y entró en acción: tenía que bajar del auto para que Chloe pudiera hacer lo mismo. Mientras recogía sus cosas y abría la puerta para salir, la emoción de la tarde volvió a apoderarse de ella, empujando los pensamientos sobre Nikos hacia los rincones de su mente como un gato persiguiendo un ave hacia el cielo.

Las canciones de la radio hacían eco en su cabeza mientras sus zapatos tocaban el pavimento. Los carriles color cemento de la pista de atletismo rodeaban un gigantesco óvalo de pasto verde que olía a recién podado. Detrás del campo estaban los ubicuos árboles de Atlanta que marcaban la orilla del bosque de la ciudad: pinos altos, robles gruesos y cipreses lisos y blancos, las tiras rizadas de corteza pelada pálidas sobre la tierra oscura. Virutas doradas cubrían los bordes de un sendero que se estrechaba desde el campo mantenido a la perfección hacia los árboles y desaparecía entre los profundos verdes y ocres que tranquilizaban a Jade mucho más que el soleado pasto del color de su lápiz verde lima.

Se amarró el cabello con su dona turquesa mientras caminaba por el estacionamiento junto con las demás chicas, sus tenis atados a la mochila y rebotando sobre su espalda con cada paso que daba.
Estaba lista para correr.

El gimnasio en el que se cambiaron era enorme; el eco rebotaba por todas partes. Unas chicas de preparatoria entrenaban basquetbol en el espacio principal, con el cabello atado en colas de caballo y vinchas, con zapatos que rechinaban sobre la reluciente duela. En una de las paredes había un mural de un lince negro y dorado a medio salto. A Jade le gustó más que la estatua que estaba afuera; enfatizaba los músculos firmes del animal, la forma en que todos trabajaban juntos para dar el gigantesco salto.

Jade siguió a Chloe, Caitlyn y Emily a un vestidor azul y gris, donde conoció a las demás chicas del equipo: Shannon, Devon y Samantha, todas de distintas escuelas en la arquidiócesis. Shannon y Devon eran de complección clara, como Jade, mientras que Samantha tenía el cabello oscuro en rizos que le enmarcaban el rostro. Jade observó a las chicas NUSE mezclarse con las nuevas al colocar sus maletas en el piso con las demás y comenzar a cambiarse.

Estudió a las demás para saber qué pedirle a mamá que le comprara. Al parecer, el atuendo ideal era una camiseta holgada sin mangas y shorts cortos y abiertos. Estaba maravillada con la tranquilidad con la que todas en el equipo se cambiaban frente a las demás, con lo cómodas que se sentían con sus cuerpos, todos distintos. Esperaba poder sentirse así pronto. Cuando se puso la camiseta con el cráneo hecho de flores moradas, enrollo las mangas hasta arriba para que pareciera que no las tenía.

Afuera, en el brillante y verde campo, miss Jackson —o más bien la *coach* Jackson— las recibió con unos pants azul marinos con franjas blancas a los costados que le sentaban muy bien.

—¡Quiero que todas le den la bienvenida a Jade! —Jade miró a la coach Jackson como hizo en las tutorías en su primer día de clases, para no tener que ver a las demás mientras la miraban a ella—. Sé que es nueva, pero ahora es una de nosotras —continuó la entrenadora—. ¿Recuerdan esa oportunidad de ganar el campeonato estatal de la que les hablé? —Todas asintieron—. Pues no vamos a lograrlo a menos de que trabajemos en equipo, ¿entienden? Muy bien. ¡Uno! ¡Dos!

Comenzó a hacer saltos de tijera; las chicas la imitaron. Jade se sumó a la actividad, entusiasta, alegre de ser uno de los cuerpos en movimiento. Estaba desesperada por agradarles a las demás. Todas se veían tan fuertes y desenfadadas con sus camisetas y shorts. Jade era rápida, lo sabía. Pero ¿podría seguirles el paso a esas chicas? Eso esperaba.

Corrieron algunas vueltas en el óvalo verde; no era una carrera. En ese momento, corrían para divertirse, para que los músculos se les calentaran y se acostumbraran al movimiento. Mientras más corría Jade, más lo disfrutaba. Llevaba mucho tiempo esperándolo. Cuando aceleraba lo suficiente, casi podía olvidarse de todo: de que abuela todavía no podía sonreír del todo, que mamá no estaba...

Las escasas nubes ofrecían un bienvenido refugio del sol, pero Jade vio el bosque y quiso correr hacia él, hacia donde sabía que estaba más fresco y el aire estaba lleno del penetrante olor de la tierra húmeda, pedazos de madera y las primeras piñas de la temporada.

—¡Es la última, y luego vamos al sendero! —gritó la coach Jackson. Instintivamente, Jade aceleró. Corrió la vuelta y estaba casi sin aliento al volver a donde estaba su entrenadora. Fue la primera en llegar; Chloe y Emily tardaron unos segundos más—. Intenta no usar toda tu energía de una sola vez, Jade —le dijo la coach Jackson en voz baja, solo a ella, mientras el resto del equipo terminaba de llegar—. Acabamos de empezar. —Jade asintió. Era cierto: ya se había comenzado a quedar sin aliento—. Bien, vamos a hacer solo el primer circuito, dos veces. ¿Entendido? A las tres. Una, dos…

—Sígueme —le dijo Chloe a Jade al oído al pasar a un lado suyo.

Jade dejó que Chloe se le adelantara unos pasos y arrancó. El equipo se compactó en un solo bloque —casi en hileras de dos en dos— al salir del campo, todas corriendo de verdad esta vez, y hacia el sendero que llevaba al bosque. Sus tenis crujían sobre los trocitos de madera y los levantaban para descubrir la tierra rojiza.

La brillante luz del campo se atenuó en cuanto Jade cruzó el umbral de los árboles. Los ojos se le ajustaron deprisa, mucho más rápido de lo que Jade había esperado. El sendero se hacía más salvaje y retorcido al adentrarse en el bosque. Raíces largas y robustas cruzaban el camino, y Jade las saltó como si fueran pequeñas vallas. Sus zapatos se zambullían en el lodo rojo donde la lluvia se había estancado, levantando manchas gruesas y húmedas hasta las pantorrillas. Jade oyó con claridad el auge y caída de los últimos chirridos de los grillos al llamarse unos a otros desde ambos lados del sendero. Cuando el sendero dobló aún más hacia el corazón del bosque, un aroma tan dulce que rayaba en lo pútrido le golpeó la nariz. Salía de las uvas moradas en el suelo, y Jade saltó por encima de ellas también, pues no quería desparramar sus jugos.

Se deleitaba en el rebote de sus zapatos sobre los trocitos de madera, el roce de las hojas tiernas que colgaban de las ramas bajas en sus costados, la forma en que su respiración iba al ritmo de sus pasos rápidos y ligeros, como si todo fuera un solo movimiento continuo.

Oyó agua, su suave correr sobre las piedras. Se acercaba una bifurcación en el sendero, y el agua estaba a la derecha. Comenzó a enfilarse hacia allá...

—¡Jade! ¡Por acá!

Chloe le gritaba desde más adelante, cuidándola.

Jade casi había llegado a la bifurcación. Alcanzó a cambiar de dirección justo a tiempo, en el último segundo, para ir hacia la izquierda con las demás chicas, lejos del agua, del arroyo que sabía que estaba ahí. Se preguntó si era el mismo que pasaba por detrás de las casas, donde Itztli contaba sus historias.

Volvieron a salir al sol del campo de la escuela y luego regresaron al bosque para la segunda vuelta. La coach Jackson tenía razón: necesitaba aprender a conservar energía. Le iba a tomar un tiempo acostumbrarse a correr como parte de un cuerpo más grande, de varias piernas, y no solo correr para adelantarse y separarse del grupo.

Corrió bien hasta que llegaron de nuevo a la bifurcación, cuando sintió de golpe el trajín. Las demás chicas salieron disparadas hacia adelante, mientras que Jade sentía que las piernas le pesaban. El aire que hacía unos segundos había disfrutado de respirar, oler, con su aroma a tierra un poco especiada, de golpe se tornó denso y húmedo, una fuerza contra la que tenía que batallar. Para cuando salieron al campo de nuevo, le dolían las piernas y comenzaba a sentir dolor de caballo. Lo que fuera que la hizo correr con tanta facilidad en el bosque, como si fuera parte de él, comenzaba a desvanecerse.

Vio cómo la cola de caballo de Chloe subía y caía por delante suyo y decidió alzar los pies para correr el último tramo en el campo. Con un esfuerzo enorme, alcanzó a Chloe y las dos corrieron juntas hasta donde la coach Jackson estaba parada con su cronómetro, alta y brillante con sus pants azules. Jade y Chloe fueron las últimas en llegar —aunque no por mucho— y Jade estaba casi segura de que Chloe había bajado la velocidad por ella.

Jade caminó en círculos irregulares un rato. Sentía como si sus piernas estuvieran separadas del resto de su cuerpo.

—Bien corrido, Jade —le dijo la coach Jackson cuando se acercó a donde estaba—. Eso... no dejes de moverte hasta que recuperes el aliento.

Jade asintió e intentó no decir nada. La coach Jackson también continuó moviéndose: caminaba entre las demás chicas, quienes habían comenzado a hacer estiramientos para enfriar, y les daba palabras de aliento. Jade estaba agradecida de que la coach Jackson la tratara como parte del equipo, pero ella no se sentía una de ellas *aún*.

Al fin, su respiración volvió a la normalidad lo suficiente como para que pudiera empezar a imitar a las demás chicas. Se sentó sobre el pasto brillante con una pierna estirada y la otra doblada por encima de su rodilla; se estiró para jalarse la enlodada y gomosa punta del tenis. La punta encrespada de su cola de caballo le colgaba sobre la cara.

Le encantaba correr, pero le faltaba mucho para aprender a gestionar sus energías tan bien como las demás chicas. Quizá, así, comenzaría a sentirse parte del equipo. Hasta entonces, tenía a Chloe, quien se quedó con ella cuando estuvo a punto de salirse del camino.

11

Las tonalidades doradas comenzaban a teñir las copas de los árboles mientras las chicas esperaban en la acera a que las recogieran. Cansadas y sonrojadas por el entrenamiento, se recargaron en sus maletas con las piernas estiradas. A unos metros de ellas, unos cuantos chicos de preparatoria se habían apoderado de las pocas bancas que había.

Shannon compartió sus Cheez-Its con todas, y Jade hizo una nota mental de llevar alguna botana al próximo entrenamiento. Se inclinó hacia el frente para aflojarse las agujetas y dejar que sus pies respiraran. Mientras cerraba los ojos y exhalaba, una agradable brisa le sopló con suavidad por el cabello y le refrescó las calcetas mojadas. El lodo rojizo comenzaba a secársele en las suelas de los tenis.

Devon y Shannon hablaban de un show de láseres al que habían ido el fin de semana anterior, en un lugar llamado Stone Mountain. Lo que la hizo preguntarse, por un momento: ¿había alguna montaña por ahí?

Los autos pasaron, uno por uno, y recogieron a las chicas. La mayoría tenía varios hermanos, todos vestidos con los mimos uniformes desfajados de las distintas escuelas de la arquidiócesis.

El papá de Samantha entró al estacionamiento y Jade pudo ver de dónde había sacado sus rulos: tenía el mismo cabello rizado que su hija. No le sorprendió oír que, al llamarla, pronunciara su nombre en español: «Samanta».

Jade se preguntó, como solía hacerlo, cómo serían las cosas si se viera un poco más como Samantha o Katerina. ¿Cómo sería su vida si la gente, al verla, asumiera que era mexicana o, cuando menos, latina? ¿Cómo serían las cosas si su parte mexicana no fuera algo que tuviera que revelar o explicarle a la gente? A veces deseaba que así fuera.

Las cosas no siempre le iban bien a mamá por verse como se veía; de otro modo, no tendría que arreglarse tanto para ir al aeropuerto. Eso irritaba a Jade; además, no tenía sentido en su cabeza: su mamá era la mujer más bella que había visto jamás.

Suspiró y cerró los ojos. La fuerte luz de la tarde le calentó los párpados y la hizo ver amarillo en el interior de sus ojos. Cuando su papá la recogiera, con sus pecas y cabello rubio, esas chicas a quienes acababa de conocer sin duda supondrían algo sobre quién era, y ese algo solo era la verdad a medias. Ese *momento* llegaría, en algún punto, como siempre llegaba, el momento en que se dieran cuenta que había otra parte de la historia.

Al abrir los ojos, parpadeó; la luz cada vez más horizontal entre los árboles recubría el borde del estacionamiento. La arboleda separaba la preparatoria de la transitada calle y el vecindario latino que estaba más allá, como si la escuela fuera el Vaticano, un país independiente, separado de sus alrededores.

Itztli le había contado que creció con un secreto sobre quién era, un secreto del que su madre le dijo que no debía avergonzarse. Los huevos rancheros de mamá, los recuerdos que tenía de abuelo, las historias que recordaba que le contó y que le flotaban por la cabeza como tejidos desgastados y hechos traslúcidos por el tiempo, las pinceladas que se desvanecían... Esas cosas no eran un secreto, pero no eran obvias para los demás ni, a veces, para Jade misma. Debajo del refugio de los árboles, escuchando las historias de Itztli, las pinceladas se engrosaron, comenzaron a tomar una forma más definitiva, y le venían a la mente con más frecuencia. Incluso las cosas en su casa —los platos de cerámica, el tecolote de papel maché brillante en la cómoda de mamá, y, por supuesto, el espejo de obsidiana— le parecían más claros, los miraba como si los hubiera encontrado por primera vez, como cuando fue a casa de Madison para una pijamada en tercer grado y descubrió que no todo el mundo tenía una pila de tortillas frescas en su casa en todo momento.

Miró hacia las copas doradas de los árboles, que formaban un velo. Sus hojas caían y revoloteaban unas sobre otras con la brisa, creando pequeñas mirillas fugaces hacia el cielo y la carretera, como los ojales de una cortina de encaje. Detrás de los árboles, los autos pasaban a toda velocidad, el metal destellando entre las ramas.

Un chico alto de la preparatoria comenzó a acercárseles en la acera. Era Justin. A un lado de Jade, Chloe se enderezó y echó el pecho hacia afuera dentro de su camiseta morada; Jade vio que los ojos de Justin se posaron sobre Chloe un segundo, antes de que mirara a otro lado.

—Llegó papá —le dijo en voz baja a Emily, manteniendo un par de metros de distancia entre él y el nodo de chicas sudorosas, como si tuvieran piojos o algo así y no quisiera que lo vieran con ellas.

Jade intercambió miradas silenciosas y cómplices con Chloe. Chloe se desató el cabello de la dona y sacudió la cabeza en un gesto dramático para que el cabello le cayera alrededor de los hombros desnudos. Jade estaba maravillada con lo bien que se le veía el cabello, incluso después de haber corrido tanto. No había forma de que Justin no la viera.

—¡Justin! —Emily se había puesto de pie y tenía la mochila y la maleta deportiva echadas al hombro, lista para irse. Había visto a su hermano mirando a Chloe. Él volteó a otro lado y comenzó a alejarse, como si nada hubiera pasado. Emily hizo una mueca y caminó detrás de él.

Se despidieron de Emily, y en la acera quedaron solo Chloe y Jade. Unos cuantos chicos de preparatoria seguían en las bancas a varios metros de distancia.

—Jade... ¿crees que todavía le gusto? —dijo Chloe en voz baja en cuanto Emily estuvo a una distancia segura.

—Te estaba viendo, eso seguro —respondió Jade, sonriente—. Yo lo vi.

—¿En serio? Yo sentí que me estaba ignorando. No me dijo nada.

—O sea, no iba a hacer nada enfrente de Emily —dijo Jade.

—Supongo —concluyó Chloe—. Es muy difícil saber qué piensa. Se la pasa en mi casa, pero mi hermano siempre está ahí, ¿sabes? —Una descarga eléctrica le recorrió el cuerpo a Jade al oír que Chloe mencionaba a Nikos, pero asintió muy tranquila e intentó que su amiga no viera lo que sentía.

Una cosa era pensar en él, otra muy distinta era oír a Chloe referirse a él en voz alta—. Tengo que contarte lo que pasó el viernes —dijo Chloe, acercándose un poco. Jade se acercó a Chloe también—. Nikos estaba arriba, ¿ajá? Y yo estaba en la cocina, con un vaso de agua enorme. Y me lo estaba bebiendo a borbotones, ya sabes, ruidosa, porque me moría de sed. Y me termino el vaso y hago como «ahhh», muy, muy fuerte. Ya sabes. Y volteo y ahí está Justin, ¡junto a la escalera! Como que me estuvo viendo todo el tiempo. Y yo no tenía idea de que estaba ahí.

—Eso es... —Jade quería decir que era muy raro, pero no lo hizo.

—Ah, sí, muy raro. Yo sé —dijo Chloe. Jade sintió cómo el rostro se le relajaba en una sonrisa—. Y ahí estoy, con la boca abierta, «ahhh», ya sabes. Y me le quedo viendo, porque no sé qué hacer, y entonces... no vas a creer lo que me dijo.

—¿Qué? —dijo Jade.

Era obvio que Chloe estaba disfrutando de contar la historia, y Jade se sentía como la elegida especial a quien Chloe había decidido contársela.

—Entonces, estoy ahí, con la boca abierta, ya sabes, y me dice: «Chloe, tienes unos ojos muy lindos».

Jade arqueó las cejas. Era toda una declaración. Al mismo tiempo, sin embargo, no pudo evitar pensar que era también algo muy... *aburrido*.

—¿Te dijo *eso*? —exclamó. Chloe asintió un par de veces, los ojos bien abiertos, sonriente—. Digo, eso significa que *claro* que le gustas.

—Yo sé. Pero ¿«Tienes unos ojos muy lindos»? O sea, ¿quién *dice* eso?

Jade soltó una carcajada. Le encantaba que Chloe y ella estuvieran en la misma frecuencia, incluso cuando no estaba segura de que lo estarían.

—Sí, ¿no se le pudo ocurrir nada mejor? —dijo Jade—. ¿Algo más original?

—¡Ya sé! Luego subió las escaleras. ¡Y eso fue todo! Yo estaba ahí parada, todavía con la boca abierta, así como «¿Qué fue eso?».

Se rieron juntas. Jade meneaba la cabeza mientras se imaginaba a Chloe parada en la cocina, mirando hacia el espacio vacío junto a la escalera, donde Justin había estado. La partía de risa.

—Le *gustas* —canturreó.

—Pero ya, en serio —dijo Chloe y, en efecto, de pronto pareció estar mucho más seria—. Creo que me gusta en serio.

—¿Sí? —Jade dejó de reírse.

—Sí. —Chloe agachó la mirada y jaló una de las agujetas de sus tenis—. Sé que casi no hablamos, pero... *siento* algo cuando estoy con él, ¿sabes? Es como un imán que me jala el cuerpo hacia donde está él... No sé, suena ridículo.

—No, no suena ridículo —respondió Jade. No habría usado las mismas palabras, pero lo que Chloe describía no era muy diferente a lo que sintió cuando conoció a Nikos.

—O sea, me han gustado otras personas, obvio —dio Chloe—. Como Peter, por ejemplo. —Jade sonrió. Claro. Peter era muy lindo—. Pero nunca había sido *así* —continuó Chloe—. O sea... ni siquiera necesito ver a Justin. Solo tengo que saber que está cerca, en la casa o algo así, y me pongo nerviosa. Con solo pensar en él empiezo a sentir un como... cosquilleo. Y pienso en su cara *todo... el... TIEMPO*. Puedo estar viendo a miss Colby graficar una ecuación en la pizarra y de pronto veo la cara de Justin. ¿Y cuando está de verdad cerca, como ahorita? Uf, Jade, es una locura. Es como lo único en lo que puedo pensar. —Chloe se jaló la agujeta un poco más fuerte; el moño se desató y los cordones cayeron desmayados sobre el zapato—. Siento que *quiero* algo, Jade —dijo—. Pero no sé qué es.

Jade entendió a la perfección de lo que hablaba. Pero, a últimas fechas, había tenido muchas otras cosas en que pensar.

El estacionamiento estaba casi vacío ya. Jade se preguntó por qué papá tardaba tanto. En la orilla de los árboles, una chica de preparatoria, no mucho más grande que Jade, estaba recargada en un auto, riéndose, mientras el chico con quien hablaba no dejaba de acercársele. Jade y Chloe los observaron en silencio.

Jade tenía que admitir que una parte de ella estaba celosa del momento que Chloe había tenido con Justin. Le gustaría que Nikos le dijera algo así, aunque fuera tan poco original como «tienes unos ojos muy lindos». Sería increíble.

—¿Quieres besarlo? —preguntó Jade. Ella había pensado en besar a Nikos, pero solo en términos abstractos. Era más la curiosidad sobre cómo se sentiría que los labios de alguien más tocaran los suyos.

Chloe pensó su respuesta un momento, con la cabeza ladeada.

—O sea, supongo que sí —dijo al fin—. Pero solo porque... eso es lo que se supone que tengo que querer, ¿sabes?

—Sí —dijo Jade—. Te entiendo perfecto. —A pesar de que Nikos en verdad le gustaba, no estaba segura de que lo que quería era que él la besara.

Siguieron observando al par de chicos de preparatoria en la orilla del estacionamiento. ¿Se iban a besar? ¿Irían a algún otro lugar a besarse? ¿Se habían besado antes?

—Te toca, Jade —dijo Chloe. Le picó el costado de forma juguetona—. ¿Quién *te* gusta? Estoy segura de que te gusta alguien.

Jade sonrió y se alejó un poco.

—No sé...

—Por favor —insistió Chloe—. Estoy segura de que *alguien* te parece lindo. —Jade desvió la mirada. Odiaba no poder decírselo a Chloe. Por un segundo, consideró hacerlo, por extraño que fuera, porque tenía la sensación de que podía compartir lo que fuera con Chloe, pero se detuvo. Después de ver cómo reaccionó Emily cuando vio a su hermano mirando a Chloe, no quería que Chloe tuviera esa misma reacción con ella. Su amistad era demasiado importante; no iba a ponerla en riesgo—. Olvídalo, no pasa nada —dijo Chloe cuando Jade guardó silencio unos momentos más. Agitó los brazos como para ahuyentar la pregunta—. Quería preguntarte: ¿tu abuela está bien?

Jade la miró. No había esperado un cambio de tema tan abrupto, pero lo agradeció. Esa era la pregunta de la que había estado huyendo y la misma a la que siempre volvía. Era la pregunta que sentía que sus papás no querían responderle, a pesar de que habían comenzado a hacerlo. Y ahí estaba Chloe, haciéndole esa pregunta, porque se había dado cuenta —aunque Jade intentara ocultarlo— de que no podía dejar de pensar en ella.

Jade se enrolló la orilla de la camiseta alrededor del dedo.

—Mi mamá dice que va a estar bien, pero la verdad es que no sé qué significa eso —respondió—. Parece que nadie sabe en verdad. Digo, estoy segura de que va a estar bien al final, pero no sé cuánto tiempo falta para eso. —Soltó la camiseta y vio que la tela se desenrollaba como un mapa antiguo—. Solo quiero que pueda seguirme hablando.

—¿Por qué lo dices? —preguntó Chloe.

—Porque... tengo cosas que preguntarle. Tengo que preguntarle sobre el pueblo en el que mi abuelo y ella crecieron. Tengo que preguntarle sobre cuando se mudaron a Chicago. Ella es la única que puede contármelo. Mi mamá sabe algunas de esas cosas, pero no me dice mucho. —Mamá se había abierto con ella sobre los tecolotes la semana anterior, pero cerró esa puerta casi en el mismo momento en que la abrió. Jade sabía que no podía pedirle que le contara mucho más que eso—. Y quiero preguntarle a mi abuela pronto porque... —Miró a Chloe, pero no lo dijo: porque necesitaba llenar la imagen en su cuaderno; porque, si esperaba demasiado, quizá sería muy tarde—. Tal vez pueda hablar con mi abuela por teléfono cuando se sienta un poco mejor —dijo, considerando la idea mientras la decía—. Pero no acostumbra a decir mucho, y hay que convencerla para que te cuente algo.

Eso no sería fácil de lograr por teléfono. Sería mucho más sencillo si Jade estuviera en Chicago. No soportaba la espera. Sus papás habían empezado a darle algo de información, más de la que le habrían dado antes, pero seguía sin sentir que tenía control sobre la situación. No podía tomar decisiones, como los adultos. Pero tenía que hacer eso: escuchar a abuela.

Chloe se volvió a atar el zapato con mucho cuidado, un moño plano y perfecto.

—Casi me dan celos —dijo.

—¿Por qué?

—Porque yo nunca conocí a mis abuelos, en realidad. O sea, tengo algunos recuerdos borrosos de mi yia yia, pero nada más. Era muy pequeña. Recuerdo a medias sentarme en sus piernas mientras ella hacía algo con las manos. Tal vez estaba pelando frijoles o algo así. Y recuerdo que me cantaba. Nikos recuerda más porque era más grande. —Se abrazó las rodillas y puso la cabeza encima de ellas, mirando a Jade—. Estoy celosa porque tú todavía puedes hablar con tu abuela. —Jade asintió. *Podría* tener esa fortuna, si tenía la oportunidad de hablar con ella—. Pero de todos modos siento que los conozco bastante bien —continuó Chloe—, aunque no tengo muchos recuerdos de ellos.

—¿Cómo los conoces, entonces? —preguntó Jade.

Chloe se encogió de hombros, aún abrazándose las rodillas.

—Mis papás me han contado muchas historias —dijo—. Y mi mamá siempre prepara comida, en casa o para el restaurante, y usa todas las recetas de yia yia. Así que siento que sé cómo habría sabido su comida.

—El arroz con leche estaba delicioso —dio Jade.

—Ay, sí, esa es una de las mejores. Yia yia era genial. —Chloe meneó la cabeza y miró hacia el estacionamiento, sin quererlo ver en realidad, como si más bien recordara a su abuela y no solo las historias que le habían contado—. Mi yia yia inventaba sus propias canciones —dijo y miró a Jade en espera de una reacción.

—Eso es bastante genial —dijo Jade—. ¿Era compositora?

—Pues sí —respondió Chloe—, pero solo nosotros lo sabemos. Nunca escribió ninguna de sus canciones. Mi mamá puede cantarlas casi todas, pero solo tararea algunas de las letras, porque se le han olvidado. Quiero grabar a mi mamá cantándolas, pero a ella no le gusta que lo haga. Cree que no tiene buena voz.

—¿Y sí la tiene?

—Digo, no es la voz de mi yia yia, pero no está mal. Solo le da pena. —Jade pensó en la intensidad con la que Chloe se sumergió en la música cuando cantó la canción que estaba en la radio. Debió de haber heredado la voz de su abuela. Lo que Justin debió haberle dicho en realidad era: «Chloe, qué voz tan linda tienes»—. Empecé a escribir algunas de sus canciones —dijo Chloe, acomodándose el cabello detrás de la oreja—. Solo la letra. Tengo algunas de las melodías también, pero eso toma más tiempo.

—¡Qué buena idea! —dijo Jade. No bastaría con escuchar las historias de abuela. Tenía que registrarlas, también, para que no se perdieran. Necesitaba escribirlas, ponerlas en su dibujo.

—Chloe, ¿crees que pueda convencer a mi abuela de que me cuente cosas? —dijo—. Creo que también siente un poco de pena.

—No lo sé —respondió Chloe, quien había vuelto a extender las piernas—. Tal vez... tal vez si le dices por qué quieres saberlas. Así tal vez lo entienda.

Jade asintió y se recargó en su mochila. Se sentaron en un cómodo silencio unos momentos; las lejanas y brillantes voces en la orilla del estacionamiento se mezclaban con el ahogado y monótono murmullo del tráfico.

Pensó en el consejo de Chloe. ¿*Por qué* quería oír las historias de abuela?

Era más que simple curiosidad. Quería conocer las historias de abuela porque sentía que eran importantes, como si pudieran ayudarle a entender a su familia e, incluso, a entender quién era. Quería escuchar y aferrarse a lo que abuela le dijera porque no sabía quién más lo haría.

Recordó la historia que mamá le contó sobre los búhos, sus guías, que el espejo le había llevado, en la forma tan intencionada en que se la dijo, en lo mucho que tardó en contársela. Pensó en Itztli, en el cuidado y detalle que ponía en cada una de sus pinceladas, en cómo le contaba sus historias en un tono alegre, pero siempre con una nota de solemnidad.

Había algo de peso en las historias que Itztli y mamá le habían confiado. Era como si le hubieran puesto en la mano un puñado de piedras, tan lisas como aquellas que estaban debajo de la superficie del arroyo, y estas pesaran más de lo que aparentaban. Sabía que las historias de abuela serían así también: pesadas piedritas que tenía que prepararse para sostener.

Era una gran responsabilidad. Pero quizá eso era lo que Itztli había estado intentando decirle, y la forma en que estaba aprendiendo a dibujar las historias era su preparación. Si podía superar el ardor en las piernas para correr por el último tramo del bosque hacia el campo, podía también con eso.

Se enderezó un poco y se quitó el peso de la mochila sudada de encima.

Por fin, papá apareció en el Honda azul de la familia. Bajó la ventana y se quitó las gafas oscuras mientras las chicas se ponían de pie.

—Tú debes ser Chloe —dijo, antes de estirar la mano.

Chloe le estrechó la mano.

—Gusto en conocerlo, señor O'Callaghan —contestó ella.

—Por favor, dime Chris —respondió papá.

Jade abrió la puerta trasera. Katerina estaba en el centro, en su asiento para niños, con su uniforme de las Daisies. Jade pasó por encima de ella para que Chloe no tuviera que hacerlo. El aire acondicionado se sentía fantástico.

—Apestas, manis —dijo Katerina.

Chloe se rio y tomó el asiento al otro lado de Katerina.

—¡Perdón, pero hoy vas a viajar entre dos chicas apestosas! —dijo mientas ponía su maleta y mochila delante de sus pies.

Katerina se pellizcó la nariz y apretujó la cara. Chloe jaló la puerta y el papá de Jade salió del estacionamiento.

—¿Cómo estuvo el entrenamiento? —preguntó, mirando a Jade por el retrovisor.

—¡Increíble! —respondió ella. Estuvo a punto de preguntarle por qué había tardado tanto, pero decidió esperar a que dejaran a Chloe.

—¿Cómo le fue a Jade, Chloe? —preguntó papá en tono juguetón, sonriéndoles por el espejo por detrás de sus gafas oscuras.

—Ay, Jade es increíble —dijo Chloe—. Superrápida. ¡Estoy feliz de que esté en el equipo!

Las dos chicas intercambiaron sonrisas. Jade podía ver que, aunque Chloe se llevaba bien con las demás chicas, su amistad con ellas no era tan profunda como la que tenía con Jade.

—¿Mami va a volver pronto? —preguntó Katerina de repente.

Todos guardaron silencio.

—Sí, bichita, de hecho —dijo su papá—, lo más probable es que llegue el sábado en la noche.

—Oh, guau —dijo Jade. Era martes; el fin de semana se sentía, al mismo tiempo, muy lejos y muy cerca. Sería muy lindo tener a mamá de vuelta. ¿Eso quería decir que abuela estaba mejor?

—¡Yei! —exclamó Katerina, con los brazos en alto.

—Momento... El sábado se suponía que íbamos a llevar a Chloe al museo —dijo Jade, mirando a Chloe. Quería tener a su mamá de vuelta en casa, pero no quería que eso arruinara sus planes con su amiga.

—Y la vamos a llevar —respondió papá—. ¿Creíste que se me había olvidado? —Chloe sonrió. Jade se asomó y vio también la sonrisa de su papá en el retrovisor. Por supuesto que no lo había olvidado; eso era lo suyo—. Tienes que ver las caléndulas en flor —añadió. Caléndulas. Las flores en el féretro de abuelo—. Ahora, tengo una pregunta para Katerina y para ti, Jade —dijo papá. Jade lo miró con atención, primero en el espejo y luego lo que alcanzó a ver de su perfil desde su asiento. Se sintió un poco mal por Chloe, quien iba a tener que quedar atrapada en medio de una conversación familiar. Pero no le importaba si Chloe escuchaba. De todas maneras, le habría contado cualquier cosa importante después—. Acabo de hablar con su mamá —dijo—. ¿Qué opinarían de que abuela se venga a quedar con nosotros? No sé cuánto tiempo, tal vez solo unas semanas...

—¡Sí! —dijo Jade. En el espejo, papá arqueó las cejas—. ¡*Opino* que abuela debería de venir a quedarse con nosotros! —dijo.

Su mirada se encontró con la de Chloe, quien la sostuvo un segundo y le mostró un pulgar arriba de forma casi imperceptible por detrás del cinturón de seguridad.

—¡Sí! —dijo Katerina, y Jade no supo si lo hizo por imitarla o porque sentía lo mismo que ella.

Su papá guardó silencio.

—¿Ese es el plan? —preguntó Jade.

Papá suspiró.

—Supongo —respondió. No sonaba muy emocionado al respecto—. No va a ser fácil —dijo—. Su abuela sigue muy débil. Vamos a tener que arreglar el cuarto de huéspedes, contratar a alguien que nos ayude... —Iban deslizándose por la autopista ya, y papá conducía con su habitual aplomo ligero y despreocupado. Volvió a suspirar—. Bueno. Si a ustedes no les molesta, entonces... eso es lo que va a pasar. Su mamá va a llegar el sábado en la noche con abuela.

Jade observó a su padre e intentó procesar la información. Papá seguro llegó tarde porque estaba hablando con mamá, intentando hacer un plan.

Miró a Chloe, quien seguía sonriéndole. Jade pensó en lo épico que sería ese sábado: iba a pasar la tarde con Chloe, y su mamá y abuela estarían en casa esa misma noche.

Esa era su oportunidad.

Detrás de Chloe, por la ventana, los árboles pasaban en un manchón de verdes y cafés, todos bañados con la misma luz ámbar del sol que se comenzaba a despedir del día.

Jade se reclinó en su asiento y pensó en los colores que podría usar para pintar las historias de abuela.

12

Cada vez que el Jeep rojo de la coach Jackson apareció afuera de la escuela esa semana para llevar a las chicas del equipo de atletismo a la preparatoria, Jade se abalanzó ansiosa a sentarse a un lado de Cailtyn, Emily y Chloe. Seguía más que emocionada por poder ir en la camioneta con ellas, con las ventanas abajo y la música a todo volumen. Los entrenamientos eran difíciles, pero había comenzado a encontrar su ritmo, a conocer los senderos en el bosque y a regular su energía para poder guardar algo para el último tramo al salir de entre los árboles y hacia el brillante campo. El sol ya era mucho más amable; Jade sentía que ya no amenazaba con quemarle toda la cabeza.

Las llamadas de mamá esa semana fueron, sobre todo, para hacer planes con papá. Cuando hablaba por un par de minutos con Jade, sonaba más como ella: menos cansada, más motivada, con un propósito.

Los preparativos principales tenían que ver con la recámara de visitas, donde abuela iba a quedarse. Poco a poco, se convirtió en un lugar en el que Jade podía imaginarse a abuela sentada, acomodándose en la cama acolchonada. Papá compró una almohada de cabecera gris, pero a Jade le parecía que no era lo suficientemente acogedora para abuela. Tomó un par de cojines del sofá, en los que abuela había bordado pequeñas flores rojas salpicadas sobre delgadas vides, y los colocó a los dos costados de la almohada gris. La forma en que los colores resaltaban con la gris la dejó muy satisfecha.

El viernes en la tarde Jade vio que su papá puso una andadera en la habitación, cerca de la entrada del baño. Era una de esas que tiene cuatro ruedas, que solo usa la gente muy vieja, con frenos en las agarraderas y un asiento de vinil que cubría una canasta de alambre.

Jade no podía imaginarse a abuela con la andadera. Nunca usó siquiera un bastón; tenía demasiado estilo como para algo así. ¿Por qué aceptaría usar esa andadera? ¿Cuánto la necesitaba en realidad? Jade no quería creer que la necesitaría. Pero si papá la compró y la puso ahí, quizá sí era necesaria.

Abuela y mamá llegarían al día siguiente. Pero, primero, el museo. Antes de irse a la cama, Jade puso su ropa sobre la cómoda: jeans y una camiseta verde que la gente siempre le decía que combinaba con sus ojos.

Chloe fue hacia el auto dando saltitos cuando se estacionaron frente a su casa a la mañana siguiente. Tenía puestos unos jeans, igual que Jade, un elegante pequeño bolso negro cruzado sobre el pecho, y botas de vinil. Se veía como si estuviera en la preparatoria y no la secundaria.

Chloe jaló la manija de la puerta antes de que el papá de Jade le hubiera quitado el seguro. A Jade le encantaba cuando Chloe era así: cuando no le importaba demostrar lo emocionada que estaba por algo, si se veía un poco boba. Por lo general ocurría cuando no había nadie más de la escuela cerca, o cuando estaba rodeada de gente en la que parecía confiar.

Subió al auto y los saludó.

—¿A dónde era que íbamos? —preguntó mientras el auto comenzó a alejarse de su casa. Tenía su pequeño bolso sobre el regazo. Se veía demasiado adulto como para ella, con sus elegantes tirantes plateados, y Jade pensó que debía ser de su mamá.

—Pues... —dijo papá, mirándolas por el retrovisor— es una casa muy grande, muy, muy grande, con mucho terreno, anterior a la Guerra Civil. Y la convirtieron en un museo con jardines. El señor que era el dueño era... bueno, era un hombre muy rico al que le gustaba coleccionar cosas. Tienen una variedad muy curiosa de objetos. Ya lo verán. —Jade se preguntó qué era lo que había decidido acumular aquel excéntrico millonario hacía muchos años—. A mí me contrataron para cuidar su jardín de plantas nativas —añadió su papá.

Dio vuelta y el museo apareció a la vista. Era, como se les había prometido, una casa muy grande, de dos pisos, con un pórtico que daba vuelta alrededor de la casa y un verde jardín enfrente. Caléndulas brillantes florecían al pie de unos arbustos redondeados a la perfección que bordeaban una pasarela de ladrillo que llevaba hasta las escaleras de la entrada. Papá tenía razón: la explosión de colores de las flores se robaba el show.

Pero Jade supo de inmediato que su papá no trabajaba en ese jardín. A pesar de las exuberantes caléndulas que asomaban la cabeza emplumada por encima del pasto, esos jardines estaban demasiado estilizados, contenidos. El talento especial de papá era su habilidad para hacer que las plantas crecieran tan altas o retorcidas o anchas como quisieran crecer. Le gustaba esperar con mucha paciencia para ver de qué era capaz una planta o vid y luego darle pequeños empujoncitos hacia donde fuera necesario. No le gustaba someter a sus plantas para que se vieran de cierta manera, y solo las podaba si era para ayudarlas a crecer otra vez.

Como sospechó, cuando se estacionaron, papá caminó hacia un retorcido sendero de tierra que llevaba a un costado de la casa.

Jade comenzó a caminar detrás de él junto a Katerina, pero Chloe se quedó atrás, escarbando en su bolso, y Jade la esperó.

—Tengo que decirte algo —le susurró Chloe una vez que papá y Katerina se alejaron un poco.

—¿Qué pasa?

Chloe abrió su bolso para que Jade pudiera ver lo que había adentro. Jade se asomó y vio un par de toallitas sanitarias. Jade las había visto antes en los baños de otras personas, pero nunca había visto una tan de cerca. Mamá usaba unos tampones que venían en envoltorios amarillos, y los aspectos prácticos del asunto aún eran todo un misterio para ella. Las toallas parecían mucho más sencillas.

—¿Ya tuviste el tuyo? —preguntó Chloe—. El mío empezó anoche.

Jade negó con la cabeza. Sabía, en teoría, que su periodo menstrual llegaría en algún momento, pero no se había detenido a pensar en cómo sería cuando en verdad ocurriera.

—¿Cómo se siente?

Chloe se encogió de hombros.

—Raro —respondió—. Estoy paranoica de que me vaya a manchar los jeans.

Las dos sonrieron un poco. Jade estaba un poco aliviada de no tener que preocuparse por eso, pero una parte de ella también estaba un poco celosa de Chloe; a su manera de verlo, si una chica menstruaba, esa era la señal definitiva de que ya no era una niña.

—Yo te aviso si empieza a verse algo —dijo Jade—. No te preocupes, yo te cuido. —Papá las esperaba al final del sendero—. Anda, vamos.

Se dirigieron al camino de tierra.

El sendero pasaba por enfrente de una hilera de árboles enormes con los troncos más gruesos que Jade hubiera visto. Uno de ellos —un haya alto y gris con una corteza lisa marcada con semicírculos que la hicieron pensar en sus ojos— tenía un letrero que decía que el árbol tenía ahí desde antes de la Guerra de Independencia.

Papá abrió una puertita de madera y la detuvo para que todas pasaran. Intercambió una sonrisa amistosa con el joven guardia que patrullaba cerca de los árboles.

Los recibió una ola de colores brillantes y ramas que se asomaban sobre el sendero, listas para raspar alguna pierna o rodilla descuidadas. El camino de tierra se bifurcaba y serpenteaba entre los parches de árboles como ríos sinuosos, y entre los cúmulos de árboles, alfombras de musgo color esmeralda subían y bajaban con el terreno ondulado, resplandecientes bajo el sol de la mañana. Fuera de la pareja de personas mayores que iba por delante, tenían los jardines enteros para ellos.

Katerina se adelantó dando saltitos; se detuvo un momento frente a las flores más brillantes, que le llegaban a la altura de los ojos, y siguió adelante. Tenía puesto un vestido azul al que abuela le había bordado flores rojas, del mismo color de los cojines que Jade había escogido para la cama de abuela.

Katerina se detuvo frente a unas flores de un azul casi púrpura que eran de su mismo tamaño. Un abejorro flotaba alegre de botón en botón para recolectar el néctar, y una mariposa pequeña y elegante, negra con brillantes acentos dorados, se alejó de los delicados tallos en cuanto el dedo de Katerina se acercó demasiado.

Mientras caminaba por el sendero con Chloe, Jade puso los ojos sobre un arbusto que parecía decorado con unos pequeños ornamentos rosados y rojos. La parte puntiaguda, redonda y roja de cada baya se abría para revelar una pequeña habichuela tan roja como la Navidad.

—Guau. ¿Qué es eso, pa? —dijo.

—Se llaman arbustos de fresa —respondió él, acercándosele por el sendero—. Es una planta nativa. —Chloe se acercó también—. Crece mejor en la sombra —continuó papá—. Por eso está al pie de los árboles. Pero no todo crece con tanta facilidad. —Caminó un poco más; Jade y Chloe lo siguieron. Al doblar una esquina de los jardines, se encontraron con un pequeño maizal, sus tallos verdes tan altos como Jade. Solo había visto maíz así de alto cuando iba a visitar a su abuela en Nebraska—. El maíz necesita de los humanos para seguir creciendo —les explicó—. Necesita de las manos de la gente para esparcir sus semillas. —Se estiró y acarició una de las hojas verdes con la palma de la mano—. Cuando esté listo, este será azul —dijo—. Y este otro va a ser rojo. —Tocó otra hoja con suavidad—. Y este otro... —Puso la mano sobre la última hoja de maíz— tendrá muchos colores.

Jade pensó en las mazorcas secas multicolores que abuela siempre colgaba de su puerta a finales de octubre, antes de Día de Muertos. Luego se preguntó si abuela tendría siquiera la fuerza suficiente para conmemorar el día ese año.

Katerina caminó hacia ellos con dos pequeñas catarinas en las manos, que sostenía con mucho cuidado. Debió haberlas tomado de una de las flores. Combinaban con el bordado de su vestido.

—¿Y qué hay de esta flor? —preguntó Chloe. Con el dedo índice, levantó un pequeño botón color violeta que estaba sobre una planta verde oscuro, como si le alzara la barbilla a la flor para verla mejor. Parecía un corazón o una mariposa con las alas abiertas, a medio vuelo. A su lado crecían plantas muy parecidas, con flores rosadas y violetas.

—Esas flores se llaman índigo —respondió el papá de Jade. Frotó una de las hojas oscuras y ovaladas entre su pulgar e índice.

Índigo. Sonaba como el color de una de las mezclillas en los catálogos de Lands' End que papá recibía en el correo.

Pero pensó también que había oído la palabra en algún otro lugar. ¿Era uno de los colores que abuela usaba para sus bordados?

—Se pueden hacer tintes con estas plantas, ¿verdad? —le preguntó a papá.

—Por supuesto —le respondió él—. Algunas incluso se usaron para hacer pigmentos para cerámica y pintura. De hecho, hay algunos ejemplos adentro del museo.

Jade sintió cómo se le ensanchaban los ojos. ¿Cerámica? ¿Pintura?

Su memoria voló hasta el brillante polvo azul que Itztli humectó y espesó hasta que se convirtió en tinta. ¿Había salido su tinta de esas plantas, del índigo?

Ninguno de sus lápices de colores podía recrear en las páginas de su cuaderno el mismo azul con el que Itztli pintó sobre la corteza del árbol, el azul que tanto le recordaba a las delicadas aves y flores en los platos y tazones de La Casa Azul. ¿Podían esas flores rosadas y hojas verdes hacer un azul así?

Miró hacia el muro de ladrillo del museo. Sintió de pronto una desesperación enorme por ver lo que fuera que estuviera pintado con índigo ahí adentro.

Chloe también tenía la mirada fija sobre la casa de ladrillo. Jade siguió sus ojos hasta una ventana. El brillo del sol dificultaba ver qué había adentro, pero alcanzó a distinguir un jarrón de arcilla.

—¿Listas para ver el museo, chicas? —dijo papá al verlas tan concentradas en la casa.

—¡Sí! —respondieron Jade y Chloe al unísono.

—¡Mira, papi, tengo cinco! —exclamó Katerina de pronto, alzando las manos ahuecadas para mostrarle a su papá. Jade no sabía cómo, pero su hermana, en efecto, había logrado recolectar cinco catarinas que se paseaban por sus manos como si estuvieran en casa.

—¡Increíble, bichita! —dijo papá—. Ahora, vamos a despedirnos de ellas y devolverlas a las plantas para poder entrar al museo, ¿sí?

Jade volvió por el sendero, seguida de Chloe, mientras papá ayudaba a Katerina a empujar a las diminutas criaturas de sus manos y hacia las hojas de índigo.

En el interior del museo, los tablones del piso, torcidos por más de cien años de cambios de estaciones, rechinaban bajo sus pies. La mujer mayor en la recepción les sonrió por encima de los anteojos al ver al papá de Jade y los dejó pasar.

La sala del recibidor estaba decorada con sillones y una mesa de centro, como un salón antiguo. Más adelante había estrechos corredores y escaleras que subían en espiral hacia la oscuridad.

Al entrar a la primera sala después de la entrada, Jade se vio rodeada de cerámica y canastas tejidas con coloridos diseños, todo custodiado por cajas de cristal. En el centro había un cuenco con bordes planos de arcilla roja y un pájaro de pico curvo, dibujado con espirales amarillas y negras. La placa decía que era de origen nativo americano, «posiblemente muscogui o cheroqui». La placa no decía nada sobre cómo lo había conseguido el hombre millonario. Jade intentó descifrar qué herramientas habían usado para grabar los detalles ondulados en el costado.

Siguieron a una pareja de jóvenes a la siguiente sala. Era la habitación que Jade y Chloe habían visto desde el jardín. Unas pálidas estatuas de piedra custodiaban unos jarrones de cerámica con cuellos altos y asas señoriales. Franjas de diseños simétricos enmarcaban complicadas escenas pintadas en negro y terracota en los jarrones.

—Esto es griego —dijo Chloe, acercándose a uno de los jarrones para estudiar una de las escenas en la cerámica.

—¡Guácala! ¡Está desnudo! —dijo Katerina, apuntando hacia la pelvis descubierta de una de las estatuas. La estatua era de un hombre musculoso, completamente desnudo, sí, con una rodilla doblada, a punto de lanzar algo. Jade intentó mirarla sin que pareciera que la estaba mirando.

Chloe estudiaba el jarrón. Jade no sabía si en verdad estaba hipnotizada con él o solo intentaba que no la descubrieran viendo las partes nobles de la estatua. Papá intentaba tranquilizar a Katerina para tratar de explicarle algo sobre cómo entendían el arte los antiguos griegos.

Algo verde y resplandeciente detrás de la siguiente puerta atrajo la atención de Jade. Encima del marco de la puerta, el letrero indicaba: «Arte del continente americano».

Siguió el brillo verde hacia la siguiente sala. Al entrar a la habitación, pudo ver con más claridad de qué se trataba: pequeñas piedras verdes, redondeadas y pulidas que le recordaron a las que estaban en el arroyo junto al Wildcat Trail, solo que eran mucho más brillantes y estaban guardadas en sus cajas de cristal.

La luz entraba por las ventanas que daban hacia la orilla del jardín, justo donde colindaba con el bosque. Las pequeñas rocas reflejaban el brillante sol de la mañana y casi parecían tener un fulgor propio.

Al acercarse a las cajas de cristal, vio que cada piedra tenía complejos grabados con diseños cuadrados y enrulados. Vio animales y rostros humanos. Colmillos, colas, roscas, muecas. Un bosque entero de animales estaba tallado en las lisas superficies verdes de las piedras redondeadas. Quería meter la mano al cristal y tomar una, tenerla en su mano, sentir su peso, pasar el pulgar por los surcos del grabado para que su piel los memorizara.

Se acercó a una de las piedras que le resultó familiar. Tenía tallada en un costado la cara de una criatura de perfil, con los dientes de fiera. Tenía una nariz chata y orejas redondeadas, los ojos bien abiertos y atentos.

Era Itztli.

Miró más de cerca. No podía explicarlo, pero sintió algo parecido a lo que sintió al mirar el espejo de obsidiana que su mamá le dio, y que abuela le había dado a mamá. Era como si la piedra estuviera intentando decirle algo, pero Jade no sabía qué.

«JADE», decía la placa. «MESOAMÉRICA».

Ver su nombre ahí escrito le pareció apropiado, de cierto modo.

Miró la piedra de nuevo, su brillo desigual. Le clavó los ojos, como hacía a veces con el espejo ahumado, como retándola a revelarle sus secretos.

Abuela siempre usaba en la muñeca un brazalete con unas pequeñas cuentas de jade, incluso cuando hacía la masa para las tortillas. Los destellos de verde mientras trabajaba con las manos, cocinando o bordando, eran parte de ella. Jade nunca había visto las cuentas de cerca, pero comenzó a preguntarse entonces si se parecían a las que estaban detrás del aparador. La próxima vez, si abuela lo traía puesto cuando llegara a casa, lo vería con detenimiento.

A un lado de las cuentas de jade, frente a otra enorme ventana, había tres jarrones cilíndricos estirados color canela, con franjas rojas pintadas alrededor de la parte superior y la inferior. En medio, en una tinta negra arremolinada, estaban pintadas distintas escenas que hacían que los jarrones parecieran un pergamino.

Eran como los jarrones que había visto hacía unos años, con abuela y Katerina, en el museo de arte de Chicago.

Se acercó un poco más e intentó leer lo que estaba estampado en ellos, como leyó la pintura de Itztli en la corteza del árbol. Pero no era sencillo sin su guía. Intentó encontrarles el sentido a las escenas: personas que se ofrecían cosas unas y otras, algo que parecía ser una batalla, figuras que flotaban o caían del aire. Había símbolos, también, cuyo significado no lograba descifrar.

¿Qué era lo que abuela le había querido contar sobre ellos?

Un pequeño trazo brillante de azul sobre el complejo penacho de una figura que parecía ser importante le llamó la atención. El azul era tan resplandeciente como el cielo sobre el lago Michigan en un claro día de verano.

¿Era *ese* el azul?

—¡Lo encontraste! —dijo papá, que apareció a sus espaldas. Había entrado a la sala con Katerina—. El jarrón pintado con el azul hecho de índigo —dijo.

Jade sintió cómo la boca se le doblaba en una sonrisa.

Estaba sorprendida. ¿Qué más sabía su papá sobre el jarrón y las demás obras de arte que estaban en la sala?

Volvió a mirar el jarrón. ¿Itztli también usaba ese azul? El color le pareció diferente al que vio en la corteza del árbol, pero ambos tenían un brillo que Jade no había encontrado en muchos otros lugares.

Era muy difícil imaginar que la planta que estaba afuera, con las flores color rosa pastel y las hojas verdes ovaladas, pudiera crear un azul como el que tenía frente a sus ojos, un azul precioso.

Chloe entró a la sala y se paró a un costado de Jade.

—Este jarrón se ve genial —dijo—. Pero no tengo idea de qué está pasando en las imágenes.

—Yo tampoco —respondió Jade—. Me gustaría saberlo.

—Allá, en la otra sala, vi otro jarrón increíble, y supe cuál era la historia.

—¿Ah, sí?

—Sí, tenía a un hombre de cabello rizado que tocaba un instrumento de cuerdas y miraba a una mujer que se estiraba hacia él, pero que no podía tocarlo. Era como si estuviera atorada, como si las hojas que tenía detrás la detuvieran. ¡Orfeo y Eurídice! —Jade vio un destello en los ojos de Chloe, como si estuviera muy orgullosa de sí misma.

—¿Qué? —dijo Jade. Nunca había oído de esa historia.

Pero, antes de que Chloe pudiera responder, desde su percha en los hombros de papá, Katerina interrumpió.

—¿Tú puedes dibujar así, manis?

Estaba señalando el jarrón pintado con índigo. Todos guardaron silencio en espera de la respuesta.

—No lo sé —respondió, con un ojo sobre Katerina, de pronto cohibida—. No puedo dibujar así ahora, creo... pero tal vez algún día.

Debajo de Katerina, su papá la miraba con curiosidad, como si estuviera esperando a que Jade dijera algo más.

Quizá sus padres entenderían lo de Itztli, si se lo contaba. Mamá le había dicho que lo que le ocurriera a causa del espejo era suyo. Suyo para vivir, suyo para contar —o no— si así lo quería.

Sí quería aprender a dibujar y pintar como Itztli y los artistas que habían trazado las figuras curvilíneas en esos jarrones, años y años atrás. Quería pintar historias de épocas antiguas, como las que Itztli le había contado.

Pero quería también dibujar y pintar las historias de su familia, y abuela era quien podía contarle sobre los objetos que había crecido viendo todos los días: las tazas de barro esmaltado, los cojines bordados, las brillantes cuentas de jade.

—¡Tengo hambre! —exclamó Katerina.

—Bueno, ya es hora del almuerzo —dijo su papá—. A ver, ¡vamos a tener que bajarte, gusanito!

Mientras salían, pasando frente al arte griego y la alfarería amerindia, Jade apenas si podía creer que abuela estaría ahí con ella esa noche.

—Estoy segura de que podrías dibujar así —dijo Chloe en voz baja a su lado, sus botas resonando con suavidad sobre el chirriante piso de madera.

Jade arqueó las cejas. Qué cosa tan linda le dijo.

—Eh, gracias —respondió.

Tenía la esperanza de que fuera cierto algún día.

Cuando salieron a la luz del día otra vez, con el sol del mediodía aplomo, Jade pensó que, tal vez, Chloe, su papá y Katerina la entendían mejor de lo que había pensado.

13

Esa misma noche, recién habían terminado de comer la cena que papá había cocinado y sazonado con romero y tomillo de su jardín, cuando Jade lo vio ponerse de pie, llevar su plato a la cocina y tomar las llaves del auto que colgaban de un gancho junto a la puerta trasera, sin siquiera poner el plato en el lavavajillas.

—Pórtense bien, niñas —dijo—. Vuelvo pronto con mamá y abuela.

—Espera... ¿Puedo ir contigo, papi? —preguntó Katerina.

—Sí, no pensabas ir al aeropuerto sin nosotras, ¿o sí? —dijo Jade. Papá estaba apurado por salir al aeropuerto, pero Jade quería ver a abuela cuanto antes. ¿Por qué tendría que esperar... y además tener que cuidar a Katerina?

Papá giró las llaves entre sus dedos y estudió a sus hijas.

—Está bien —dijo—. Pueden venir.

—¡Yei! —gritó Katerina. Jade le sonrió.

—Pero recuerden —les advirtió papá—: Abuela está muy débil y cansada, así que debemos tener mucho cuidado. Denle un poco de espacio, no hablen demasiado. Va a estar con nosotros un buen rato. Van a tener tiempo de sobra para hablar con ella.

Jade y Katerina asintieron. Jade sabía que le costaría mucho trabajo no intentar hablar con ella de inmediato, pero iba a hacer su mejor esfuerzo.

—Solo quiero verla, pa —dijo.

—¡Yo quiero ver a mami! —dijo Katerina.

El camino al aeropuerto los llevó hacia el corazón de Atlanta y de vuelta a una de sus infinitas autopistas. Los últimos rastros del resplandor del sol se desvanecían en la oscuridad del horizonte mientras su papá se incorporaba a la frenética autopista de seis carriles. En el cielo que se oscurecía por encima de los viaductos que atravesaban la vista, la luna menguante comenzaba a asomarse.

Conforme se acercaban al aeropuerto, Jade vio los aviones aterrizar y despegar, bajos y estruendosos por encima de la autopista, sus luces centelleando en el negro de la noche. Cuando papá se detuvo en la acera, el aeropuerto lo iluminó todo, como si fuera de día aún.

Papá encendió el radio mientras esperaban. Estaba sintonizado en una estación de noticias. Jade escuchó algunas partes, y se desconectó de otras. Algo sobre el talibán en Afganistán, pero no alcanzó a oír qué. Y el presidente Bush había invitado al presidente de México a una cena en la Casa Blanca, con fuegos artificiales y demás.

Papá bajó el volumen. Jade siguió su mirada hacia afuera de la ventana. Bajo las estridentes luces del aeropuerto, su mamá salía de entre las puertas corredizas, empujando a abuela en una silla de ruedas del aeropuerto. Las dos se habían arreglado para volar. Mamá tenía puesto un traje oscuro; abuela estaba sentada con las manos cruzadas sobre una larga y fluida falda de ricos tonos de café y ocre que contrastaban con su brillante blusa blanca. Abuela se veía cansada, y su grueso cabello plateado estaba un poco revuelto después del viaje, pero se mantenía muy derecha sobre la silla. Los ojos le brillaban de un color que Jade no podía llamar más que azabache. Abuela los buscó muy decidida en la fila de autos junto a la acera.

Papá abrió la cajuela y salió del auto. Jade y Katerina estuvieron a punto de tropezarse la una con la otra al bajar también. Jade notó el reconocimiento encenderse en los ojos de su abuela.

—¡Abuela! —exclamó.

—¡Mami! —gritó Katerina casi al mismo tiempo.

Katerina se echó a correr hacia ellas, pero algo debió de haberle recordado que se suponía que debían tener mucho cuidado con abuela, pues se detuvo justo antes de llegar hasta donde estaban. Abuela les sonrío a ella y a Jade, pero no se movió. Su sonrisa estaba un poco torcida, con un lado como caído, como si ese lado de su cara estuviera más cansado que el otro.

Mamá le puso los frenos a la silla y cargó a Katerina; la estrujó y le dio un beso en la cabeza. Después de que la bajaran, Katerina se acercó un poco más y, a un costado de la silla, abrazó a abuela del cuello.

—Jade, corazón —dijo mamá, con los brazos extendidos.

Jade fue hasta esos brazos y abrazó a su mamá muy fuerte, con la cara hundida en sus hombros. La había extrañado. Y ya que sabía lo que el espejo había hecho por ella, sentía como si compartieran más cosas que antes. Incluso si no le hubiera dicho más al respecto.

Cuando soltó a mamá, Jade se asomó por encima de la silla y abuela le sonrió con aquella misma sonrisa adormilada. Jade le tomó la mano y se la acarició.

—Hola, abuelita, dijo. —A abuela siempre le gustó que la llamara así. Abuela le acarició la mano en respuesta, y el movimiento se sintió cálido, pero cansado, como su sonrisa.

Algo liso y fresco le rozó la palma de la mano a Jade. Agachó la mirada y, llena de emoción de reconocerlo, vio el brazalete de abuela. Las pequeñas cuentas brillaban en una deslumbrante gama de verdes bajo la luz de los faroles, desde el verde pálido y amarillento de una hoja en otoño que comenzaba a cambiar hasta el llamativo verde azulado de las alas de un loro. Los colores eran tan variados como los que vio en las piedras de jade del museo, si no es que más.

—¡Todavía lo usas! —dijo Jade. Seguía en su muñeca, a pesar del derrame, del hospital...

Abuela asintió, con la sonrisa cansada aún en la boca, pero le estrujó la mano y se la soltó, como diciéndole: «En otro momento».

Jade asintió y se alejó un poco. Le preguntaría por el brazalete después.

Papá las llevó de vuelta hacia los rascacielos de Atlanta sobre la ancha autopista coloreada por las rojas luces traseras de los autos. La ciudad estaba iluminada en toda su belleza bajo el cielo nocturno y, por primera vez, Jade se sintió en casa al ver la silueta de sus edificios. Abuela se quedó dormida en el asiento delantero y Katerina le recargó la cabeza en el hombro a mamá en el asiento de atrás, junto a Jade. Cuando papá salió de la autopista y pasaron frente al pesado letrero de metal con la silueta del rostro de Martin Luther King, el cobre destellante bajo los faroles de la calle, Jade supo que llegarían pronto.

De vuelta en la casa, los papás de Jade no las dejaron ni a ella ni a Katerina acercarse al cuarto de huéspedes mientras ayudaban a abuela a instalarse. Acomodarla en la habitación fue todo un calvario. Jade se sorprendió al ver lo poco que abuela se protestaba de todas las atenciones con que la bañaban, toda la ayuda que le daban. No se quejó en absoluto cuando mamá le dijo dónde dormiría y no opuso resistencia cuando papá le ofreció la andadera.

Abuela caminaba muy, muy despacio, apoyando casi todo su peso en la andadera, con mamá muy de cerca. Ver a abuela así desconcertaba a Jade, y pudo ver que Katerina tampoco sabía qué hacer. Su hermana se quedó muy quieta junto a ella, callada y con los ojos casi desorbitados.

Cuando la casa comenzó a quedarse en silencio al terminar el día, Jade se encaminó hacia la cocina para llenar su vaso de agua, en pijama y calcetines. Se detuvo en el pasillo al oír las voces de sus papás en la cocina.

—¿Estás segura de que nadie puede ir en tu lugar? —decía papá.

—No, Chris, es una oportunidad muy importante. Todas las instituciones de salud más importantes van a estar ahí... No puedo no ir. Esta es mi área.

Jade se quedó muy quieta, intentando hacer el menor ruido posible al respirar, como Itztli, que podía atravesar el bosque en silencio, sin mover siquiera una hoja caída.

—Sé que es muy importante, Sol —dijo papá—. Pero es que... ya estuviste lejos mucho tiempo. Las niñas te necesitan.

Jade recordó que se suponía que su mamá tenía que salir de viaje otra vez por trabajo, a Nueva York.

—Las niñas están bien —dijo mamá—. Mira, sé que me extrañaron, y yo las extrañé también. Pero no puedo dejar pasar la oportunidad.

Jade *sí* había extrañado a su mamá. Y no le agradaba la idea de que volviera a irse tan pronto.

—Lo entiendo, Sol, pero...

—Chris, *sé* que te estoy pidiendo mucho.

—Eso no es lo que me preocupa, cielo. Sí, es mucho, pero lo hago con gusto.

—¿Entonces qué es? —Mamá sonaba exasperada.

—*Tú*. Me preocupas *tú* —dijo él—. Has estado abarcando demasiado, ¿y encima vas a volver a irte mañana? No quiero que te agotes.

¿Mañana? Jade ni siquiera había tenido tiempo para habituarse a la idea de que mamá estaba de regreso.

—Yo sé, yo sé, pero vuelvo el martes —dijo su mamá—. Las niñas ni siquiera me van a extrañar, y solo tengo que empacar ropa para un día. Me voy mañana en la noche y estoy fuera el lunes; luego regreso a casa el martes. Puedo recoger a Jade de su entrenamiento, si quieres.

Sus padres guardaron silencio un momento.

—Lo entiendo, Sol —dijo papá después de un rato—. Es algo muy importante. Y no tengo problema de quedarme y hacerme cargo de las cosas.

Jade escuchó un crujido; estaba casi segura de que su mamá había mordido un pedazo de chocolate. Le sorprendió con la claridad con la que lo oyó.

—La fisioterapeuta va a venir mañana —dijo mamá, con la boca un poco llena—. Tal vez venga la cuidadora también. —Se pasó el bocado—. Y podemos verlas juntos. —Mortimer salió de la habitación, muy callado, para ver qué hacía Jade. Ella se acuclilló y le rascó detrás de las orejas; vio cómo entrecerraba los ojos amarillos y verde en señal de satisfacción.

—Chris, gracias por todo lo que has hecho —oyó decir a mamá.

Su papá farfulló algo, y Jade no escuchó más palabras. Pero, a partir de los ruidos que sí escuchó, estaba casi segura de que estaban besándose.

No era algo que quisiera espiar. Tan callada como pudo, caminó de puntitas de vuelta a su recámara, con Mortimer a un costado, acariciándole los talones con la cola.

Debía admitir que había algo extrañamente reconfortante en saber que sus papás estaban besándose en la cocina. Significaba que su familia estaba reunida, y eso era algo especial, algo que no todo el mundo tenía. Era algo que Chloe ya no tenía.

Llenó el vaso con agua de la llave de su baño, mientras Mortimer trazaba ochos alrededor de sus pies.

Jade tampoco vio mucho a abuela al día siguiente. Fue un domingo brillante y perezoso. Abuela solo salió a comer, arrastrando los pies con la andadera. La mamá de Jade no se separaba de ella y se hablaban en voz baja y en español. Jade alcanzaba a oír solo unas cuantas palabras sueltas de sus conversaciones. «Mamá, coma esto». «Gracias, mija». «Tome». «No, yo lo hago».

Su mamá abrió la puerta cuando sonó el timbre en su atuendo de señora O'Callaghan. Jade se deslizó hasta la sala, curiosa, y se sentó en el sillón reclinable, con un dedo sobre la página de la novela sobre la Guerra de Independencia que estaba leyendo para su clase de Lengua y Literatura. Katerina entró a la sala también y se sentó en el piso junto al rompecabezas casi terminado. En la parte que su papá y ella ya habían completado, un gato tan negro como Mortimer se asomaba por encima del hombro de una mujer con el cabello negro amarrado y decorado con mariposas. El fondo de hojas de varios tonos de verde aún no estaba terminado.

—Ah, las dos están aquí. Muchas gracias —dijo mamá al abrir la puerta—. Les agradezco mucho que hayan venido en domingo.

Les abrió la puerta a dos mujeres que entraron, vistiendo pijamas quirúrgicos.

La primera de ellas tenía piel de ébano y el cabello negro y ondulado y se veía un poco más joven que la mamá de Jade. Su maquillaje era tan perfecto como el de la mamá de Chloe. Llevaba un bolso médico a un costado, y su paso seguro la hizo pensar en la coach Jackson.

Detrás de ella iba una mujer un poco más baja, mayor y con el cuerpo de alguien que había pasado muchos años trabajando. Tenía la cara redonda, color caramelo, y el cabello cano atado en un moño flojo y desordenado. Mamá las llevó al comedor.

—Entonces... ¿usted es la señora O'Callaghan? —preguntó la más joven de las dos, con un toque de incredulidad.

—Así es —dijo su mamá, tendiéndole la mano. Con una sonrisa y la frente en alto, fue más allá de la sorpresa de la mujer. Jade la había visto hacer eso mismo muchas veces—. Usted debe ser la doctora Johnson —dijo.

—Puede llamarme Crystal —respondió la mujer joven, devolviéndole la sonrisa y estrechándole la mano a mamá.

—Y usted debe ser la señora Gutiérrez —mamá se dirigió a la mujer mayor.

—Dolores —dijo ella, con la mano extendida. Mamá se la tomó con ambas manos.

—Siéntense, por favor —dijo su mamá, señalando la mesa del comedor. Esperó a que ellas se sentaran primero. Jade solo puso atención a medias a lo que leía mientras ellas discutían sus negocios en la mesa. Papá entró al comedor justo cuando terminaban con el papeleo—. Él es mi esposo, Chris —dijo mamá—. Y ellas son nuestras niñas, Jade y Katerina. —Señaló hacia la sala, donde las dos estaban sentadas. Jade saludó a las mujeres y de pronto se sintió tan cohibida como Katerina.

Papá saludó a la doctora Crystal en inglés y a Dolores en español, con un «mucho gusto». Dolores pareció agradecer el gesto, pues respondió en español también. La pronunciación de papá era buena. Siempre hacía lo mismo: les decía algo en español a las personas hispanohablantes con las que quería con las que quería ser amistoso, incluso si mamá les hablaba en inglés. En boca de su mamá, el inglés era profesional y el español privado.

Mamá llevó a la doctora Crystal y a Dolores a conocer a abuela en su recámara.

—¿Quiénes son esas personas, papi? —preguntó Katerina después de que hubieran desaparecido detrás de la puerta.

—La doctora Crystal es fisioterapeuta —le explicó papá, antes de arrodillarse para ayudarle a terminar el rompecabezas—. Le va a ayudar a abuela a recuperar la fuerza del lado izquierdo. Y Dolores es una cuidadora y se va a asegurar de que abuela tenga todo lo que necesita.

—¿Cuánto tiempo van a estar aquí? —preguntó Jade. No estaba muy segura de qué opinaba sobre tener a esas personas desconocidas en la casa, y quería saber qué debía esperar.

—Al menos una de ellas va a estar aquí todos los días, durante el día, durante algunas semanas, por el tiempo que sea necesario.

Jade creyó haber oído algo de hastío en su voz. No alzó la mirada del rompecabezas. Jade volvió a su libro. Seguía sin saber cómo se sentía al respecto. Solo quería a su mamá.

Cuando su mamá volvió a despedirse esa noche, Jade se quedó en la cocina mientras Katerina protestaba. Lo único que la consoló fue cuando mamá prometió, por tercera vez, que volvería el martes. Martes: era solo un poco más de un día.

Jade solo le dio un abrazo rápido en el último momento. No quería darle demasiada importancia al que se fuera, pues no quería pensar en que se estaba yendo otra vez.

—Vas a regresar el martes —dijo Jade cuando se separó de ella.

—Claro, corazón —respondió mamá. Jade sentía cómo intentaba mirarla a los ojos, pero ella solo pudo hacerlo por un instante antes de correr a su habitación. Dolores y la Dra. Crystal ya se habían ido, y Jade tenía que cuidar a Katerina hasta que papá volviera de dejar a su mamá en el aeropuerto. Jade sabía que, si se dejaba caer en la cama con su libro, en algún momento Katerina entraría a su recámara con sus animales de juguete para jugar en el piso. Eso haría más fácil pasar el tiempo.

Mortimer subió a la cama con Jade y se acurrucó junto a ella sobre el edredón, bajo un pequeño círculo de luz dorada. Jade estiró una mano para acariciarle el cuello y el lomo mientras sostenía el libro con la otra. La historia comenzaba a ponerse interesante: la chica estaba enamorándose del vecino, cuyas manos, grandes y fuertes, estaban tiznadas por su trabajo de herrería, y por fin iban a poder pasar tiempo a solas, sin chaperones. Un grueso rayo de luz ámbar cayó en diagonal sobre la página, proyectando las delgadas sombras onduladas de sus cabellos sueltos sobre el papel.

Oyó que la puerta se cerró y, justo como lo había pensado, Katerina entró al cuarto. Su hermana suspiró y se dejó caer al piso para jugar con sus muñecos.

Jade escuchó un sonido. Alzó la vista de su libro. En un principio, pensó que podría ser el llamado de un animal del otro lado su ventana, pero con una sacudida repentina se dio cuenta de que era abuela quien la llamaba.

Sin pensarlo, tiró el libro a la cama y corrió por el pasillo hacia el cuarto de huéspedes, donde abuela se estaba quedando. La puerta estaba cerrada, pero Jade la abrió en un solo movimiento, sin dudar.

—¿Abuela? —dijo en la oscuridad del cuarto. Intentó oír la respuesta por encima de las palpitaciones de su corazón.

—Chalchihuite, pasa, pasa.

Jade se quedó en el umbral, con la mano aún en la perilla. Dejó que la fuerte voz de abuela la tranquilizara. Había dicho su nombre —Chalchihuite— como abuelo y ella siempre lo decían, como ahora Itztli lo decía también.

Abuela estaba reclinada sobre la almohada gris, en el medio de la cama, los coloridos cojines bordados a cada lado, con las manos sobre el regazo como en el aeropuerto. Un vestido blanco holgado que también había bordado alrededor del cuello ondulaba a su alrededor. Aún tenía puesto el brazalete de jade, y la forma en que la luz del ocaso tocaba las pequeñas cuentas verdes, podría haber pensado que eran ámbares.

—¿Qué pasa, abuelita? —dijo Jade. Le faltaba un poco el aliento por haber corrido.

—Tráeme un tecito de manzanilla, por favor, Chalchihuite —dijo.

¿Eso era todo? ¿Solo quería una taza de té?

—¿Algo más, abuelita?

—No, nada más.

—¿Estás bien?

—Lo voy a estar cuando me traigas ese té —le dijo con aquella sonrisa adormilada.

—Claro.

Jade dejó la puerta entreabierta y se apresuró hacia la cocina. Casi derrapó frente a la alacena. Katerina entró a la cocina mientras Jade buscaba la manzanilla entre las repisas.

—¿Abuelita está bien? —dijo.

Jade encontró la manzanilla y llenó la tetera.

—Sí, está bien —respondió—. Ve a jugar con tus animales. —En cuanto lo dijo, supo que era una de las peores cosas que pudo haberle dicho a Katerina. Su hermana nunca quería perderse la acción.

—¿Puedo jugar en el cuarto de abuela? —dijo. Tenía un caballito de plástico en la mano.

A Jade le sorprendió que Katerina la tratara un poco como si fuera su mamá. De repente, estuvo a cargo de abuela... ¿y ahora tenía que poner las reglas para Katerina?

—No, no puedes entrar ahí —se oyó decir, mientras ponía la tetera en la estufa. En realidad, ella tampoco tenía permiso de entrar, pero esa regla ya se había ido al caño—. Puedes jugar afuera del cuarto de abuela. —También se sorprendió de oír esas palabras de su propia boca. ¿El cuarto de abuela? Era el cuarto de huéspedes. Pero, por el momento, era de abuela.

Para su asombro, Katerina no hizo más preguntas; en cambio, se llevó el caballo de plástico al pasillo.

Mientras Jade esperaba a que el agua hirviera, comenzó a oscurecer, afilando el contorno de las flamas azules en la hornilla. En la familia de su mamá, la manzanilla era para «calmar los nervios». Quizá ella necesitaría un poco también.

Escogió una taza pintada con un animal pequeño, de orejas grandes, que estaba agazapado. Por alguna razón, sintió que era la taza adecuada para abuela. Sirvió el té y llevó al cuarto de abuela la taza humeante y un plato pequeño para poner la bolsita, pisando con cuidado al pasar por donde Katerina jugaba.

Al colocar el té en la mesa de noche, estudió la habitación a la que le habían prohibido entrar desde que abuela llegó. El sol que se ocultaba proyectaba una luz rojiza a través de la ventana y coloreaba de un tono rosado el rosario que colgaba de la lámpara en el buró. Abuela se veía paciente y casi regia con su vestido blanco con bordados brillantes. Jade se preguntó si era siquiera posible que abuela no se viera solemne y elegante.

—Tiene que enfriarse —le dijo a abuela.

—Gracias —respondió ella—. Prende la lámpara, ¿no?

Jade la encendió, aunque para ella no era necesaria. Desde hacía un tiempo podía ver bastante bien, aun cuando no había mucha luz. De hecho, era extraño pensar en la claridad con la que las figuras le aparecían en la luz tenue, no como sombras, sino como lo que en realidad eran.

La andadera estaba junto a la cama. Jade se sentó en el cojín sobre la canasta y se acercó a la cama.

—Abuelita... —comenzó a decir. Sabía que no debía hablar mucho con abuela; tenía que dejarla descansar. Pero era difícil no preguntarle. Quería saber sobre el brazalete. Y quería saber sobre la taza y el pequeño animal azul que estaba pintado en ella. ¿Quién la hizo? ¿Cómo? ¿Qué azul era ese? Se parecía más al azul que usó Itztli que al azul hecho con índigo que vio en el jarrón del museo. ¿Podría ser un azul distinto, o un eco de otros azules? —. Abuela

—continuó—, sé que esta taza vino del restaurante, pero... ¿dónde la consiguieron?

Abuela cerró los ojos y recargó la cabeza en el cojín.

—Son de nuestro pueblo —dijo.

—San Juan de las Jacarandas —añadió Jade. No era la primera vez que decía el nombre del pueblo en voz alta, pero sí la primera vez que ponía atención a cómo sonaba. Le gustaban las vocales abiertas, la suavidad con la que las palabras fluían por su boca.

—¡Exacto! —dijo abuela. Abrió los ojos oscuros, que centellearon al reflejar la luz de la lámpara—. ¿Sabes sobre nuestro pueblo, entonces?

—Un poquito —contestó—. Abuelo me contaba historias.

Abuela cerró los ojos de nuevo.

—Ernesto —dijo, como si su nombre fuera una plegaria—. Había un mercado ahí, que se ponía en las calles todos los domingos. —Abrió un poco los ojos—. Seguramente el tianguis sigue ahí. Lo vi la última vez que volví... cuando enterramos a Ernesto. —*Tianguis*. Era una palabra que Jade conocía de algún lugar en el fondo de su ser, una palabra que abuelo debió haber usado—. Yo vendía mi ropa ahí, ¿sabías? —dijo, con una sonrisa orgullosa y solo un poco torcida—. Todo el mundo quería mis bordados: blusas, rebozos, vestidos de novia... Y me pagaban bien por ellos. —Alzó el dedo índice y miró a Jade a los ojos, como para asegurarse de que ese último punto le quedara muy claro.

Jade asintió. No tenía dudas de que abuela ganó bastante dinero con sus bordados. Para nadie era un secreto que fue el instinto para los negocios lo que mantuvo La Casa Azul en pie tantos años. Además, los bordados de abuela eran los más complejos que Jade hubiera visto, y los animales brillantes que creaban parecían siempre estar a punto de cobrar vida. Los pequeños colibríes verdes y azules que bordeaban el cuello de su vestido parecían como si en cualquier momento fueran a levantar el vuelo en busca de una flor.

—Mi hermana Flor pintaba platos como estos —continuó abuela, señalando la taza.

¿Tía Flor? Jade miró a la taza y vio cómo el vapor salía con delicadeza de la superficie. No conocía a su tía Flor, pero sí sabía su nombre. La tía Flor aún vivía en México. Abuela tenía en su casa una fotografía en la que estaba con ella, abrazándola, dos hermanas adolescentes apoyadas la una en la otra, sonriéndole a la cámara.

¿Había una pintora en la familia?

Jade sacó la bolsita de la taza de té y palpó la superficie pintada con la mano. Estaba caliente, pero pensó que se había enfriado lo suficiente ya como para poder sorberlo.

Abuela aceptó la taza muy despacio, pero decidida. Su mano izquierda parecía un poco vacilante e iba un paso detrás de la derecha, pero una vez que tomó la taza, se estabilizó. Sorbió con cuidado después de soplarle a la superficie. Después del primer sorbo, exhaló un «Ahhh» de satisfacción y cerró los ojos. Jade deseó haberse preparado una taza también.

No podía esperar más.

—¿Tía Flor pintó esta taza? —preguntó.

Abuela ladeó la cabeza y la estudió.

—No creo que haya pintado esta —dijo—. Su especialidad eran las aves. Le salían de maravilla. Búhos, águilas, colibríes... —Tomó otro sorbo—. Cuando necesitamos platos para el restaurante, llamé a Flor y se lo dije. Pero cuando le dije cuántos necesitaba... —Meneó la cabeza— me dijo: «Luz, estás loca. ¿Tantos platos?». —Se rio por lo bajo—. Entonces, Flor hizo solo algunos. Pero sus amigas hicieron muchos más. Y los hicimos llegar todos hasta Chicago.

Abuelo le había contado a Jade del mercado: sobre las monturas de cuero, los instrumentos musicales, los dulces. Pero no le había contado nada de la cerámica y los bordados.

El brazalete de cuentas de jade se deslizó un poco por la muñeca de abuela. Jade se moría por preguntarle por él, pero hizo un esfuerzo por contenerse. Abuela parecía como si estuviera a punto de quedarse dormida.

Los ojos se le empezaron a cerrar.

—Abuelita —dijo Jade. Intentó tomar la taza, que los dedos de abuela le cedieron sin problemas.

—Gracias, Chalchihuite —susurró abuela con debilidad—. Ahora sí puedo dormir.

Jade asentó la taza. Le alegraba que abuela pudiera dormir.

Abuela comenzó a deslizarse por la cama, usando el brazo derecho para acomodar la cabeza sobre la almohada y dar por terminado el día. Instintivamente, Jade se acercó con mucho cuidado, quitó el cojín y jaló el edredón para que abuela no pasara frío.

—Buenas noches, abuelita —susurró.

—Buenas noches —respondió abuela, y sonó como si ya estuviera dormida.

Jade casi pudo escuchar la voz de abuelo de hacía muchos años. Le había dicho lo mismo tantas veces, después de un cuento de buenas noches, justo antes de acostarla. Jade jamás se habría imaginado que estaría acostando a abuela así.

Trazó la silueta del animal azul en la taza con la punta del dedo e inhaló el reconfortante aroma de la manzanilla.

Había una pintora en su familia.

Miró su reflejo pálido en la ventana oscurecida e intentó procesar la información.

Abuela se había quedado completamente dormida. Era hora de dejarla descansar tranquila. Jade se levantó tan callada como pudo y tomó el té de la mesa de noche. Mientras salía, decidió dejar la luz encendida, en caso de que abuela necesitara levantarse para ir al baño.

Casi tropezó con Katerina en el pasillo. Había olvidado que su hermana estaba ahí.

Katerina dejó sus juguetes en el piso y siguió a Jade a la cocina.

—¿Abuelita está bien? —preguntó.

Jade se recargó en la barra.

—Ya me habías preguntado eso —respondió. Katerina se quedó ahí parada, con una vaca lechera en la mano, esperando una respuesta—. Creo que abuela solo necesita tiempo, descanso... y té —dijo—. Y con eso va a estar bien.

Unos faros alumbraron la cocina. Papá había vuelto.

Jade sintió cómo el estómago se le relajaba. Mamá no había regresado aún, pero papá sí, y podría ser una niña de nuevo.

14

El entrenamiento del lunes fue mucho más duro que los de la semana anterior. La coach Jackson corrió junto a ellas por los senderos del bosque, con sus pants azul marino y cola de caballo alta, gritándoles palabras de ánimo para que corrieran más rápido.

—¡Vamos, Linces! ¡Más rápido! ¡Tenemos que ganarle a Cristo Salvador!

Nunca le quitaba los ojos de encima al cronómetro por mucho tiempo. Jade sabía que el objetivo era superar su MP —marca personal— y que la coach Jackson llevaba registros de las de todas. Pero Jade se sacó eso de la cabeza; sabía que cuando mejor corría era cuando seguía el ritmo de sus compañeras y se hacía parte del grupo.

—¿Cristo Salvador? —alcanzó a preguntarle a Chloe, jadeando.

—Nuestro rival más grande —dijo Chloe, quien respiraba con pesadez—. Siempre ganan.

Esta vez, se adentraron más en el bosque, sobre senderos serpenteantes que se acercaban al arroyo y se alejaban de él después. Jade podía oír el suave borboteo de la corriente cada vez que se acercaban, sin importar qué tan suave susurrara, ni qué tan fuerte gritara la coach Jackson o cuánto pisotearan la tierra los tenis de las demás chicas. A través de los árboles a los costados del sendero, alcanzaba a ver destellos de la superficie cambiante del agua, que refulgía con las gotas de la luz de la tarde que caía por el dosel de las hojas. En un momento, el sendero cruzó el arroyo, y Jade agachó la mirada para ver el agua mientras pasaba por el puente de madera al que le faltaban varios tablones. El agua bailaba, oscura y juguetona, como la superficie de su espejo de obsidiana.

Jade lo estaba disfrutando. Pero, mientras más corrían, más grande se hacía la distancia entre las chicas, y Jade pronto se dio cuenta de que comenzaba a quedarse atrás. Se forzó a mantener el paso. No quería perder la sensación de que era parte de un todo orgánico. Corrió a pesar del ardor en las pantorrillas, e intentó jalar tanto del aire del bosque como pudo con cada respiración. Se pasó el especiado aroma de la corteza de los pinos, el olor húmedo de la tierra oscura y suave que pisoteaban.

Los olores del bosque la reconfortaron; la hicieron sentir más fuerte. Dejó que la impulsaran.

Al fin, terminaron el circuito y Jade corrió el último tramo hacia el campo brillante. Sobre el pasto recién podado, debajo del aluvión de sol, bajó la velocidad y se permitió concentrarse de nuevo en el dolor. Quería acuclillarse sobre el césped, con la nariz cerca de la silenciosa procesión de las hormigas, pero se obligó a seguir caminando erguida, con las manos sobre la cadera, respirando, respirando. Chloe hizo lo mismo. Cuando se acercó a Jade, alzó la mano para que se la chocara. *¿Por qué?*, pensó Jade. Por haber sobrevivido, tal vez. Chocó las manos con Chloe y siguió caminando, siguió moviéndose. Tenía miedo de que, si se detenía, el dolor de los costados se iba a hacer más grande y la iba a dejar tiesa.

La coach Jackson las guio en una serie de estiramientos para enfriar, y Jade pudo por fin recobrar el aliento. Aún podía sentir el aroma del bosque en su ropa mientras caminaban por el estacionamiento.

Esta vez las recogió la mamá de Chloe. Jade y Chloe recién se habían sentado en la acera, con las espaldas sobre sus mochilas, cuando la minivan se detuvo frente a ellas.

—Hola, señora Eleni —dijo Jade mientras Chloe y ella subían al asiento trasero. La mamá de Chloe giró en su asiento para sonreírle. Tenía puesta ropa deportiva, pero parecía que ya se había maquillado y peinado para ir al restaurante.

—Hola, Jade. ¡Qué bueno verte de nuevo! —Se dirigió a Chloe—. ¿Tu hermano va a venir?

El corazón le dio un saltito a Jade; sintió cómo se le calentaban las orejas. Por suerte, ya estaba sonrojada por el entrenamiento. Casi se había olvidado de la existencia de Nikos. Le gustaba, recordó de pronto. O al menos creía que le gustaba.

—Ay, solo Dios sabe en dónde está —respondió Chloe—. Vámonos a la casa, mejor.

El auto comenzó a avanzar muy despacio; la mamá de Chloe miraba en todas direcciones, buscando a su hijo. Cuando se acercaron a la salida, Nikos apareció de pronto frente al auto en su patineta. Levantó la tabla con el pie y jaló la manija de la puerta hasta que su mamá la abrió.

—Por Dios, Nikos, ¡No puedes patinar en frente de los autos así! —le dijo su mamá en cuanto subió al auto.

—Ma, ibas a dos por hora —respondió él—. Chlo, sé que tienes Oreos. —Volteó hacia el asiento trasero; sus ojos oscuros se posaron sobre Jade—. Ah. Hola —dijo.

Jade no respondió; solo sintió cómo se sonrojaba todavía más. Se preguntó si estaba tornándose morada. Se sentía paralizada por su mirada, clavada a la orilla de la minivan.

Entonces, Nikos miró de ella a Chloe y el momento desapareció. Chloe, en efecto, tenía Oreos y los tres metieron ansiosos las manos a la bolsa en cuanto la sacó.

Jade se concentró en masticar su galleta e intentó no mirar a Nikos. Se preguntó qué haría Chloe si se tratara de Justin. Seguramente abriría la galleta y lamería el relleno blanco y dulce de forma seductora sin dejar de mirarlo a los ojos. Jade no tenía las agallas como para hacer algo así. Además, Chloe estaba ahí, junto a ella.

Pero siguió observándolo, o a la parte de su cara y hombro que alcanzaba a ver desde su asiento. Quería memorizar, aún más a detalle, la forma en que su cabello ondulado le empujaba los bordes de las orejas, el afilado contorno de su frente, su nariz, sus labios, con el fondo de las hojas doradas que pasaban por la carretera.

Tomó otra galleta y se dio cuenta de que Chloe la miraba con una curiosa sonrisa en el rostro. Debió haber pasado demasiado tiempo mirando a Nikos. No había forma de que Chloe no se hubiera dado cuenta, no sin Justin ahí para distraerla.

Maldita sea.

Jade masticó su segunda Oreo y miró a Chloe, aprehensiva. Su amiga sacó una carpeta morada y una lapicera mecánica de su mochila y escribió en una hoja de su cuaderno.

Se la dio a Jade.

«Te gusta mi hermano, ¿verdad?»

Jade la miró. Chloe estaba sonriendo. ¿En verdad no iba a tener problemas con eso?

Jade tomó la lapicera, pero no escribió nada. Chloe se lo quitó de las manos y escribió debajo: «¡Ay, ya, dime! Puedes decirme lo que sea».

Le dio la lapicera a Jade.

Jade inhaló profundo. «Supongo», escribió.

Chloe lo leyó y soltó una risotada; luego se tapó la boca.

—¿De qué se ríen allá atrás? —preguntó su mamá.

—De nada —respondió Chloe.

Jade sonreía también, de nervios más que por cualquier otra cosa. Chloe había comenzado a escribir algo más, y Jade esperó muy paciente a que terminara. Cuando le devolvió la carpeta, Jade leyó: «No pasa nada. Sé que mi hermano es guapo».

Jade alzó las cejas. Chloe tomó el papel de vuelta y se apresuró a escribir algo más antes de devolvérselo.

«Pero también es un idiota», leyó Jade. «No vale la pena. Créeme».

Fue el turno de Jade de carcajearse y taparse la boca. Tomó la lapicera y escribió a toda prisa: «No te preocupes. Se me había olvidado que existía hasta hoy».

Le dio la carpeta a Chloe. Las dos soltaron risitas sobre sus manos. Era divertido poder compartir un pequeño secreto así.

Nikos se dio la vuelta e intentó arrancarle la carpeta de las manos a Chloe. El corazón volvió a darle un salto a Jade, de miedo esta vez. Logró tocar la página, pero Chloe cerró la carpeta de golpe y le atrapó la mano. Nikos de pronto le recordó a Jade a los chicos más molestos de su grado.

—En serio, ¿de qué tanto se ríen? —dijo.

Jade no podía parar de reírse. ¿Y si Nikos conseguía esa hoja?

Chloe logró sacar la página de entre los dedos de Nikos y la puso lejos de su alcance, a pesar de que su hermano manoteaba.

—¡Ya, por favor! —los regañó su mamá.

Chloe alzó la hoja por encima de su cabeza y la rompió en pedazos diminutos e ilegibles que dejó caer como confeti encima de sí misma. Le sonrió a Jade, esta vez de oreja a oreja.

La risita nerviosa de Jade se detuvo; le sonrió de vuelta a su amiga. Estaba aliviada. Y en ese momento se dio cuenta de que era mucho más divertido pasarse notas con Chloe que ver a Nikos patinar mientras deseaba que la volteara a ver. Chloe seguro tenía razón: era solo un chico delgado al que le gustaba molestar a su hermana.

Pero sí era muy guapo.

Katerina estaba «ayudando» a papá en el jardín cuando la mamá de Chloe se estacionó frente a la casa. Estaba levantando tierra con una pequeña pala a la orilla de un nuevo lecho de flores que papá estaba preparando. Estaba suave y oscuro, con tierra fresca y abono. Su papá estaba recargado sobre su propia pala de tamaño normal y conversaba con el vecino del otro lado del callejón, un tipo alto con gafas oscuras deportivas. El sol inclinado sobre sus caras, y las largas sombras, se desplegaban en el pasto detrás de ellos.

Jade le dio un abrazo de despedida a Chloe, un poco más largo que de costumbre, como para darle las gracias. Chloe estaba sudorosa, pero Jade también, y no le importó. Bajó del auto con un saludo y, mientras la minivan se alejaba, saludó a su papá y hermana y entró a la casa.

Se detuvo un poco al pasar frente a la puerta de abuela. Estaba entreabierta. Quería empujarla un poco y saludar, pero el silencio la detuvo. Dolores y la doctora Crystal debían haberse ido ya, así que Jade no estaría interrumpiendo. Pero... ¿y si abuela estaba dormida y la despertaba? Decidió que lo mejor era esperar a que la invitara a pasar, como la vez anterior.

Mortimer se le pegó a las piernas, maulló un saludo y la siguió a su recámara. Jade dedujo por el tono del maullido que Mortimer quería que le diera de comer.

—Todavía no es hora de la cena —le dijo mientras asentaba su mochila.

Se quitó los tenis, enrolló los calcetines empapados de sudor y movió los dedos de los pies, deleitándose en la libertad. Tomó su cuaderno y lápices de colores como por instinto y se dejó caer bocabajo sobre la cama. Estaba tan cansada por el entrenamiento que lo único que quería hacer era dejar que su mente deambulara y dibujar.

Miró a la nada y se pasmó un poco, dándose golpecitos en el labio con el lápiz color verde pasto. Enfocó los ojos y se dio cuenta de que estaba mirando la pintura de Itztli, las gentiles líneas azules y la ondulada franja de agua.

Bajó la mirada a la página rayada en blanco y dejó que el lápiz flotara sobre ella, pensando en el agua que pasaba por debajo del puente que vio en el entrenamiento, en su superficie oscura y centelleante. Pensó en el brazalete de abuela.

Al poner el lápiz verde claro sobre el papel, acarició con suavidad la hoja; el color apenas si aparecía a la vista. La punta del lápiz sonaba como una pluma que se frotaba con el cuaderno. Dibujó un anillo de cuentas, como el brazalete de abuela. Presionó con más fuerza en la orilla de cada cuenta, intentando crear aquel brillo opaco que doblara la hoja.

Las cuentas salieron del mismo verde chillón del campo en el que entrenaba. Hizo lo que pudo para darles más vida con azul, amarillo y verde oscuro. Pero la frustración familiar se apareció de nuevo, más profunda esta vez: no había forma de evocar los relucientes turquesas y ámbares de las piedras con sus viejos lápices de colores.

Quizá había llegado el momento de probar con mejores instrumentos, los materiales de arte que Grandma le compró y que nunca había usado.

Fue a su escritorio y abrió el cajón en el que los guardaba: los cuadernillos con las hojas de papel sofisticadas, los elegantes lápices de todos colores con letras doradas estampadas en los costados, los gises color pastel con las orillas aún afiladas. Y encima de los cuadernillos, el estuche de latón con las acuarelas que grandma le había regalado unas cuantas Navidades atrás.

Jade sacó el delgado estuche y lo sostuvo en sus manos antes de asentarlo, con mucho cuidado y sin hacer ruido, en el escritorio. Sin quitarle los dedos de encima, se sentó en la silla, aunque no abrió el estuche. El sol que entraba por la ventana comenzó a calentar el metal.

Miró hacia la ventana. Mortimer estaba acostado en el pretil, absorbiendo, perezoso, el sol de la tarde. Miró más allá del suave arco de su lomo negro y hacia los pinos que bordeaban el jardín. Necesitaba ayuda para lograr que los colores fueran los correctos, para dibujar las historias como quería hacerlo. E Itztli era quien podía guiarla.

¿Qué podría decirle Itztli sobre las pequeñas piedras de jade que vio en el museo y de las que estaban alrededor de la muñeca de abuela? ¿Podría enseñarle a pintarlas, a crear los colores perfectos? ¿Podría ayudarle a saber qué decirle a abuela, cómo preguntarle por el brazalete y el mercado en el que vendía sus bordados? ¿Podría contarle más sobre el espejo, más de lo que su mamá ya había empezado a decirle? En ese momento, no había nada que Jade quisiera más que escapar de vuelta al refugio con perfume de pino del bosque. Las sombras de los pinos ya eran bastante largas, pero aquellas tardes de septiembre solían durar un rato antes de enrojecerse con la puesta del sol y oscurecerse con los primeros tonos mudos de gris.

Jade fue hacia la puerta principal de la casa, caminando de puntitas, rápido y en silencio, y salió al bosque.

Las briznas del pasto le presionaban con suavidad las plantas de los pies descalzos. Le gustaba la sensación de la tierra húmeda bajo sus dedos mientras atravesaba las sombras rayadas de los pinos. Cuando llegó a la orilla de los árboles, siguió caminando. Las ramas y las cerdas del suelo le picaban los pies, pero no le molestaba. Siguió adelante.

Sabía que Itztli estaba por ahí, cerca, aunque no había visto aún su pelaje dorado.

Algo la hizo detenerse. El suelo estaba más húmedo en ese lugar; dedujo que estaba cerca del agua. Cerró los ojos y lo oyó: el alegre gorgoreo del arroyo al pasar por encima de las piedras lisas y doblando el meandro hacia el punto en el que Itztli le contaba sus historias.

Creyó haberlo oído ronronear. Un rumor profundo que se sentía más de lo que se oía.

Se asomó entre los árboles, pero no vio nada.

Un destello de oro como del sol y negro obsidiana pasó frente a sus ojos. Era Itztli. Debió haber saltado del árbol que estaba justo frente a ella.

—¡Itztli! —exclamó. Estaba tan feliz de verlo, más de lo que creía que iba a estar. Al ver su majestuoso pelaje y sus ojos juguetones que combinaban con los colores del bosque al atardecer, se tranquilizó, y pudo respirar despacio y con calma—. Tengo tanto que preguntarte —le dijo—. El jaguar parpadeó, firme y seguro. Jade vio una vez más lo fuerte que era el animal, lo poderosas e imponentes que eran sus patas.

Con un elegante y solemne movimiento de la cola, Itztli se dio vuelta. Jade comprendió que debía de seguirlo. Sobre sus patas almohadilladas, podía andar entre los árboles mucho más rápido que Jade, quien lo perdió de vista por un instante. Luego llegó al meandro en el arroyo, e Itztli estaba del otro lado, el hombre anciano una vez más, recargado sobre su báculo retorcido y con una sonrisa amble.

—Has vuelto —dijo.

Jade asintió y le sonrió de vuelta. Itztli se veía aún más viejo que antes, si es que eso era posible. Había una curva en su espalda que Jade no vio la última vez, y se apoyaba tanto en su báculo que parecía que se caería sin él.

—Itztli —dijo Jade. Quería hacerle una de las tantas preguntas que llevaban días rondándole la cabeza. Pero al verlo ahí parado, tan encorvado, con las manos tranquilas y arrugadas encima del báculo, recordó sus modales y decidió no lanzar un bombardeo de preguntas, como hacía Katerina a veces. Itztli era la persona más anciana que había conocido, y merecía un gran respeto y admiración—. Gracias, Itztli —decidió decir, en cambio—. Por... recordarme que aún puedo hablar con abuela. Ahora está aquí, en Atlanta, y está mejorando. Sigue muy débil, así que no puedo hablar mucho con ella, pero... ya me ha contado algunas cosas.

Los ojos se le iluminaron a Itztli; sonrió con suavidad y le dio unas palmaditas a la punta de su báculo.

—Me da gusto —dijo. Un ave solitaria silbó su grave trino a todo pulmón desde las copas de los árboles, un cardenal, oculto a la vista.

—¿Dijiste que tenías algo que preguntarme? —dijo Itztli.

—Sí —respondió Jade. Tenía muchas preguntas por hacer, pero no podía hacerlas todas al mismo tiempo. Lo que más le venía a la mente era el brazalete de abuela. Pensó en las cuentas de jade que colgaban de su muñeca y descansaban sobre el edredón en la habitación que ahora era suya. Pensó en cómo los colores de las pequeñas piedras parecían cambiar una y otra vez con la luz, como el agua del arroyo. Pensó en que quería dibujar y pintar esos colores, pero no sabía cómo—. Mi abuela tiene un brazalete hecho de jade —le contó a Itztli.

—¿Cómo es? —preguntó él, la ceja arqueada de forma inquisitiva.

—Tiene cuentas redondas —explicó Jade—, y el jade tiene varios tonos de verde que cambian todo el tiempo.

—¿Las cuentas están talladas?

Jade negó con la cabeza.

—No, pero sí he visto algunas así —dijo al recordar las pequeñas piedras en el museo—. ¿Existe alguna razón específica para tallar el jade, Itztli? ¿Para hacer joyería con él? ¿Se usaba mucho... en tus tiempos?

—Sí, Chalchihuite —respondió el hombre jaguar—. El jade es una piedra preciosa y quienes la tallaban eran algunos de los artistas más admirados y buscados de mi época, al igual que quienes podían encontrar las piedras madre.

—¿Piedras madre?

—Enormes rocas con venas de jade, de todos los colores, de las que se sacan las piedras de jade más pequeñas. En aquellos días, había personas que podían encontrar las piedras madre, estuvieran donde estuvieran. Podían decir en dónde estaban a partir de pequeñas columnas de humo que salían del lugar, una guirnalda de bruma que salía al aire como una exhalación. —Itztli alzó una mano mientras hablaba y la abrió hacia el cielo. Jade se imaginó las enormes piedras madre, exhalando en su lugar de reposo—. El jade es más que una piedra bella —continuó Itztli—. Conocí personas que ponían cuentas de jade en las bocas de sus seres queridos cuando morían, para atrapar y retener su último aliento. —Cerró el puño que había abierto, como si acabara de atrapar algo que no debía soltar.

Jade inhaló también y soltó el aire de a poco. ¿Sus papás sabían todo eso cuando decidieron llamarla Jade?

Quizá eso era parte de lo que tenía que hacer; quizá era hacia allá que Itztli la estaba guiando. Sabía que escuchar todas esas historias y conservarlas era importante. Tal vez así era cómo cumpliría con la promesa que estaba inscrita en su nombre.

Itztli movió un poco los pies, y Jade volvió a pensar en lo viejo que se veía, tanto más que antes.

Estaba a punto de sugerir que se sentaran, pero antes de poder hacerlo Itztli volvió a hablar, como si hubiera estado pensando en lo mismo.

—Me hago viejo con cada segundo que pasa. Como todos. Me alegra que hayas venido hoy. Hay mucho que tengo que *decirte*, Chalchihuite.

Jade no dijo nada. Había pensado tanto en cuánto necesitaba *ella* a Itztli y sus historias, a ese espacio fuera de su casa, de la escuela, lejos de todo, que no había pensado en que Itztli podría necesitarla también, ni en que había una urgencia en esa necesidad.

—Aquí estoy —dijo al fin, e intentó concentrarse en estar *ahí*, con todo su ser. Hundió los dedos de los pies en la tierra en la ribera del arroyo, como para plantarse ahí.

—Bien —dijo Itztli. El anciano se enderezó y caminó con mucha cautela hacia algo que parecía un libro de madera oscura, más ancho y cuadrado que un libro común. Jade contuvo la respiración mientras Itztli caminaba, deseando que no fuera a resbalarse en el arroyo.

Como en cámara lenta, sin soltar el báculo y asegurándose de mantener la espalda erguida, Itztli se agachó y se sentó de piernas cruzadas a un lado del libro. Mientras estiraba una mano para tomarlo, Jade se sentó también y cruzó las piernas igual que Itztli. El cuerpo aún le dolía por el entrenamiento. Se preguntó si Itztli iba a leerle del libro. Sentía que ya estaba un poco grande como para que le leyeran, pero no había forma de que fuera a dejar pasar la oportunidad de oír una de las historias de Itztli. Al ver el libro en las antiquísimas manos de Itztli, esperando a ver qué haría con él, Jade supo que tenía que ser paciente y aguardar para preguntar todo lo demás que le rondaba la mente. Y tenía el presentimiento de que lo que Itztli estaba por contarle respondería algunas de esas preguntas de cualquier modo—. Es difícil saber quién eres, ¿no es así? —dijo, y miró a Jade como si en verdad esperara una respuesta.

Jade lo meditó. Sí, era difícil. En especial en esos momentos, cuando sentía como si muchas cosas estuvieran cambiando al mismo tiempo. Estaba intentando comprender quién era, y esa era una de las razones por las que estaba ahí en el bosque. Ahora tenía más claro por qué estaba tan decidida a escuchar las historias de abuela. No era solo porque quería saber sobre ella y abuelo y su vida en San Juan de las Jacarandas, ni porque quisiera encontrar y acomodar tantas de las piezas faltantes de las historias de abuelo como pudiera. Era, también, porque quería saber quién era.

—*Sí* es difícil —le dijo a Itztli.

—Lo es —concordó él.

Por un momento, los dos no hicieron más que escuchar el correr del arroyo.

—Itztli, la última vez me contaste que creciste con un secreto —Jade rompió el silencio—. Dijiste que creciste sabiendo que no eras solo... —Podía oír la palabra en su cabeza, pero no podía formarla en la boca.

—Purépecha —dijo Itztli, muy paciente.

—Pu-RÉ-pe-cha —repitió Jade, despacio—. Sabías que no eras solo... purépecha. —Lo dijo bien esta vez—. Sabías que también eras mexica —continuó—. ¿Cómo comprendiste quién eras?

Los ojos se le iluminaron a Itztli y, de pronto, dejó de verse tan anciano.

—Esa, Chalchihuite, es la historia que quiero contarte hoy —dijo—, la historia de cómo descubrí quién soy. —Le dio un par de palmaditas afectuosas al libro—. Bueno... una de las historias. —Siempre era así con Itztli; nunca había solo una historia. Jade se acomodó y se preparó para escuchar—. Cuando aún era joven, una peste azotó a nuestro pueblo. Era la misma enfermedad que había caído sobre Tenochtitlan, la capital mexica, y que se había llevado a tantos de entre su gente. Era una enfermedad traída por los españoles. Hacía que en la piel aparecieran dolorosas viras rojas. Mataba despacio, y los aquejados gemían durante días sobre sus esteras de caña. —Jade estaba muy quieta. Apenas si podía imaginarse algo tan terrible... ni cómo habría sido continuar con vida, sobrevivir mientras que las personas a quienes conocías luchaban en vano contra su dolorosa muerte—. Mi madre sucumbió a la enfermedad —dijo Itztli. Bajó la mirada hacia el libro.

—Ay, Itztli —dijo Jade—. Lo siento mucho. —No sabía qué más decir. Sonaba como una manera horrible de morir. E Itztli había dicho que sucedió cuando él aún era joven.

Itztli asintió.

—Tlazocamati —dijo con voz tersa. Jade sabía que estaba expresando gratitud. Itztli respiró profundo y siguió con su historia—: Cuando murió mi madre, se sintió como si el mundo se hubiera quebrado. Estaba perdido. Mientras la enterrábamos, vestida con su ropa favorita y sus joyas más queridas, supe que con ella se había perdido también todo lo que podría haberme dicho sobre quién era yo. —Miró hacia el arroyo, y Jade se preguntó si estaba viendo esas mismas escenas otra vez, reflejadas sobre la superficie ondulante del agua—. Ya no soportaba estar en mi pueblo sin ella. En aquellos días, pasaba la mayor parte de mi tiempo en Tzintzuntzan, la capital purépecha sobre el lago de Pátzcuaro. Me había convertido en un pintor reconocido ahí después de trabajar en la historia que me pidieron pintar. —Lo dijo con un pequeño movimiento de los hombros que le hizo saber a Jade que estaba orgulloso de ello—. Pero quería saber más sobre mi padre y su pueblo. Mi madre ya no estaba para decirme lo que sabía, así que decidí descubrir tanto como pudiera por mi cuenta. —Jade asintió. Lo entendía—. Partí hacia Tenochtitlan, la tierra de mi padre. Tenía la esperanza de poder ofrecer mis servicios como pintor y aprender más sobre el gran arte de la pintura, aprender cómo ser un tlacuilo.

—¿Tlacuilo? —repitió Jade. Lo dijo con cuidado, pero lo pronunció bien. Le gustó cómo sonaba la palabra. Disfrutó sentir las *eles* saltándole de la lengua con vivacidad.

—¡Sí! —dijo Itztli. Una enorme sonrisa se le dibujó en el rostro, la más grande que Jade le había visto—. Un tlacuilo: escritor, pintor. Un escritor de imágenes; un pintor de historias. —¡*Esa* era la palabra! La hizo tan feliz descubrir que existía una palabra precisa para ello, para la gente que pintaba historias. Dijo la palabra para sus adentros una vez más, *tlacuilo*, y se decidió a recordarla—. Es una tradición muy, muy larga —continuó Itztli—. Y quería aprender de los mejores.

—¿Y los mejores pintores vivían en Tenochtitlan? —preguntó Jade.

—Muchos de ellos, sí. —Itztli hizo girar una pluma sobre el libro con una mano. Era la misma pluma de madera que usó la primera vez para dibujar en la tierra de la ribera. Jade se acercó a la orilla del arroyo para verla mejor. Estaba hueca y era puntiaguda, como si estuviera hecha de un pasto alto y macizo. Miró a su alrededor en busca de las demás herramientas de Itztli, pues quería saber si iba a dibujar o pintar y si volvería a usar aquel azul brillante. Sintió una oleada de emoción al ver, alineado a un costado del libro, un ordenado juego de pequeñas vasijas de barro como la que utilizó antes. Había un pincel también, con cerdas suaves y limpias, esperando a ser usado. Desde su asiento del otro lado del arroyo, Jade no podía ver qué colores contenían las vasijas. Tendría que esperar a ver qué hacía Itztli con ellas—. Los artistas de Tenochtitlan pintaron los muros de las casas que los españoles construyeron para su dios —continuó Itztli—. Y pintaban libros, historias. Pintaban de la forma en que los grandes tlacuilos pintaron antes que ellos, durante generaciones. Y también tomaron lo que quisieron de las pinturas españolas. La biblioteca de Moctezuma había desaparecido, pero los españoles instituyeron una escuela que tenía una biblioteca llena de libros que los españoles habían traído consigo. Eran libros hermosos, muchos, encuadernados en cuero, con ribetes de oro y llenos de xilografía. —Tomó el libro de madera y pasó un dedo sobre el borde. Una nueva marejada de curiosidad le recorrió el cuerpo a Jade. Estaba desesperada por saber qué había dentro de ese libro—. La escuela enseñaba la Biblia y latín, pero podían aprenderse las antiguas tradiciones también, las costumbres de los mexicas, del pueblo de mi padre. Siempre y cuando, por supuesto, no dieras un paso en falso hacia la herejía.

Jade sabía un poco de lo aterradora que era la iglesia en aquellos días, cómo buscaba y perseguía a los herejes, e incluso los mataba. Debió haber sido muy difícil caminar por esa línea tan delgada: poder contar tus propias historias y nunca pasar al lado equivocado de las cosas. Un complicado acto de equilibrismo, un baile sobre el filo de una navaja.

—Entonces fuiste a esa escuela... —dijo Jade.

—Sí —respondió Itztli—. Santa Cruz Tlatelolco. Quería aprender todo lo que pudiera. Y tuve suerte, pues conocí a un tlacuilo que conoció a mi padre. Su nombre cristiano era Martín. Ay, don Martín. —Miró al arroyo y pareció ver más allá de lo que los árboles permitían—. Don Martín me acogió, me dejó quedarme con él un tiempo. No tuvo problemas con que yo hubiera crecido como purépecha. Me dijo: «Itztli, tu padre murió defendiendo esta ciudad, a su gente y su esplendor. ¿Cómo más recibiría a su hijo sino abriéndole la puerta de mi hogar y tratándolo como si fuera mi propia sangre?». —Miró a Jade—. Martín era ese tipo de persona.

—¿Te contó lo que querías saber sobre tu papá?

Itztli asintió, despacio, y la forma en que bajó la cabeza y parpadeó fue la misma en que lo hizo cuando era un jaguar, cuando la saludó por primera vez esa tarde.

—Por la forma en que don Martín hablaba de mi padre, pensé que quizá las historias que mi madre me contó eran ciertas. Me dijo que mi padre se convirtió en un guerrero jaguar porque podía avistar a un hombre a la distancia, entre los árboles, y las lanzas que disparaba con su atlatl golpeaban sus blancos con una precisión mortífera. Podía trepar un árbol en un instante y vigilar al enemigo desde la cima sin ser detectado, y podía correr a toda velocidad por las montañas y entre los bosques, sin siquiera mover una hoja. Don Martín me contó que la gente confiaba en que mi padre sabría cuándo disparar una lanza y cuándo mantenerse quieto. Era un jaguar por sus poderes para crear y destruir. —El padre de Itztli sonaba como alguien muy poderoso. Jade intentó imaginarse cómo sería saber que tu papá era alguien así—. Yo quería saberlo todo, por supuesto: de mi padre, de su gente —dijo Itztli—. De los mexicas y la gente de la Cueva del Águila. En esos días, vivía solo para escuchar las historias de don Martín. Solía pararse en la entrada de su casa y apuntar hacia las montañas que nos rodeaban, el volcán a la distancia que a veces humeaba como una olla en ebullición. Me contó que esas montañas eran sagradas, que Tenochtitlan era un enorme cerro de agua que hacía eco de ellas. Me contó cómo el gran templo que alguna vez se irguió orgulloso en el centro de la ciudad era en sí mismo parecido a un cerro de agua; y me contó historias sobre los dioses que eran venerados ahí. Al irme a la cama, repetía las historias en mi cabeza una y otra vez para memorizarlas. —Pasó los dedos por la tapa del libro, siguiendo el grano de la madera—. Fue don Martín quien me enseñó la primera historia que te conté —dijo, con los ojos sobre Jade—, la historia de una parte de la gente de mi padre, el pueblo de la Cueva del Águila.

—La recuerdo —apuntó Jade—. Un pueblo al que los mexicas conquistaron y con quienes después se mezclaron.

—Así es —dijo Itztli, satisfecho de que lo hubiera recordado—. Pero, sobre todo —dijo y levantó la pluma para acentuar lo que decía—, don Martín me enseñó a *pintarlo* todo.

Al fin, abrió el libro.

Jade contuvo la respiración y observó, maravillada, cómo Itztli lo extendía. No era un libro ordinario. No se abría desde el lomo, con las páginas hacia afuera. En cambio, Itztli jaló las dos cubiertas de madera en direcciones opuestas y las brillantes páginas salieron a la vista como en un acordeón estirado.

Colocó el libro abierto con delicadeza sobre la tierra suave a un costado del arroyo. Era casi tan largo como Itztli era alto. Jade miró con asombro los delicados cuadrados blancos de papel desplegados en el suelo como una diminuta cordillera.

Pero, quizá, lo más sorprendente de todo era que las páginas estaban vacías. Prístinas y blancas, reflejaban la luz del sol y se decoraban con las sombras bailarinas de las hojas. Vio cómo Itztli sumergía su pluma de pasto hueco en la primera vasija de barro, coloreando la punta con tinta negra. Se acomodó con mucho cuidado junto a la última página del libro y sostuvo la pluma justo por encima del papel.

Jade lo había visto dibujar y pintar antes, pero ¿estaba a punto de pintar un libro entero?

Itztli le sonrió.

—Nunca habías visto un libro así, ¿verdad? —dijo, con un toque del orgullo que Jade había visto unos momentos antes.

—¡No, nunca! —respondió Jade. En realidad, nunca había visto ninguna de las cosas que Itztli le mostraba.

—Es un amoxtli —le explicó.

A-MOSH-tli. Las suaves consonantes se amontonaban para crear el sonido de una hoja recién caída al suelo. Jade susurró la palabra, «amoxtli». Creyó haberla pronunciado bien, pero —por alguna razón— no sonaba igual a como Itztli la decía.

Se preguntaba cómo funcionaba un amoxtli. ¿Se leía de izquierda a derecha? ¿Era el libro entero una sola imagen, una sola historia?

Itztli ya había comenzado a dibujar. Con la delicada tinta negra, trazó un lago con cerros de agua a su alrededor. En el centro del lago hizo dos islas, un templo y unas cuantas casas. Jade comprendió que se trataba de Tenochtitlan. De las orillas del lago hacia el interior, dibujó unos estrechos canales. Con la punta de la pluma, entintó las islas más pequeñas, esparcidas por todo el lago, que parecían estar floreciendo. Pintaba con una destreza que dejaba a Jade boquiabierta. Su pericia y talento, pensó Jade, eran los de alguien que tenía cientos de años pintando.

—Don Martín me enseñó todo esto —dijo Itztli mientras pintaba—. Me enseñó las antiguas formas de los tlacuilos: cómo pintar el paso del tiempo, cómo escribir fechas, lugares, con cerros y agua y conejos y puntos, y lenguas enrolladas para representar el habla. Me mostró cómo encontrar los colores correctos, cómo mezclarlos en las pinturas. —Jade quería saber más, pero se dio cuenta de que no podía hacer más que observar en silencio, hipnotizada por las líneas sobre el papel—. Cuando llegué, Tenochtitlan ya no era lo que alguna vez fue —continuó Itztli mientras añadía detalles minúsculos en las pequeñas islas florecientes—. La escuela donde don Martín me enseñó a pintar estaba aquí. —Señaló la menor de las dos islas grandes que estaban en el centro del lago—. Tlatelolco. —Jade se hizo un poco más hacia el frente de su lado de la ribera para poder ver los detalles mejor—. Solía haber un mercado ahí; vendían cualquier cosa que pudieras imaginar —dijo Itztli. Jade pensó en el tianguis de San Juan de las Jacarandas del que le habían contado abuelo y abuela—. Tazones pintados, túnicas bordadas, pinturas de plumas.

—¿Pinturas de plumas? —repitió Jade, atónita con la idea.

—¡Oh, sí! —dijo Itztli—. ¿Creías que las pinturas solo se hacen con tinta? —La luz jugaba con sus ojos. —Jade intentó imaginar cómo rayos se vería una pintura de plumas. ¿El artista acomodaba todas las plumas para crear un mosaico? ¿Brillaría como el ala extendida de un ave durante el vuelo? Itztli volvió a su trabajo y tocó el templo con la pluma—. Este era el gran templo del que me habló don Martín, del que pude ver solo las ruinas al llegar a la ciudad. —Jade miró más de cerca y vio que el templo tenía dos pequeños picos. Itztli señaló el primero de ellos—. Este es el santuario de Huitzilopochtli —dijo.

Huitzilopochtli. Jade recordaba el nombre de la primera historia que Itztli le contó.

—¿El dios guerrero de los mexicas?

—¡Sí! —exclamó Itztli. Parecía complacido con ella—. El Colibrí del Sur, quien llevó a los mexicas a Tenochtitlan. —El talante de Itztli cambió, se oscureció un poco. Meneó la cabeza y sumergió la pluma en el mismo tintero—. Huitzilopochtli, el dios guerrero del sol, quien podía alumbrar y alejar hasta la oscuridad más profunda de la noche. Un dios temible, sí... y debes recordar que yo fui criado para oponerme a esos mexicas y a sus guerreros que buscaban conquistarnos a todos.

Jade movió los dedos de los pies en la tierra y lo meditó. No debió de haber sido fácil para Itztli reconciliar esas partes de sí mismo. ¿Cómo puedes aceptar que eres el hijo de un célebre guerrero jaguar mexica y, al mismo tiempo, amar a aquellos que te criaron para resistirte a todo aquello que él representaba?

Itztli tocó la otra punta del templo con su pluma.

—El santuario de Tláloc —dijo—. El dios de la lluvia. —Pintó dos enormes círculos que representaban ojos—. Quien hace posible que la tierra dé frutos. Pero también quien destruye con tormentas e inundaciones. —Encima del templo, dibujó una cruz—. Para cuando llegué a Tenochtitlan, el templo había sido destruido —dijo—. Algunas de las mismas piedras que alguna vez fueron parte del templo, talladas y colocadas con gran reverencia, fueron utilizadas para construir la catedral al dios de los españoles, en la misma plaza. El dios guerrero y el dios de las lluvias torrenciales y las lloviznas de los mexicas... estaban derrotados. Existían solo en recuerdos, en las piedras que ahora cumplían con otro propósito y en las pocas historias que sobrevivieron o en las historias que fueron pintadas de nuevo a partir de los recuerdos que comenzaban a desgastarse, como los bordes de un viejo huipil.

Huipil. Jade había oído a abuela usar esa palabra, quizá una vez, cuando le contaba sobre sus bordados.

Pensó en las piedras y en las historias pintadas que contenían los recuerdos de los dioses y sus historias. Comprendía un poco cómo era intentar aprehender una historia recordada y mantenerla con vida. No había forma de que las nuevas historias pintadas pudieran ser iguales a las anteriores; no era posible. Pero aún podían contener recuerdos.

Y si las piedras contenían recuerdos, pero estaban todas esparcidas, alejadas del templo en el que con tanto cuidado fueron colocadas... ¿qué sería de las historias? ¿También quedaban incompletas y revueltas?

La pintura de Itztli doblaba el tiempo sobre sí mismo, pensó Jade. Ahí estaba el templo; la cruz también. Ambos existían en el mismo instante.

Volvió a poner los ojos sobre las diminutas islas que casi parecían flotar sobre el lago.

—¿Qué son esas islas pequeñas, Itztli? —preguntó, señalándolas.

—Chinampas —respondió él, con la sonrisa de vuelta en el rostro—. Jardines. Ingeniosos inventos y un logro en la irrigación. —Su emoción volvió a apagarse un poco—. También estaban destruidas cuando llegué ahí, junto con el lago.

Era un terrible antes y después.

Itztli comenzó, entonces, a dibujar el complejo contorno de un hombre. Estaba sentado, y vestía tantas prendas y joyas que Jade supuso que debía tratarse de un miembro de la realeza.

—Moctezuma —dijo Itztli, como respondiendo a lo que Jade pensaba.

Moctezuma era casi tan grande como la ciudad. Así de importante era. Cerca de su boca, un poco por encima, Itztli trazó lo que debía ser una de esas «lenguas enrolladas para representar el habla» que don Martín le había enseñado a pintar. Era una especie de símbolo de que Moctezuma era un gobernante y un orador.

A un lado de Moctezuma, Itztli pintó un ave gigantesca. Pero no era un ave común; aunque nada en la pintura era común.

Tenía un espejo en vez de cabeza.

—¡Ya me habías contado de esto! —dijo Jade, a punto de levantarse de su asiento—. Me dijiste que tu padre estuvo ahí cuando Moctezuma vio en el espejo que los españoles se acercaban. —Itztli sonrió y le asintió, como un maestro orgulloso del progreso de su alumna. Caminó, con cautela y despacio, al otro lado del amoxtli, recargado en su báculo otra vez. Con una velocidad sorprendente, pintó barcos, una costa y un hombre encima de una colina, apuntando hacia el mar—. Ellos son los españoles, ¿cierto? —dijo Jade. Estaba asombrada con lo rápido que Itztli logró que la imagen cobrara vida. Su pintura le recordaba a los animados diseños de los bordados de abuela. El hombre que apuntaba desde la cima de la colina estaba como en un acto continuo de estirar el brazo y la mano, y los barcos parecían estar a punto de flotar hacia afuera del papel y hacia el arroyo.

Casi. Quizá, si Itztli le añadiera color a la imagen, lo harían.

—Sí —dijo Itztli—. Esos son los españoles a su llegada. —La pintura en blanco y negro comenzaba a extenderse hacia otras páginas. Un sendero de pisadas y cerros de agua serpenteaba desde el mar hasta la gran ciudad. Para ese momento, a Jade ya le resultaba familiar—. Los españoles tardaron días y días en llegar hasta Tenochtitlan desde la costa —continuó Itztli. El sendero se incorporaba al canal principal, que atravesaba el lago hasta la isla central—. Pero no conquistaron Tenochtitlan por sí solos —dijo y alzó un dedo para acentuar el punto, como hizo abuela el día anterior. Meneó la cabeza—. Contaron con la ayuda de los tlaxcaltecas.

—Claro. —Jade recordó lo que Itztli le contó la última vez que estuvieron juntos, que los tlaxcaltecas se aliaron con los españoles para derrocar a los mexicas.

—En ciertos sentidos, eran un pueblo como el mío, como los purépechas —dijo, sonriente—, un pueblo que se resistió a los mexicas, un pueblo que se resistió al imperio.

Era difícil entender por qué un grupo de gente les ayudaría a los españoles, quienes terminarían destruyendo tantas cosas. Pero tal vez —si Jade hubiera estado en su lugar y el templo estuviera en pie, un monumento al poder del imperio, si las islas de jardines no hubieran quedado ahogadas en aguas turbias y ensangrentadas, si tanta gente no hubiera muerto de aquella enfermedad de la que Itztli le habló— tal vez, tal vez, habría tenido sentido ayudar a los españoles a derrocar a los mexicas.

La pintura parecía estar completa ya, un mapa que se extendía por las páginas de acordeón. El antes y el después convivían sobre el papel al mismo tiempo: los españoles llegando en sus navíos, los navíos en el espejo sobre la cabeza de la extraña ave, las pisadas sobre el canal. Todo estaba pintado ahí.

Pero justo cuando Jade se dispuso a contemplarla como una obra completa, Itztli salpicó un poco de azul brillante sobre el penacho de Moctezuma. Tenía el pincel en la mano. Había estado tan ocupada observando cómo aparecía la imagen sobre las páginas que no lo vio sumergir el pincel en una de las otras vasijas. El lago, el mar, las bases undulantes de los cerros de agua, todo lo pintó con el azul. Era el mismo azul que usó antes, al pintar la corteza del árbol. La pintura mojada brillaba bajo la luz que se colaba entre las hojas.

—¿Qué es ese azul? —preguntó Jade.

—Texotli —respondió Itztli—. Del índigo. Jade juntó las manos y se las llevó al corazón. ¡El mismo azul del museo!

El azul que venía de la planta del jardín que cuidaba su papá, la planta con las hojas ovaladas color verde oscuro—. Y si lo mezclas con un poco de amarillo... —le explicó Itztli, mientras tomaba una tercera vasija— obtienes esto. —Con la punta del pincel, rellenó con un verde incandescente la delgada hilera de cuentas que Moctezuma tenía puesta.

Igual que el brazalete de abuela.

—¿Y este color qué es? —dijo, de pie ya. Estaba demasiado exaltada como para sentarse. Bajó hasta el arroyo para poder ver más de cerca. El agua fresca se arremolinaba en sus pies descalzos y le bañaba los tobillos.

—Quiltic —dijo Itztli, sin dejar de pintar.

—Quiltic —repitió Jade. El verde jade que provenía del índigo también.

Y *entonces* la pintura estuvo terminada. Los refulgentes verdes y azules que se secaban bajo el sol brillaban como piedras preciosas.

De pronto, Jade notó lo bajo que estaba ya el sol. Centelleaba casi de costado entre los árboles. Por primera vez desde que Itztli comenzó a pintar, volvió a ver las sombras sobre el papel.

—Tengo que volver a casa —dijo. Salió del arroyo—. Gracias, Itztli.

Itztli pareció sorprenderse un poco, pero luego vio las sombras también.

—Tienes razón —dijo—. Pero aún tengo otra cosa que contarte. —Sumergió el pincel en el arroyo y dejó que la corriente lo enjuagara. Las vetas verdes se tornaron amarillas y, luego, perdieron el color—. Al escuchar a don Martín hablar sobre mi padre, mientras aprendía sobre sus ancestros y tradiciones, descubrí también que, como mi padre, yo era jaguar, pero no de la misma manera.

—¿Cómo? —preguntó Jade.

Una suave brisa susurró entre las hojas y le refrescó los tobillos. Su sentido del oído pareció agudizarse al esperar atenta la respuesta de Itztli. Oyó con claridad el trinar del cardenal y el sedoso murmullo de una hoja recién caída bajo sus pies. Se sentía como si Itztli estuviera a punto de decirle algo importante.

El anciano se rio con suavidad.

—Mi querida Chalchihuite —dijo—, esa es una historia para otra ocasión.

De pronto, Itztli era el jaguar otra vez; su pelaje era una brillante danza de sol y sombra. Con un coletazo, se alejó entre los árboles.

Jade sintió que algo le empujaba los dedos de los pies. Miró hacia abajo y, con una oleada de júbilo, vio la pequeña vasija de cerámica con tinta verde.

Un regalo.

Se agachó para recogerla, se la llevó al pecho y la apretó contra su cuerpo. Pintaría con ella.

Miró de nuevo al amoxtli del otro lado del arroyo. Al secarse, los colores no se desvanecieron; solo se oscurecieron y se hicieron más sólidos.

Ya era momento.

Con la vasija pegada al pecho, corrió. Con los pies húmedos levantaba tierra y la convertía en lodo al avanzar. Tras salir de entre los árboles y frente a los dos robles del jardín, las plantas enlodadas de sus pies estamparon pisadas sobre el pasto color jade.

15

Jade oyó a Katerina y papá entrar por el jardín de enfrente justo cuando ella llegó a la puerta trasera y subía los escalones con cuidado. Se limpió los pies en el tapete, las cerdas ásperas y cosquilleantes sobre su piel, y oyó el martilleo hueco de sus zapatos mientras se los quitaban en el vestíbulo. Caminó de puntitas hasta su recámara, con la vasija aún pegada al pecho.

Se quedó parada en el centro de la habitación y examinó el pequeño tazón de barro. Era chato y redondeado, y le cabía a la perfección entre las manos. Al frotarla, la cerámica áspera cantaba con suavidad sobre las palmas de su mano como arena. Era tierra sin pulir, un recipiente que estaba hecho para ser pensado. Adentro, la pintura brillaba y chapoteaba con suavidad, creando un tenue anillo verde en las orillas.

La pintura se secaría y perdería su brillo, supuso, si la dejaba así, descubierta. Se preguntó si la tapa de alguna de las piezas de cerámica de la casa podría servir. Colocó la vasija con cuidado sobre su escritorio para ir a buscar una, y el pequeño ruido sordo del barro sobre la madera resultó muy reconfortante.

Corrió hacia la vitrina de madera oscura del comedor en la que guardaban la cerámica. Algo de lo que estaba ahí adentro podría funcionar.

Puso la mirada sobre una tetera de colores. Su delgada asa se doblaba hasta la parte media, como una mujer con las manos en la cintura, y su boquilla larga y elegante le recordó a Jade al cuello de una garza azul que vio una vez, cuando abuelo la llevó al lago en Chicago. Animales brillantes de todos colores corrían por toda la tetera, saltando unos por encima de otros y mirándose en el aire. Jade había visto la tetera muchas veces, pero en esta ocasión examinó a los animales más de cerca y se dio cuenta de que eran esbeltas liebres y animados ciervos. Sobre la pequeña tapa curva, pequeños conejos se perseguían en círculos. Jade se preguntó si era una de las piezas pintadas por tía Flor. Recordaba unas tazas similares en la casa de sus abuelos que, se imaginó, serían del mismo juego. Estaban en una repisa muy alta, como si fueran demasiado especiales como para usarse.

Con mucho cuidado, abrió la puerta de cristal y metió la mano para tomar la tapa. Parecía ser del tamaño correcto.

La llevó de vuelta a su cuarto y, como supuso, se ajustaba a la perfección a la vasija. Satisfecha, la puso en el librero junto a la pintura en blanco y azul de Itztli. Por fin tenía, entonces, lo que necesitaba para pintar el brazalete de abuela como se merecía ser pintado, para avivar sus dibujos de las historias que Itztli y abuela le habían contado con el color faltante.

Sabía que eso no era lo único que faltaba. Y, quizá, como con los artistas que pintaron las historias de Tenochtitlan después de que la ciudad cayera, algunas cosas se perderían por siempre. Itztli había aprendido mucho sobre su padre gracias a don Martín y las historias pintadas. Pero nunca conoció a su padre. Siempre, sin importar las circunstancias, habría cosas que faltaran en la imagen.

Quería probar la pintura verde, pero no era el momento. Estaba demasiado cansada. Lo haría pronto.

Caminó hasta el cajón en el que guardaba el espejo de obsidiana y pasó una mano sobre la madera. Le vino a la mente algo de lo que Itztli recién le había dicho: «Como mi padre, yo era jaguar, pero no de la misma manera».

¿Qué significaba *ser* jaguar? ¿Cómo se *convirtió* en uno? ¿O siempre lo fue?

Mortimer asomó los bigotes por la puerta y entró a la habitación con mucha elegancia. Jade se acuclilló para acariciarlo y escuchó la voz de papá en el pasillo. Le decía a abuela lo que pensaba cocinar para la cena —verduras al horno con muslos de pollo, un plato clásico de papá— y que si le parecía bien a doña Luz. Jade estaba casi segura de que su papá no tenía otro plan si abuela decía que no, pero la consultaba como si ella tuviera la última palabra.

De pronto, Jade detectó el olor de su propia axila. Se puso de pie y se olisqueó: sudor, tierra y corteza de pino. El olor la sorprendió; no recordaba haber olido así antes. No le molestaba demasiado, pero estaba segura de que Katerina no la dejaría olvidarlo nunca si no se bañaba antes de la cena.

Antes de ir al baño, pasó un dedo por encima de uno de los pequeños conejos en la tapa de la vasija e hizo una nota mental de preguntarle a abuela al respecto. Pero no esa noche. Estaba muy exhausta para eso. Y quería esperar a que abuela se sintiera lo suficientemente bien como para contarle la historia completa.

*

A la mañana siguiente, Jade podía sentir que algo dentro de sí se había relajado. Era martes, y su mamá volvería a casa de Nueva York esa noche. Tutoría en la escuela se pasó con una sensación de ligereza: la coach Jackson le asintió cuando entró al salón, y pareció como si todos la hubieran saludado, empezando por las chicas del equipo de atletismo. Y se sentía particularmente bonita ese día también, como si correr la hubiera hecho así.

Esa sensación de ánimo la sostuvo por toda su primera hora, de Matemáticas, y la segunda, de Lengua y Literatura. Pero, durante esa clase, algo comenzó a cambiar, algo que no lograba identificar. Era como si las vibraciones del aire hubieran cambiado de frecuencia y se hicieran más tensas.

Miss Franklin intentaba lograr que el grupo hablara de la novela de la Guerra de Independencia que estaban leyendo, pero el salón respondía menos que de costumbre. Había cuchicheos por todas partes, pero nadie contestaba a las preguntas de la maestra. Jade había leído más de lo que tenía que hacerlo, pues quería ver que la chica se quedara con el chico con hollín en las manos. Pero no se atrevía a levantar la mano. Ese era otro nivel: no se sentía tan cómoda con sus compañeros todavía como para hacer algo así.

—Bueno... ¿qué pasa? —dijo miss Franklin, con los labios apretados. Era una mujer joven y pelirroja que usaba trajes con falda todos los días y se comportaba como si fuera mayor de lo que en realidad era. Siempre era seria y directa, y todos sabían que tenían que leer para su clase, en caso de que hubiera un examen sorpresa. Nadie respondió—. Eso pensé —dijo—. Bien. ¿Alguien puede decirme cuál es uno de los temas del capítulo ocho? —Le quitó la tapa a su plumón, expectante.

Silencio.

Uno de los temas que Jade recordaba del capítulo ocho era que el joven herrero calentaba el fierro para moldearlo y dejarlo enfriar otra vez. Luego volvía a calentarlo. Le gustaba pensar en sus manos fuertes mientras lo hacía, con la luz de las llamas iluminándole el rostro. Pero estaba casi segura de que eso no era lo que la maestra quería escuchar.

—¿Recuerdan qué era un tema? —dijo la maestra, y sonó como si estuviera intentando parecer paciente. Benjamin levantó la mano—. Sí, Benjamin.

—En el pasillo oí al coach Porter decir que Nueva York estaba en llamas —dijo.

Una oleada de jadeos y murmullos recorrió el salón. Jade se quedó sin aliento. ¿Nueva York? No podía ser cierto.

Se trataba del chico que unos días atrás intentó hacer rebotar un ojo de cerdo en el piso durante una disección en clase de Ciencias; tal vez no debería tomarse lo que dijera tan en serio.

Miss Franklin quedó desconcertada por un instante, pero recobró la compostura casi de inmediato. Se acomodó el cabello detrás de la oreja y volvió a hablar:

—Benjamin, ¿podrías responder a la pregunta que hice?

La maestra continuó con su clase, explicándoles cuál era el tema: algo sobre la luz y la oscuridad, el frío y el calor. Jade concluyó que no estuvo tan equivocada al haber pensado en el herrero. Pero era muy difícil mantener su atención en la clase. ¿Había pasado algo malo en Nueva York? ¿Sobre qué susurraban sus compañeros? Volvió a sentirse excluida, como al inicio del año, hacía solo unas semanas, y no podía esperar a hablar con Chloe durante el almuerzo.

Cuando llegaron a la cafetería, Jade se dio cuenta de que, definitivamente, algo no estaba bien. Todos los adultos tenían expresiones de preocupación. Caitlyn no estaba en su mesa de la cafetería porque su mamá la había ido a recoger temprano.

—¿Qué pasa? —le dijo Jade a Chloe, inclinándose sobre la mesa.

—No sé —respondió su amiga—. Le pregunté a la señora Reynolds, de la cafetería, pero me dijo: «No te preocupes, cariño». No me gusta que nadie nos diga qué pasa.

—A mí tampoco —dijo Jade—. Mi mamá está en Nueva York —añadió—. Se supone que regresa esta noche.

Le habría gustado que la coach Jackson estuviera ahí: una adulta en la que podía confiar que le diría la verdad sobre lo que ocurría. Estaba casi segura de que no podía conseguir una versión confiable de Benjamin; además, sería muy incómodo preguntarle qué había escuchado.

En la tarde, durante la clase de Católicos en el Mundo, la dulce maestra Berenson comenzó la clase como de costumbre: con la Oración de San Francisco de Asís. «Ah, Señor, haz de mí un instrumento de tu paz...». Al final de la plegaria, antes de persignarse, la maestra añadió: «Hoy, en particular, rezamos por quienes están sufriendo».

Jade apenas si pudo contenerse. ¿Quién estaba sufriendo? ¿Por qué no podía nadie darle una respuesta concreta? Y lo más importante de todo: ¿Mamá estaba bien?

Pensó en lo que Itztli le había dicho, que su padre murió en una encarnizada batalla en defensa de Tenochtitlan, luchando con valor por una ciudad herida. Se sacó la idea de la cabeza. No quería siquiera pensar en algo tan horrible pasándole a su mamá, en una ciudad que Jade solo había visto en las películas.

Pasó el resto del día sintiéndose agitada y distraída. Dibujó complejas hojas y flores en los márgenes de sus cuadernos para intentar tranquilizarse, para sumergirse en otra cosa. Cuando los anuncios sonaron por los altavoces al final de la última hora, las oraciones se extendieron más que de costumbre e incluyeron algunas plegarias que Jade ni siquiera conocía. El anuncio más importante fue que todas las actividades deportivas se habían cancelado. No habría entrenamiento de atletismo esa tarde.

Cuando la campana al fin sonó, Jade metió sus libros a la mochila sin mucho cuidado, cerró su casillero con un azotón y corrió hacia el estacionamiento con la esperanza de que papá estuviera ahí.

El estacionamiento estaba muy callado y caótico. Una tensa quietud había envuelto el espacio, como si una pesada cobija hubiera caído del cielo para acallarlo todo. Había más autos que nunca, y muchas de las mamás —casi todas eran mamás— habían dejado sus autos estacionados y caminado hasta la salida para buscar a sus hijos y llevárselos tan pronto como pudieran. Hasta las mamás que dejaban a sus hijos en la escuela para actividades por la tarde estaban ahí.

La mamá de Chloe era una de ellas. Saludó a Jade sin poner demasiada atención y se llevó a Chloe a toda prisa. Chloe se despidió de Jade agitando el brazo y desapareció entre los autos.

Eso solo provocó que Jade se sintiera más nerviosa. Vio a Katerina salir del edificio de la primaria y se apresuró a llegar a donde estaba. De forma instintiva, jaló a su hermana hacia sí. Katerina no protestó; se quedó pegada a su pierna, apretándole la falda con la mano.

Ahí estaba papá. Por fin. Caminaba hacia ellas a toda velocidad por el estacionamiento. Cuando llegó a donde estaban, Katerina soltó a Jade y se asió a su papá. Él jaló a Katerina contra su cuerpo y le apretó el hombro a Jade, alejándolas de la multitud de chicos y mamás y hacia el Wildcat Trail. Tenía la mandíbula tensa y los ojos y frente serios. La mano sobre el hombro de Jade estaba firme y sólida.

—¿Qué pasa? —preguntó Jade. No iba a esperar a que alguien decidiera que era momento de contarle.

Papá se lo dijo al oído para que Katerina no lo oyera.

—Dos aviones se estrellaron en las Torres Gemelas de Nueva York. Hubo dos explosiones enormes y las torres colapsaron.

Jade intentó entender lo que estaba escuchando. Al parecer, lo que Benjamin dijo no estaba del todo equivocado.

—¿Mamá está bien?

Papá asintió.

—Está bien —dijo—. Está reportándolo todo. Era una de las pocas reporteras que la cadena tenía en Nueva York cuando pasó.

—Cuando los aviones... —bajó la voz, por Katerina, como hizo papá—. ¿Los aviones... volaron hacia los edificios? —Sonó muy extraño al decirlo. Los aviones no se estrellaban con edificios.

—Así es —respondió su papá.

Jade no podía creerlo. Se suponía que mamá volvería esa noche, pero, en cambio, estaba en la televisión reportando sobre *eso*, fuera lo que *eso* fuera.

—Eh... ¿Las Torres Gemelas? —dijo.

Katerina los miraba, muy callada, y Jade pudo ver que estaba intentando comprender qué ocurría.

—El World Trade Center —respondió su papá.

—¿El qué?

—Dos edificios muy importantes en Nueva York, donde trabaja mucha gente. Trabajaba. —Inhaló profundo y se pasó una mano por el cabello—. Mucha gente murió. Mucha gente está muriendo.

Jade no dijo nada. Nunca había oído hablar de ese lugar, pero era evidente que era algo grande. Intentó imaginárselo, pero era muy complicado pensar en un rascacielos cayendo al suelo cuando el fresco y verde bosque por el que caminaban estaba tan tranquilo.

—También atacaron el Pentágono —continuó papá—, en Washington, D.C., el cuartel general de la Secretaría de Defensa. Y parece ser que también intentaron llegar al Capitolio o a la Casa Blanca, pero ese avión se estrelló en algún lugar de Pensilvania.

¿También habían atacado Washington, D.C.? ¿Qué estaba pasando? Solo había visto la Casa Blanca en la televisión y el Pentágono le sonaba solo un poco conocido.

—¿Cuándo va a volver mamá? —dijo.
—Sí. ¿Mami va a venir hoy? —intervino Katerina.
Su papá hizo una mueca y jaló aire por la boca.
—Pronto —les dijo a ambas—. Les prometo que va a volver pronto. Pero no sé cuándo. —Luego se dirigió solo a Jade, en voz baja—. No están dejando que ningún avión despegue.

A Jade le alegró que su papá la tratara como si fuera capaz de manejar algo así. Era la forma en que Itztli siempre la trataba. Pero esto era demasiado, y una parte de ella deseaba poder ser Katerina y no tener que saber nada al respecto.

Jade escuchó la televisión en cuanto entró a la casa. La voz de mamá, cansada, pero tan profesional como siempre. De inmediato, caminó hasta la sala para ver. Dolores estaba ahí, mirando desde la puerta.

Ahí estaba su mamá, en la televisión, como Jade la había visto tantas veces ya. Se veía exhausta de una forma que ninguna cantidad de maquillaje podía ocultar. Tenía el paisaje urbano de Manhattan de fondo mientras el humo ondeaba en el aire, ensuciando el cielo azul por encima de los edificios grises y azulados. Estaba diciendo algo con su voz de reportera, pero Jade solo podía ver sus ojos cansados. Quería tanto que estuviera ahí, en la sala, con ellos. En cambio, estaba atrapada en la escena de una tragedia.

—No puede acercarse —dijo papá, muy bajo, por detrás suyo—. Es demasiado peligroso.

—¿Mamá te lo dijo?

Su papá apuntó.

—Lo dijo en televisión.

Jade asintió. Otra cosa que era muy extraña.

Katerina entró a la sala detrás de su papá. Jade miró a la televisión y vio a su mamá decir: «Parece que otro edificio del World Trade Center está a punto de colapsar».

La destrucción no había terminado aún.

La conductora rubia en Atlanta apareció en la pantalla y envió la transmisión a un discurso del presidente. Jade se sintió aliviada por su mamá; se veía como si en verdad necesitara un descanso.

El presidente miró a los reporteros un segundo, con la bandera de los Estados Unidos colgada detrás de él. Comenzó con un discurso y las cámaras dispararon sus flashes. Con los hombros cuadrados y una voz que flaqueaba menos con cada palabra, intentaba tranquilizar a la gente. Papá miraba, cruzado de brazos, y Dolores escuchaba desde la puerta con una mano sobre la boca, sin moverse.

Fue un discurso corto y, cuando terminó, la conductora anunció que iban a mostrar una repetición del segundo choque. En cuanto comenzó el video, papá abrazó a Katerina contra su cuerpo para que no lo viera.

Los enormes edificios rectangulares estaban lado a lado, sí, gemelos, salvo que el primero estaba mutilado, con la punta soltando enormes columnas de humo negro. Un agujero mellado y cavernoso se abría justo donde el avión había golpeado el edificio. Y había un avión, blanco, anguloso, y veloz sobre el cielo azul... y la explosión. La bola de fuego estalló en la segunda torre, la otra gemela. El humo salió, se multiplicó, llenó el cielo. El avión ya no era visible, envuelto en las llamas.

Era una imagen tan estremecedora y poco natural. El avión volando demasiado bajo y rápido entre los edificios de la ciudad. El enorme rascacielos en pie un segundo, al otro cubierto por el humo.

—Suficiente —anunció papá, y apagó la televisión.

Jade miró a la pantalla apagada. Por el rabillo del ojo, vio a Dolores persignarse.

El humo se veía terrible. Feo, sucio, escupido desde las llamas que no dejaban de arder. Algo salido de la peor de las pesadillas.

De pronto, se dio cuenta de que abuela había llegado a la sala también. Estaba apoyada en su andadera, con su rosario de madera entre los dedos. Dolores le dijo algo en voz baja y en español.

Papá se aclaró la garganta.

—¿Quieres estar con tu familia, Dolores? —dijo—. Sé que habíamos acordado que te quedaras hasta las cinco, pero, si lo necesitas, puedes ir a estar con tu familia.

Dolores le dio las gracias y fue al cuarto de abuela por sus cosas.

—Ven, bichita —le dijo papá a Katerina—. Vamos por queso.

Katerina lo siguió a la cocina.

Abuela intentaba sentarse en el sofá; Jade se acercó y le tomó el brazo. Abuela le sonrió y se sentó.

—Gracias, Chalchihuite —le dijo con suavidad.

Jade se dejó caer sobre el sofá a su lado. Dolores volvió a la sala, con un suéter puesto y su bolsa, y le apretó la mano a abuela.

—Su hija es brillante —le dijo, señalando la televisión. Esbozó una sonrisa cálida y breve en dirección de Jade y se dirigió a la puerta.

—Es cierto, tengo hijos brillantes —dijo abuela. Jade no estaba segura si se lo decía a ella o a sí misma—. Sol, Carmelo... —Hizo una pausa—. Efraín.

Tío Efraín, el hermano del que mamá nunca quería hablar.

Abuela estiró el brazo bueno y le tomó la mano a Jade. Su tacto era ligero, pero firme. Jade sabía que a abuela debió haberle costado mucho trabajo llegar hasta la sala con su andadera, pero se veía fuerte.

—Tanta gente va a extrañar a las personas que quiere —dijo abuela, mirándola a los ojos.

Jade pensó en lo que Itztli le dijo. «Cuando murió mi madre, se sintió como si el mundo se hubiera quebrado».

—Extrañas al tío Efraín —dijo Jade.

—Claro —respondió ella—. No es solo una persona que murió, ¿sabes? —Jade no dijo nada. En realidad, no lo sabía. Su mamá nunca le había dicho nada sobre él—. Era el más rápido de todos en el equipo de fútbol. Delantero. Un *gran* goleador. Lo hubieras visto en aquel campo, con las luces sobre él, driblando entre los jugadores, burlándolos a todos. —Movió la mano buena por el aire como un pez en el agua—. Y luego... ¡*pam*! Siempre anotaba. Lo hubieras visto.

Jade sonrió. No tenía idea de que había más corredores en su familia. Podía imaginarse la sensación de rebasar a todos los defensas y anotar. Estaba segura de que abuela estaba ahí, animándolo a todo pulmón, gritándole a cualquiera que la escuchara, «¡Ese es mi hijo!»

—De no ser por esa fiesta, estaría aquí —dijo abuela, con el rostro alicaído de pronto. Volvió a poner la mano sobre la de Jade.

—¿Cuál fiesta? —preguntó Jade.

¿Al fin oiría la historia completa de lo que le ocurrió a su tío?

—El equipo de fútbol —dijo abuela—. Hicieron una gran fiesta por el cumpleaños de uno de los chicos, con chupe y todo. Y aquel muchacho lo llevó, su mejor amigo. —Abuela le apretó la mano con fuerza, tanta que los nudillos de Jade se encimaron unos sobre otros—. Pero nunca volvió a casa. —Jade miró a abuela, quien había cerrado los ojos—. La cosa con Efraín —continuó abuela, apretujando los párpados aún más—, era que, cuando corría hacia la portería, bailando con el balón en los pies, *sabías* que iba a meter gol. Porque él ya lo había decidido.

Abrió los ojos y miró a Jade de nuevo.

Jade no sabía qué decir, pero no sentía que abuela esperaba que dijera algo. Ella tenía algo que decirle, y se lo había dicho. De a poco, aflojó la mano alrededor de la de Jade y buscó su rosario. Comenzó a rezar, exhalando avemarías, moviendo los labios en un murmullo silencioso mientras pulía las cuentas entre las yemas de sus dedos.

Jade se sentía como una intrusa. Decidió dejar a abuela con sus oraciones y fue a buscar a papá y Katerina. No soportaba la idea de estar a solas en ese momento.

Todo tipo de cosas podía incitar una historia sobre el pasado, al parecer. Un brazalete, una taza pintada, o algo tan horrible y extraño y aterrador como lo que sucedía en ese momento. Algo en el presente había puesto en movimiento las ruedas de la memoria y las hizo trazar un nuevo camino al girar.

En la cocina, Katerina estaba parada frente al refrigerador, partiendo pedacitos de queso, uno por uno, mirándolos con decisión, pero sin comérselos. Papá estaba en la barra e intentaba convencer a un bulto de masa de tomar forma.

Jade se sentó en el piso junto a Katerina y la jaló hacia su regazo; la abrazó con fuerza. Katerina se dejó tomar y le dio una mordida a su queso. Jade sintió más segura así: era como solía sentirse cuando Katerina y ella compartían habitación y se iban a dormir.

Mortimer se acercó e intentó olisquear el queso, pero Katerina lo alejó con un empujoncito. Su papá las miró, pero no dejó de amasar.

—Papi... no nos va a pasar nada, ¿verdad? —dijo Katerina, rompiendo el silencio.

Papá sacó las manos de la masa, se quitó la harina de encima de las enormes palmas y se acercó a ellas. Se acuclilló para poder mirarlas a los ojos.

Jade esperó. Papá estaba decidiendo algo, pensando qué decirles.

Al fin, miró a Katerina justo a los ojos y habló.

—Así es, bichita. No nos va a pasar nada.

Katerina dio un brinco y se le colgó del cuello. Papá la levantó al ponerse de pie, abrazándola mientras ella se terminaba el queso.

Jade no sabía qué tanto creerle. Sabía que estaba siendo sincero, y podía sentir un poco de alivio que comenzaba a florecer. Pero, al verlo bajar a Katerina y volver al pan que estaba haciendo, Jade pudo notar en la tensión en sus antebrazos, la forma en que mantenía los dedos ocupados y sin dejar de moverlos, que estaba preocupado.

    Mortimer subió a su regazo, justo donde Katerina había estado, y se acomodó ahí. Jade le acarició el cuerpo suave y delgado un largo, largo tiempo, mientras escuchaba sus ronroneos delicados y regulares, hasta que papá metió la charola del pan al horno y el aroma dorado y acogedor le llenó la nariz.

16

La bandera fue lo primero que le llamó la atención a Jade cuando salió del Wildcat Trail hacia el estacionamiento a la mañana siguiente. Nunca le había puesto mucha atención, pero en ese momento resaltaba porque estaba a media asta en la entrada de la escuela, un poco por encima de la altura de su cabeza.

El salón de tutorías vibraba, lleno de energía nerviosa, y la coach Jackson ni siquiera intentó hacer que se callaran o se quedaran sentados en sus bancas. Todo el mundo comparaba historias. Era como si todos intentaran superar a los demás. «¿Viste el avión y cómo se estrelló...? ¡*Bam*!» «¿Viste el humo y cómo el fuego seguía y seguía y no se apagaba? ¡Sigue ahí!» «¿Viste a la gente que saltaba de las ventanas?» «¿Te enteraste del señor que volvió para salvar a su amigo y se murió también?» «¿Supiste de la mujer que se quedó dormida en el metro y se pasó de su parada y no llegó a trabajar?»

Para sus compañeros, el desastre era tan remoto que era casi emocionante. Todos estaban *viviendo cuando algo ocurría*, algo tan grande y trágico que comenzaría a aparecer en sus libros de historia y ciencias sociales. Las chicas hablaban con los ojos bien abiertos y una especie de emoción jadeante; los chicos hacían ruidos de explosiones con la boca.

Jade sabía que muchas de esas noticias, varias de las historias, las habían escuchado de boca de su mamá. No con el tono y el bullicio del chisme, sino con la cadencia ecuánime y mesurada del periodismo. Pero nadie parecía darse cuenta de que era su mamá.

Jade no podía sumarse a la conversación, dejarse llevar por el frenesí del «¿Viste?». Para ella no era algo remoto. Su mamá estaba a salvo, pero seguía atrapada en Nueva York. Y la forma en que podría volver a casa —un avión— era, por el momento, una opción imposible.

Por debajo del cuchicheo casi sin aliento, Jade detectaba miedo. Tenía la sensación de que sus compañeros intentaban hacerse más grande que ese miedo. Ella misma lo sentía un poco. No era miedo de lo que había sucedido; era miedo por cómo reaccionaban los adultos. Los adultos tenían miedo, y eso era aterrador.

Chloe entró al salón y fue directo hacia donde estaba Jade.

—¿Tu mamá está bien? —dijo—. La vimos en la televisión. —Jade volteó a verla. Por alguna razón, sonaba distinto cuando alguien más hacía la pregunta. En vez de responder, solo se levantó y abrazó a Chloe. Cerró los ojos. No quería ver a nadie ni quería que nadie la viera. Chloe la abrazó con fuerza y le frotó la espalda un poco. Luego la soltó—. ¿*Tú* estás bien? —dijo.

Jade abrió los ojos, parpadeó varias veces y obligó a las lágrimas que le inundaban los ojos a retroceder.

—Extraño comer los almuerzos que mi mamá me prepara —contestó.

Parecía una tontería, pero Chloe reaccionó como si no lo fuera.

—¿Cuándo se supone que va a volver? —atinó a decir.

Jade meneó la cabeza y se encogió de hombros.

—En cuanto los aviones puedan volar otra vez, supongo.

Chloe asintió.

—No puedo creer que un avión puede... convertirse en una bomba así —dijo.

—No, yo tampoco.

Sonó la primera campana. Jade se echó la mochila al hombro y, mientras caminaban hacia Matemáticas, se sintió agradecida por las cosas de la normalidad: la insistente campana, el peso de los libros, la caminata por el pasillo junto a Chloe.

El entrenamiento se había cancelado de nuevo, pero con algo de suerte podrían correr al día siguiente. Papá las recogió como había hecho el día anterior, pero su manera de caminar no parecía tan tensa como antes.

—Hablé con su mamá hoy —les dijo cuando salían de entre los árboles hacia el jardín.

—¿Va a volver a casa? —preguntó Katerina.

—Parece que va a poder volar mañana, pero ya veremos. —Por la forma en que lo dijo, sonaba aliviado.

Algo en aquella llamada debió de haberlo tranquilizado. Y oírlo así tranquilizó a Jade también.

Cuando entraron, la televisión estaba encendida otra vez. Por las voces que oyó, parecía que o la doctora Crystal o Dolores estaban con abuela.

En la cocina, Jade se quitó la mochila y le arrancó un pedazo a la barra de pan que había hecho papá. Mordió el pan y lo masticó para relajarse. Tenía el equilibrio perfecto entre la masa y el hojaldre, y un cierto toque de nueces que solo había probado en el pan de papá.

Fue a la sala, donde estaba la televisión. Nadie la estaba viendo; las noticias hacían solo ruido de fondo. Su mamá entrevistaba a un bombero con un traje cubierto de cenizas. Estaban junto a los escombros, ambos con cascos protectores. Los restos quemados y retorcidos de las vigas de metal que estaban detrás suyo parecían el esqueleto de un barco después de un naufragio. Era muy raro ver a mamá así, con el casco aplanándole el cabello arreglado a la perfección. El bombero parecía sentirse cómodo con ella. Hablaba con soltura, casi como si estuvieran solos y no hubiera cámaras. A Jade siempre le maravilló ver cómo lograba su mamá que la gente se abriera así con ella.

El bombero relataba que habían estado trepando y gateando todo el día entre los pedazos de las ruinas donde alguna vez estuvieron los rascacielos. Cómo habían sacado cuerpos de entre los escombros —la mayoría muertos, muy pocos con vida— incluyendo los de algunos de sus compañeros bomberos.

Una mirada de preocupación estaba estampada en el rostro de mamá mientras escuchaba, surcos profundos que no desaparecían de su cara.

A Jade no le gustaba verla así; esperaba que no durara mucho.

Mamá miró a la cámara y envió la señal de vuelta al estudio. Volvieron a mostrarlo: los aviones estrellándose en las torres, uno por uno, los enormes rectángulos desplomándose a una velocidad brutal, desmoronándose al caer, desapareciendo en las horrendas nubes de humo. Los momentos que ennegrecieron una brillante mañana y partieron el tiempo por la mitad.

Jade se alegró de ver que papá mantenía a Katerina ocupada en la cocina. Ella misma ya no soportaba mucho más. Apagó la televisión.

La doctora Crystal entró a la sala con su bolso médico negro en mano. Tenía puesto su pijama quirúrgico y unos brillantes tenis blancos; sus aretes geométricos eran de un atrevido color bronce que resaltaba sobre su piel oscura y reflejaban la luz de la ventana panorámica.

—Debe ser muy difícil para ti —le dijo a Jade, quien no supo cómo responder. La doctora Crystal apuntó a la televisión—. Tu mamá es increíble —dijo—. Tanta tranquilidad frente a tanta... —Meneó la cabeza.

—Supongo —dijo Jade, en voz muy baja—. Pero es la televisión. O sea... tiene que ser así.

La doctora Crystal ladeó la cabeza.

—Pero no todo el mundo puede hacerlo —dijo. Luego sonrió—. Pero, conociendo a tu abuela... ¡es una mujer feroz!

Jade sonrió un poco también. Abuela *sí* era una mujer feroz.

—Muchas gracias, doctora Johnson —dijo papá tras entrar a la sala y tenderle la mano.

—Crystal, por favor. Y no hay nada que agradecer —dijo, estrechándole la mano a papá—. Su suegra puede ser... un poco terca, pero también es muy decidida, y eso es bueno. Ha progresado mucho, a decir verdad. Hoy está más fuerte.

—A mi esposa le va a dar mucho gusto escucharlo.

A Jade también le alegró escucharlo. Después de que la doctora Crystal se fuera, fue a la cocina y cortó dos rebanadas gruesas del pan que hizo su papá: una para abuela y una para ella. Si abuela se sentía un poco mejor, tal vez estaría de humor como para hablar.

Recordó la urgencia con la que abuela le había pedido un té de manzanilla unos días antes y lo mucho que lo disfrutó. Quizá abuela estaría más dispuesta a hablar si tenía un té a la mano.

Puso la tetera en la estufa y tomó dos tazas. Cuando el té estuvo listo, lo llevó en una bandeja al cuarto de abuela. Tocó con suavidad y empujó la puerta solo un poco, con la esperanza de encontrar a abuela sentada y con la fuerza suficiente como para hablar.

—No, no. Abuela necesita descansar —dijo su papá, quien había aparecido en el pasillo.

—Está bien. Puede pasar, Chris —oyó Jade decir a abuela.

Jade empujó la puerta un poco más. Abuela *sí* estaba sentada y, para su sorpresa, la llamó con la mano que el derrame había dañado. Fue un movimiento pequeño, con la mano recargada en el edredón, pero contaba.

A su lado, papá tapaba el paso en la puerta.

—¿Está bien como para recibir visitas, doña Luz? —dijo.

—Siempre puedo recibir visitas que me traen mi té de manzanilla —dijo, sonriente. Hasta su sonrisa se veía menos torcida que antes.

Jade sintió cómo comenzaba a sonreír también.

Papá alzó las cejas, pero se alejó de la puerta e inclinó la cabeza solo un poco como para darle permiso a Jade.

—No la canses demasiado —dijo en voz baja. Le dio una palmadita en la espalda antes de desaparecer por el pasillo.

Jade entró a la habitación y puso la bandeja en la mesa de noche junto a la ventana. El vapor del té bailaba hacia el techo con los rayos de sol inclinados.

—Mi papá hizo el pan. Es el mejor del mundo —dijo, lo suficientemente fuerte como para que su papá la escuchara desde el otro lado del pasillo.

Abuela estiró la mano temblorosa, como para probarla, y la puso sobre el brazo de Jade. La tomó con delicadeza, pero a Jade le sorprendió que hubiera podido hacerlo. Tal vez abuela *sí* se recuperaría por completo. Jade casi tenía miedo de sentir esperanzas.

—Crystal me ayudó a hacerlo —dijo abuela.

—¡Genial! —dijo Jade.

No sabía qué había hecho la doctora Crystal, pero —hubiera sido lo que hubiera sido— estaba funcionando. Puso su otra mano sobre la de abuela y se sentó en la cama. La mano de abuela se deslizó un poco, y Jade la sostuvo con delicadeza mientras abuela la metía debajo de las cobijas.

—Es muy cansado —dijo abuela. Con su mano buena, señaló las tazas—. ¿Vamos a tomar té?

Jade le dio la taza. Abuela la tomó con las dos manos, como antes, pero con mucha más firmeza. Se la acercó a la cara, con la nariz sobre el vapor, y cerró los ojos.

Jade la imitó. De inmediato, al inhalar el familiar aroma, se sintió más calmada. Respiró profundo por encima de su té, con el barro entre sus manos, y sintió cómo se le relajaban los hombros.

—Sé que todo parece terrible, Chalchihuite, pero va a pasar —dijo abuela—. Como todo. Las cosas cambian, siempre cambian. No serán iguales, pero este momento pasará. —Le dio un primer y diminuto sorbo a su té—. Pero siempre lo recordarás. Y el chiste es saber aceptar lo nuevo y conservar lo que aprecias de lo anterior.

En un principio, Jade creyó que estaba hablando de lo que acababa de ocurrir, del ataque y los edificios en llamas. Pero, mientras más hablaba abuela, más parecía que se refería a otra cosa también. ¿Cómo iban a cambiar las cosas? Jade sentía que estaba viviendo un punto de inflexión, un terrible antes y después, pero no tenía idea de cómo se vería ese *después*. ¿Y qué se suponía que debía de atesorar del *antes*?

Le dio un sorbo a su té y esperó a que abuela continuara. Parecía que quería decirle algo. Al extenderse por todo su cuerpo, el té calentó a Jade de adentro hacia afuera. Suspiró.

—Está bueno, ¿no? —dijo abuela.

—Sí, está bueno —respondió Jade. Sintió cómo el nudo en el estómago se le aflojaba un poco. Había tenido las entrañas muy tensas—. Abuelita —dijo—, abuelo me contaba sobre San Juan de las Jacarandas, donde crecieron. Lo extraño.

—Ay, Ernesto —dijo ella—. Le encantaba contarte historias. ¿Sabes por qué te contaba tantas?

—No. —Jade en realidad nunca se había hecho esa pregunta.

—No eran solo para ti —le explicó abuela, con una suave risita—. Extrañábamos mucho nuestra casa cuando llegamos aquí. Y contar esas historias era la forma en que Ernesto se aferraba a nuestro origen, para no olvidarlo. Le encantaba pasar tiempo contigo, recordando. Por eso te contaba las historias en español; quería recordarlo todo en su propia lengua. —Jade inhaló profundo. Jamás se le habría ocurrido que las historias eran para abuelo mismo tanto como para ella. Y le pareció que ocurría lo mismo con Itztli—. Y había otra forma de aferrarnos a nuestro hogar: trayendo parte de él aquí con nosotros.

—¿Como tus bordados? —preguntó Jade.

—Como mis bordados, sí. —Abuela pasó los dedos por el cuello bordado de su vestido.

—¿Cómo aprendiste a hacerlos? —Jade se oyó a sí misma preguntar.

Abuela tomó un cuidadoso sorbo de su taza.

—Mi madre nos enseñó a mí y a Flor —dijo—. Cuando éramos niñas, se nos metió el gusanito de hacer arte. Cuando éramos muy pequeñas, dibujábamos cosas con varitas en la tierra afuera de la casa. Flores, pájaros, todo tipo de criaturas. Ni siquiera sabíamos qué eran esas criaturas, pero no nos importaba. Hubieras visto nuestros dibujos: enormes gatos voladores, lobos con caparazones de tortugas... Y nos enojábamos muchísimo cuando los niños salían y pisoteaban nuestros dibujos, pateando su balón de fútbol encima de nuestras líneas trazadas con tanto cuidado. —Se rio—. Mi mamá nos metía a la casa y nos sacudía las faldas con manazos para quitarles la tierra. Luego nos daba un lápiz y un pedazo de tela y nos decía que dibujáramos. —Abuela sonrió, meneó la cabeza y tomó un poco más de té.

»Al principio no me pareció que fuera tan divertido como jugar en la tierra —continuó—. Pero eso cambió cuando mi madre me dio una aguja y me dejó escoger lo que quisiera de su cajón de carretes de hilo. El cajón estaba en un pequeño tocador junto a su cama y estaba repleto de bolas de colores. Me dejó tomar el que yo quisiera, pero no tenía permitido dejarlo caer. Porque, si lo hacía, el carrete rodaría y rodaría hasta salirse del cuarto y de la puerta de la casa, hasta convertirse en solo una línea larga y delgada. —Trazó la línea con el dedo sobre el edredón.

»Flor todavía era muy pequeña como para usar agujas. Pero a mí me encantaron desde el primer momento en que tuve una en las manos. Mis dedos eran casi demasiado chiquitos como para sostenerla, era casi tan larga como la palma de mi mano, pero logré perforar la tela del color de una hoja de maíz con el hilo rojo brillante, y me encantó cómo el rojo salía a la superficie como si estuviera naciendo de entre la tela, hasta que estaba firme entre mis manos. Me pinché varias veces, pero no me importó, porque mi madre me enseñó a mezclar los colores, cómo colocarlos uno junto a otro y hacer que se sorprendieran. Me enseñó a hacer que las líneas que bordaba cobraran vida. —Hubo un destello en sus ojos.

»Flor nunca quiso saber nada de las agujas —siguió—. Mi madre no la dejó tocarlas hasta que tuviera edad suficiente, y Flor lo resentía siempre que me veía bordar. Así que, cuando tuvo la edad, decidió no tomar las agujas. Y así fue cómo comenzó a pintar. Mi madre le dio un pequeño pincel y la dejó pintar sobre la tela. Flor se pasaba horas y horas, sentada sobre sus pies, hasta que se le entumecían y, cuando se levantaba, caminaba muy chistoso. Pintaba en todo lo que podía encontrar. Y cuando empezó a pintar las paredes de nuestro cuarto, nuestra madre ni siquiera intentó detenerla. —A Jade le encantaba la idea de dos niñas, Luz y Flor, haciendo que los colores cobraran vida en su cuarto pintado—. Con los bordados fue que conquisté a tu abuelo —dijo abuela. Sobre sus labios bailaba una pequeña sonrisa traviesa.

Jade arqueó las cejas.

—¿Cómo? —preguntó.

—Bueno, como sabes, Flor y yo empezamos a vender nuestras piezas en el tianguis cuando éramos adolescentes, apenas un poco más grandes que tú —le explicó abuela—. Llegábamos muy temprano, con los primeros rayos del sol, y colocábamos nuestro toldo azul y nuestra mesa. Poníamos las piezas más coloridas y detalladas hasta el frente. Siempre mostrábamos nuestro trabajo juntas. Yo ponía un mantel y servilletas y, encima, Flor sus platos pintados. Queríamos que nuestro puesto se sintiera como una casa, con un recibidor muy cálido en la entrada. Nos sentábamos detrás de la mesa y platicábamos con las chicas de los demás puestos, y yo decoraba animales con mi aguja; Flor hacía bosquejos de sus diseños.

—¿Y abuelo iba al tianguis?

—Sí. Él también vendía ahí sus cositas de madera.

—¿A qué te refieres? —dijo Jade.

—Como el nacimiento... ¿Lo recuerdas?

—¡Sí! —exclamó. Por supuesto que recordaba el detallado nacimiento de madera que abuela ponía sobre la chimenea todos los años, con sus pequeños pastores y Reyes Magos tallados, y la Virgen María vestida de azul, rezando sobre el niño Dios que estaba envuelto como un tamalito—. ¿Abuelo los *hacía*?

—¡Claro! —respondió abuela.

De nueva cuenta, Jade deseó poder recordar más de su abuelo. Pensó en los papalotes que hacían juntos con brochetas y periódico, en cómo los hacían flotar en el aire durante horas, en el lago.

—Y así fue como lo conociste —dijo.

—Bueno, él estaba en el otro extremo de la calle, donde estaban los puestos de cuero y madera. Y ni siquiera estaba siempre. A veces iba uno de sus hermanos. Se turnaban. Ernesto tenía *muchos* hermanos. Entonces, en realidad no nos veíamos tanto. —Le dio un golpecito a la taza con un dedo—. Conocía a Ernesto desde hacía mucho tiempo, pero nunca pensé demasiado en él. Hasta que... —Una sonrisa se le dibujó en el rostro—... un día, cuando tenía dieciséis años, tu abuelo pasó por la calle vestido con sus mejores ropas. Todo perfecto: botas boleadas, camisa planchada. Su madre lo había mandado al mercado por manteles para Navidad, los más lindos que pudiera encontrar.

—Con bordados —dijo Jade.

—Exacto —dijo abuela—. Y ahí viene él por la calle, tomándose su tiempo, viendo todos los puestos, intentando decidir. Y todas las mujeres coquetean con él... ¡las hubieras visto! *Todas*, en serio. Acababa de salir de misa, y traía puestas sus botas para montar a caballo y su sombrero... ¡Ay! Chalchihuite, lo hubieras visto. Y llega a mi puesto, toma una de mis pañoletas para hombre, una muy bonita, con un hilo rojo discreto en los bordes y me dice: «¡Vaya! ¿Quién es la señorita que hizo este pañuelo tan fino? ¡Que me caso con ella!» —Jade soltó una carcajada; Abuela también. Su abuelo declaró que se casaría con alguien solo por un pañuelo bonito. ¡Debió haber sido un pañuelo muy impresionante!—. Entonces, por supuesto —continuó abuela—, le digo: «La señorita que hizo este pañuelo soy yo. Así que usted tendrá que casarse conmigo». —Jade se rio aún más fuerte, tanto así que estuvo a punto de derramar su té—. Y así fue como sucedió.

—¿Así fue como abuelo y tú se casaron?

—Algo así —dijo abuela, sonriendo casi para sí misma por detrás de la taza.

—¿Por qué se fueron de México? —preguntó Jade. ¿Por qué querría alguien dejar atrás un mundo de paredes pintadas e hilos de colores que atraían a hombres bien vestidos?

Abuela extendió la taza y Jade la tomó. La puso sobre la mesa de noche, y las manos de abuela cayeron sobre el edredón como en cámara lenta.

—Nos fuimos porque teníamos que irnos —respondió—. Ernesto tenía tantos hermanos y hermanas... parecía que nacía uno nuevo cada año. Su familia necesitaba toda la ayuda posible. Y Manuel ya se había ido a Chicago y estaba enviando muy buen dinero de vuelta a México. —Tío Manuel, el hermano de abuelo. Jade lo conoció muy poco. Lo recordaba como un hombre fuerte y compacto. Fue uno de los portadores del féretro en el funeral de abuelo, llevándolo por el pasillo de la iglesia mientras sonaba la fuerte música metálica y los vitrales le iluminaban la cara de rosa y dorado—. Lo más difícil fue dejar a Flor —dijo abuela—. Me dijo que iba a estar bien, que pondría el puesto ella sola para vender sus piezas de cerámica. Pero las dos sabíamos que las cosas no volverían a ser iguales. —Jade no habría sido capaz de dejar a Katerina, a pesar de que su hermana la irritaba de vez en cuando, y no le encantaba tener que cuidarla. Pero cuando pasaba algo como lo que había ocurrido el día anterior, el horrible choque de los aviones, lo único que quería hacer era abrazar a su hermana. No podía imaginarse qué haría si un día no pudiera abrazarla—. Por eso hice La Casa Azul así.

—¿Así cómo? —preguntó Jade. Le llamó la atención que abuela hubiera dicho «hice». En su familia siempre hablaban del restaurante como algo de abuelo y abuela, pero por la forma en que ella lo dijo, parecía que era más bien solo suyo.

—Como una... casita —dijo ella, haciendo una casa en el aire con las manos—. Como el puesto que Flor y yo teníamos en el tianguis. Una casa, un lugar acogedor al que las personas pudieran entrar para comer algo caliente que les recordara al lugar de donde venían, de tazones como los que Flor pintaba, encima de manteles como los que yo bordaba.

El restaurante para Jade siempre fue algo especial y diferente, un gusto. Pero tenía un propósito distinto para otras personas del barrio, los clientes de siempre, la gente que creció en lugares como San Juan de las Jacarandas y que añoraba un lugar que se pareciera a su casa.

El viento silbó afuera de la casa. Jade alzó la mirada para verlo soplar entre las hojas de los dos robles en el jardín trasero, haciéndolas caer de sus ramas y bailar con delicadeza hasta el suelo.

Miró de vuelta a abuela, quien había cerrado los ojos. Se suponía que Jade no debía de agotarla demasiado; Abuela necesitaba descansar. Jade aún quería saber muchas cosas —sobre las pinturas de tía Flor y los colores que usaba, sobre el brazalete de jade— pero tendría que esperar.

—¿Quieres el pan, abuelita? —le preguntó.

—No, gracias, Chalchihuite.

Jade tomó la bandeja y se dirigió a la puerta.

—Gracias, abuelita —dijo, antes de salir.

Abuela le mostró una pequeña sonrisa y tarareó un poco. Jade salió al pasillo y cerró la puerta.

Cuando volvió a la cocina con la bandeja, Katerina estaba ahí. Jade asentó la bandeja y le ofreció a su hermana la rebanada del pan que abuela no se comió.

Katerina tomó el pan y le dio una mordida. Jade la observó y reconoció el confort que se apoderó de su hermana al saborear la consistencia suave y chiclosa. Jade le dio una mordida a su rebanada y las dos se quedaron ahí paradas un momento, sin decir nada, comiendo pan.

—Gracias, manis —dijo Katerina de pronto. Le jaló la falda con short a Jade y se recargó sobre su pierna.

Jade bajó la mano y le alisó el cabello a su hermana, pasándole los dedos por la trenza poco apretada que papá le había hecho a toda prisa en la mañana. Mamá seguía lejos, pero al menos se tenían la una a la otra, tenían el pan y una casa que se sentía como un hogar.

17

A pesar de que habían pasado solo dos días desde el ataque, la coach Jackson insistió en volver a los entrenamientos. A Jade le alegró poder ir en el Jeep con las demás chicas otra vez. Pensó que, tal vez, si corría con todas sus fuerzas, podría olvidarse de las oscuras nubes de humo, la mueca de preocupación estampada en el rostro de su madre en la televisión.

El equipo hizo su calentamiento sobre el campo. Quizá esa era una de esas cosas del *antes* que era importante atesorar.

Antes de enviarlas a correr vueltas al circuito o a hacer *sprints*, la coach Jackson dio un fuerte aplauso y se dirigió a todas.

—Bien, Linces. ¡La competencia es la próxima semana! ¿Cómo vamos a ganar?

—¡Corriendo rápido! —exclamó Samantha.

—Sin ninguna duda. Pero... ¿y si los demás equipos corren más rápido? Y si están a un lado de una chica de Cristo Salvador y les empieza a sacar ventaja, tal vez acelera un poco más que ustedes, ¿qué van a hacer?

—Concentrarnos en nuestro mejor tiempo —dijo Emily—. Hacer nuestro mejor esfuerzo.

—Así es. Van a hacer su mejor esfuerzo. ¿Y qué es lo más importante, lo principal, que tienen que recordar?

—¡Mantener la cabeza en la carrera! —corearon todas, salvo Jade, quien nunca las había oído decirlo.

—Exacto —dijo la coach Jackson—. Mantener la cabeza en la carrera. Nunca se rindan. No piensen: «Ay, estoy perdiendo. Me voy a dar por vencida». ¡NO! —gritó—. ¡Nada de rendirse! Y recuerden que pueden tener una MP en este momento, pero eso puede cambiar en la carrera. Las que corrieron el año pasado saben que es diferente cuando es real, cuando no es un entrenamiento. Hagan su mejor esfuerzo, todo el tiempo. Encuentren su ritmo y manténganlo. Y al final: ¡vayan por todo! ¡Solo *corran*! ¿Cuál era la regla principal?

Jade pudo sumarse al cántico esta vez.

—¡Mantener la cabeza en la carrera!

Recordó lo que abuela le dijo sobre el tío Efraín, cómo siempre se decidía a anotar un gol antes de hacerlo.

—Muy bien —dijo la entrenadora—. La carrera será en Stone Mountain el jueves en la tarde. Si alguien va a ir a apoyarlas, papás, hermanos, hermanas, quien sea, díganles que la meta va a estar justo debajo del monumento a la Confederación. ¿Sí?

Las compañeras de Jade asintieron.

Stone Mountain le sonaba familiar, pero Jade nunca había oído nada de un monumento confederado. Esas cosas no existían en Chicago. ¿No era Stone Mountain el lugar del que Devon y Shannon hablaron unos días atrás después del entrenamiento? ¿Qué *era* ese lugar?

—Bien, dos vueltas al circuito largo. ¡Vamos! —instruyó la coach Jackson.

Jade arrancó hacia el bosque junto con el resto del equipo. Se enfocó en los árboles que tenía enfrente, en encontrar su ritmo, como le había dicho su entrenadora. Por alguna razón, le resultó más difícil que en otras ocasiones, como si su cuerpo estuviera adormilado.

Después de estirar, mientras caminaban de vuelta a los vestidores y Jade tomaba enormes tragos de su botella de agua, le habló a Chloe, quien también respiraba con pesadez.

—Oye, ¿qué es Stone Mountain?

—Es un lugar divertido —dijo Chloe—. Tienen un trencito al que te puedes subir. A mi papá le gusta llevarnos a Nikos y a mí cuando viene a visitar.

—Ajá —dijo Jade. Al parecer era una especie de parque de diversiones.

Se preguntó si Nikos estaría en la carrera. Sabía que no debería importarle, pero no podía evitar pensar en que no estaba muy segura de si quería que la viera bañada en sudor después de la carrera, con el cabello revuelto en todas direcciones.

—Al parecer, ni siquiera es una montaña, en el sentido más estricto. Pero así le llaman —continuó Chloe—. Es toda de piedra. Granito, creo. Hay un festival nativo americano ahí todos los años.

—¿Qué?

—Sí, creo que era un lugar sagrado para la gente que vivía aquí —dijo Chloe—. Antes... —Abrió los brazos como para referirse al campo, a todo el paisaje.

Jade asintió. *Antes*. Sospechaba que aún debía ser sagrado para mucha gente, algo a lo que se aferraban. Y ahora era un lugar para shows de láseres y... ¿un monumento a la Confederación?

—¿Y qué hay del monumento? —le preguntó a Chloe.

—La verdad es que no sé por qué está ahí —respondió Chloe—. Pero es imposible no verlo. Es de... ¿de quién es, Emily?

—¿Qué? —dijo Emily, acercándoseles. Casi habían llegado al vestidor.

—El monumento en Stone Mountain.

—Ah —exhaló Emily, con una mueca de hartazgo—. Creo que son Robert E. Lee y otros dos tipos. Todos están como... —Sacó el pecho y se puso muy rígida—... sobre sus caballos. Estoy casi segura de que el Ku Klux Klan tuvo algo que ver con que lo pusieran ahí.

—¡¿Qué?! —exclamó Jade. Pensó en la gente que durante generaciones consideró que la montaña era sagrada, en lo terrible que sería ver una escena así, con «héroes» confederados tallados en sus piedras tan importantes.

Estaban ya en el vestidor y Jade de repente se dio cuenta de que tenía que ir al baño. Se había tomado la botella de agua entera casi en un solo trago y parecía haber pasado por su cuerpo sin escalas.

Corrió hacia uno de los cubículos, cerró la puerta deprisa y se sentó para dejarlo todo fluir. *Ahhh*. Se llevó las manos a la cabeza y se frotó la frente. Estaba muy cansada. Cansada de correr, de pensar en la montaña, de ver a su mamá en la televisión y no saber cuándo volvería.

Miró entre sus dedos y vio algo rojo. Bajó las manos. Era un círculo rojo y húmedo sobre su ropa interior, haciéndose más oscuro con cada segundo que pasaba.

No eso. No en ese momento. Mamá ni siquiera estaba ahí para ayudarla. Hizo lo único que le vino a la mente, que fue llenarse la ropa interior de papel de baño. Cuando salió del cubículo, todas las demás chicas se habían ido, salvo por Chloe.

—¿Estás bien? —le preguntó Chloe mientras se lavaba las manos.

—Sí —respondió Jade—. Es solo que... mi periodo... creo que acaba de empezar.

—Ah, entendido. Es raro, ¿verdad?

—Superraro —dijo Jade—. No tenía idea de qué estaba pasando hasta que fui al baño. ¿Y si un día empieza y no me doy cuenta y se me sale la sangre de los shorts?

—Ya sé, a mí también me da mucho miedo.

Jade sonrió. Recordó cómo Chloe se puso en el museo.

—¿Con qué estamos lidiando en este momento? ¿Papel de baño? —preguntó Chloe.

—Sí.

—Ten. —Chloe abrió un cierre de su mochila y sacó un pequeño paquete envuelto en plástico con flores rosas. Se lo dio a Jade—. ¿Sabes qué hacer con esto?

—Eh... creo que sí —dijo Jade. Volvió al cubículo y, por suerte, todo fue muy sencillo.

—¿Todo bien? —dijo Chloe, del otro lado de la puerta.

—¡Sip! —dijo Jade—. Siento que traigo puesto un pañal, ¡pero al menos no voy a sangrar por todas partes! —Chloe se rio—. Gracias —le dijo cuando salió del cubículo.

—No hay problema. Bienvenida al club.

Jade se rio. Lo único que quería era que las cosas volvieran a la normalidad y poder ir al baño sin preocuparse por que *eso* le pase. Al mismo tiempo, una parte de ella se alegraba de que hubiera ocurrido. Quería sentirse un poco más cerca de ser una mujer, sobre todo una vez que había empezado a lidiar con cosas de adultos como nunca había hecho. De todos modos, habría preferido que le crecieran las bubis o algo así, en vez de una mancha roja en la ropa interior.

—Voy a tener que contarle a mi papá —dijo mientras salían del gimnasio. Mientras lo decía, comenzó a darse cuenta de ello también—. Mi mamá no ha regresado.

—Ay, Dios, lo siento mucho —dijo Chloe—. *Eso* va a ser incómodo. Él nos va a recoger, ¿verdad?

Jade asintió.

El sedán azul se estacionó poco tiempo después de que llegaran a la acera con las demás. Cuando la ventana del asiento delantero bajó, Jade casi se quedó sin aliento.

—¡Mamá! —gritó. Y sonrió como tenía semanas sin hacerlo. —Su mamá abrió la puerta y bajó del auto; Jade corrió a sus brazos. Estaba un poco avergonzada de que las demás chicas del equipo la vieran así, pero, sobre todo, estaba feliz de ver a su mamá. La abrazó con fuerza y hundió la cara en su hombro—. Lograste volver a casa —dijo después de separarse un poco.

—Lo logré —dijo mamá. Le tomó los hombros a Jade. Tenía una enorme sonrisa en el rostro—. Tomé un avión a primera hora. Cancelaron todos los demás vuelos en cuanto aterricé. Tuve suerte de salir. —Aún tenía puesta su ropa para volar, pero tenía la blusa desfajada y su cabello había perdido la forma. Se veía tan cansada como en la televisión, pero mucho menos preocupada—. Me da mucho gusto verte, corazón. ¡Chloe! —dijo al ver que estaba ahí. Jade dio un paso al costado—. ¡Qué gusto verte a ti también!

—¡Hola, señora O'Callaghan!

—¡Ay, Dios mío! ¿Usted es la mujer de la televisión? —exclamó Shannon.

Se oyó una oleada de gritidos de asombro.

—Espera... Jade. ¿Tu mamá es *Sol O'Callaghan*? —dijo Caitlyn—. Por Dios, ¡hola, señora O'Callaghan!

Un coro de «¡Hola, señora O'Callaghan!» surgió de entre las chicas en la acera. Jade no sabía qué hacer con toda esa atención, así que decidió darle la espalda, pero mamá sonreía y saludaba como si ya estuviera acostumbrada a ello.

Jade subió al asiento trasero; Chloe la siguió. Katerina ya estaba ahí, con su uniforme de las Daisies.

—¡Mami regresó! —exclamó su hermana.

—¡Ya sé! —respondió Jade.

—Y... adivina qué —continuó Katerina.

—¿Qué?

—Mami me dijo que esta vez se va a quedar.

El alivio golpeó a Jade como un cálido rayo de sol.

Para cuando salieron del estacionamiento, había dejado de importar que los aviones no pudieran despegar, que estuviera exhausta por el entrenamiento, que hubiera comenzado a sangrar de la nada. Mamá estaba en casa.

—¿Cómo estuvo el entrenamiento? —preguntó mamá en el camino a casa.

—Difícil —respondió Jade—. Pero me gusta.

—¿Sí te gusta? —Mamá la miró de forma enfática por el retrovisor.

—Ay, sí. Casi quisiera que entrenáramos todos los días.

—¿Todos los días? —repitió Chloe—. Creo que sería demasiado.

—Bueno, no sé si todos los días, pero... ¿Mamá? —dijo Jade.

—¿Ajá?

—Eh... ¿estás...? ¿Cómo estás *tú*? —dijo. No estaba segura de haberle preguntado eso a mamá antes.

Su mamá no dijo nada por unos momentos. El auto devoraba los metros de la carretera que tenía por delante.

—Estoy bien —contestó al fin—. Contenta de estar en casa, de estar con ustedes. —Les sonrió por el retrovisor, una sonrisa cansada, pero que reconfortó a Jade.

Después de que dejaron a Chloe, Jade le dijo:

—Mamá, tengo algo que decirte cuando lleguemos a casa. —Recordó lo que le había dicho cuando tomó uno de sus rastrillos, que no debía dudar en pedirle algo así.

—¿Qué pasa, corazón? —preguntó mamá.

Jade no quería contestarle enfrente de Katerina. Para empezar, su hermana querría saber todo al respecto; después, seguramente se pondría a repetirlo como perico, «¡Mi hermana tuvo su periodo!», sin tener la más remota idea de lo que estaba diciendo.

Pero mamá la miraba de forma insistente en el retrovisor, y lo último que Jade quería era preocuparla más sin razón.

—Tuve mi... —le dijo, entonces, pero se detuvo.

—¿Tu qué?

—Eh, mi... ¿empezó?

—¡Ay! —exclamó mamá al entender a qué se refería. Abrió los ojos como platos por un instante, pero luego pareció aliviada—. Hablamos cuando lleguemos a casa. ¿Estás bien?

—Sí, estoy bien —respondió Jade.

Mamá sonrió otra vez, casi para sí misma esta vez.

Cuando llegaron a la entrada de la casa, papá salió a saludarlas. Caminaba relajado, casi rebotando al moverse.

—¿Cómo están mis chicas? —dijo en cuanto salieron del auto.

—¡Llegó mami! —dijo Katerina.

—¡Así es! —respondió papá—. ¿Y tú, Jade? ¿Cómo te fue en el entrenamiento?

—Bastante bien —dijo ella—. Hay una carrera la próxima semana.

—¿Ah, sí? —dijo mamá.

—Ya está anotada en el calendario —le explicó papá a mamá. Luego, en voz más baja—: Estaba a punto de poner café. ¿Quieres?

—Sí, por favor —dijo ella, antes de darle un piquito en los labios—. Haces el mejor café del mundo.

Adentro de la casa, mamá se quitó los zapatos y le hizo una seña a Jade para que la siguiera. La llevó por el pasillo hasta su propia recámara y baño. El tecolote color gris azulado en su tocador las observó al pasar hacia el enorme baño con dos lavabos y las llaves cromadas y la barra de granito.

—¿Cuándo empezó? ¿Hoy? —dijo mamá mientras abría el armario del baño y le daba a Jade un paquete de toallitas que estaba guardado adentro. El paquete era rosa y tenía flores, como el envoltorio de la toalla que Chloe le había dado.

—Sí, justo después del entrenamiento —respondió Jade, con el paquete en las manos—. Chloe me dio una toalla.

—Gracias a Dios por Chloe —dijo mamá. Jade sonrió. Sí, ella también le agradecía a Dios por Chloe—. ¿Y cómo te sientes?

—¿Bien? Como que... siento un poco raro el vientre, pero nada más.

Jade había creído que sería mucho más incómodo hablar al respecto, pero mamá lo trataba todo de forma muy directa.

Mamá asintió.

—Sé que ya hemos hablado de esto, pero todo es teórico hasta que sucede —dijo—. Vas a sangrar durante unos cuantos días y vas a tener que estar cambiando las toallitas. Pero luego va a desaparecer... hasta el mes que viene. Es algo *bueno*; significa que tu cuerpo está funcionando como debe. —Jade asintió y miró el paquete de toallitas. Quería ser muy adulta al respecto, pero ¿y si no estaba lista? ¿Y si un día lo olvidaba y hacía su vida normal y luego... se le derramaba encima de algo? Mamá la tomó de los hombros y la miró a los ojos—. Mira, Jade —dijo—. Sé que es desconcertante y molesto. Y *sí* se te va a olvidar, y *sí* vas a aprender a recordar...

—¿...para no manchar de sangre mis pantalones? —interrumpió Jade.

—Ajá. Es un fastidio. Pero vas a estar bien. Es parte de crecer.

—Sí —dijo Jade—. Yo sé. —Su madre le dio unas palmaditas en los hombros y la soltó. Jade pensó en el elegante bolso de cuero de Chloe. Antes de saber qué había adentro, creía

que era solo un accesorio que combinaba con sus botas—.
¿Esto quiere decir que ya puedo usar bolso?
—Sí —dijo mamá, con una sonrisa. Caminó a una hilera de percheros, de donde colgaban sus bolsos y bufandas—. ¿Cuál quieres? —preguntó.
—¿En serio?
—Bueno, no para que *te la quedes*. Por el momento —dijo ella—. Te vamos a conseguir un bolso propio pronto. Es hasta que tengas el tuyo.
Jade estudió los bolsos. Todas se veían muy profesionales, *demasiado* profesionales. Pero había una que era distinta. Era pequeña y color hueso, como un grano de maíz, y estaba bordada con un colibrí verde y azul que tomaba néctar del botón amarillo de una flor roja.
—¿Abuela hizo esta? —preguntó cuando la tuvo en sus manos.
—Sí —respondió mamá—. De hecho, te puedes quedar con esa. Nunca la uso.
—¿De verdad? —preguntó Jade. Mamá asintió. Jade la bajó del perchero y pasó el pulgar sobre los suaves y brillantes rebordes de hilo. Si tener su periodo significaba que podía usar el bolso, entonces valía la pena—. Gracias —dijo.
—¡El café está listo! —gritó papá desde el salón.
Mamá se animó al oír su voz; el rostro se le suavizó. Al salir de la habitación, el olor a canela del café de papá flotó por delante de mamá y se arremolinó dentro del cuarto.
Jade fue a su propia recámara para guardar el bolso brillante con el colibrí y el estridente paquete de toallas sanitarias. Puso el bolso sobre su cama y metió las toallas debajo del lavabo de su baño.

Cuando volvió a la sala, abuela estaba en el sillón reclinable, sentada más erguida que antes, y su mamá estaba en el sofá, con las piernas cruzadas en dirección de abuela.

Su papá salió de la cocina con una taza humeante de café para mamá. Lo había servido en una de las tazas con las vides con bayas en relieve. Jade se apretujó en el sofá junto a Katerina y su mamá.

Mamá le dio un primer sorbo al café y soltó un fuerte gemido, como si estuviera exhalando el estrés acumulado de varias semanas. El cuerpo entero pareció relajársele y, al fin, los surcos en su frente comenzaron a alisarse.

Jade sabía que seguía sudorosa, pero de todas formas se recargó sobre Katerina. Abuela sonrió al verlas a las tres, una sonrisa que había dejado de estar torcida. Jade, Katerina, y su mamá hicieron un sándwich sobre el sofá, apretadas una contra la otra, mientras el aroma terroso del café les pasaba por encima.

Al salir de la regadera, Jade se sintió renovada. Se puso una camiseta y unos pants cómodos y se estiró en la cama, con el cuaderno verde y sus lápices en las manos. Se aseguró esta vez de sacar sus lápices más finos, los que grandma le había regalado, no los que usaba siempre. Lápices de grafito para delinear y sombrear, con puntas de diferentes resistencias, indicadas en los costados: H, HB, 2H. Lápices de colores con puntas suaves, que eran más fáciles de mezclar.

El bolso con el colibrí estaba frente a ella en la cama, y la caja de acuarelas estaba sobre el escritorio, al alcance de sus manos. Dejó la vasija de barro que contenía la preciada tinta verde en su librero, protegida por la tapa de cerámica con los conejos pintados. Jade quería pintar pronto con las acuarelas y la tinta verde, pero no aún. No se sentía lista. Primero, quería usar sus lápices para dibujar los contornos de lo que había en su cabeza, ideas e imágenes que sentía que tenía que sacarse de adentro y poner en la página. Solo al dibujarlas podría encontrar el sentido de cómo fluían juntas, cómo estaban conectadas.

Mortimer se acurrucó a su lado y fingió no estar interesado en lo que Jade estaba a punto de dibujar.

—Hoy empezó mi periodo —le susurró al gato mientras le despeinaba el pelo del cuello. Mortimer maulló y se dejó acariciar, moviendo la cola hacia adelante y atrás—. ¿Eso significa que ahora soy diferente? —continuó Jade—. ¿Significa que ya no soy una niña? —Mortimer cerró los ojos y ronroneó mientras Jade le acariciaba el lomo. Jade le puso la cara sobre el pelo tibio por un momento—. Pero una parte de mí quiere seguir siendo una niña —le admitió en un murmullo. Mortimer continuó con su ronroneo.

Jade alejó la cara del calor reconfortante del gato y abrió su cuaderno en su primer dibujo de cerros de agua. Aún no podía llenarlo todo, pero sí podía llenar más partes gracias a lo que abuela y mamá le habían contado.

La cordillera de la espiral que partía su mapa por la mitad cada vez le parecía más como un tajo. Un cañón, quizá, o una montaña infranqueable. Pero, claro está, la imagen continuaba, el viaje seguía adelante, de un lado a otro.

Dibujó un volcán junto al cerro de agua de San Juan de las Jacarandas, el volcán del que estaba hecho su espejo.

Tenía unas cuantas burbujas en la cima, con lava ardiente y humo que difuminó con el costado plano de su lápiz de grafito. Hizo bocetos de un colibrí y un conejo, intentando capturar la esencia animada del colibrí que estaba en su bolso y de los conejos en la tapa de la vasija con tinta verde sobre su librero. Quería poder dibujar animales con la misma vivacidad que los que abuela bordaba y los que su tía Flor pintaba, si es que tía Flor había pintado esos conejos. Tendría que preguntarle a abuela.

Mezcló azules y grises para dibujar tres búhos sobre un árbol cerca de La Casa Azul, los búhos de los que mamá le había contado. Dibujó lenguas enrolladas para representar el habla, como la que Itztli pintó a un lado de Moctezuma, y así señalar lo que los tecolotes le dijeron a mamá, hubiera sido la que hubiera sido la guía que recibió su mamá de ellos.

En la entrada de La Casa Azul, añadió a la Virgen María vestida de azul que abuelo había tallado en madera.

Y junto a las pisadas que iban de La Casa Azul a la casa en Atlanta, dibujó un disco que era un espejo y también un balón de fútbol.

Contempló su trabajo. El olor a carne picada y maíz sobre el comal se metió por debajo de la puerta. Lo inhaló, profundo y despacio, y cerró los ojos. Había extrañado mucho la comida de su mamá.

Cuando abrió los ojos, pensó que quizá había llegado el momento de probar con las pinturas. Tal vez había llegado al límite de lo que podía hacer con los lápices de colores.

Pero la tarde había comenzado a tornarse en noche y, si quería seguir dibujando, tendría que encender la lámpara de su recámara. Y sabía que lo que quería dibujar solo podía hacerse con la luz oblicua y natural del sol.

Tendría que esperar a otro día. Suspiró y, con mucho cuidado, guardó sus lápices. Se puso de pie despacio y levantó un poco la tapa de la vasija de tinta verde en su librero. Meció la vasija un poco entre sus manos para asegurarse de que la tinta siguiera bien, y así fue.

—¿Puedes venir a poner la mesa, Jade? —la llamó su mamá desde el pasillo.

—¡Voy! —respondió.

Al tapar la vasija de nuevo y dirigirse a la puerta, el colibrí en el bolso volvió a llamarle la atención. Podría haber jurado que le dirigió una mirada coqueta, las alas a medio revolotear, a punto de levantar el vuelo.

18

Durante los días siguientes, Jade esperó a que la luz estuviera perfecta para poder pintar. Una seguidilla de días nublados y unas cuantas lloviznas hicieron que la situación fuera menos que ideal.

Le tomó un tiempo acostumbrarse a llevar el bolso con el colibrí consigo cada vez que iba al baño. A veces la olvidaba y tenía que volver al salón por ella. Le gustaba llevar el bolso, cruzado sobre el pecho. Era algo lindo que podía vestir, fuera del uniforme. Pero también le preocupaba que todo el mundo supiera por qué lo llevaba.

El domingo en la tarde, las nubes se ahuyentaron unas a otras y el cielo por fin se aclaró. Por fin, la luz era la adecuada para pintar.

La casa entera estaba adormilada después de la comida; el sol seguía muy alto en el cielo, pero había comenzado a inclinarse ya. La brillante luz se desplegaba sobre la cama de Jade, donde ella estaba sentada, frente a la ventana, abrazándose las rodillas. Mortimer se le restregó en las pantorrillas y se acomodó sobre la cama para tomar el sol.

El cuarto se sentía abarrotado; Jade quería pintar como Itztli, afuera, bajo el rayo del sol, donde los cojines y las paredes no absorbieran la luz.

Abrió el cajón de su escritorio y sacó su cuadernillo con el papel de buena calidad para pintar. Pasó los dedos por encima de la primera página. El papel tenía un grosor satisfactorio; era poroso y suave, como si estuviera esperando la tinta con ansias. Jade puso el cuadernillo en su mochila junto con sus cuadernos verdes, unos cuantos de los lápices de grafito para trazar contornos y la caja de acuarelas. La vasija con tinta la llevaría por separado para que no se rompiera ni derramara.

Justo cuando estaba casi lista para salir, decidió llevar el espejo, para ver las sombras ahumadas bailar con la luz del sol sin filtros ni obstáculos. Recordó lo que mamá le había dicho: que estaba hecho de lava convertida en un cristal oscuro que cayó y corrió del volcán que se cernía por encima del pueblo en el que crecieron abuelo y abuela. Jade pintaría el volcán ese día.

Vació el bolso con el colibrí y puso el espejo adentro. Se puso el bolso cruzado sobre el hombro y salió descalza al jardín para que el pasto le pudiera cosquillear los dedos de los pies.

Afuera, el vecindario estaba en su silencio habitual del fin de semana. Las ardillas saltaban de un lado a otro en busca de nueces como si el jardín les perteneciera, y un gorrión chapoteaba alegre en la pila de los pájaros. Jade escogió un pedazo del jardín que estaba libre de sobras y se sentó con las piernas cruzadas cerca de la pila, mirando hacia los pinos y al bosque que estaba detrás. Colocó sus instrumentos en un ordenado semicírculo frente a sí. Pensó en cómo las plumas, pinceles y vasijas de Itztli estaban acomodadas con mucho cuidado antes de que comenzara a pintar. Jade quería estar igualmente preparada.

Ese era un momento correcto para pintar. El sol caía con fuerza, pero no abrasaba, y las únicas sombras que estaban cerca eran aquellas que se dibujaban por debajo de las hojas, cuyas superficies verdes brillaban en un millón de tonalidades distintas. Capturaría esos verdes.

Al ponerlo en el suelo, su cuaderno desgastado y con líneas se abrió con facilidad en la hoja en la que estaban sus cerros de agua. Las frescas hojas del pasto le presionaban los dedos de los pies mientras Jade se inclinaba por encima del papel que tenía en el regazo, con el lápiz afilado en la mano, y comenzó a dibujar una versión de lo que había ocurrido. Era un dibujo detallado, con más control, una mejora de lo que habían sido solo bocetos. El trabajo la absorbió; trazó sus líneas largas, cortas, curvas y henchidas con una intensa precisión, casi sin parpadear.

No dibujó en el orden en el que ocurrieron las cosas, sino en el orden en el que la historia le fue contada. El toque final fue La Casa Azul. Trazó pequeños remolinos de humo que salían de la chimenea, la exhalación del cálido fuego de la cocina que había atraído a tanta gente al lugar. El restaurante era, por supuesto, otro cerro de agua: un lugar de vida, un lugar en el que la gente podía sentirse en casa, aun cuando su hogar estaba muy lejos y ellos habían sido separados de él. Debajo del restaurante, Jade dibujó espirales y más espirales de agua que se fundían unos con otros.

Había llegado el momento del color. Abrió la caja de latón que contenía las acuarelas por primera vez desde que la recibió como regalo.

Era un juego de pinturas tan lindo como lo recordaba. Los colores estaban acomodados en rectángulos sólidos y tentadores, anidados en pequeños nichos. No eran los colores primarios de sus lápices de colores. El amarillo tenía un tono de ámbar, y el rojo un toque de tierra como la arcilla que Itztli descubrió cuando dibujó sobre la ribera del arroyo. El azul era tan oscuro y brillante como uno de los trajes de mamá. Los rectángulos estaban tan inmaculados que Jade volvió a vacilar, como la primera vez que vio las acuarelas debajo del árbol de Navidad de grandma, y dudó en humedecerlos con uno de los pinceles.

Había olvidado llevar agua. Miró hacia la pila de las aves, un sencillo tazón de piedra sobre un soporte de alambre. Tomó la pila y la puso en el suelo. Sí, eso serviría.

Tomó un pincel de punta fina de la caja y lo sumergió en la pila, intentando sostenerlo con delicadeza y firmeza a la vez, como había visto hacer a Itztli. Las cerdas tensas y con forma de flamas se relajaron y extendieron como cabello en una tina. Jade las presionó contra la piedra para drenar el agua.

Y se animó a hacerlo.

Humedeció el azul primero, marcando la primera hendidura en el rectángulo perfecto para liberar la pintura. Pintó el agua de los cerros con ese azul; bañó los campos de agave con delicadeza con ese azul. Enjuagó el pincel en el tazón y pasó al rojo, con el que coloreó el fuego en la cocina de La Casa Azul, la lava del volcán y los ladrillos de la casa de Atlanta. Probó casi todos los colores en el colibrí que estaba cerca del pueblo. Con diminutos movimientos de la muñeca mezcló los colores.

Volvió una y otra vez a La Casa Azul y a la pintura azul. Jugó con el color mientras llenaba el restaurante con diseños, diluyendo el color hasta lograr el azul de un cielo con nubes y usando la punta del pincel para crear acentos tan delicados como los de un hilo bordado.

El agua en el cerro de La Casa Azul no podía ser solo azul; tenía que ser verde también, hacer eco de los tonos brillantes y ocres de las cuentas de jade en el brazalete de abuela. Tenía que evocar los delicados matices que vio en el cauce del arroyo en aquellas tardes doradas bajo los árboles, cuando Itztli le contó sus historias.

Ni siquiera consideró usar el verde que estaba en el juego de acuarelas.

Era momento de usar el verde de Itztli.

Le quitó la tapa con los conejos a la vasija, limpió el pincel y lo sumergió en la pintura verde. La removió un poco. La pintura era un poco más espesa y pesada que las acuarelas. Cuando sacó el pincel, asegurándose de que las cerdas estuvieran cubiertas de pintura, pero sin gotear, lo sostuvo por encima de los remolinos de agua debajo de La Casa Azul como habría sostenido un lápiz, como si fuera a escribir tanto como pintar.

El azul con el que había pintado el agua se secaba a toda prisa bajo el sol y cobraba un tono lindo, pero muy pálido. Pasó una capa delgada y traslúcida de verde sobre el azul, sosteniendo el pincel con mucha delicadeza. La pintura centelleaba sobre el papel, como si capturara un poco del sol, y, al secarse, los colores se fundieron en un turquesa sutil.

Una inmensa satisfacción se apoderó de Jade. Los colores que había visto en su cabeza comenzaban a tomar forma en la página.

Continuó pintando con trazos seguros y ondulados, como hizo Itztli cuando pintó el meandro en el arroyo sobre la corteza del árbol. Se volvió más atrevida con el verde y trazó vetas más profundas y oscuras en el agua para alcanzar el tono del agua del bosque que buscaba. Pintó a un lado de las líneas curvas que trazó con lápiz; la delgada punta del pincel rozaba los bordes como un gato que empuja una bola de hilo para desenrollarla.

—Te pareces a Flor.

Jade volteó de inmediato. Era abuela. Había salido al jardín —sola, al parecer— y Jade no se había dado cuenta.

Estaba apoyada en su andadera, sonriéndole a Jade, quien no tenía idea de cómo había bajado las escaleras sin ayuda. Si podía hacer eso, debía estar sintiéndose mucho mejor.

—¿Te quieres sentar, abuela? —dijo. Fue lo único que se le ocurrió decir. No podría sacudirse la sorpresa de ver a abuela ahí, frente a ella. Aún tenía la mente en el agua, los colores y las líneas. Asentó sus cosas y se puso de pie. No podía dejar a abuela ahí parada. Habría querido darse cuenta antes de que estaba ahí para ayudarla a bajar los escalones al jardín.

Se acercó a ella. Abuela intentaba sentarse en el asiento de su andadera, pero esta se movía demasiado. Jade encontró los frenos y la fijó. Luego le tomó el codo a abuela con una mano y le sostuvo la espalda con la otra mientras abuela encontraba la posición correcta y bajaba hasta el asiento. El sol le golpeaba los ojos un poco. Jade movió la andadera unos centímetros, para que la luz y el calor la bañaran, pero en un ángulo distinto. El sol ya había bajado un poco; pronto comenzaría a besar las copas de los árboles.

—Crystal dijo que me haría bien sentarme bajo el sol —dijo abuela—. Ah... —Volteó las palmas de las manos hacia el sol mientras se acomodaba—. El calor del sol es como un abrazo. —Cerró los ojos; sus párpados eran como medialunas arrugadas del color de miel pura—. No dejes de pintar, Chalchihuite —dijo, tras abrir los ojos un poco.

Jade negó con la cabeza. No había forma de que pudiera continuar con su pintura en ese momento. Era algo sagrado que tenía que hacer a solas, en silencio. Podía terminar después. Además, no siempre podía pasar tiempo con abuela cuando se sentía tan bien.

Jade volvió a sentarse y se recargó en sus brazos, de frente a abuela.

—¿Qué fue eso que dijiste? —preguntó.

—Que me recuerdas a Flor —respondió abuela.

—¿Por qué? —insistió Jade, halagada.

—Siempre estaba así cuando éramos niñas: con los ojos pegados a la página, dibujando sus diseños con líneas muy, muy delgadas, sin ponerle atención al mundo. —Se rio un poco. Jade sonrió. Se estiró y puso el pincel a un lado para ponerle la tapa a la vasija y que la tinta no se secara—. Hasta tienes su mismo cabello —dijo abuela.

—¿Qué? —Eso no tenía sentido en la cabeza de Jade. Su cabello era del color del pasto seco en el invierno, y lo tenía atado en una cola de caballo abombada para quitárselo de la cara.

—Sí, idéntico. Flor también se lo amarraba así cuando trabajaba. Claro que, cuando tenía tu edad, era de un color diferente.

—Ah —dijo Jade.

No se le había ocurrido que podía tener el mismo cabello que alguien del lado de mamá de la familia si el color venía del otro lado. Pero, pensándolo bien, no tenía nada de extraño.

—Tienes un cabello hermoso —dijo abuela.

—Ay, gracias. —Nunca nadie se lo había dicho—. ¿En serio te lo parece? —Se había acostumbrado a pensar en su cabello como algo con lo que tenía que lidiar, algo que tenía que mantener bajo control.

—¡Claro que sí! ¿Sabes cuánta gente quisiera tener un cabello como el tuyo? —respondió abuela—. Con esas ondas naturales, todo ese cuerpo y... *personalidad*.

Jade sonrió y hasta estuvo cerca de creerle. Tal vez sí tenía un cabello lindo. No tenía duda de que el de la tía Flor era hermoso. De hecho, en la única fotografía que conocía de ella, su tía tenía una parte del cabello oscuro alejada de su rostro con un pasador, mientras que el resto le caía sobre los hombros como una majestuosa melena. Tía Flor tenía la frente en alto en la fotografía, de una forma que no dejaba lugar a discusión sobre si era otra cosa más que hermosa. Quizá Jade tenía que aprender a levantar la cabeza así.

—Flor pintó esos conejos, ¿sabías? —dijo abuela, señalando la tapa de cerámica.

—¡Ay! —exclamó Jade, con los ojos sobre la tapa también—. Me preguntaba si lo había hecho. Los conejos están tan... *vivos*. —Hizo una pausa—. Esa tapa es de... —dejó de hablar, pues no quería confesar que la había tomado de la detallada tetera que estaba en la vitrina.

—Sí, lo sé —dijo abuela, sonriente—. Fue un regalo de bodas de Flor.

—¿Las tazas también? —preguntó Jade al recordar las tazas con los conejos que estaban en una repisa en la casa de abuela.

—Así es. Por supuesto, fue muy difícil llevarnos muchas cosas cuando nos mudamos a Estados Unidos, pero logré llevarme las tazas. Las envolví en mi ropa y las guardé con mucho cuidado en la maleta. Tu madre trajo la tetera cuando volvimos para enterrar a Ernesto. Flor la había mantenido a salvo y quería que la tuviéramos. Le dije a Sol que podía quedársela; yo no quería nada más que me recordara los días que se habían perdido. Ya tengo suficientes recuerdos de esos.

Jade volvió a mirar a los conejos saltarines y se imaginó a la tía Flor pintándolos con un pincel delgado —quizá uno parecido al suyo— con pinceladas decididas, para hacer el regalo de su hermana.

—Debe ser un color especial —dijo abuela. Estaba señalando la vasija de barro.

—Sí, lo es... ¿cómo lo supiste?

—Flor hacía lo mismo —le explicó abuela—. Tenía todos sus colores especiales en frascos en su cuarto, y abría las tapas de vez en cuando para remover las pinturas y hablarles, como si fueran sus mascotas. Las compraba en el tianguis cuando los vendedores viajantes pasaban por el pueblo. Eran gente que recolectaba los colores de lugares muy lejanos, que sabía dónde encontrar las plantas, las piedras, los insectos, cómo machacar y hervirlos para hacer las pinturas. Flor compraba colores de México que se habían usado durante siglos, y compraba colores de otros lugares también. Tenía azules de China, rojos de México... de todas partes. Me burlaba mucho de Flor —continuó abuela, con una sonrisa—. A veces se gastaba las ganancias de todo un mes en sus colores. ¡Pero ella se rio al último! Porque un día compró tintes para mí también, no solo pintura, y cuando los probé con mis hilos... ¡Ay! Hubieras visto esos colores.

Meneó la cabeza.

Comenzó a jugar con las cuentas de jade de su brazalete. Se pasaba entre los dedos una de las cuentas, una pequeña con vetas doradas, de la misma forma en que frotaba las cuentas de su rosario. Jade se resistió al impulso de preguntarle por él. Confiaba en que abuela se lo contaría cuando creyera que era el momento correcto.

El rostro se le iluminó a abuela mientras señalaba el bolso con el colibrí, como si lo estuviera viendo por primera vez.

—¡Tenía años sin ver eso! —dijo—. *Esos* son los tintes, Chalchihuite. ¿Ves el rojo de la flor? ¿Ves que no se ha desteñido? Ese rojo está hecho de unos insectos chiquititos que viven en los nopales. Es muy difícil de conseguir.

Jade se puso el bolso en el regazo y estudió la flor.

—Es muy hermoso, abuelita —dijo.

—Ese bolso iba a ser para Flor.

—Ah —suspiró Jade y la alejó un poco de su cuerpo.

—Pero me alegra que la tengas tú —dijo abuela. Jade se relajó. Abuela había comenzado a jugar con una cuenta distinta de su brazalete—. Lo hice para ella hace mucho tiempo, y quería enviárselo para su cumpleaños. Pero a Sol le gustó demasiado.

—Pero... ¡mi mamá me dijo que nunca lo usa! —dijo Jade.

—Ah, no sé qué tanto la usaba —dijo abuela—. Solo le *gustaba*. La tenía colgada de la puerta de su armario, donde podía verla antes de quedarse dormida. Tenía más o menos la misma edad que tú.

Al parecer, aún había muchas cosas que mamá no quería decirle. O no por completo, al menos. La había dejado quedarse con el bolso con tanta facilidad, pero quizá no fue tan fácil dejarlo ir. O tal vez en verdad quería que Jade lo tuviera.

—Pues *yo* quiero llevarlo a todas partes —dijo Jade—. Me encanta, y quiero que la gente lo vea.

—Qué bueno —respondió abuela—. Quiero que lo uses. Quiero que le presumas nuestro arte a todo el mundo.

—¿Nuestro?

—Sí, nuestro —dijo abuela. La luz le bailaba en los ojos—. Nosotras, mi hermana, mi madre, yo. La madre de mi madre, quien hacía el papel picado más hermoso que hayas visto. Y tu abuelo Ernesto, y sus hermanos, los mejores talladores de madera y escultores de todo Jalisco. Todos tomamos las tradiciones, viejas y nuevas, e hicimos lo que pudimos con ellas. Hicimos arte.

Jade meditó sobre lo que acababa de escuchar. Vio a su familia de forma muy distinta como una familia de artistas. *Claro* que lo eran. Su casa estaba llena de arte; Jade creció rodeada de arte. Pero nunca había pensado en nombrarla como tal.

—Y tú, Chalchihuite. Tú también eres una artista, igual que Flor. —La estaba mirando a los ojos, como para asegurarse de que Jade entendía lo que le decía.

Jade no dijo nada. ¿Ella, artista? Miró a abuela, luego a su pintura. El sol comenzaba a bañar los colores con un tono dorado.

Jade *quería* ser artista. Lo aceptó para sus adentros por primera vez. Quería usar los mejores colores y las mejores herramientas para crear sus imágenes. Quería dominar el arte de entintar una página, los cientos de movimientos del pincel que eran como los pasos de un baile. Soñaba con ser una artista como Itztli: una pintora de historias, de *su* historia.

Quizá *sí* era una artista, si abuela lo decía. Una alegre calidez le revoloteó en el pecho.

—Y no podemos olvidarnos de los artistas de nuestra familia que dominaron al más difícil de los materiales —continuó abuela—. Aquellos que lo sometieron a su voluntad y cuyo trabajo sigue con nosotros, aun después de tantos años: los talladores de piedra.

—¡Talladores de piedra! —repitió Jade—. ¿Tenemos talladores de piedra en nuestra familia? —Recordó el jade tallado del museo, y lo que Itztli le contó sobre cuán admirados eran los talladores de jade en su época.

Se inclinó hacia el frente. Abuela volvió a pasar los dedos por el brazalete, acariciando las cuentas, pero no de forma distraída, sino como si estuviera prestándole atención a cada una de las piedras. ¿Iba, al fin, a revelarle sus secretos a Jade?

—Estos chalchihuites son muy, muy viejos —dijo.

—¿Chalchihuites? —Era la primera vez que Jade oía su nombre, el que abuelo y abuela usaban, para referirse a algo que no fuera ella.

—Sí, chalchihuites —dijo abuela—. Como tú. —Jade lo entendió. ¡Claro! *Chalchihuite*. Jade—. Estos brazaletes tienen generaciones en nuestra familia —continuó abuela—.

Flor tiene uno también. Me ayuda a recordar cosas. Contienen muchos recuerdos; algunos los conozco, de otros solo conozco sombras, y hay algunos de los que no sé nada. Pero están conmigo siempre. Lo que mi madre me contó, y que su madre le contó a ella, es que fueron hechos por artistas tan admirados que fueron requeridos por el mismísimo Moctezuma.

Jade sintió que los ojos se le salían de sus órbitas. ¿Las piedras del brazalete de abuela estuvieron en el palacio de Moctezuma? ¿Estuvieron en la misma ciudad a la que Itztli fue a aprender sobre su padre y a pintar como los antiguos maestros?

—¿Es cierto? —dijo Jade.

Abuela se rio con suavidad.

—Eso fue lo que mi madre me contó —dijo, con una sonrisa juguetona en los labios. Fue una respuesta casi idéntica a la que Itztli le habría dado.

—¿Puedo verlo? —preguntó Jade, poniéndose de pie.

—Por supuesto. —Abuela se sacó el brazalete de la muñeca y se lo tendió a Jade.

Jade tomó las cuentas pulidas en las palmas de su mano con reverencia. Estaban tibias y sorprendentemente pesadas. No había nada extravagante en las cuentas que Jade pudiera identificar, pero tenían una belleza excepcional, sobre todo tan de cerca. Algunas tenían tintes azules y un brillo turquesa; otras tenían venas color ámbar espectaculares, y unas cuantas más eran de un verde tan intenso como los rincones más espesos del bosque. Una tenía, incluso, una veta rosada. Habían sido elegidas y extraídas de la piedra madre con mucho cuidado, luego talladas y pulidas con absoluta destreza y paciencia. Jade recordó lo que Itztli le dijo: algunas de esas cuentas contenían el aliento de los muertos.

Le devolvió el brazalete a abuela y observó cómo lo ponía de vuelta en su muñeca, donde pertenecía.

—Gracias —dijo Jade.

Abuela asintió.

—Ahora, ¿por qué no me dices qué hay adentro de ese bolso? —dijo. Su sonrisa insinuaba que ya conocía la respuesta. Jade levantó el bolso del pasto. Acarició las alas del colibrí por un momento, antes de abrirlo, con dedos un poco nerviosos. No podía creer que el momento había llegado, el momento en que conocería la historia del espejo de obsidiana, la historia de la que mamá solo le había contado pedazos. Sacó el espejo. Su lustre negro refulgía con el sol. Se lo dio a abuela y la vio darle vueltas en sus manos y acariciarlo con cariño. Eran, sin duda, viejos conocidos—. Cosí este espejo en una bolsa secreta en mi falda cuando Ernesto y yo llegamos a Estados Unidos —dijo—. Pensé que, aun si nos detenían y nos robaban todo, no podrían quedarse con esto. Porque mi madre me lo dio, y su madre a ella, y su madre a ella, y así durante generaciones y generaciones.

—¿También lo hizo alguien de nuestra familia? —preguntó Jade.

—Sí —respondió abuela—, según me contaron. Uno de los talladores de obsidiana más venerados. Quizá habrás notado que no es un espejo ordinario.

—Sin duda es un espejo curioso —dijo Jade—. El reflejo es extraño, cambia todo el tiempo. Y a veces siento que lo único que puedo ver son líneas como de humo.

—Este espejo puede mostrarte quién es alguien —dijo abuela.

Jade escuchó con mucho cuidado. Eso no era lo que hacían los espejos, por lo general.

—¿Hay que saber cómo usarlo, cómo mirarlo?

Abuela negó con la cabeza.

—No se trata de eso —contestó—. Puedes mirarlo y creer que viste algo, pero este espejo puede ser engañoso. —Jade asintió. Ya había aprendido esa lección con las varias veces que intentó ver más allá del humo, descubrir sus secretos, pero la bruma no hizo más que mofarse de ella. El espejo nunca dejó que el humo se disipara por completo. Y, sin embargo, siempre quería seguir buscando, porque tenía la corazonada de que esa bruma desaparecería en cualquier momento—. El espejo solo te mostrará quién es alguien una vez que en verdad conozcas a esa persona —le explicó abuela—. Y solo puedes conocer a una persona de verdad una vez que has escuchado, escuchado de verdad, lo que tiene que decirte.

Jade inhaló profundo. No era tan sencillo como mirar el espejo con mucha atención, ni inclinarlo en el ángulo correcto contra la luz. Se necesitaba más que eso para lograr que revelara sus secretos.

—Abuela —dijo—, ¿qué hay de... tu propio reflejo? ¿El espejo también puede mostrarte quién eres tú?

—Sí, Chalchihuite. Pero solo cuando estás en verdadera armonía con quién eres, cuando has escuchado a tu interior con atención.

Abuela le devolvió el espejo a Jade, quien lo puso con reverencia de vuelta en su bolso mientras se preguntaba cómo era posible escuchar su propio interior, armonizar con quien era en realidad. ¿Era algo que tenía que hacer sola? Quizá para eso eran los guías.

Estaba a punto de hacerle más preguntas a abuela, pero abuela de pronto dijo:

—¡Ah! ¡Creo que eso es suficiente sol por hoy! ¿Me ayudas, Chalchihuite?

—¡Claro! —dijo Jade. Se apresuró a echarse el bolso al hombro y ayudó a abuela a levantarse del asiento, sosteniéndola hasta que estuvo bien agarrada a la andadera. Jade la acompañó hasta los escalones y al pórtico, luego detuvo la puerta hasta que abuela logró entrar. Justo cuando estuvo adentro, un impulso se apoderó de ella: sacó el espejo del bolso y lo inclinó solo un poco hacia abuela para poder ver su reflejo en él.

El humo se aclaró en la piedra negra solo un instante. Y ahí estaba: un vivaz conejo de orejas largas, saltando, muy alegre, hacia la casa.

Jade solo miraba. El espejo nunca le había mostrado nada más que sombras extrañas y reflejos desproporcionados. Pero, ahí, en ese momento, estuvo segura de que vio a abuela en el espejo.

19

Jade no pudo dejar de pensar en el conejo en toda la semana. Sentada en el salón de Matemáticas, corriendo para vencer a su MP en el entrenamiento de atletismo mientras la coach Jackson les exigía cada vez más, mientras caminaba por el Wildcat Trail. A veces, cuando estaba en su cuarto, haciendo la tarea, estiraba la mano hacia su cómoda y tamborileaba la madera con los dedos, pensando en el espejo que guardaba ahí adentro. Si el espejo podía mostrarle quién era abuela, ¿qué más podría decirle? ¿Y qué significaba que abuela fuera un conejo?

Por alguna razón, tenía mucho sentido que abuela fuera un conejo, aunque Jade no pudiera enunciar por qué. Tal vez tenía sentido porque abuela estaba tan llena de vida como un conejo saltando por el jardín. O quizá era porque podía ver a abuela como una de esas mamás conejo que veía a la orilla del jardín, sentada cerca de su bebé conejo, con las orejas paradas, atentas al peligro, incluso mientras le daba bastante espacio al pequeñín.

¿Abuela conoció a algún conejo cuando su madre le dio el espejo hacía muchos años? ¿La habían guiado los conejos a convertirse en quien era ahora?

Jade no lo había intentado aún, pero estaba casi segura de qué vería en el espejo si lo ponía frente a su madre. Sin duda vería a un tecolote, un búho atento que observaba todo desde una percha alta y que volaba con tranquilidad, siempre vestido con un elegante azul grisáceo.

Si el espejo había llevado a Itztli a Jade, como su guía, ¿eso quería decir que ella era un jaguar?

Jade apenas si se atrevía a tener la esperanza de que fuera cierto.

Cada noche de esa semana, después de la cena, Jade tomó el espejo y se asomó, iluminándolo solo con los rayos de la luna y el polvoroso cielo de Atlanta, que siempre tenía un tinte rosado, aun en las noches más oscuras. Quería que el espejo le dijera con certeza quién era.

Pero en la superficie blanquecina solo ondeaban nubes impenetrables, y el espejo nunca respondió a su pregunta.

Cada noche, Jade suspiraba y volvía a guardar el espejo. Abuela le había dicho que tenía que estar en sintonía con su verdadero yo para que el espejo le mostrara su reflejo. Al parecer, no lo había logrado aún.

Mamá había llenado el vacío que dejó cuando se fue. Era como si un calor familiar que se había extraviado hubiera vuelto a esparcirse por toda la casa. Volvieron a comer salsa y tortillas, y los zapatos de tacón de trabajo de mamá reclamaron su lugar en el vestíbulo. Los hombros de papá estaban más relajados cuando la recogía de los entrenamientos de atletismo, y abuela se pasaba tardes enteras en el sillón reclinable de la sala, hablando con mamá, quien estaba sentada en el sofá, revisando documentos en su computadora.

La televisión estaba encendida de vez en cuando, cuando era probable que Katerina no la viera. Era un recordatorio de que no todo estaba bien y en paz en el mundo. Los noticieros comenzaron a hablar de forma distinta de los eventos que lo habían sacudido y que mantuvieron a la mamá de Jade en Nueva York tanto tiempo. Las palabras que usaban dejaron de transmitir solo fragmentos de un miedo sin rumbo o dirección. En cambio, los enemigos ahora tenían nombre. *Terroristas. Secuestradores.* Diecinueve rostros con barba aparecían en la pantalla, uno por uno. Todos los hombres que salían en las noticias tenían pequeños pines brillantes con la bandera de Estados Unidos en la solapa, congelada a medio ondear. *Las Torres Gemelas*, el *Pentágono* y *La Casa Blanca* ya no eran el blanco de los ataques; *Estados Unidos* estaba bajo ataque, repetían una y otra vez.

El miércoles, después de un entrenamiento particularmente intenso, Jade se dejó caer en la cama y miró hacia los árboles. Si alguien la iba a ayudar a descifrar quién era y cuál era su papel en ese mundo que cambiaba a toda prisa, en el que los adultos hacían su mejor esfuerzo por encauzar su miedo y darle dirección, ese sería Itztli.

Decidió ir a buscarlo.

Quería llevar el espejo consigo. Pero no se movió. Por más que quería levantarse y adentrarse en el bosque, también quería que la cama suave le abrazara los músculos adoloridos un minuto más. Mamá había puesto encima de la cómoda su uniforme para la carrera: una camiseta negra y dorada, sin mangas, y shorts con los mismos colores, que habían llegado por correo. Se veía mucho mejor que los atuendos que Jade seguía llevando a los entrenamientos; con todo lo que había ocurrido, ni siquiera le había pedido a mamá que le comprara ropa nueva para correr.

El entrenamiento había sido mucho más duro que de costumbre. La coach Jackson les gritó palabras de ánimo hasta que se quedó sin voz. Estaba decidida a ganarle a Cristo Salvador. Las demás chicas también comenzaron a alterarse por las chicas de Cristo Salvador. «Son las más groseras; siempre hacen trampa», había dicho Caitlyn en el vestidor; Chloe y todas las demás expresaron su acuerdo. Jade se sumó también, solo para poder sentirse una de ellas, parte del equipo.

Miró hacia los árboles otra vez. Por un momento, creyó haber visto la piel moteada de Itztli en la frontera de los pinos. ¿La estaba esperando?

Se levantó de golpe, tomó el espejo y lo metió en el bolso de colibrí. Se echó el bolso al hombro y se encaminó hacia la puerta trasera. Mamá estaba ocupada con abuela; Papá ayudaba a Katerina con un nuevo rompecabezas en la sala. Jade salió a la tarde dorada y caminó, con pasos seguros, hacia los árboles.

No vio a Itztli en un principio, pero sabía que estaba ahí. Sintió cómo los sentidos se le afilaban mientras avanzaba, de la misma forma en que lo hacían cuando corría. Sus pies descalzos parecían saber más que ella, y encontró el arroyo sin problemas, pasando a tientas entre las espinas verdes y cafés del bosque. Se detuvo en la curva exterior del meandro, con una mano sobre el bolso y el espejo adentro.

Itztli llevaba su pelaje al salir de entre los árboles del otro lado. Saltó con delicadeza sobre una de las piedras que asomaban la cabeza por encima de la corriente y, con un movimiento continuo y fluido, siguió saltando de piedra en piedra por el arroyo.

Jade comprendió que debía seguirlo. Se apretó el bolso contra el pecho y pisó la primera piedra. Se sentía un poco resbalosa, pero sus dedos lograron encontrar asimiento. Observó a Itztli e hizo su mejor esfuerzo por moverse como él, rebotando sin complicaciones entre las piedras. Jade habría querido tener una cola para equilibrarse.

Itztli no la llevó muy lejos; se detuvo en la cima de una diminuta cascada, un escalón en el arroyo por el que el agua corría en elegantes curvas alisadas- ahí, el arroyo se ensanchaba y la luz del sol entraba más a pleno. A un costado había un enorme roble centenario, con una infinidad de ramas torcidas, el mismo que papá le señaló cuando les contó a Katerina y ella sobre las plantas que había en el Wildcat Trail. Sus raíces enlodadas conformaban una buena parte de la ribera, asiéndose del agua con tenacidad.

—Hermosa, ¿no crees? —dijo Itztli.

Era un hombre de nuevo, recargado en su báculo en un costado del arroyo, mirando al roble. A Jade le pareció que se veía más triste que de costumbre. Salió del agua y hacia el lado del arroyo que estaba frente a Itztli para poder ver el roble de la mejor manera. El complejo y sinuoso patrón de las ramas traslapadas era, sin duda, una escena impresionante. Se preguntó qué era lo que Itztli veía en el árbol que hacía que los ojos le brillaran con tal tristeza y no solo con el destello del sol.

—*Sí*, hermoso —respondió. Quería preguntarle por qué se había referido al árbol como «ella», pero el brillo en sus ojos la hizo vacilar.

Itztli se apoyó con pesadez en su báculo y se agachó hasta poder sentarse con las piernas cruzadas; Jade hizo lo mismo de su lado del arroyo. La boca y mandíbula de Itztli estaban tensas mientras se sentaba, y a Jade le parecía que estaba conteniendo el dolor, el dolor de la edad avanzada y casi incalculable. Por la forma en que se movía cuando era un hombre, parecía mucho más frágil que abuela, sobre todo cuando su recuperación iba tan bien. Si Jade estuviera en el lugar de Itztli, pensó, querría pasar tanto tiempo como pudiera en su forma de jaguar, fuerte y ágil.

—Me alegra que hayas venido, Chalchihuite —dijo Itztli. Jade sonrió al escuchar su nombre—. Estos son días inquietantes —continuó—. Tengo mucho que contarte. Pero, primero, dime: ¿por qué has venido esta vez?

Jade lo meditó. Había venido porque no sabía cómo pensar en los ataques de la semana anterior, y las explicaciones en la televisión no ayudaban. No era tanto que quisiera entender qué ocurría y por qué, sino que quería saber cómo se suponía que debía actuar en un mundo que se sentía muy nuevo y en el que las reglas no quedaban del todo claras.

Y, por supuesto, también había venido porque quería saber más sobre el espejo que estaba en su bolso y que podía mostrarle quién era alguien en realidad, en el fondo. Y quería saber cómo podía descubrirlo por sí misma —quién era en el fondo— y cómo *serlo*.

Inhaló muy profundo e hizo su mejor esfuerzo por articular todo lo que tenía en la cabeza.

—Vine porque quería preguntarte: ¿cómo se vive después de un gran cambio, cuando ni siquiera sabes cómo se verá el *después*? —Estaba pensando en los ataques, pero también en su menstruación. Tantas cosas habían cambiado desde que había llegado a Atlanta que ni siquiera podía nombrar todos los cambios. *Ella* había cambiado también, aunque no estaba muy segura de cómo—. También quería preguntarte cómo puedo descubrir quién soy en realidad —dijo—. La vez pasada me dijiste que me contarías cómo descubriste que eras jaguar. ¿Me lo contarías?

Para sorpresa de Jade, Itztli se rio un poco.

—Son muchas preguntas, Chalchihuite. Y voy a responderlas todas. Pero, primero, permíteme decirte algo: está bien no saber exactamente quién eres. Se necesita una vida entera, y un poco más, para descubrirlo. No aparece todo de golpe, como un relámpago. No, no. Se descubre de a poco, a lo largo de una serie de pequeñas epifanías, de momentos de asombro y entendimiento repentino, y entonces comprendes algo que siempre habías sabido, aunque no sabías que lo sabías. Crece como el vello en las axilas, poco a poco, no de golpe.

Ahora era el turno de Jade para reírse. ¿Vello en las axilas? No esperaba una imagen así de boca de Itztli. Su risa salió un poco nerviosa también, pues recién había comenzado a notar pequeños parches de vello en sus propias axilas, y era algo tan íntimo que ni siquiera se imaginaba contándole a Chloe.

La risa se detuvo, se perdió en el rumor del arroyo. Había algo reconfortante en las palabras de Itztli. No tenía que saberlo todo en ese instante. Pensó en el momento en el que vio las piedras de jade talladas en el museo y sintió una resonancia con ellas, esas pequeñas piedras pulidas con imágenes grabadas en la superficie. Fue como si algo dentro de ella hubiera cambiado, algo que no podía nombrar. Debió haber sido una de esas «pequeñas epifanías».

—Quizá no sepas *todo* sobre quién eres en mucho tiempo —continuó Itztli—. Pero, buscar dentro de ti misma, llegar hasta las profundidades más íntimas y liberar la fuerza de voluntad que está ahí agazapada, en el centro de quién eres en verdad, eso es algo que puedes hacer en cualquier momento. Y puede ser de mucha ayuda cuando el clima es tempestuoso. Tan solo tienes que aprender cómo.

—¿Cómo? —dijo Jade.

Itztli sonrió. Jade se alegró de ver el regreso del brillo juguetón en sus ojos.

—Yo puedo ayudarte —dijo—. Pero, al final, tú debes descubrirlo por ti misma.

Jade volvió a inhalar profundo e intentó conjurar su paciencia. Estaba segura de que aprendería cosas interesantes ahí, pero también estaba segura de que no volvería a casa con respuestas a todas sus preguntas.

Itztli sacó de entre las raíces del árbol el libro con tapas de madera en el que había pintado la vez anterior —el amoxtli— y su delgada pluma de caña.

Jade puso mucha atención. No quería perderse nada de lo que Itztli dibujara.

Abrió el amoxtli y se puso las páginas dobladas como un acordeón sobre el regazo, con los brazos extendidos. Las figuras que había pintado —la ciudad sobre la isla, los barcos, el rey Moctezuma sentado, el ave con la cabeza de espejo— parecían ondear con el movimiento del papel. Los brazos de Itztli no estaban tan extendidos como para que las páginas se abrieran por completo, y no parecía que esa fuera su intención. Dejó la pintura doblada a medias, con cordilleras y valles trazados sobre el papel.

Con un movimiento veloz y ensayado, le dio vuelta al libro y las páginas en blanco que ahora miraban hacia arriba, aún en afilados triángulos, le recordaron a Jade a los escalones de un templo, con su alternancia entre luz y sombra.

Itztli colapsó el libro de forma que solo una página blanca quedara a la vista, y lo puso sobre una de las firmes raíces del roble gigantesco y fibroso. Con la pluma de caña, comenzó a dibujar.

Jade intentó descifrar si lo que Itztli dibujaba era un hombre o una bestia. Incluso mientras le añadía más y más detalles a la figura, Jade veía las dos cosas a la vez. Era una criatura con manchas, piel peluda y garras afiladas... ¿O era un hombre con una daga alzada, listo para pelear?

—Él era mi padre —dijo Itztli.

—El guerrero jaguar —añadió Jade.

Itztli asintió y continuó con su dibujo. Trazaba los largos colmillos de la cabeza del jaguar, y Jade comprendió que el hombre —el padre de Itztli— *llevaba puesta la piel del jaguar*. Su cabeza, con un rostro angular de perfil, salía de las fauces del jaguar, con los colmillos alrededor suyo, sin amenazarlo a él, sino a quien fuera su enemigo. Vestido con el jaguar, el padre de Itztli era más que un hombre; era un hombre *y* el animal.

Jade se estremeció al pensar en vestir un animal muerto así. Pero, por la forma en que Itztli lo dibujó, el jaguar se veía muy vivo. Era como si bestia y hombre fueran uno mismo. La cabeza del jaguar le recordó a Jade a la que vio tallada en una de las cuentas de jade en el museo. Sus ojos estaban despiertos y decididos; si Jade fuera a colorearlos, los pintaría con ardientes tonos rojos y dorados.

—Mi padre demostró ser jaguar con su capacidad en la batalla y lo agudo de su ingenio. Con su valor, velocidad y habilidad para dar en el blanco, se hizo merecedor del honor de ir a la batalla con el traje y la corona del jaguar, el príncipe de todos los animales.

—Pero *tú* también eres jaguar —dijo Jade—. ¿Cómo lo descubriste? No eres un guerrero.

—¡No, en absoluto! —respondió Itztli, agitando la mano y con una risita—. Soy pésimo con el atlatl. Si me das una lanza, lo más probable es que la tire hacia atrás. —Esta vez se rio a carcajadas, con la cabeza echada hacia atrás—. No, yo soy jaguar de una forma distinta. —Tocó el dibujo con un dedo—. Ser jaguar no significa solo poder correr rápido, ni destruir con precisión —dijo. Jade escuchó con mucha atención—. No significa solo ser fuerte y poderoso. Ser jaguar significa tener la capacidad de *discernir*. —Volteó a ver a Jade, quien nunca había sentido su mirada tan penetrante—. Significa que puedes ver en la oscuridad, más allá de la bruma. Y significa tener el valor, la confianza en ti mismo, para enfrentarte a lo que sea que se interpone en tu camino. Significa lanzarte hacia adelante y mostrarte con toda tu fuerza y todo tu esplendor, aun cuando intentan arrancarte los colmillos, aun cuando alguien te dice que no sabes quién eres. *Eso* es lo que significa ser jaguar.

Lanzó la pluma de caña al aire, donde dio vueltas y vueltas, y hacia los árboles. Cuando cayó, Itztli la tomó con una mano, sin problemas, con los dedos listos para dibujar otra vez.

El corazón le latía a toda velocidad a Jade, como si acabara de terminar una carrera. Itztli hacía que ser jaguar sonara y se viera tan fácil... dejar atrás los miedos y revestirte con valor. Ella quería ser así; quería ser jaguar. Y sabía que, aunque Itztli lo hacía parecer sencillo, no había manera de que lo fuera.

—Quieres aprender a descubrir quién eres —continuó Itztli—. Pues yo lo descubrí cuando la gente me cuestionó. Cuando la gente de Tenochtitlan que no me respetaba dijo: «Tú eres purépecha. No perteneces aquí». Cuando los pintores españoles me dijeron: «Eres mexicano. No eres un pintor de verdad». Y cuando un juez español me dijo, al ver mi trabajo en un amoxtli que contaba la historia de los mexicas: «Qué lindos dibujos. Qué maravilloso sería que tuvieras una historia de verdad». Así fue como aprendí que era jaguar, Chalchihuite, cuando aprendí a defenderme en esos momentos, cuando aprendí a decirles: «No, se equivocan. Sí pertenezco. Sí soy un pintor. Estas son nuestras historias».

Jade estaba perpleja y furiosa. Furiosa por las cosas horribles que la gente le había dicho a Itztli. Perpleja porque, en ese momento, al repetírselas, controló su ira, la superó, y mantuvo la calma monumental que siempre lo caracterizaba.

—¿Cómo puedes estar tan tranquilo? —preguntó—. ¡Son cosas terribles de decir! ¡De oír!

Itztli puso la pluma frente a sí y entrelazó los dedos.

—Enojarse no es suficiente —dijo, muy despacio—. No es suficiente reaccionar y atacar. El jaguar tiene una magnífica precisión, como la de la punta de una pluma. —Le dio un toquecito a la punta de caña con un dedo, con las manos aún entrelazadas. La pluma le presionó la yema del dedo, como los dientes de Mortimer cuando quería pinchar, pero no morder. Un delgado hilo de tinta negra se derramó sobre el dedo de Itztli. Itztli quitó el dedo y continuó—. El jaguar salta, corre y ataca solo cuando es necesario —le dijo a Jade—. Y cuando termina, el jaguar deja que la calma se asiente de nuevo, como la lisa y tranquila superficie de un lago después de una tormenta. El pelo erizado vuelve a recostarse en el lomo, y caminas despacio y con seguridad por el bosque. Pero siempre te mantienes atento a lo que pueda venir después, incluso en la noche más oscura, siempre listo para cargar de nuevo.

Cuando Jade vio a Itztli por primera vez, le pareció aterrador, con su pelo rojizo y poderosas patas con garras. Siempre reconoció, en su forma de jaguar, la energía feroz que llevaba adentro. Pero había descubierto que era tan mesurado y reservado cuando vestía su regio pelaje que cuando llevaba su sencilla túnica blanca.

—¿Cómo lo haces, Itztli? —dijo—. ¿Cómo tienes tanto control?

—Se requiere práctica —respondió él, sonriente—. Como en todo.

Jade tomó su bolso. Quería que hubiera un atajo, una forma de entenderlo todo en un solo intento.

—Itztli —comenzó a decir—. Mi abuela me dijo que este espejo puede mostrarte quién es una persona en verdad.

Sacó el espejo del bolso y lo sostuvo sobre la palma de la mano. Sobre su superficie curva, vio el agua, el cielo y a Itztli, todos al mismo tiempo. En el reflejo negro y liso, Itztli era un jaguar, sentado y paciente, pero alerta, con la cola enrollada alrededor del cuerpo. Pero al alzar la mirada, Jade vio que no había dejado de ser un hombre, sentado con las piernas cruzadas del otro lado del arroyo.

Los ojos se le iluminaron a Itztli, y Jade creyó haber visto en ellos el reflejo del espejo.

—¡Al fin me has traído el tezcatl! —dijo Itztli—. Y es mucho más hermoso de lo que había imaginado.

Jade irguió la espalda. Itztli sabía sobre el espejo.

Volvió a mirar la piedra, el tezcatl. Se había nublado.

Se lo tendió a Itztli por encima del arroyo.

—¿Quieres verlo? —preguntó.

—Sí, Chalchihuite, gracias —dijo él, antes de tomarlo con sus dedos oscuros y arrugados. Tomó la piedra con las dos manos curtidas y se quedó sentado un momento, mirando el espejo con detenimiento. Lo tenía angulado hacia Jade. Se rio con regocijo y la miró.

—¿Qué viste? —preguntó Jade, ansiosa. Itztli movió la cabeza de lado a lado—. ¿No me vas a decir?

—Tienes que descubrir quién eres por ti misma —contestó Itztli. Le devolvió el espejo a Jade—. Cuida tu tezcatl. Hay muy pocos tan bien hechos como este.

Jade tomó el espejo y lo devolvió a su bolso.

—Mi tezcatl —susurró. Le dio unas palmaditas al colibrí.

—Tu tezcatl me mostró lo que yo ya sabía —comentó Itztli—. Eso es lo que hace.

Jade asintió. Era lo mismo que abuela le había dicho. Tenía la esperanza de que Itztli le dijera algo más.

Esperó. Por la forma en que Itztli se mecía hacia adelante y atrás, despacio, casi imperceptible, como si fuera una planta movida por una leve brisa, Jade supo que Itztli tenía más por decir.

—Una de las primeras historias que don Martín me contó cuando llegué a Tenochtitlan y él me acogió fue sobre el dios que podía ver el corazón de las personas. El dios usaba un espejo, un tezcatl, para hacerlo. Era un dios llamado Tezcatlipoca, el Espejo que Humea —le explicó Itztli. Jade se quedó muy quieta, tan atenta como pudo—. Don Martín me llevó al lago durante el atardecer para contarme la historia. Mirábamos hacia lo que quedaba del lago, y había humo sobre el agua, una delgada y sedosa bruma que salía de la superficie y desaparecía en el cielo nocturno. —Extendió una mano encima del arroyo y sus dedos bailaron sobre él, imitando el vapor que salía del lago—. Detrás, el volcán humeaba también. Era como si el lago y la montaña de fuego nos recordaran lo que había debajo de la superficie, que debajo de la calma yace una terrible fuerza que podría estallar en cualquier momento. —La mano de Itztli se deslizó con suavidad por la superficie del alegre arroyo—. Don Martín me contó que había cinco soles, cinco grandes eras. Había varios dioses, y algunos de ellos gobernaron las distintas eras. Uno de ellos era Quetzalcóatl, la Serpiente Emplumada, y otro era Tezcatlipoca.

—El Espejo que Humea.

—Exacto —dijo Itztli—. Tezcatlipoca gobernó durante el primer sol, la primera época. Pero su hermano Quetzalcóatl quería gobernar, por lo que pelearon. Y ya sabes cómo pelean los hermanos. —Jade se rio—. Pero, cuando pelean los dioses... —Itztli apuntó hacia el cielo—, todos nos enteramos. —Jade miró hacia el cielo. Las nubes esponjosas se acercaban, mientras que algunas de las más lejanas eran tan oscuras como sombras—. Durante semanas hubo tormentas aterradoras. El agua cayó, interminable, de las nubes donde los dioses hermanos luchaban —continuó Itztli—. La tierra comenzó a partirse. Las profundas fisuras abrían sus fauces y sacudían el suelo, y las abrasadoras entrañas de los volcanes borbotearon y bajaron por las laderas. Al fin, Quetzalcóatl le asestó un tremendo golpe a su hermano, que tiró a Tezcatlipoca del cielo. El Dios del Espejo que Humea cayó al mar con un enorme salpicón. —Itztli golpeó el arroyo con la mano, con una fuerza inesperada, e hizo que el agua saltara—. La calma comenzó a apoderarse de la tierra una vez más. La pelea había terminado. —El arroyo había vuelto a fluir con tranquilidad, había sanado donde Itztli perturbó su corriente—. La tierra dejó de sacudirse y las lluvias dejaron de azotar el terreno —dijo—. Los volcanes pararon su furiosa indigestión, y la lava roja que corría desde sus entrañas se detuvo y se enfrió hasta hacerse negra. Fue el comienzo del segundo sol.

La paz fue posible al fin, pensó Jade, incluso después de la terrible batalla en el cielo de los dioses, los hermanos, y todo el caos que provocaron, una destrucción por la que los humanos no podían hacer nada, salvo observar.

Cerró los ojos y metió los pies al arroyo para sentir un poco de esa calma cósmica de la que Itztli hablaba. La corriente fresca hizo espacio para sus dedos, masajeándolos con delicadeza, antes de continuar su camino.

—Cuando todo estuvo muy quieto —agregó Itztli—, Tezcatlipoca salió del mar y emitió un rugido tremendo. La caída celestial y el impacto con el agua lo habían convertido en jaguar. —Jade abrió los ojos de golpe. Apenas había comenzado a asentarse en la calma del agua del arroyo que fluía por encima y alrededor de sus pies—. Verás, cuando los hermanos dejaron de pelear, la calma se hizo presente, y eso fue bueno. Pero el Dios del Espejo que Humea se negaba a quedar derrotado, a quedar enterrado bajo el mar. Así que salió a la superficie y rugió, se hizo oír, como diciendo: «Estoy aquí. No puedes deshacerte de mí». —Itztli abrió los brazos—. Ese es el espíritu del jaguar.

Mientras Jade lo miraba, la luz le golpeó los ojos brillantes y oscuros de forma tal que le mostraron un destello de ámbar, como sus ojos cuando era jaguar.

—Itztli —dijo Jade—, ¿sientes que eres jaguar...? ¿Eres jaguar en este momento?

Itztli sonrió y asintió despacio. Bajó las manos.

—Claro, Chalchihuite.

Jade volteó hacia el enorme roble con las ramas torcidas que estaba a un lado de Itztli. Se preguntó cómo se sentiría estar tan en armonía con quien eras, todo el tiempo.

—Pero... ¿cómo funciona? —preguntó—. ¿Cómo eres jaguar... incluso cuando eres humano?

—Funciona así —dijo Itztli—: Soy jaguar por la forma en que escucho. Intento estar callado y atento. Soy jaguar en la forma en que pinto mis historias; trato de dibujar con cautela, con las delgadas líneas de mi pluma de caña, pero también trazo gruesas pinceladas en la página cuando es necesario. —Jade asintió, haciendo su mejor esfuerzo por estar atenta y callada—. Pero hay muchas, muchas formas de ser jaguar, y muchas maneras de pintar historias y conservar recuerdos —continuó Itztli—. Eso lo aprendí en Tenochtitlan. Conocí comerciantes que venían del norte y que vendían cerámica con diseños que nunca había visto, cuentas de turquesa y pendientes talladas de formas que rompían los límites de lo que yo creía posible. Algunas solo eran bellas, pero otras contenían costumbres y recuerdos que los españoles no habían logrado acallar... y yo quise saber más. —Jade esperó, con los pies aún colgados sobre el agua tranquila. Se dio cuenta de que era uno de esos momentos en los que Itztli quería decir algo y quería (o quizá *necesitaba*) que Jade escuchara—. Así que emprendí una suerte de peregrinaje —continuó. Sacudió su pluma de caña y dibujó pisadas que salían del hombre jaguar que había trazado. ¿Aún era su padre? ¿O era Itztli también? ¿Podría ser Tezcatlipoca, el Dios del Espejo que Humea?—. Caminé hacia el norte, y aprendí sobre las costumbres de esos lugares. Caminé durante meses, siguiendo el rastro del maíz, la cerámica y las piedras talladas. Quería aprender todo lo que pudiera. Cada vez que veía un nuevo diseño, preguntaba de dónde venía e iba a ese lugar. Y a dondequiera que iba, la gente me alimentaba con maíz, y el maíz me hacía sentir en casa, estuviera donde estuviera.

Trazó un tallo de maíz, con sus hojas curvas que caían en una simetría perfecta.

—¿Así fue cómo llegaste aquí? —preguntó Jade.

Itztli asintió. Dibujó una enorme colina que se parecía mucho a un cerro de agua, pero con una curva más pronunciada.

—Al final, llegué a Stone Mountain —dijo.

—¡Mañana tengo una carrera ahí! —exclamó Jade.

—¡Ah! Entonces correrás ahí, sobre el suelo antiguo. Tiene kilómetros de alto y kilómetros de ancho; es la piedra de granito más grande del mundo de entre las que asoman la cabeza de la tierra. Hace muchas épocas, el granito, hirviente en el vientre de la tierra, se enfrió hasta ser gris como el humo.

—Guau —dijo Jade.

Al día siguiente, correría a la sombra de esa roca gigante que alguna vez burbujeó dentro de la tierra.

—Era un lugar de encuentro —dijo Itztli—. Un lugar en el que los caminos se encontraban. —Trazó una intersección al pie de la montaña—. Y fue ahí que conocí a mi amada.

Jade no se movió. Por la forma en que Itztli lo dijo, lo supo de inmediato: fuera quien fuera su amada, la había perdido.

Itztli miró al enorme roble. En un principio, Jade creyó que solo estaba sumido en sus pensamientos, recordando a su amada, pero, en realidad, estaba mirando *al* árbol con detenimiento. Se había referido al árbol en femenino.

—Mi amada Chesequah hacía ollas y jarras con el barro rojo de estas tierras —dijo, sin dejar de mirar al árbol—. Las grababa con espirales que parecían remolinos, y pasaba mazorcas de maíz con suavidad por encima del barro mientras seguía suave y tersa, marcando la tierra roja con el alimento del que no podemos prescindir, la comida de mi infancia. —Miró a Jade—. Tomé un trago de su jarra y eso fue todo... —Sonrió—: Quedé perdidamente enamorado. —Jade sonrió y recordó la historia que le contó abuela de cómo abuelo le pidió matrimonio a causa de un pañuelo. Estaba segura de que había muchas cosas que Itztli no le había dicho (así como había muchas cosas que abuela no le había compartido), pero no importaba. Sabía que si esperaba y escuchaba, oiría lo que Itztli *sí* quería decirle—. Éramos muy felices juntos —dijo Itztli, con los ojos aún sobre el árbol. Asentó su pluma de caña y estiró la mano para tocar el tronco de forma afectuosa—. Vivíamos en una casa que era un cerro hecho de la tierra. Y, al poco tiempo, estuvimos esperando un hijo. Nuestro hijo. Todos los días le llenaba la panza de besos, enloquecido con la idea. —Las nubes se habían acercado más, y las más oscuras y pesadas comenzaron a cubrir a las blancas y esponjosas—. Pero nuestra felicidad duró poco —agregó Itztli. Agachó la mirada—. Ella murió durante el parto. El bebé no sobrevivió. —Itztli entrelazó las manos de nuevo, y las estudió—. Pero, antes de que muriera, le tomé la mano y le conté todas las historias que conocía. Todas las historias que mi madre me contó; todas las historias que Don Martín me contó. Era lo único que podía hacer. Ambos sabíamos que pronto se iría. —Miró a Jade—. Y ella me dijo algo antes de morir: «Itztli, siempre estaremos juntos. Honra mi recuerdo, cuenta nuestra historia, y estaré contigo siempre».

Jade jaló una bocanada de aire. Eso era lo que Itztli estaba haciendo, contándole su historia.

Itztli comenzó a levantarse, con movimientos lentos y tortuosos. Jade estiró una mano por instinto al otro lado del arroyo, pero Itztli no aceptó su ayuda. Se apoyó en el árbol y se impulsó hacia arriba con el báculo.

—Vine a la parte más profunda del bosque que logré encontrar —continuó—, con el arroyo más hermoso y alegre. Y sembré este roble en honor a mi amada porque el roble es un refugio, y, de donde vengo, es un puente a un mundo divino más allá de este. Nos permite hablar con los dioses, y yo quería que los dioses supieran de mi amada. —Jade recordó los robles en la pintura que Itztli hizo en la corteza, la que estaba en su recámara, con los árboles que cuidaban a los dioses mientras les susurraban a los humanos entre sueños. Itztli le contó ese día sobre los robles y cómo su madera alimentaba las llamas que brillaban por los dioses en los templos—. Este roble también es por nuestro pequeño, a quien perdimos —dijo Itztli, con una mano sobre el árbol—. Y es por mi padre, quien murió luchando como jaguar. Y por mi madre, quien murió luchando contra la pestilencia que le hirvió y consumió el cuerpo. —Jade vio las ramas torcidas del roble. Se preguntó cuánto tiempo debió haberle tomado al pequeño brote del árbol para ensancharse y torcerse en tantas direcciones distintas. Pensó en cómo florecía y tiraba sus hojas, año tras año, por lo que debió de haber sido un largo tiempo—. Y he estado aquí desde entonces, cuidando el árbol, protegiéndolo. He visto tantas cosas en estos años, Chalchihuite. Vi españoles llegar e irse; ingleses venir y quedarse. He visto la construcción de enormes casas, personas esclavizadas y forzadas a trabajar la tierra, las manos cicatrizándoles en mapas de sufrimiento y deseo y recuerdos rotos. He visto guerras terribles. He visto traiciones. He visto a invasores robar las tierras de mi querido pueblo, pedazo a pedazo. Vi a los descendientes de los invasores expulsar a la gente de sus tierras, obligarla a caminar al oeste, por tierras desconocidas. Este roble es para ellos también, para aquellos que no sobrevivieron al viaje o que murieron defendiendo su tierra. —Itztli se recargó en el árbol, como si el peso de sus propias palabras lo estuviera empujando. El tronco del árbol le acunó el delgado cuerpo.

»Todo este tiempo, el bosque se ha hecho más y más pequeño —dijo—. Pero nosotros permanecemos aquí. —Jade pensó en la construcción en la preparatoria y cerca de la casa de Chloe, en los montículos de tierra roja que se levantaban donde alguna vez hubo árboles—. Y *te* necesito —sentenció Itztli. Se separó del árbol y de pronto estuvo muy erguido, apenas tocando el báculo, como si ya no lo necesitara—. Te necesito para que cuides mis historias, mi niña. Y has venido... tu tezcatl nos trajo hasta este momento. —Jade lo asimiló todo. Su espejo de obsidiana no solo le había llevado a Itztli como su guía. También la había llevado a ella a Itztli, para que escuchara y cuidara sus historias. Itztli tomó el amoxtli y lo cerró—. Has escuchado, Chalchihuite. Y has observado con ojos ávidos —dijo—. Y has aprendido, como sabía que lo harías. —Tendió el amoxtli por encima del agua, hacia Jade. Ella vaciló. El libro era demasiado preciado. ¿Cómo podría tomarlo?—. Mi niña —dijo Itztli, con un tono suplicante de una forma que Jade no había escuchado antes.

Jade hundió los dedos de los pies en la tierra suave y entre las pequeñas piedras del arroyo. Se puso de pie. El agua se arremolinaba alrededor de sus tobillos. Tomó el libro de madera en sus manos; sintió su peso, el grano curtido de sus tapas.

—¿Estás seguro? —preguntó—. Pero... no lo has terminado.

Itztli meneó la cabeza.

—Tú puedes terminarlo —respondió—. Tienes todo lo que necesitas para hacerlo. Esperé todos estos años por ti. Tienes que tomarlo.

Jade se llevó el libro al pecho y asintió.

—Sí, Itztli —dijo. Creía haber entendido. Si el mundo iba a sostenerse a pesar de estar tan roto, Jade tenía que mantener las historias con vida—. Pintaré tus historias tan bien como pueda. Las contaré. Las mantendré vivas —dijo—. Te lo prometo.

Era una promesa enorme, pero Itztli confiaba en ella, y Jade sabía que tenía que hacerlo.

Unas gotitas comenzaron a golpetear la superficie del arroyo, y Jade empezó a sentirlas, delicadas, pero insistentes, sobre su cabello. Si no tenía cuidado, el libro iba a mojarse.

Itztli le dirigió una sonrisa triste y satisfecha.

—Gracias —dijo.

Y, luego, detrás de la delgada y brumosa capa de lluvia, fue un jaguar otra vez.

Jade lo vio trepar el roble sin problemas, moviendo la cola para balancearse. Llegó a una de las ramas más altas y se apertrechó ahí, su pelaje dorado un radiante faro entre los tintes opacos del bosque lluvioso. Ahí, en la rama, el jaguar exhaló un resonante rugido que llenó el bosque entero.

Jade apretó el libro contra su pecho y escuchó mientras lo observaba, parpadeando bajo la lluvia. Era un rugido de angustia, pero también triunfal, un rugido que resonó con algo en las profundidades de su ser.

La lluvia se tornó más intensa. Corrió de vuelta a la casa, con el rugido de Itztli aún repicándole en los oídos. Justo cuando cruzó la puerta trasera, el cielo se abrió y el agua comenzó a caer con fuerza y golpear las ventanas.

De vuelta en su recámara, Jade puso el amoxtli sobre su cama y observó la tormenta. La lluvia caía en gruesas capas inclinadas, y los pinos se doblaban y mecían con el viento.

Quizá los dioses estaban luchando en el cielo. Tal vez estaban llorando, sollozando en enormes y poderosas cascadas que bañaban la tierra con un estruendo.

Un relámpago iluminó el jardín y volvió a oscurecerlo de inmediato. El trueno resonó por todo el vecindario, un ensordecedor retumbo y un bramido que parecía poder hacer trizas el universo.

Jade miró al amoxtli de madera. «Tú puedes terminarlo», le había dicho Itztli. «Tienes todo lo que necesitas para hacerlo».

20

Jade aún tenía el amoxtli tendido en la cama mientras miraba la tormenta cuando oyó la voz de mamá detrás de ella.

—Qué tormenta —dijo—. Creí haber oído un rugido hace rato... pero tal vez fue solo un trueno.

Jade se dio vuelta y vio a su mamá en la puerta, con pantuflas y el cabello relajado. Entró a la habitación muy despacio, mirando a Jade como si estuviera pidiéndole permiso.

Jade no la detuvo. En realidad, estaba agradecida por la compañía entre todos los truenos, los árboles que se sacudían y el viento que, cada tanto, silbaba de forma extraño al dar la vuelta por las esquinas de la casa. Jade miró al piso; había vuelto a meter lodo a la casa con los pies descalzos mientras huía de la lluvia.

—Perdón... Lo voy a limpiar —dijo.

Mamá asintió, pero no parecía demasiado preocupada al respecto. Se acercó más a la cama y vio el amoxtli. Lo observó junto con lo que Itztli había pintado adentro. ¿Sabía su mamá qué era?

—El espejo funciona, ¿cierto? —preguntó mamá con suavidad después de unos instantes, sin quitarles los ojos de encima a los bordes pintados del libro.

—Pues... sí —respondió Jade. Aliviada, se dio cuenta de que era uno de esos momentos en los que su mamá se estaba abriendo y una conversación como esa podía ocurrir. Un relámpago iluminó la habitación por un momento, pero el trueno no llegó de inmediato. Estalló unos segundos después—. Conocí... a mi guía.

Mamá la miró con una sonrisita en los labios.

—Me alegra.

Su mirada se posó en el bolso de colibrí que Jade aún tenía colgado del hombro, con el espejo de obsidiana abultándolo por dentro. Solo unas cuantas gotas de lluvia habían caído sobre la tela; Jade logró llegar a casa justo a tiempo.

Jade sacó el espejo.

—*Sí* funciona —respondió—. Pero aún no me muestra quién soy. Abuela me dijo que tengo que estar en armonía conmigo misma, y que solo entonces me lo va a mostrar.

—Así es —dijo mamá—. Pero pronto verás tu reflejo. —Le apretó el hombro a Jade.

—Está bien —reconoció Jade. Decidió confiar en la palabra de mamá. Puso el espejo de vuelta en el bolso. Se dio cuenta de que su mamá miraba al ave bordada con una expresión suave, como si estuviera viendo a un viejo amigo.

—¿Cómo te sientes por la carrera de mañana? —le preguntó.

Jade se sorprendió. Con todas las preocupaciones que tenía mamá en ese momento, le asombró que lo hubiera recordado.

—Eh... creo que bien —respondió—. De hecho, me emociona. Digo, hemos estado entrenando, pero ahora es real, ¿sabes? —Estaba ansiosa por probarse a sí misma en una situación como la carrera, por descubrir qué tan rápido podía correr cuando en verdad importara.

—Lo vas a hacer muy bien —dijo mamá—. Y yo voy a estar ahí.

—¿En serio? —Jade pensaba que solo papá iría, considerando la montaña de trabajo y preocupaciones que su mamá tenía encima esos días.

—¡Claro! —exclamó ella, con una sonrisa aún más grande, como si quisiera asegurarse de que Jade supiera que en verdad estaba ansiosa por verla correr—. Los tres vamos a estar ahí: tu papá, Katerina y yo.

Jade sintió cómo una sonrisa se le dibujaba en el rostro. Le importaba a su familia. Todos estarían ahí para apoyarla en la carrera. Por alguna razón, sentía que eso marcaría toda la diferencia del mundo.

La lluvia había amainado un poco ya y caía de forma vertical y no en diagonal. Su mamá volvió a mirar al amoxtli, luego le dio una palmadita a Jade en el hombro y salió de la habitación.

Los fabulosos aromas de la cena flotaron por el pasillo y toda la casa. Jade limpió el lodo que había metido y, cuando la tormenta se había calmado lo suficiente como para que fuera seguro bañarse, fue a enjuagarse todo el cansancio del día. Usó el rastrillo de su mamá para rasurarse las piernas, despacio y con cuidado para que no le faltara ninguna parte y no cortarse. Al salir del baño y ponerse la ropa para dormir, un cansancio profundo y reconfortante se apoderó de ella. Era probable que durmiera muy bien esa noche, lo que era bueno porque significaba que correría mejor al día siguiente.

Se hundió en el sofá de la sala junto al sillón reclinable donde abuela dormitaba. La televisión estaba encendida con el volumen muy bajo, pero Jade aún podía oírla. La conductora decía algo sobre cómo el debate en torno al perfilado racial se había vuelto a encender tras los ataques al Pentágono y el World Trade Center. Presentó a un experto en derecho para hablar del tema, un hombre calvo con uno de esos pines con una bandera pegado al traje.

—¿Sabes? Me parece que después de estos ataques será mucho más difícil sostener en una corte que el perfilado racial no es efectivo —dijo el hombre.

—¿Pero es legal? —ripostó la conductora, con el rostro como de piedra—. ¿Es constitucional?

—Pues, en términos de precedentes legales, en 1976 la Suprema Corte dictaminó que no hubo violación alguna a la constitución en el caso de un hombre mexicano que fue arrestado...

Jade sintió que algo le subía por el pecho, como bilis o un horrendo eructo. Apagó la televisión y miró la pantalla negra. Abuela se movió un poco, pero no despertó.

¿Cómo se atrevía alguien a cuestionar a otra persona solo por su apariencia? Jade nunca había querido creer que la gente a veces trataba mal a su mamá en el aeropuerto, pero sabía que era cierto. No podía entender cómo alguien podía creer que estaba bien sospechar de otra persona —*arrestarla* incluso— porque parecía que era mexicana.

Itztli descubrió que era jaguar cuando la gente lo cuestionó, cuando le dijeron cosas horribles. Eso era lo que significaba ser jaguar: poder controlar tu ira, saber cuándo atacar y cuándo usar toda tu fuerza para mantener la calma.

Respiró profundo, intentando ser como Itztli. No podía cambiar lo que el hombre dijo en la televisión. Lo único que podía hacer era concentrarse en su carrera y correr tan rápido como pudiera. Quería demostrarles a todos que era parte del equipo. Y quería representar a su familia —a toda su familia—, incluyendo al tío Efraín, quien corrió tan rápido y anotó tantos goles.

El olor de la cena se hizo más fuerte y pareció arrancar a abuela de sus sueños. Parpadeó unas cuantas veces y abrió los ojos.

—Ya es hora de cenar, ¿no, Chalchihuite? —dijo—. Qué hambre...

—Sí, abuela —respondió Jade. Se puso de pie para ayudarla a levantarse.

Mientras guiaba a abuela a agarrarse de la andadera, Jade se preguntó si volvería a ver a Itztli o si el encuentro de esa tarde fue el último. A final de cuentas, le había dado el amoxtli. Quizá su rugido fue su adiós. No quería que fuera cierto.

Se sacó la idea de la cabeza. La cena estaba sobre la mesa: la carne con papas de papá y el elote y calabacín de mamá. Había incluso unas cuantas flores de calabaza de un alegre anaranjado mezcladas con el calabacín. Katerina entró corriendo al comedor, jalada por el aroma y todos se sentaron a disfrutar de un sustancioso festín para un día entre semana.

La luz entraba con fuerza por la ventana cuando la alarma despertó a Jade a la mañana siguiente. Cuando se le aclaró la vista, vio a Mortimer parado sobre las patas traseras y las delanteras en la ventana, asomándose entre las persianas. La ranura que hacía dejaba que la luz se metiera al cuarto.

—¿Qué pasa, Morty? —dijo con un bostezo. Quitó al gato de la ventana y jaló las persianas, con los ojos entrecerrados. Mortimer se retorció en sus brazos y saltó al pretil de la ventana, donde pegó los bigotes al vidrio. Y entonces lo vio: dos enormes y bulbosas raíces que la miraban de vuelta—. Ay, Dios.

Las raíces eran de los dos enormes robles del jardín que, hasta la noche anterior, se erguían como altísimos gemelos que vigilaban las flores de papá. Los árboles se habían llevado parte de la tierra consigo al caer; el lodo crudo y rojizo se aferraba a sus raíces. El punto entre la tierra y el cielo que habían ocupado ahora se veía extrañamente vacío.

El jardín estaba repleto de los restos entrecruzados de la tormenta. Los pinos se habían mantenido en pie, pero parecían azotados por el viento, y varios de los parches de agujas verdes habían caído al suelo. Era un pequeño milagro que los robles hubiesen caído en dirección de los pinos y no de la casa. Si hubieran caído al otro lado, se habrían estrellado en la habitación de Jade —o en la de abuela— mientras dormían.

Jade levantó a Mortimer y lo abrazó para reconfortarse. El poder de la tormenta era tal que le fue muy difícil entenderlo. El gato hundió la cara bajo su barbilla un momento, luego chirrió un poco y saltó hacia la puerta.

—¡Mamá! —gritó Jade. Bajó de la cama y abrió la puerta. Mortimer corrió por el pasillo hasta la cocina—. ¡Papá! —gritó por el pasillo—. ¿Ya vieron?

Katerina fue la primera en entrar. Se subió a la cama de Jade con su pijama roja de lunares. De rodillas, se asomó por la ventana.

—¡Ay! ¡Qué soleado está! ¡Mira! ¡Puedes ver hasta el bosque!

—¿Qué pasa, corazón? —dijo mamá al entrar a la habitación, ya vestida para ir a trabajar—. Caray —dijo al verlo. —Los ojos se le ensancharon y se persignó, algo que casi nunca hacía.

—Santa... —dijo papá, quien entró justo después de ella. Tenía su cepillo de dientes en la mano, con la pasta encima de las cerdas.

—¿Crees que todo eso fue solo el viento? —Mamá le preguntó.

—Eso y que la tierra estaba muy suave por tanta lluvia —explicó su papá al acercarse a la ventana—. Anoche el cielo se desbordó como una presa, y la tierra no tuvo tiempo de absorber tanta agua. Estas tormentas sureñas son cosa seria.

—Gracias a Dios que los árboles cayeron hacia el otro lado —dijo mamá.

Gracias a todos los dioses, pensó Jade.

Papá inhaló profundo y asintió una y otra vez. Al fin, se talló los ojos y dijo:

—Vamos a tener que llamar a la gente de los árboles y resolver esto. —Mamá comenzó a hacer un sonido, pero la detuvo—. Yo me encargo, Sol, yo me encargo. —Mamá asintió—. Antes de tu carrera —añadió, dirigiéndose a Jade.

Jade respiró profundo al oírlo. Una calma se adueñó de su cuerpo. A pesar de la tormenta, de los árboles caídos, su familia iba a estar con ella.

—¡Vamos a ver a mi manis ganar! —dijo Katerina, con los brazos en el aire.

—¡Shhhh! —exclamó Jade, sonriente—. ¡No me eches la sal!

El Wildcat Trail estaba recubierto de hojas lodosas y agujas de pino húmedas. Jade caminó a la escuela con Katerina y papá. Con cada paso que daba, los zapatos de cuero de su uniforme se hundían un poco en la tierra. Se asomó entre los árboles y alcanzó a avistar el enorme roble de ramas torcidas que Itztli le había mostrado, tan firme como hacía unas horas. Era imposible que ese árbol se cayera, pensó, ni siquiera con una tormenta como la de anoche. Sus raíces estaban demasiado firmes en la tierra.

Cuando llegó a su hora de tutorías, Chloe se le acercó.

—¿Lista para la tarde? —Tenía los ojos enormes, el rímel espeso.

—Supongo —respondió—. ¿Y tú?

Chloe bajó la voz hasta que fue solo un susurro.

—Siempre me pongo muy nerviosa en las carreras.

—¿En serio? —dijo Jade—. ¡Pero eres muy rápida! ¿Por qué te pondrías nerviosa?

—Es diferente cuando es una carrera, ¿sabes? —Chloe miró a su alrededor para asegurarse de que nadie más la oyera. Luego dijo—: Siempre vomito al final. Es muy asqueroso y me da mucha vergüenza. Y luego me preocupo de que voy a vomitar y que va a ser horrible y...

—Chloe —dijo Jade. Le puso las manos en los hombros a Chloe. Intentó darle a su amiga la misma seguridad que su familia le había dado a ella esa misma mañana—. Se supone que *yo* debería de estar nerviosa —dijo—. ¡Es mi primera carrera! *Tú* vas a estar bien. Te lo prometo. Incluso si vomitas.

Chloe se rio, Jade dejó caer los brazos. Estiró el meñique y, tras un momento, Chloe enrolló el meñique alrededor del suyo. *Una promesa.*

Cuando sonó la última campana y terminaron las clases, Jade se dirigió al baño con las demás chicas del equipo de atletismo para cambiarse. La coach Jackson les había dicho que sería más fácil cambiarse ahí, antes de llegar al circuito en Stone Mountain.

Era la primera vez que Jade se ponía la camiseta sin mangas y los shorts negros con dorado. La camiseta tenía estampadas las letras SEM en letras doradas y cuadradas —San Esteban Mártir— y estaba lo suficientemente holgada como para dejar pasar algo de aire. Líneas doradas como las blancas en los pants azules de su entrenadora subían por el costado de los shorts negros. Eran mucho más cortos que los que Jade usaba para entrenar. No estaba acostumbrada a ver tanto de sus piernas pálidas expuestas así. Se alegró de haberse rasurado.

Cuando estaban a punto de salir, Jade alcanzó a verse en el espejo. El diseño negro y dorado era elegante, perfecto para correr. Le gustó cómo se veía con esos colores, con esa ropa. Se echó la mochila al hombro y se dirigió a la puerta, sintiendo los pies más animados que de costumbre dentro de los tenis. Cuando salió al estacionamiento y subió al Jeep rojo de la coach Jackson, sintió que, con esa ropa, estaba lista para lo que fuera.

Por la emoción, las chicas hablaron una por encima de la otra todo el camino. El tramo de la carretera era más largo; Stone Mountain estaba un poco más lejos. Jade se sumergió en la conversación tanto como pudo, pero también observó el paisaje cambiante por la ventana.

Un par de carriles estaban bloqueados por un árbol que se había caído. Y un montón de banderas estadounidenses había aparecido sobre los autos: eran banderitas que ondeaban como peces aterrados sobre los cofres y calcomanías que mostraban banderitas henchidas con la leyenda «UNIDOS VENCEREMOS» en letra cursiva.

Jade se recargó en el asiento y pensó en lo que el eslogan en verdad significaba. ¿Quiénes eran esos *nosotros* que sugería? ¿A quién no incluía?

Pensó en el hombre al que entrevistaron en la televisión la noche anterior. Era evidente que había personas a las que *no* incluía.

Volvió a sentir la ira subiéndole por el cuerpo. No era fácil librarse de ella.

La canción comenzó a sonar en la radio, *su* canción. Para entonces, Jade ya se sabía la letra de memoria. El corazón se le aceleró cuando la coach Jackson subió el volumen. Jade hizo su mejor esfuerzo por dejarse llevar por la emoción, por la sensación de que era una de las chicas, parte del equipo. En ese momento, quería ser parte de un *nosotros*. Cantaron a máximo volumen y, cuando llegó el coro, Jade y Chloe hicieron una especie de dueto, con Jade haciendo las llamadas y Chloe las respuestas a todo pulmón, y todas las chicas alzaron las manos. A Jade nunca dejaba de sorprenderle lo enorme que era la voz de Chloe; hacía que sonar como Beyoncé pareciera muy fácil.

Jade se sentía mejor —más libre— para cuando terminó la canción.

—Solo corre como cantas —le susurró a Chloe.

Chloe la miró, extrañada, pero dijo:

—Está bien —y asintió como si se hubiera tomado el consejo a pecho.

La coach Jackson tomó la salida a Stone Mountain y comenzaron a serpentear entre los altos pinos. Llegaron al fin, y Jade vio el enorme arco gris de la gigantesca piedra. Bajó del Jeep y vio el grabado de la Confederación en la ladera. Desde tan lejos, no se veía tan grande como lo había imaginado. Era un óvalo un poco cuadrado, granallado del granito liso, con tres hombres adentro, montados a caballo y mirando hacia el frente. Del pecho hacia abajo, los caballos se difuminaban en nubes de piedra estriadas y a la nada, como si los escultores se hubieran hartado del trabajo.

Jade pensó en la intersección que Itztli dibujó debajo de Stone Mountain en el amoxtli. Tanta gente había pasado por ahí. Pensó en todas las cosas que Itztli le contó que había visto en esas tierras: la cerámica marcada con mazorcas de maíz, la gente obligada a dejar sus casas, la gente forzada a trabajar, a herirse las manos. El enorme grabado que parecía diminuto al verlo sobre la montaña no representaba un registro de esa historia; contaba otra, muy distinta, y solo a medias. Pero había dejado una cicatriz en la montaña, de cualquier manera.

La coach Jackson las llevó a la pradera que marcaba el inicio del circuito. El pasto ahí era más agreste que el bien recortado y fresco pasto del campo de atletismo. La entrenadora señaló la entrada a los senderos y apuntó hacia un letrero que indicaba por dónde correrían, un enorme círculo alrededor del pie de la montaña.

Shannon, Devon y Samantha llegaron a la pradera, y la coach Jackson las guio en una serie de estiramientos para calentar y les pidió que guardaran sus energías.

—¿Cuál es la regla principal? —les preguntó.

—¡*Mantener la cabeza en la carrera*! —respondieron todas.

Algunas familias habían comenzado a reunirse. Jade se mantuvo atenta a si aparecía la suya, pero no la vio. No estaba nerviosa, exactamente; solo sentía que había algo tenso y enrollado dentro de ella que necesitaba liberar. Solo quería comenzar a correr ya.

Las chicas de Cristo Salvador llegaron juntas en un autobús. A Jade no le parecieron muy diferentes a las chicas de su equipo. Llevaban el cabello en las mismas colas de caballo y sus uniformes eran parecidos, salvo porque eran azules con blanco. En todos esos entrenamientos Jade había corrido para hacer su mejor esfuerzo, para seguirles el paso a las demás, para sentirse parte del equipo. Había llegado el momento de unir fuerzas en equipo y ganar.

Los dos equipos estaban separados el uno del otro, las chicas de un lado mirando a las del otro. Nadie saludó a nadie, salvo por las entrenadoras, quienes intercambiaron un apretón de manos breve y formal y una sonrisa más obligada que genuina.

El rostro se le iluminó a Chloe al saludar a la grada. Jade volteó y vio que la mamá de Chloe y Nikos habían llegado y comenzaban a acercarse. Nikos llevaba puestos unos jeans y una camiseta negra de San Esteban Mártir con un lince furioso en el pecho.

El corazón se le detuvo un instante a Jade al ver a Nikos. Se veía muy bien de negro. No pudo evitar pensar en qué opinaba él de ella con su uniforme de atletismo. Tenía la esperanza de que Nikos hubiera notado lo bien que se veía, porque sabía que se veía increíble.

Le dio la espalda a Nikos y volvió a mirar a su equipo. Era hora de concentrarse, de ganar. Eso importaba más que cualquier otra cosa en ese momento.

Oyó la voz de mamá a sus espaldas. Se dio vuelta y vio a su familia, a los tres, acercándose.

—¡Buena suerte, manis! —gritó Katerina.

Jade sonrió y agitó la mano.

—¡Gracias! —respondió. Una oleada nueva de energía le pulsó por el cuerpo. La estaban apoyando.

—Ya es hora —Chloe le dijo al oído.

Jade volvió a la carrera. Las competidoras estaban tomando sus posiciones; Jade se preparó. Se concentró al máximo, intentando estar en sintonía con sus piernas, mantenerlas en movimiento, lista para entrar en acción.

—En sus marcas... Listas...

Sonó el silbatazo y Jade se lanzó hacia el lodo suelto, con Chloe a su lado.

Le fue más difícil que nunca encontrar el ritmo. Reconoció de inmediato quién era la corredora más rápida del otro equipo: una chica alta y pálida, con una coleta lacia y oscura que se agitaba con el viento como la cola furiosa de un caballo galopante. Jade mantuvo los ojos sobre ella y se mantuvo a su ritmo tan bien como pudo. No iba a permitir que la dejara atrás, se dijo. Pero las piernas de la chica eran imposiblemente largas; no podía ser justo. La chica parecía que podía estar en preparatoria sin problemas.

Jade sabía que, si quería ayudar a su equipo a ganar, tenía que mostrarle al mundo entero que pertenecía ahí. Si iba a honrar a su tío Efraín y a todas las personas fuertes y decididas de su familia, tendría que controlarse, conservar sus energías, encontrar su ritmo y mantenerlo, como siempre les decía la coach Jackson. Recordó lo que Itztli le dijo, que ser jaguar significaba saber cuándo y cómo atacar, tener control de sus emociones y acciones. Si iba a ganar la carrera, necesitaba tener control. Tenía que dejar ir la ira que aún llevaba adentro. Iba a encauzar y dirigir sus energías y *correr*.

El suelo estaba húmedo y fangoso, y sus tenis comenzaban a bañarse de lodo rojizo que le golpeaba las pantorrillas. El lodo le hacía aún más difícil encontrar su ritmo. Se concentró en sus pies, su cuerpo, el sonido de sus pisadas... y ahí estaba, *ahí* estaba, el ritmo que marcaba con el golpeteo de sus pies sobre el suelo.

La camiseta le revoloteaba con la ligera brisa de la montaña. Los pinos bordeaban un lado del sendero; del otro, se erguía la superficie de granito, con el sol centelleante en la antigua roca. Jade respiraba al ritmo de sus pisadas veloces y regulares, más rápidas que el paso que acostumbraba a llevar.

La chica veloz del otro equipo había comenzado a sacar ventaja. Las corredoras empezaban a distanciarse. Esas chicas de Cristo Salvador sí que eran rápidas.

Llegaron al último tramo, que era cuesta arriba.

Jade aceleró el paso. Era el momento para que las chicas de su equipo alcanzaran a las de Cristo Salvador y las rebasaran.

Pero las chicas de Cristo Salvador aceleraron también. Jade corrió más y más rápido, tan rápido como creía que podía, jadeando, con las pantorrillas en llamas. Chloe aceleró cerca de ella.

Jade se concentró todavía más. Tenía que hacer que su esfuerzo valiera. Había intentado liberarse de todo, todo menos lo que fuera esencial. Olió la tierra mojada, las agujas de pino frescas. Escuchó cada respiración, cada pisada de todas sus competidoras. Vio con claridad el gravado a lo lejos, en la ladera de la montaña, cada uno de los detalles cincelados. Sintió un poder feroz que despertaba dentro de sí; sintió el pasto húmedo entre sus dedos; sintió que la tierra cedía antes sus patas; sintió el aliento de la montaña entrar a sus pulmones mientras pelaba los colmillos y corría por la tierra...

Se acercaba el tramo final. La cuerda que las ordenaría en una sola fila estaba a la altura de sus ojos, de sus orejas, de sus sensibles bigotes. Todos los músculos le ardían, pero rugió; y el rugido la impulsó hacia el frente y rebasó a la chica alta y veloz y fue la primera en cruzar la meta, la primera en trastabillar hasta la pradera abierta al pie de la enorme montaña herida.

Las piernas se le siguieron moviendo conforme regresaba a la normalidad y bajaba la velocidad. Ahí estaban sus tenis, sus rodillas pálidas, sus shorts negro con dorado. Se tomó los costados, los lugares donde le dolía respirar. Acababa de despertar una parte de sí misma que siempre supo que estaba ahí, pero que nunca tuvo la fuerza de sacar del fondo de su ser... hasta ese momento.

Jadeó y vio cómo las demás chicas cruzaban la meta. Chloe, seguida de la chica de Cristo Salvador con la cola de caballo oscura. Sus pisadas cafés y rojizas se mezclaban con el pasto. Contó a las corredoras de cada equipo.

—Ga-ganamos... ¿verdad? —le dijo a Chloe, casi sin aliento.

Chloe asintió, bajó la velocidad y vomitó en el pasto. Lo hizo como toda una profesional, limpiándose la boca con el dorso de la mano y enderezándose casi de inmediato. Alzó la otra mano y chocó las palmas con Jade.

—Estuviste hecha una bestia —le dijo.

Jade sonrió, pues era verdad en más de una forma. Y porque Chloe, quien la conocía tan bien, también lo sintió.

—Tú también lo hiciste increíble —dijo.

—¡Esa es mi niña!

Jade se dio vuelta. Era papá. Mamá, Katerina y él corrían hacia ella. Katerina le dio un abrazo enorme que estuvo a punto de tirarla; Papá le puso una botella de agua en la mano. Mamá se acercó y la abrazó con fuerza, apretujando a Katerina entre las dos. Jade tomó el agua e hizo su mejor esfuerzo por abrazar a todo el mundo sin caerse.

Cerró los ojos y se dejó ser querida. Lo sabía de cierto ya; no necesitaba que el espejo se lo dijera. Sabía qué le mostraría.

Era jaguar.

Abrió los ojos. Las chicas del equipo se felicitaban unos a otros, y las chicas de Cristo Salvador comenzaban a formar una fila detrás de ellas, preparándose para estrecharles la mano y aceptar su derrota. La coach Jackson se veía más feliz de lo que Jade la había visto jamás. Jade quería ir a estar con ellas. Pero antes de dirigirse al círculo de la celebración, se quedó en donde estaba un segundo más, dejando que la brisa de la montaña la refrescara y que su familia la abrazara.

21

Unos montículos de madera que olían a fresco habían tomado el lugar de los enormes agujeros que los árboles dejaron en el suelo al caer. Al pasar frente a ellos a la mañana siguiente, de camino al Wildcat Trail con Katerina, Jade pensó que los suaves montones de virutas hacían que las heridas frescas de la tierra parecieran cómodas camas.

Se sentía genial. La fuerza que había salido de su interior durante la carrera no dejaba de pulsar en ella, solo lo hacía con menos fuerza. Pero ella sabía que seguía ahí. No iba a desaparecer.

Quería contarle a Itztli al respecto, decirle que entendía —o creía que entendía— lo que significaba ser jaguar. Tenía la sensación de que aún le faltaba mucho por aprender.

Al caminar por el sendero, que seguía suave por la lluvia, notó unos listones de plástico anaranjados atados a algunos de los árboles más grandes. Nunca los había visto. Vio más y más de ellos al acercarse al final del sendero y al estacionamiento. Su intenso brillo y la forma en que golpeteaban los gruesos troncos al pasar la brisa parecía fuera de lugar entre los delicados ocres y verdes del bosque adormilado. Los listones inquietaban a Jade, y se aseguró de no dejar que ninguno la tocara al pasar. Pero cuando Katerina y ella salieron al estacionamiento, la emoción que se había quedado con ella desde la carrera se apoderó de su cabeza otra vez, y los pequeños listones naranjas salieron de su mente por completo. No podía esperar a ver a las chicas del equipo de atletismo en su tutoría y celebrar con ellas.

Caitlyn estuvo a punto de tirarla con un abrazo cuando entró al salón, seguida de Emily, justo detrás. Jade nunca se había sentido tan cercana a sus compañeras de equipo. Una sonrisa se le estampó en el rostro y se quedó ahí. Chloe entró al salón y cantó su canción a todo volumen; todas alzaron las manos como pedía la letra de la canción.

La coach Jackson les pidió que se calmaran, pero su sonrisa era tan grande como la de Jade.

Jade pasó el resto del día como si estuviera en una nube. Su casillero se abrió al primer intento todas las veces; entendió de inmediato las ecuaciones en clase de Matemáticas cuando miss Colby las explicó; todo el mundo le pasó el balón cuando jugaron fútbol en Educación Física. Chloe y ella anotaron un gol juntas, pasándose el balón la una a la otra mientras avanzaban, y fue Chloe quien hizo el último tiro; el balón se clavó en una esquina de la portería. Y tal vez era su imaginación, pero los chicos parecían prestarle más atención. Cuando sonó la última campana y salió al estacionamiento con las chicas del equipo, desfajándose la blusa mientras caminaba, estuvo casi segura de que vio a Benjamin mirándola, y de que se tropezó por un segundo, antes de recobrar la compostura con un pequeño movimiento del cabello castaño.

Pero cuando miró al otro lado del estacionamiento, hacia el bosque, lo que vio hizo que su mochila de pronto se sintiera pesada, como si un enorme tope hubiera salido del terso camino por el que había transitado todo el día. Un bulldozer amarillo estaba en la orilla del estacionamiento, junto a los árboles, justo frente a la entrada del Wildcat Trail. Recordó los pequeños listones anaranjados de la mañana, y la misma inquietud de entonces se le esparció por todo el cuerpo.

—¿Estás bien, Jade? —dijo Chloe—. De pronto te quedaste... muy callada.

—Ah, sí —respondió—. ¿Ya viste eso? —Apuntó con la barbilla hacia el bulldozer.

—Sí —dijo Chloe—. ¿Qué crees que van a hacer? Tú vives allá atrás, ¿no?

—Sí. No sé qué van a hacer, pero no me gusta.

La máquina era monstruosa y metálica sobre los suaves y sinuosos contornos de los árboles.

Katerina salió del edificio de la primaria y Jade se despidió de Chloe, Caitlyn y Emily. Jade le tomó la mano a Katerina con firmeza mientras se adentraban al Wildcat Trail.

—Manis, eso es un bulldozer —dijo Katerina, señalándolo mientras entraban al sendero. Jade estaba casi segura de que su hermana aprendió la palabra de *Bob el Constructor*—. ¿Qué hace aquí?

—No lo sé —dijo Jade, apretándole la mano un poco más—. Pero creo que no tiene nada que hacer aquí.

En el camino de vuelta, los listones anaranjados que ahorcaban los árboles le recordaron a Jade a las estridentes colas de los fantasmas de Halloween con las que la gente a veces decoraba sus casas. Intentó no suponer qué iba a hacer el bulldozer. El bosque era demasiado preciado, los árboles demasiado viejos. No había nadie que pudiera derribar ese bosque.

Papá estaba en el jardín trasero caminando pensativo entre los montículos de virutas cuando Jade y Katerina salieron del Wildcat Trail. A veces volvía temprano a casa los viernes. Cuando las vio, las saludó y dijo:

—¿Qué creen ustedes que deberíamos plantar donde estaban los árboles? Yo quiero hacer lechos de flores.

—Eso está bien —dijo Jade. No le desagradaba la idea, pero tenía cosas más importantes en la cabeza—. Pa, hay un bulldozer estacionado afuera del sendero en la escuela —dijo.

Papá arqueó las cejas, frunció el ceño y se cruzó de brazos.

En ese momento, un estruendo comenzó a resonar. El sonido le escoció el cuerpo completo; era mecánico, insistente, monstruoso. Vio cómo se le ensanchaban los ojos a su papá al mirar hacia los árboles. Katerina se llevó las manos a los oídos y cerró los ojos.

El corazón comenzó a martillarle el pecho, casi tan fuerte como el motor del bulldozer. Sintió cómo la energía que había brotado en la carrera comenzaba a surgir de nuevo. La instaba a correr, a hacer lo que pudiera por evitar que sucediera, por mantener a la bestia de metal alejada de los hermosos árboles.

Dejó su mochila en el suelo y corrió.

Corrió de vuelta por el Wildcat Trail, levantando lodo al hacerlo, pasando a un lado de los últimos chicos que se dirigían a casa. Pasó muy poco tiempo antes de que llegara al otro extremo del sendero. El horrible ruido creció, se hizo más punzante, agudo.

Una franja de cinta amarilla acordonaba el último trecho del sendero. Más adelante, el bulldozer se abalanzaba sobre el bosque como un tanque; Jade podía sentirlo. A tan corta distancia, el suelo se sacudía. El estruendoso fragor hacía que las piernas le temblaran desde las plantas de los pies mientras corría y corría hacia él.

Jadeando con fuerza, con los pies pisoteando el suelo, Jade vio el amarillo cegador del bulldozer más adelante. Sus dientes voraces raspaban el suelo, levantando el liriope desde la raíz y destruyendo los tallos de las malvarrosas y las giganteas. Jade no dejó de correr, con los ojos cada vez más abiertos, el viento sobre la cara, y vio cómo el bulldozer cavaba debajo de las raíces de un árbol delgado y lo arrancaba del suelo, rociando tierra con las raíces descubiertas y ahusadas del árbol. La máquina levantó sus fauces de metal antes de bajar por más, babeando tierra roja fresca y pasto.

—¡Itztli! —gritó Jade. Y corrió contra la cinta con tanta fuerza que la arrastró consigo, arrancándola de los árboles a los que estaba atada.

—¡Jade!

Era papá, detrás de ella, gritando.

Jade quería seguir corriendo, pero les ordenó a sus piernas que pararan. Recordó el gusto que le dio oír la voz de su papá después de haber ganado la carrera, la fuerza que su familia le dio cuando sintió que estaba a punto de caerse. Se dobló y se tomó las rodillas, con el cabello sobre la cara. A través de la cortina de cabello, aún podía ver que el bulldozer amarillo avanzaba, que sus ruedas marcaban su grotesco patrón repetitivo en el suelo del bosque, pisoteando y aplanándolo.

Cuando recuperó el aliento, Jade miró atrás y vio a papá corriendo hacia ella con una expresión de terror en el rostro. Se sintió mal de inmediato, arrepentida por haberlo asustado al correr así.

El terrible estruendo sacudió el suelo aún más fuerte. El bulldozer comenzaba a acercarse demasiado.

Corrió de vuelta, directo a los brazos de su padre.

—Perdón, papá —le dijo, con la cara hundida en su pecho—. Perdón por asustarte. Es solo... es solo que no quiero que arruinen el bosque. —Mantuvo la cara sobre el pecho de papá y los ojos cerrados, con la esperanza de que las lágrimas no llegaran.

—Sh sh sh sh —dijo él, como solía hacer cuando Jade era niña y estaba alterada—. Yo tampoco quiero que destruyan el bosque —dijo, sobándole la espalda—. Pero correr hacia un bulldozer no va a arreglar nada. Hay otras formas de combatir esto. —Jade apretó los párpados e intentó contener las lágrimas. No estaba segura de qué significaba lo que dijo su papá, pero le alegró que al menos viera que *sí era* necesario combatirlo—. Vamos a casa.

Jade asintió y al fin se separó de él.

Los fuertes crujidos, gemidos y rugidos del bulldozer los acompañaron mientras caminaban de vuelta a casa. Papá habló tan fuerte como pudo, por encima del ruido, para que Jade lo escuchara.

—Parece que solo están preparando la tierra —le explicó. Jade lo miró, sorprendida. *¿Solo están preparando la tierra?*

A Jade no le pareció que «solo» estuvieran haciendo algo; se veía y se sentía bastante drástico—. Pero los marcadores... —continuó papá, señalando algunos de los listones anaranjados en los árboles más grandes—, parece que quieren tirar algunos de los árboles más grandes también. Y *eso* no lo podemos permitir. —Alzó la voz no solo para hacerse escuchar, sino con furia, sus palabras casi un grito, y su rostro enrojecido. El bosque también era muy importante para él. Cuando llegaron al jardín, Katerina estaba parada cerca del pórtico, con los ojos bien abiertos—. ¿Estás bien, bichita? —le preguntó papá, corriendo hacia donde estaba y cargándola.

—Sí —dijo Katerina—. Me quedé justo donde me dijiste. —Miró por encima del hombro a Jade.

Jade levantó su mochila del suelo junto a la pila de las aves, donde la había dejado, y fue con ellos. Quería estar cerca de su familia en ese momento.

—Muy bien —le dijo papá a Katerina mientras la cargaba por los escalones. La bajó frente al pórtico y abrió la puerta justo cuando Jade los alcanzó.

Mientras entraban a la casa, Jade pensó en lo que papá le había dicho, que había otras formas de combatirlo. No era muy distinto a lo que Itztli le dijo, sobre lo importante que era saber cómo y cuándo atacar y poder controlar su ira. Supuso que, con práctica suficiente, se haría más fácil, pero quizá siempre sería difícil. Parecía que su papá tenía problemas para contener su ira en ese momento.

Claro que papá está molesto, pensó, mientras buscaba dos quesos en el refrigerador, uno para Katerina y uno para ella. Los árboles del bosque resguardaban su casa, filtraban la luz del sol y arrojaban una agradable sombra sobre el jardín y las plantas de papá.

    El bosque también era el hogar de Itztli. Y era el hogar del roble con las ramas torcidas junto al arroyo que mantenía con vida el recuerdo de su amada. El bosque era muchas cosas.

    Jade abrió uno de los paquetes de queso y se lo ofreció a su hermana. Katerina lo tomó, muy callada, mirándola. Mientras papá caminaba hacia la sala, Jade se quitó la mochila y se recargó en la barra de la cocina para comerse el queso. Katerina y ella se comieron los bocadillos, codo a codo, en la cocina, sin decir nada, con el gruñido mecánico y ahogado del bulldozer gimoteando afuera.

El ruido era mucho más tolerable adentro de la casa, lejos del estacionamiento. Jade se quedó en la sala, alejada del jardín y del bosque, e intentó concentrarse en su tarea de Matemáticas. Katerina corría de un lado a otro de la casa, dejando un rastro de animales de plástico a su paso. Abuela descansaba en su cuarto, y Dolores le hacía compañía. Dolores salió de la habitación unas cuantas veces, con el ceño fruncido. Cuando pasó por la sala con algo para poner en la lavadora, le preguntó a Jade:

    —¿Qué *es* ese ruido? ¡No para! ¡No deja descansar a doña Luz!

    —Es un bulldozer que está en el bosque junto a la escuela —respondió Jade. Saber que el ruido perturbaba el descanso de abuela la hizo enfurecerse de nuevo. Intentó no pensar en toda la destrucción que la máquina estaba creando, en qué tan lejos se habría adentrado en el bosque ya. Solo esperaba que no fuera mucho.

—¡Ah! —dijo Dolores, con las cejas alzadas antes de volver a fruncir el ceño, igual que papá. Enrolló la pieza de lino con más fuerza—. Pero... ¿tienen permitido tirar ese bosque?

—No —dijo papá al entrar a la habitación—. Estoy casi seguro de que no lo tienen permitido —dijo con fuerza, casi demasiada fuerza, como si al declararlo así pudiera hacer que fuera verdad. Jade esperaba que fuera verdad. Dolores asintió muy despacio y fue hacia el cuarto de lavado. Jade se preguntó qué significaba el bosque para ella.

Papá fue a la puerta trasera en la cocina. Lo oyó maldecir en voz baja, de forma indistinta.

Papá nunca maldecía. Oírlo hizo que los músculos de la espalda se le tensaran a Jade entre los hombros.

El ruido del bulldozer se detuvo al fin. El final fue como un alivio para el cuerpo, una liberación de la tensión que se había acumulado desde que el barullo incesante comenzó. Había pasado solo un par de horas, pero se sentía como mucho más. Mamá ni siquiera había vuelto del trabajo.

—No voy a dejar que tiren más árboles si lo puedo evitar —anunció papá al volver a la sala—. No está bien. No les notificaron a los vecinos. Voy a hablar con ellos y vamos a hacer algo al respecto.

De inmediato, Jade sintió la necesidad de saber qué tan grave era el daño hecho. ¿Habían perturbado las hambrientas fauces de la máquina el lugar en el que Itztli le contó sus historias? ¿El lugar en el que el arroyo caía en una cascada frente al viejo roble de ramas torcidas?

Cerró el libro de matemáticas y corrió a la puerta.

—¡Voy a ver qué hicieron! —le gritó a su papá y, sin esperar por una respuesta, corrió a la puerta y hacia el Wildcat Trail.

El sendero era todavía el mismo camino familiar. Los sonidos eran quizá un poco distintos: las ardillas y aves chirriaban un poco más que de costumbre, como si estuvieran alarmadas por el escándalo que tuvieron que soportar. Al acercarse al lugar en el que rompió la cinta amarilla, Jade comenzó a ver qué había hecho el bulldozer. El suelo era un mar turbulento de ramas encimadas, troncos delgados rotos en ángulos incomprensibles, delicados pétalos de flores aplastados en la tierra, y hojas destruidas y enlodadas. Los árboles más grandes, para los que el bulldozer no era rival, seguían en pie, con los listones anaranjados revoloteando alrededor de sus cinturas.

Los pulmones se le llenaron de aire a Jade al ver que el roble de Itztli seguía ahí. El roble con las ramas torcidas, el roble que plantó para honrar a sus seres queridos. Desde donde estaba en el sendero, podía ver las ramas onduladas y la silueta de las hojas bajo el cielo de la tarde. Se erguía como un sabio guerrero, avejentado, pero firme, junto a las ramas recién cortadas y la tierra roja que estaba expuesta como una herida abierta. Estaba justo dentro de una línea que marcaba el lugar en el que el bulldozer se detuvo. Como intimidada por el enorme árbol, la máquina frenó frente a él y se replegó.

Jade dio un paso fuera del sendero, sintiendo que podía respirar de nuevo. El roble seguía ahí. Quizá Itztli estaría cerca también. Se dirigió al meandro en el arroyo, donde Itztli pintó y le contó sus historias. Tenía que encontrarlo.

Cuando llegó, el agua que corría estaba más oscura y cremosa que de costumbre, llevándose aguas y restos del bosque. Pero también le pareció a Jade que había comenzado a enjuagarse, que estaba en el proceso de limpiarse a sí mismo del desastre.

¿En dónde estaba Itztli?

Miró a su alrededor, pero no vio destellos de oro, ni escuchó el leve crujir de las hojas removidas por las patas con almohadillas.

El corazón se le volvió a acelerar. Intentó mantener la calma y respirar tan profundo como pudo mientras caminaba por la orilla del arroyo hacia el árbol. Quizá estaba ahí. Hizo su mejor esfuerzo por pisar despacio y con seguridad, resistiéndose al impulso de correr y sincronizar sus pasos con el ritmo cada vez más estrepitoso de su corazón. Mantuvo los sentidos alerta: los ojos, oídos y nariz, en busca de cualquier cosa que le dejara saber que Itztli estaba ahí.

Cuando llegó al lugar en el que estaba el gran roble, saltó al otro lado del arroyo hasta el árbol. Por un instante se sintió orgullosa del salto, casi tan grácil como Itztli en su forma de jaguar. Puso una mano sobre el tronco del viejo árbol, por encima del horrible listón que le habían atado, y la corteza con surcos bajo la palma de su mano se sintió como un grueso pelaje con miles de arrugas.

Pero... ¿dónde estaba Itztli?

El corazón le martillaba el pecho, y no había nada que pudiera hacer para calmarlo esta vez.

—¡Itztli! —gritó.

Un conejo de cola blanca saltó sobre lo que alguna vez fue la copa verde de un árbol pequeño. Vio a Jade y se quedó quieto un momento, mirándola con un enorme ojo oscuro, luego se alejó saltando hacia la maleza recién podada por las máquinas, con la cola blanca rebotándole.

Jade giró sobre los dedos de sus pies en una pirueta ansiosa a un costado del arroyo y buscó alguna señal de Itztli en el paisaje.

El viento hizo chirriar las ramas del viejo roble, y sonó como un suspiro ancestral. Jade miró las ramas que se mecían, que se estiraban como dedos curveados por encima del paisaje. Sus hojas como de encaje revoloteaban bajo el sol.

Jade se acurrucó en el árbol en busca de confort, para intentar relajar su corazón. Caminó alrededor del ancho tronco, recibiendo la sombra de sus ramas, acariciándolo con las manos. Cuando encontró el nudo en el listón anaranjado que le habían atado, puso el dedo por debajo del plástico y lo deshizo para liberar el tronco. Se metió el plástico anaranjado en el elástico de su falda con short integrado para tirarlo después, y cerró el círculo alrededor del árbol. Caminaba con cuidado y reverencia entre y por encima de sus raíces firmes y fuertes.

Al volver al lado del arroyo, sintió que algo le rozaba el tobillo, algo que era a la vez duro y suave. Tenía el pie en una grieta entre dos de las raíces que se estiraban hacia el arroyo. Con curiosidad, se agachó para ver qué había ahí.

La V de las raíces creaba un pequeño domo en la ribera del arroyo. Resguardaban un hueco que asemejaba una habitación con una entrada puntiaguda, como la puerta de una capilla. Adentro, algo estaba envuelto en un pedazo de tela. Jade metió la mano y sacó el pequeño bulto con mucho cuidado. Incluso antes de haberlo sacado por completo, oyó el tintineo de la cerámica y sintió la familiar redondez de la vasija que Itztli le había dado. ¿Podían ser las demás vasijas? ¿Las dejó ahí para que Jade las encontrara ahí, pues sabía que llegaría a ese punto?

Con el bulto cuidadosamente colocado entre las manos, Jade se sentó con la espalda sobre el tronco del árbol y cruzó las piernas debajo de su cuerpo. Estaba mirando al otro lado del arroyo, al lado en el que ella se sentó tantas veces para escuchar las historias de Itztli y verlo pintar. Mantuvo las manos tan firmes como pudo y desenvolvió el bulto. La tela era un algodón suave y firme que parecía ser el mismo material que el de la túnica de Itztli.

Adentro había tres vasijas. Jade las colocó con delicadeza en el suelo, junto a sí, entre las raíces del árbol. Los polvos para hacer las tintas refulgían en el interior: el negro obsidiana, el azul brillante y un rojo profundo que Jade no había visto antes.

El bulto contenía dos cosas más: la pluma de caña, con su elegante punta, y el pincel, con sus cerdas tan finas que eran casi invisibles. Jade miró los dos instrumentos sobre la tela, incapaz de tocarlos. Eran las herramientas de Itztli. ¿Cómo podría ella manejarlas?

La verdad la golpeó de pronto; todo se aclaró. Quizá ya lo sabía, pero no había logrado forzarse a aceptarla. Itztli quería que ella tuviera sus herramientas. Quería que tuviera la pluma y el pincel que blandió con una destreza tan férrea. Quería que Jade dibujara y pintara con ellos, que continuara con lo que él le había enseñado. Era un honor increíble, uno que Jade jamás se habría atrevido a soñar. Pero quería aceptarlo. Quería pintar historias con ellos.

Pero había otra parte de esa verdad, el otro lado de la moneda, una parte que era más difícil de aceptar.

Itztli se había ido.

Por segunda vez esa tarde, Jade sintió cómo las lágrimas le inundaban los ojos. Apretó los párpados e intentó hacerlas retroceder, pero las sentía comenzar a caer, calientes e insistentes. Se las limpió con el dorso de la mano, pero no dejaban de salir. Intentó respirar profundo, pero sus respiraciones salían entrecortadas y nasales. Recargó la cabeza en el árbol en busca de apoyo, de confort, y sintió cómo la cara se le retorcía con los pequeños sollozos mientras las lágrimas le corrían, lentas y constantes, por la cara.

Al fin, logró inhalar fuerte y profundo. Abrió los ojos. Aún tenía la visión borrosa por las lágrimas, pero parpadeó para quitárselas de los ojos y miró la pluma y el pincel.

Itztli quería que las tuviera, que las usara. «Tienes todo lo que necesitas», le dijo.

Estiró la mano y la mantuvo encima de la pluma. Con cautela, reverente, la tomó con la palma de la mano y cerró los dedos a su alrededor, como vio a Itztli hacer. La madera se sentía lisa y fresca contra las yemas de sus dedos. Sostuvo la pluma en el aire, la punta posicionada frente a una página imaginaria.

Despacio, la puso de vuelta sobre la tela y tomó el pincel, la herramienta con la que añadiría color a sus dibujos. El pincel que Itztli había usado tantas veces, con movimientos hábiles y seguros. El peso se sentía perfecto sobre su mano.

Devolvió el pincel a la tela junto con las vasijas. Estaba a punto de envolverlo todo de nuevo cuando vio que algo más centelleaba en el pequeño hueco bajo las raíces. Al acercarse, vio cuatro granos de maíz secos —rojo, blanco, amarillo y azul— acomodados como una estrella en el suelo y brillando con fuerza bajo el sol de la tarde que se inclinaba sobre ellos como un dedo dorado que los señalaba. Jade metió la mano a la grieta y los sacó. Brillaban como joyas cortadas a la perfección en su mano, y la hicieron pensar en las mazorcas secas de varios colores con las que abuela decoraba su pórtico en el otoño.

Cuando Itztli llegó ahí, lo hizo siguiendo un sendero de historias, arte y maíz. En sus viajes, el maíz fue lo que siempre lo hizo sentir como en casa. Jade se preguntó de dónde habían salido esas semillas y cuánto tiempo las había tenido Itztli consigo. ¿Las conservó durante todos sus viajes, como abuela guardó el espejo en su travesía hasta Chicago?

Puso los granos con mucho cuidado en la tela. Eran el último regalo de Itztli. No entendía muy bien qué significaban, pero esperaba comprenderlo con el tiempo.

Envolvió el bulto con mucho cuidado y lo anudó como Itztli lo hacía. Lo abrazó a su pecho y se puso de pie.

Antes de irse, miró al gran árbol ancestral. La luz menguante se filtraba dorada e inclinada entre las hojas. Puso la mano que tenía libre sobre la corteza arrugada y recargó la frente en el tronco.

—Gracias —susurró—. Gracias por todo.

Se lo dijo al árbol porque no podía decírselo a Itztli ya.

Mientras caminaba de vuelta al Wildcat Trail y hacia su casa, Jade presionó el bulto contra su pecho. Itztli le había concedido un gran honor y una gran responsabilidad. Ni siquiera sabía si estaba a la altura. Pero ese no era momento para dudar; Itztli confió en ella, y ella confiaba en Itztli.

Mamá estaba esperándola en el jardín, junto a la entrada del sendero. Tenía puesta aún su ropa de trabajo. Debió haber llegado hacía poco.

—Corazón —dijo, con los brazos bien abiertos y voz dulce.

—Mamá —dijo Jade. La palabra salió aguda y quebrada. Se lanzó al abrazo de su mamá, cuidadosa de no aplastar el bulto, y comenzó a llorar de verdad, con sollozos agitados y estruendosos. Sus lágrimas le empaparon la blusa a mamá. Itztli se había ido, y si alguien podía comprender qué significaba eso, era su mamá.

Mamá la abrazó, le frotó la espalda y la dejó llorar.

Por fin, el abrazo la tranquilizó muy en el fondo, y los sollozos se convirtieron en solo pequeños resoplidos. Una calidez se esparció desde su pecho hasta las puntas de sus manos y pies.

—Gracias, mamá —dijo, separándose de ella al fin, la voz espesa y llena de moco.

—Toma. —Mamá le ofreció pañuelos de su bolso.

Jade los tomó y se sonó la nariz de forma fuerte y desagradable con la mano que tenía libre, el bulto de tela bajo el brazo. Inhaló profundo, feliz de poder respirar con más facilidad, sin la nariz tapada. Se metió los pañuelos al elástico de la falda con short, junto al listón de plástico que iba a tirar.

—Mamá... mi... eh... guía se fue —dijo.

—Ay, Jade. —Mamá la miró a los ojos y Jade pudo ver que entendía, que sabía lo difícil que era.

—Y... lo que le están haciendo al bosque es terrible —continuó Jade.

—Sí, tu papá me contó. Pero no vamos a permitir que destruyan ese bosque. —Jade exhaló, aliviada. La familia O'Callaghan no iba a permitir que eso sucediera—. Jade, sé que perdiste a alguien especial —dijo mamá—. Pero tu guía te dio muchas cosas, ¿no es así? —Su mirada se posó sobre el bulto de tela y luego en Jade otra vez.

—Sí —respondió Jade, lloriqueando un poco todavía. Era cierto: Itztli le había dado muchas cosas. Le dio sus historias, sus dibujos, sus pinturas. Le dio sus tintas —incluyendo la preciada pintura verde— y le dio el amoxtli. Y, ahora, le había confiado su pincel y su pluma de caña.

Y le había enseñado lo que significaba ser jaguar.

Recordó la promesa que le hizo a Itztli la última vez que lo vio: «Pintaré tus historias», le dijo. «Las mantendré vivas». Sabía, en el fondo, que tenía todo lo que necesitaba para lograrlo.

—Vamos adentro —le pidió mamá con suavidad, con una mano sobre su espalda—. Abuela ya despertó. Quería saber en dónde estabas.

Una sonrisa se escabulló hasta los labios de Jade. Asintió. Era agradable saber que abuela había preguntado por ella.

—Sí —contestó—. Vamos adentro.

En ese momento, lo único que quería era estar rodeada de gente que la entendiera sin tener que dar explicaciones.

Cruzaron la puerta y Mortimer se restregó en las espinillas de Jade. Le acarició las piernas con la cola y caminaron juntos hasta su recámara.

Jade asentó el bulto de tela con mucho cuidado en su escritorio. Antes de hablar con abuela, necesitaba ver algo. Fue a su cómoda y sacó del espejo de obsidiana de su nuevo hogar, el bolso de colibrí, apretujado entre su ropa. Se sentó con las piernas cruzadas en la cama, con el espejo en la mano mirando hacia la ventana, a la hilera de pinos en la orilla del jardín y, detrás, al bosque. Mortimer se acomodó en su regazo y también miró el espejo con sus ojos verdes y amarillos. Jade inclinó la cara pulida del espejo hacia el bosque y se asomó hacia el reflejo en la piedra. Entre las vetas ahumadas, los árboles crecían y se encogían en extrañas proporciones sobre la superficie convexa. Jade continuó mirando, intentando encauzar la energía y el poder que había sentido el día anterior y que volvió a sentir esa mañana.

Y luego lo vio en el espejo: el majestuoso jaguar, saltando con ligereza por el bosque, de árbol en árbol.

Jade bajó el espejó y les sonrió a los pinos, a pesar de todo. Tenía sus herramientas, tenía sus historias y tenía el bosque. Y mientras tuviera eso, Itztli nunca la dejaría en realidad.

22

Conforme el crepúsculo se apoderó del jardín, Jade acomodó los granos de maíz que Itztli le había dado en una estrella sobre su librero, igual a como los encontró. Los últimos destellos del día los hacían refulgir brillantes y coloridos, como si la luz viniese de adentro.

Desenrolló la tela sobre el escritorio y extendió las herramientas sobre la suave tela blanca. El bulto abierto liberó en su recámara los aromas del bosque: el olor húmedo de la tierra de la ribera, el perfume fresco de las hojas recién nacidas, el marcado aroma de la corteza de los pinos.

Esos instrumentos ahora eran suyos, pero apenas si concebía pensar en ellos de esa forma. Para ella, siempre serían las herramientas de Itztli.

Quería compartir algo de eso con abuela. Quería hacerle saber que ya entendía mejor el espejo, que le había dado una versión de lo que les había dado a tantas personas de su familia durante generaciones. Quería compartir la pérdida que había vivido, pero también las distintas cosas que habían hecho que esa pérdida fuera tolerable, como los colores que Itztli le dejó.

El polvo de tinta roja era el que más le intrigaba. Tomó la vasija con cuidado. Sosteniéndola con firmeza en las manos, la llevó a la sala, donde abuela la esperaba en el sillón reclinable.

—Chalchihuite, tu papá me contó lo del bosque —dijo abuela al verla, inclinándose un poco en el sillón—. Pero me dijo también que no avanzaron mucho hoy. ¿Cómo te sientes?

—Estoy bien —contestó Jade, agradecida con la pregunta—. Me alegra que no destruyeran mucho más. Y espero que no vayan más lejos de lo que llegaron hoy. —Se acomodó en el sofá a un lado de abuela, con la vasija sobre el regazo. La tomó con ambas manos, como había visto que abuela tomaba su taza de té de manzanilla a veces.

—Tienes otro color —dijo abuela al ver la vasija.

—Sí —dijo Jade—. Quería mostrártelo.

—Déjame ver —le pidió abuela, con las manos extendidas.

Jade le puso la vasija en las manos y vio cómo abuela cerraba los dedos alrededor del barro para sentirlo y cómo se la acercó a la cara para verla mejor. Después de inspeccionarla, con el ceño meditabundo, la balanceó en su regazo, tomándola con su mano buena y hundió los dedos de la mano que el derrame había debilitado dentro del estrecho borde. Sus manos se mantuvieron sorprendentemente firmes al hacerlo, y Jade se resistió al impulso de ayudarla.

Cuando abuela volvió a sacar los dedos, tenía los dedos color bermellón. Frotó el pulgar con su dedo índice y el polvo triturado brilló aún más, con un rojo más intenso. Era un rojo tan lleno y potente como el de los cojines que ella había bordado, y el rojo en las plumas del colibrí que resplandecía en el bolso que ahora era de Jade.

—Nocheztli —dijo abuela, y la emoción vibró en su voz mientras contemplaba el rojo en sus dedos. Sonaba como una palabra que Itztli habría usado.

—Nocheztli —repitió Jade.

—Sí, o grana cochinilla.

—¿Ese es el rojo del que me habías contado? —preguntó Jade—. ¿El que está hecho con los insectos que viven en los nopales?

—Exacto —contestó abuela—. Ese mismo. Este fue el rojo que me convenció sobre la búsqueda de Flor de los colores perfectos. Al principio creí que estaba demasiado obsesionada al buscar esos colores, si podía usar los sintéticos, que eran más baratos. Pero, luego, vi este rojo y lo probé con los hilos de mis bordados, y nunca tuvo que convencerme otra vez. —Le estaba sonriendo a la vasija, pasando el pulgar sobre el barro—. Uno de estos días, cuando esté más fuerte, te voy a enseñar a hacerlo pintura o tinte, según lo que necesites. —Miró a Jade—. Te voy a mostrar lo que Flor y yo aprendimos en San Juan de las Jacarandas.

—¡Sí, por favor! —exclamó Jade, sonriente.

—Toma —dijo abuela en voz baja. Le tendió la vasija de vuelta a Jade.

Cuando se estiró para tomarla, aún podía sentir la calidez de las manos de abuela.

—Eh... ¿Abuela?

—¿Sí?

—Conseguí este rojo gracias al espejo —le explicó.

—Ya veo. —Abuela volvió a sonreír con suavidad, una sonrisa alineada a la perfección, sin un solo rastro del derrame. Jade miró la vasija y el polvo rojo que estaba adentro.

Podía sentir que algo se movía dentro de sí, preparándose para saltar. Pero ahora sabía qué era, por supuesto. Era su yo jaguar inquieto, moviendo la cola muy despacio por el suelo, moviendo los bigotes, listo para rugir—. Sé que es difícil ver el bosque así, Chalchihuite, con los árboles caídos y demás. —Le tocó el brazo a Jade, y se lo apretó, firme, pero ligero—. Pero quiero que sepas algo.

—¿Qué?

—No se puede enderezar un árbol caído —dijo abuela.

—Yo sé —respondió Jade, con la mirada agachada. Sabía que tenía que ser fuerte, superarlo, sobreponerse a la pérdida. Necesitaba ser fuerte, como fue cuando abuelo murió y aprendió a ir a la casa que abuela y él compartían para sentir la calidez que aún vivía ahí.

—Pero ya verás cómo retoñan.

Jade miró a abuela, sorprendida, y vio que sonreía. Su mano era cálida y reconfortante sobre el brazo de Jade. Jade puso la otra mano sobre la de abuela, y se quedaron así unos minutos, con los grises del crepúsculo filtrándose en la habitación, y el calor de la mano de abuela esparciéndose por todo el cuerpo de Jade, tranquilizándola.

Después de su tranquilo desayuno de sábado a la mañana siguiente, Chloe llamó a Jade.

—Parecías muy perturbada por lo del bulldozer —dijo—. ¿Quieres venir?

—Sí —dijo Jade, asintiendo con fuerza, a pesar de que estaba al teléfono. No se le ocurría una mejor manera de pasar la mañana que con Chloe.

Chloe salió a la puerta de su casa en cuanto papá se estacionó. Jade apenas se despidió de él antes de salir corriendo del auto. Quería perderse en una de sus largas conversaciones con Chloe, esas en las que hablaban de todo tipo de cosas y Jade sentía que Chloe *entendía*.

La casa de Chloe era tan acogedora como Jade la recordaba. Su mamá y Nikos habían salido, así que eran las dueñas del lugar, por unas cuantas horas, al menos. Chloe fue al refrigerador y sacó una taza envuelta en papel plástico.

—Lo guardé para ti —le dijo a Jade antes de poner la taza en el microondas.

Cuando el microondas se encendió, Jade comenzó a oler la canela y vainilla del arroz con leche que la mamá de Chloe hizo la primera vez que estuvo ahí, el especial de los viernes en su restaurante.

—Huele increíble —le dijo a Chloe.

Chloe le sonrió, los ojos bien abiertos en señal de que estaba de acuerdo, y asintió. Cuando el microondas timbró, tomó la taza humeante y se la ofreció a Jade junto con una cuchara.

—¿Tú no vas a comer? —le preguntó a Chloe después de tomarla.

—Eso es todo lo que queda —dijo ella—. Cómetelo tú.

Jade sostuvo la cuchara, vacilante, por encima del arroz con leche antes de tomar el primer bocado. En verdad había suficiente solo para una persona. Saber que Chloe lo había guardado para ella y no se lo había comido la hizo sentir especial. Era muy impresionante.

—¡Mmmm! —exclamó al probarlo—. Ay, Dios. Gracias —balbuceó, con la boca llena.

Chloe se rio.

—¡Claro! Vamos a mi cuarto. —Jade asintió y se pasó el bocado. Raspó el fondo de la taza con la cuchara... se había terminado. Después de poner la taza en el fregadero, siguió a Chloe por las escaleras, sintiéndose mejor—. Entonces...
—Chloe se sentó en la cama y le dio unas palmaditas al espacio que tenía junto para que Jade se sentara—, ese bosque significa mucho para ti.

—Sí —respondió Jade, mientras se sentaba muy despacio. Recordó la historia que mamá le contó sobre cómo conoció a los búhos, y en cómo mantenía algunas cosas privadas. Sentía lo mismo sobre cómo conoció a Itztli y descubrió, después de un tiempo, que ambos eran jaguares, que tenían eso en común. Esa era *su* historia, que podía elegir contar o no contar—. ¿Sabes? Cuando pierdes a alguien...
—Chloe asintió, muy atenta. Jade comenzó de nuevo—. Chloe, tú me contaste que sientes que conoces a tus abuelos gracias a las historias que tus papás te contaron. Dijiste que conoces a tu abuela porque tu mamá canta sus canciones.

Chloe asintió.

—Sí. —Tomó el raído oso de peluche que estaba sobre su almohada, en lo que pareció ser un gesto inconsciente e instintivo—. ¿Tu abuela te dijo lo que querías saber? —preguntó.

—Sí, lo hizo. Hay muchas cosas que aún no sé, y que tal vez nunca sepa, pero mi abuela me contó algunas... cosas sorprendentes. Me contó más sobre el lugar en el que mi abuelo y ella crecieron, de donde vinieron, y suena como un lugar increíble y colorido... —Jade meneó la cabeza, pensando en lo que abuela le había contado sobre el tianguis, sobre cómo tía

Flor y ella se convirtieron en artistas, las siguientes en una larga línea de artistas en la familia—. Y me alegra que me lo haya dicho. Pero también... —Suspiró, intentando descifrar cómo decirlo—. Mi abuelo ya no está. Abuela puede decirme algunas cosas, pero no todo. Mi abuelo me contó todas esas historias cuando era niña y creí que, tal vez, podría volver a unir todas las piezas. Pero, en realidad, lo que me queda de ellas es solo... lo que recuerdo de ellas. —Miró a Chloe—. ¿Eso tiene sentido? O sea, tengo las historias de mi abuela, y tengo lo que recuerdo de las de abuelo, pero todavía hay agujeros grandes. —Estiró los brazos como para rodear un agujero imaginario del tamaño de un árbol desarraigado.

—Sí, creo que eso tiene sentido —dijo Chloe—. Hay cosas que se pierden para siempre, o que solo puedes tener en fragmentos. —Había comenzado a jugar con las orejas de su oso de peluche. Se veía muy suave y muy querido.

Jade asintió. Pensó en que Itztli se había ido y se dio cuenta de que se sentía un poco como haber perdido a abuelo otra vez. Pero como con abuelo, la había dejado con historias y recuerdos que siempre tendría, aunque fuera solo en fragmentos, como dijo Chloe.

Jade vio a Chloe llevarse el oso al pecho y acariciarle la cabeza. Tenía un hueco sin peluche por tantas veces que lo había acariciado así. Jade se preguntó en qué cosas y personas perdidas estaría pensando Chloe.

—¿Cómo se llama? —preguntó Jade, señalando el oso con la cabeza.

—Charlotte.

—¡Ah! —Charlotte. La ciudad en la que vivía antes de llegar a Atlanta.

—Me recuerda cuando era niña, ¿sabes? —Chloe parecía estar diciéndoselo al oso en vez de a Jade. Se quedaron en silencio. Chloe siguió acariciándole la cabeza a Charlotte. Después de un rato, le dio un beso al peluche y lo lanzó de vuelta a la almohada—. Quiero enseñarte algo —dijo. Se puso de pie y abrió un cajón en su escritorio. Sacó un pequeño cuaderno morado de espiral—. Aquí es donde tengo las canciones de yia yia. Estas son las canciones que mi mamá aún canta. La mayoría son canciones que mi yia yia inventó. —Abrió el cuaderno y lo puso sobre la cama. Jade se levantó para verlo.

Las letras en griego estaban trazadas en lápiz sobre los renglones del cuaderno y parecían poemas. Jade no podía leer nada ahí; ni siquiera podía imitar los sonidos que veía, porque estaban escritos con el alfabeto griego. Pero aun así reconocía la escritura de Chloe.

Faltaban algunas piezas en la canción-poema en la página que Chloe le estaba mostrando, espacios en blanco en los que la escritura se detenía antes de comenzar de nuevo más adelante.

Chloe señaló uno de esos espacios, llenando con la uña el espacio vacío.

—Ahí es cuando a mi mamá se le olvida —dijo Chloe—. Aquí solo tararea, *hmmm... ¡hmmm!*... hasta que llega a una parte que sí recuerda. No siempre se le olvida la misma parte, ni recuerda la misma parte, así que a veces puedo volver y llenar un espacio vacío cuando la oigo cantar un verso nuevo. Pero a veces canta algo muy diferente a lo que cantó la última vez, y no sé qué versión anotar. —Señaló un verso que en realidad eran dos líneas apretujadas, una encima de la otra—. Siempre hay partes faltantes, y creo que nunca voy a tener la canción completa. Pero, ya sabes, supongo que vale la pena recuperar lo que pueda.

—¡Claro! —dijo Jade—. ¡Y deberías cantarla también! —Chloe miró el cuaderno y frotó la orilla de una de las páginas—. Eres una cantante increíble.

—Mi mamá dice que tengo la voz de yia yia —dijo Chloe, sin quitarle los ojos de encima al cuaderno.

—Pues yo no conocí a tu abuela, pero si eso es cierto, entonces ella era una cantante increíble.

Una sonrisa apareció al fin en los labios de Chloe.

—¿Sabes? A veces canto estas canciones para mí misma cuando no hay gente cerca —dijo, mirando a Chloe.

—¿Puedo escuchar un poco? —le suplicó Jade.

Chloe se rio.

—Sí está bien.

Jade percibió que en realidad le emocionaba cantarle.

Chloe abrió su armario e hizo a un lado con el pie sus tenis de atletismo enlodados y una bolsa de ropa sucia. Se agachó para tomar el tocadiscos, puso el tornamesa sobre el escritorio y se dio vuelta para conectarlo.

—Puedo enseñarte todo esto porque mi mamá no está —dijo Chloe—. Si no... —Movió la cabeza de lado a lado. Jade la observó volver al clóset y escarbar entre la ropa que estaba al fondo. Sacó una manga de cartón cuadrada y brillante, con una mujer con un vestido de gala y los brazos extendidos, como si fuera a echarse a volar. Chloe la ladeó y sacó el disco negro de vinilo y lo puso con mucho cuidado sobre el tornamesa. Pasó las páginas del cuaderno morado en su cama hasta que encontró lo que buscaba. Lo hizo todo con la seriedad y enfoque de una artista al subir al escenario—. Mis papás alguna vez estuvieron enamorados, ¿sabes? —dijo, mirando a Jade a los ojos.

Jade no sabía qué contestar. Sabía que ni ella ni Chloe entendían mucho sobre el amor romántico. Pero Jade sabía que sus papás estaban enamorados, y confiaba también en que Chloe lo hubiera sabido.

—Bailaban —continuó Chloe, tras tomar el micrófono de karaoke de su grabadora. Jade se sentó en la cama para verla. Se sentía como una espectadora en un concierto, como si debiera de haber un reflector sobre Chloe, contando la historia de la canción antes de cantarla—. Esperaban a que Nikos y yo estuviéramos dormidos. En la casa vieja, en Charlotte. Ponían estas viejas baladas griegas y bailaban. Nikos y yo los veíamos por una rendija en la puerta. Bailaban tan lento, con tanto amor. Y la música era *tan* romántica... Me parecía que no había nada más hermoso en el mundo. —Dijo esa última frase directamente al micrófono, a pesar de que no estaba encendido y Jade pudo oír cómo la música comenzaba a adueñarse de su voz mientras lo decía. Chloe la miró de frente, sus ojos pintados con rímel oscuros y profundos—. Pero, entonces, un día, mi mamá volvió a casa sola del restaurante que teníamos allá y sacó todos los discos y los tiró, uno por uno, a una bolsa de basura negra. Los miraba, se aseguraba de saber qué eran y luego los tiraba. Yo la vi hacerlo. Tenía una expresión en la cara al hacerlo... como si estuviera decidida a no estar triste. Estoy casi segura de que no sabía que yo estaba ahí.

—¿Y algún día supiste por qué lo hizo? —dijo Jade, en voz muy baja.

—No lo sé. —Chloe la miró como si se estuviera dirigiendo a un público enorme del otro lado de la ventana—. Mamá no quiso decirme. Papá tampoco. Lo único que sé es que, después de eso, se peleaban todo el tiempo, como te conté. Y no volvieron a bailar. —Volvió a mirar a Jade—. Fue como si el mundo se hubiera partido en dos —dijo. Encendió el tocadiscos. Levantó la aguja y la sostuvo por encima del vinilo que giraba en el tornamesa—. Esta es una canción que mi yia yia cantaba y que mis papás bailaban. No es una de las que escribió ella. Era una de las pocas canciones que cantaba que era tan popular como para estar en una grabación. —Bajó la aguja con delicadeza. Se escuchó un pulso de estática, luego otro. Y la canción comenzó.

El sonido de las cuerdas creció, seguido de un coro de alientos. Subían y caían en acordes que le resultaban desconocidos a Jade. Los ritmos eran tristes, pero le dejaban la puerta abierta a la esperanza. Chloe cerró los ojos, inhaló profundo y abrió la boca para cantar.

Su voz, cálida y estruendosa, se mezclaba con la de la grabación. Jade nunca la había oído cantar de forma tan bella. Los tonos de las voces —la de Chloe y la de la mujer de la grabación— eran fuertes y decididos entre la pena que transmitían. Los ojos de Chloe se posaban sobre el cuaderno de vez en cuando para buscar las palabras correctas. Su rostro era tan expresivo como el de una diva en la pantalla grande. Jade observó y escuchó e intentó comprender tanto como pudo de los sonidos de la canción, sin entender ninguna de las palabras.

Chloe comenzó a mecerse. Extendió los brazos como la mujer en la portada del disco y movió las caderas un poco.

Le hizo un gesto a Jade, quien se levantó de la cama y extendió los brazos también y dejó que su cuerpo se moviera al ritmo de las cuerdas y la voz de Chloe. Jade cerró los ojos y permitió que el cuerpo se le moviera como quería —sus pies, piernas, caderas, torso, cabeza—, un cuerpo en el que cada día se sentía más cómoda. Chloe y ella dieron vueltas por toda la habitación, con Chloe cantando en su tono grave y triste al micrófono, y el vinil negro girando y girando.

Mamá la recogió unas horas más tarde, después de que Chloe y ella hubieran saqueado el refrigerador en busca de deliciosas sobras: triángulos de pasta hojaldrada con espinaca y un pedazo de cordero al horno con salsa de yogurt que salió de un Tupperware. Con la barriga llena y contenta, Jade subió al asiento del copiloto y se despidió de Chloe por la ventana mientras salían del estacionamiento.

—Logramos descubrir algo sobre los planes para el bosque —dijo mamá cuando estuvieron de camino a su casa.

—¿Ah, sí? —dijo Jade. Estaba impresionada, pero no muy sorprendida de que sus papás hubieran conseguido información tan pronto; a final de cuentas, ese era el tipo de trabajo investigativo al que mamá se dedicaba. Siempre llegaba al fondo de la historia.

—Es una desarrolladora —continuó mamá, ecuánime—. Quieren construir más casas. Compraron el lote sin que nadie en el vecindario se enterara. Ninguno de los vecinos está muy feliz al respecto —añadió, con una pequeña mirada a Jade. Al parecer, el bosque era muy importante para mucha gente—. Resulta ser que no tienen un permiso —dijo, con un toque de orgullo en la forma en que movió los hombros y tomó el volante—. Así que no tienen derecho a tirar árboles para construir. Eso significa que podemos armar un caso. Creo que les va a ser muy difícil seguir con sus planes ahora que la verdad salió a la luz.

—¿En serio crees que no van a hacer nada más? —Jade se permitió sentir esperanza.

—Sí —dijo mamá—. No creo que quieran a una reportera de CNN olfateando en sus negocios.

Jade se rio y se recargó en su asiento.

—¡Claro que no!

Cuando llegaron a la casa, papá y Katerina estaban cavando en el lecho de flores junto al buzón del jardín delantero. Katerina parecía estar muy divertida con un montículo de tierra a un costado del jardín con su pequeña pala roja. Abuela había sacado su andadera al jardín también, y estaba sentada en ella cerca de la entrada de la casa, tomando el sol.

Cuando Jade y su mamá bajaron del auto, papá se quitó los guantes y se paseó hasta donde estaba su mamá. Se dieron un beso.

—Vamos a ganar —afirmó papá, apretándole el brazo a mamá. Luego se dirigió a Jade—: ¿Puedes creer que ni siquiera tenían un permiso?

—¡Mamá me contó!

Papá meneó la cabeza.

—Y no hay forma de que les den uno. Algunos de los árboles que quieren talar son históricos. Si estuvieran en el jardín de mi trabajo, tendrían placas que dirían: «Tulípero. El árbol más alto en cuarenta hectáreas a la redonda». «Haya. El árbol más antiguo de la ciudad». No hay forma de que puedan talar esos árboles. Y vamos a hacer que reforesten todo lo que ya destruyeron —añadió, mirando a mamá.

Mamá estaba sonriente. Le rascó la espalda, cerca del hombro, por un instante a papá antes de caminar hacia abuela y la casa.

—Sería increíble —dijo Jade. Pensó en lo que abuela le dijo por la noche, que los árboles que habían logrado tirar volverían a crecer. Claro, *esos* árboles no volverían. Los nuevos serían distintos, ecos de los anteriores.

Pensó en las dos enormes pilas de virutas en el jardín trasero, donde estaban los dos enormes robles y en cómo papá quería convertirlas en brillantes lechos de flores.

Y, de pronto, lo vio claro: supo qué hacer con los granos de maíz de Itztli.

—Pa —dijo—, ¿me ayudarías a plantar maíz en el espacio nuevo en el jardín? —En cuanto las palabras salieron de su boca supo que era lo que Itztli habría querido, que el maíz floreciera y se multiplicara, que diera frutos coloridos que pudieran molerse para hacer masa y comer. El maíz que para él representaba el hogar, que le dio tanto confort durante su travesía. Itztli plantó el roble de ramas torcidas en honor a su amada, a su madre, a su padre; Jade plantaría el maíz en honor a él.

—¿Maíz? —preguntó papá. Se rascó la barbilla, que no se había rasurado aún—. Qué nueva idea. Hay bastante luz. Me recordaría a casa. —Jade pensó en los interminables maizales que estaban de camino a casa de su abuela en Nebraska. El maíz era hogar para mucha gente—. Tendríamos que esperar al próximo verano. Si no, se congelaría.

—Sí, está bien —respondió Jade. Podía esperar. Los granos que Itztli le dio decorarían su librero hasta entonces. Antes de entrar a la casa, se detuvo para saludar a abuela—. Hola, abuelita. ¿Cómo te sientes?

Abuela alzó las palmas de las manos hacia el cielo.

—¡De maravilla! —exclamó—. El sol me ha estado arrullando. Es un día chulísimo. Perfecto para pintar, ¿no crees? —Le sonrió a Jade. Jade le sonrió en respuesta y lo reflexionó. Miró hacia el jardín, al vecindario. La luz de la tarde, en efecto, era perfecta para pintar—. Tu don es demasiado grande, demasiado preciado, Chalchihuite —dijo abuela. Jade la miró y puso toda su atención sobre ella—. ¿Crees que hice ese bolso solo mirándolo? —continuó abuela. Los ojos oscuros le resplandecían bajo el sol—. Se necesita práctica para poder crear lo que quieres, como lo quieres.

El brazalete de jade centelleaba en la muñeca de abuela. También debieron hacer falta años de práctica para tallar esas cuentas a la perfección, pensó Jade. Si quería pintar historias con la vivacidad y el color que el colibrí bordado de abuela y los conejos pintados de la tía Flor, tan perdurable como las piedras radiantes en la muñeca de abuela, tendría que practicar.

—Tienes razón —afirmó.

—Claro que la tengo —respondió abuela en tono juguetón.

Jade se rio, entró a la casa y caminó hacia su cuarto. Fue directo al librero y puso un dedo sobre el lomo del amoxtli y, a su lado, la orilla del cuadernillo que le regaló su abuela, donde comenzó con la pintura de los cerros de agua de su familia. La luz entraba a pleno sobre el librero.

Si iba a pintar, necesitaría el espejo. Tomó el bolso con el colibrí de su cómoda y pasó los dedos sobre las brillantes costuras, en particular sobre los hilos rojos que estaban teñidos con nocheztli. Al sacarlo del bolso, el espejo negro centelleó con la luz de la ventana.

—¿Me dejas ver tus semillas de maíz, manis? —Era Katerina, parada en la puerta, con la pequeña pala roja aún en la mano. La punta de la pala tiró un poco de tierra en el piso—. Quiero que sembremos mucho maíz para que hagamos tortillas y nos las comamos.

Jade sonrió y se carcajeó. Puso el espejo con mucho cuidado sobre el bolso en la cómoda.

—Yo también —le dijo a su hermana. Tomó los granos de colores del librero y se sentó en la cama. Le dio unas palmaditas al espacio a su lado. Katerina dejó que la pala cayera al piso y subió a la cama junto a su hermana. Jade le mostró las semillas a Katerina en la palma de su mano—. Aquí están —anunció—. Son muy especiales.

Katerina se acercó.

—¿Las puedo tocar? —preguntó.

—Sí —respondió Jade—. Pero con mucho cuidado.

Katerina extendió la mano y tocó los granos, uno por uno, con el dedo índice.

—¿Nos vas a ayudar a sembrarlas el verano próximo? —le preguntó Jade.

Katerina la miró y asintió, muy seria.

—Sí —contestó—. Pero, manis, ¿por qué son tan especiales? ¿De dónde las sacaste?

Jade cerró la mano alrededor de los granos y se puso de pie para ponerlas con cuidado en el librero, junto a la pintura en blanco y azul de Itztli. Volvió a acomodar las semillas de colores en forma de una estrella, como Itztli las había dejado para ella.

¿Cómo podía responder las preguntas de Katerina? ¿Cómo podía explicarle lo que Itztli le contó, lo que aprendió sobre cómo escuchar, cómo tomar lo que los mayores le contaban y llevar sus palabras consigo de la mejor manera posible?

La única forma en la que podía responderle a Katerina era contándole historias. Las historias de Itztli, pero también las de abuela. La única forma en la que podía explicarle por qué eran tan especiales era si le contaba cómo el maíz le había dado sustento a Itztli en su largo viaje hacia el hogar de su amada, cómo esos granos fueron su último regalo, después de darle la pintura en la corteza, la preciada tinta verde, el amoxtli y el regalo de mostrarle cómo pintaba, cómo hacía que las historias cobraran vida, cómo cargaba el recuerdo de aquellos a quienes amaba.

Las semillas eran especiales por todas esas razones y porque Itztli la había hecho ver que, sí, ella era jaguar, pero que la única forma en que podía estar en armonía con su yo jaguar era escuchando. Y abuela le había dado tantas cosas valiosas para escuchar: sobre San Juan de las Jacarandas, sobre abuelo y sus creaciones en madera, sobre los artistas en su familia, sobre cómo la tía Flor había encontrado los pigmentos más vibrantes para pintar su cerámica.

Quería contarle a su hermana todas esas cosas. Pero no todavía, no en ese momento. Aún era demasiado pequeña. Pero algún día lo entendería.

Jade volvió a sentarse junto a Katerina.

—Te lo voy a contar todo cuando seas un poco más grande —dijo—. Te lo prometo.

—¿Me lo prometes? —repitió Katerina, mirándola. Tenía los ojos como platos.

—Te lo prometo.

Katerina guardó silencio un momento, mirando a Jade con sus enormes ojos.

—Está bien, manis —dijo al fin—. Pero que no se te olvide.

—No se me olvida. —Abrazó a su hermana.

Katerina la abrazó de vuelta y, casi de inmediato, se retorció para liberarse. Se bajó de la cama, al parecer satisfecha con lo que había escuchado. Tomó su pequeña pala y salió por la puerta dando saltitos, dejando un rastro de tierra tras de sí.

Un destello atravesó la superficie del espejo en la cómoda de Jade mientras su hermana salía. Jade volteó y alcanzó a ver el reflejo de su hermana justo a tiempo. Era una delicada catarina, con las diminutas alas extendidas, a punto de levantar el vuelo.

Jade sonrió y movió la cabeza. Claro.

Volvió a mirar el librero, el cuadernillo con su pintura y el amoxtli de Itztli. Tomó ambos y los puso sobre la cama bajo los rayos del sol. Le correspondía terminarlas, las dos. Y tenía la sensación de que había más historias por escuchar, por pintar... por *contar*. Porque las historias no estarían completas cuando terminara de pintarlas. Solo estarían completas cuando las *compartiera*. Y las compartiría con Katerina.

Abrió el cuadernillo en la pintura que había comenzado a hacer con las historias de su familia. Los colores se habían secado y asentado en la página porosa. El verde de Itztli se había fijado en tonos de jade sobre el agua y el colibrí que había dibujado. Pero las acuarelas que grandma le regaló también brillaban con intensidad, y el azul del restaurante de sus abuelos hizo que una oleada de calma le recorriera el cuerpo, una calma parecida a la que sentía al entrar a La Casa Azul cuando era niña.

Al ver la armonía con la que el verde de Itztli encajaba con los colores que le dio grandma, lo bien que los tonos de jade complementaban los tonos de las acuarelas, Jade pensó que, quizá, si iba a pintar las historias de Itztli y las de su familia, haría bien al no pintarlas justo como lo hubiera hecho Itztli. Podía mezclar colores, estilos, pinturas e historias. ¿No eran eso, acaso, las historias de su familia y de Itztli? ¿Una mezcla de colores, líneas, recuerdos y formas de ser?

Había estado desesperada por poder pintar como Itztli, por sostener la pluma de caña y el pincel en sus manos, imitar sus magistrales trazos. Itztli le había mostrado cómo sostener el pincel con firmeza y delicadeza al mismo tiempo, cómo hacer que las personas en la pintura se movieran en el papel. Quería practicar esas técnicas hasta dominarlas, hasta darles a sus figuras un poco de ese espíritu vital que animaba las pinturas de Itztli. Sin embargo, al final, lo que ella pintara no sería lo que Itztli habría pintado; sería solo suyo.

Quizá Itztli llegó a descubrir su modo de pintar mientras aprendía los métodos de los tlacuilos en Tenochtitlan.

Tal vez él también sintió algo como lo que Jade sentía, que las viejas historias no podrían volver a ser pintadas y contadas de la misma manera, sino que podrían contarse todavía, pero de forma distinta, con elementos de otras historias y otras maneras de pintar, mezclándolas como tintas para crear nuevos colores, nuevos dibujos, nuevas historias. «Esa es solo una de las formas en las que se puede contar la historia», le había dicho Itztli. «Otros la recordarán de manera distinta. Quizá yo mismo podría contarla de otro modo».

Jade pasó un dedo sobre los espacios en blanco de su pintura y pensó en los espacios en blanco en los poemascanciones en el cuaderno de Chloe. Chloe podría haberse dado por vencida y dejado las canciones sin escribir. En cambio, las anotó, y su mamá tarareaba las partes olvidadas hasta que llegaba a otra parte que recordaba.

Así sería la pintura de Jade. Pintaría las historias con los recuerdos que sí tenía. Les daría color de la forma en que ella sabía hacerlo.

Abrió el amoxtli, desdoblando sus páginas de acordeón. Mortimer caminó con pasos ligeros entre el cuadernillo y el amoxtli, su pelo resplandeciente bajo el sol. Las detalladas figuras de Itztli le recordaron a Jade a cada trazo de su pluma de caña, y las pizcas de pintura azul refulgían como si nunca se hubieran secado. Las páginas que Itztli dejó en blanco eran una invitación, y Jade las llenaría pronto y terminaría el amoxtli. Pero, primero, tenía que practicar, como dijo abuela, para que, cuando llegara el momento, pusiera sobre el papel todo lo que había aprendido, toda la maestría que pudiera conjurar.

Puso a un lado con mucho cuidado las vasijas de barro con los polvos de colores. Pronto aprendería a mezclarlos para hacer tintas, pero en ese momento, usaría solo el verde jade que evocaba el bosque y el arroyo como ningún otro verde.

Comenzó a envolver el bulto con la tela, el bulto de Itztli, con sus herramientas. La pluma de caña y el pincel con la punta delgadísima de Itztli. Las acuarelas de grandma, que ya no la intimidaban. Al buscar las acuarelas en el cajón de su escritorio, encontró con los dedos un pequeño frasco de cristal con tinta negra, otro regalo intacto de su abuela paterna, del tiempo que pasó en Suiza cuando estudiaba la universidad. Eso era: la tinta negra era lo que necesitaba para trazar el contorno de sus figuras antes de darles vida con color. Lo puso sobre la tela también.

Y, por supuesto, no podía olvidarse del espejo. Su espejo que humeaba, su tezcatl. Lo necesitaba para que le diera fuerzas, para que recordara a la gente que estuvo antes que ella, para que recordara al Dios del Espejo que Humea que cobró vida como jaguar con un rugido desde las profundidades del mar. Puso la piedra lisa de vuelta en el bolso con el colibrí y se lo echó al hombro.

Satisfecha, anudó la tela y la puso con cuidado dentro de su mochila, junto con su cuadernillo y el amoxtli y se la echó al hombro. Tomó la valiosísima vasija de tinta verde con la tapa de conejos y se la llevó al pecho. Armada con sus instrumentos, se sintió preparada, como cuando se puso el uniforme negro y dorado antes de la carrera. Sus herramientas, sus pinturas y recuerdos le hicieron compañía de camino al jardín trasero.

Se sentó con las piernas cruzadas sobre el pasto, mirando hacia el bosque. El sol comenzaba a inclinarse con el paso de la tarde. Al abrir el cuadernillo y desanudar la tela, pensó en cómo pintaría las historias que quería conservar y contar. Cuando pensaba en las historias de su familia, pensaba en las historias de Itztli. En ambos grupos de historias había cerros de agua que la gente transformaba en hogares. Había mujeres audaces, como abuela e Itzpapalotl, la diosa Mariposa de Obsidiana, que tuvieron el enorme valor para dejar sus hogares. Había artistas que pintaban con las antiguas formas y las nuevas. Y había personas que se enamoraron a través de barreras de la lengua y de la tierra.

Quería pintarlo todo.

Desenroscó la tapa del pequeño frasco de cristal con tinta negra. Tomó la pluma de caña y les ordenó a sus movimientos a ser firmes y seguros, como las pisadas de un jaguar. Sumergió la punta de la pluma en la tinta color obsidiana y la puso sobre la página para trazar una mazorca de maíz a un lado del cerro de agua de su casa.

Las caricias de la pluma al papel y su viaje a través de la página la hicieron enfocarse. Al entintar los pequeños granos y los sedosos tallos apenas si podía creer lo que veía. Tenía la pluma de caña de Itztli en la mano y estaba dibujando, al estilo de los antiguos tlacuilos, pero también de una forma que era toda suya. La tinta fluía con suavidad y control bajo sus dedos. Algún día, pronto, marcaría los granos color bermellón.

Quería que el maíz y la casa cobraran vida con el color, y quería pintar de nuevo con el verde. Una descarga de emoción le pulsó por todo el cuerpo al dejar la pluma de caña y tomar el pincel de Itztli entre sus dedos. Sumergió las suaves cerdas en la tinta verde jade y comenzó a colorear el bosque que se enroscaba alrededor de su casa como un gato.

Una oleada de energía, que ya le era familiar, surgió dentro de sí. El verde florecía, oscuro e intenso, y el sol centelleó, cálido y dorado, entre los pinos.

Sobre la investigación

Aunque se trata de una obra de ficción, este libro requirió una gran cantidad de investigación. Para escribirlo consulté diversas fuentes, e imagino que habrá lectores curiosos que también deseen consultar algunas de ellas, de modo que aquí les comparto mis principales fuentes de información.

Para las pinturas e historias de Itztli, me inspiré en obras de arte y documentos de las eras precolombina y colonial de México. Entre ellos está la *Historia general de las cosas de Nueva España*, de fray Bernardino de Sahagún (siglo XVI), también conocido como *Códice florentino*, el cual fue compilado en colaboración con artistas y autores indígenas, y se puede consultar a través de la World Digital Library. La historiadora y curadora Diana Magaloni Kerpel ha examinado el *Códice florentino* tanto en su obra *Los colores del Nuevo Mundo: artistas, materiales y la creación del* Códice florentino, como en su exposición virtual "Visualizando la nueva era. Los ocho presagios de la conquista de México en el *Códice florentino*". Asimismo, el artículo de Barbara Mundy "Mapping the Aztec Capital: The 1524 Nuremberg Map of Tenochtitlán, Its Sources and Meanings" hace una lectura muy convincente del plano de Tenochtitlan que se imprimió junto con la segunda carta de relación de Hernán Cortés sobre la conquista de México (disponible a través de la World Digital

Library). También en el siglo XVI, el soldado español Bernal Díaz del Castillo describió la caída de Tenochtitlan en su *Historia verdadera de la conquista de la Nueva España*.

El historiador David Carrasco editó junto con Scott Sessions la obra *Cueva, ciudad y nido de águila: una travesía interpretativa por el Mapa de Cuahtinchan núm. 2*, en donde se analiza el origen y los relatos migratorios de la gente de Cuauhtinchan, o "lugar del nido del águila". En el caso de este libro, me inspiré en especial en los ensayos de Florine G. L. Asselbergs, Elizabeth Hill Boone y Keiko Yoneda. Finalmente, en *The Relación de Michoacán (1539-1541) & the Politics of Representantion in Colonial Mexico*, de Angélica Jimena Afanador-Pujol, encontrarán un profundo análisis de la *Relación de Michoacán* de fray Jerónimo de Alcalá, documento que hace un recuento histórico de los purépechas de esa región.

Otras de las obras que consulté son *Daily Life of the Aztecs*, de David Carrasco y Scott Sessions; *Relatos en rojo y negro: historias pictóricas de aztecas y mixtecos*, de Elizabeth Hill Boone; *Ancient Maya Art at Dumbarton Oaks*, editado por Joanne Pillsbury, Miriam Doutriaux, Reiko Ishihara-Brito y Alexandre Tokovinine; el diccionario de náhuatl en línea de la Universidad de Oregon, editado por Stephanie Wood; así como los ensayos de Nicholas J. Saunders, Elizabeth Baquedano y Michael E. Smith compilados en *Tezcatlipoca: Trickster and Supreme Deity*, volumen editado por Baquedano.

Me parece que son buenos puntos de partida para quienes quieren saber más sobre Tenochtitlan, los modos del tlacuilo y las piedras de jade talladas en tiempos ancestrales.

Agradecimientos

Estoy profundamente agradecida con Meghan Maria McCullough, la editora más considerada, generosa y perspicaz, quien creyó en este libro, se dio a la tarea de comprender a cabalidad el proyecto y me guío para que pudiera contar la historia que debía contar. Sin ella, esta novela no sería lo que es.

Tampoco puedo imaginar un mejor hogar para este libro que Levine Querido. Desde el principio supe que mi historia y yo estábamos en buenas manos, así que quiero darles las gracias a todos los integrantes del equipo estelar de la editorial que se esmeraron para que este libro viera la luz, en especial a Arthur A. Levine, Antonio Gonzalez Cerna e Irene Vázquez.

Asimismo, agradezco mucho el apoyo de Anne Heausler y de Johanie Martinez-Cools, quienes contribuyeron a pulir al máximo el manuscrito.

Gracias a Molly Mendoza por haber diseñado una portada hermosísima que captura la historia de Jade de forma sumamente creativa. Le agradezco también a Jonathan Yamakami por su visión creativa y perspicaz para el estilo y el diseño de la obra. Asimismo, quiero darle las gracias a Freesia Blizard por haber supervisado la producción del libro. Es un honor que este libro se presente al mundo con tantos cuidados visuales y físicos.

Muchas gracias también al equipo de ventas de Chronicle Books por llevar esta historia a las manos de los lectores.

Estoy muy agradecida con el Hambidge Center así como con el personal y profesorado de Madcap Retreats en colaboración con We Need Diverse Books, quienes me abrieron las puertas de bosques apacibles y la fraternidad de mentes creativas. En Hambridge conocí a Olivia Tarcov y Courtney Young, cuyo compañerismo y apoyo como colegas de escritura en Nueva York ha sido invaluable.

Gracias a mis profesores de creación literaria, Amy Hempel y Bret Anthony Johnston, por compartirme su sabiduría e infundirme confianza como escritora. Estoy en deuda con todos los maestros que me alentaron a escribir, en especial con mi profesora de quinto grado, Sonia Campbell, quien me enseñó a convertir una narrativa en una historia y me hizo creer que escribir y publicar eran sueños realizables.

En ese sentido, estoy en deuda también con Lauren Gunderson, pues fue la primera persona que publicó uno de mis textos y me ayudó a concebirme como escritora.

También estoy profundamente agradecida con todas las personas que alimentaron mi curiosidad y me enseñaron sobre el arte y las historias de los pueblos originarios de México. David Carrasco y Lisa Trever fomentaron mi interés en la historia y las culturas de Mesoamérica, las cuales exploré bajo la supervisión y el respaldo de Joanne Pillsbury, en Dumbarton Oaks Library and Collection. Por su parte, Anna Deeny y Nenita Ponce de León Elphick me ayudaron a pulir mi escritura y a entender las resonancias del pasado latinoamericano en nuestro presente. Vicente Ferrer me enseñó nociones básicas de náhuatl, mientras que Seth Kimmel y Alessandra Russo me desafiaron a cuestionar los matices que caracterizan la forma en la que aprendemos la historia de este continente.

El apoyo de mis familiares y amistades también hizo posible la creación de este libro. Siempre estaré en deuda con

Karen Stolley y David Littlefield, y el apoyo de Noni Carter también fue crucial. Gracias a mis amigas queridas que siempre han creído en mí: a Elizabeth McCormick, por su reflexivo apoyo a mi escritura; a Lucy Fleming, por inspirarme y ser mi compañera de aventuras fantásticas desde el principio y hasta la fecha; a Anna Rose Gable, por todos esos juegos de "Finjamos que..."; a Molly Lindberg, por su entusiasmo y por escucharme con tanta atención; y a Carson Evans, por estar siempre ahí, al otro lado de la línea... ah, y por sus extraordinarias fotografías. Gracias a toda la gente que en algún momento de este trayecto celebró conmigo, se emocionó conmigo y me acompañó. Los quiero mucho.

    El agradecimiento más importante de todos es para mis padres, Hugo Méndez Ramírez y Vialla Hartfield-Méndez. Ellos me brindaron la niñez más hermosa y aventurera que cualquiera pudiera imaginar, una niñez bilingüe, multicultural y llena de poesía en una casa llena de libros y obras de arte. Mi padre siempre supo que yo quería ser escritora y me impulsó a perseguir esa cosquilla existencial, incluso en momentos en los que no me atrevía a hacerlo. Mi madre me dio la música y el ritmo, que son esenciales para narrar; me ayudó a hacer mis primeros libros a mano, y ha sido mi lectora más confiable. Mis padres me apoyaron incluso en momentos de profunda aflicción personal, pues mi abuelo, mi abuela, y mi grandma fallecieron en plena pandemia. Les agradezco su amor, su confianza y todos los momentos que hemos compartido en la mesa, rodeados de comida exquisita, bajo la mirada atenta de un tecolote de ojos brillantes.

Acerca de la autora

Alexandra V. Méndez es una escritora, maestra y erudita que fue criada bilingüe en Decatur, Georgia, con raíces familiares en México y Mississippi. Se graduó de Harvard University con un enfoque en historia y literatura y tiene un doctorado de Columbia University en culturas latinoamericanas e ibéricas. *What the jaguar told her* es su debut literario.

El Diseño de Ediciones LQ

Ediciones Levine Querido es un sello dedicado a llevar literatura infantil y juvenil de excelencia a los lectores hispanohablantes, mediante el trabajo conjunto con autores, ilustradores, traductores y editoriales de todo el mundo. El logo de Ediciones LQ fue diseñado con letras de Jade Broomfield.

Supervisión de la producción: Freesia Blizard
Diseño del libro: Jonathan Yamakami y Angie Vasquez
Edición: Meghan Maria McCullough
Supervisión de la traducción: Irene Vázquez